KB231445

환상수첩

환상수첩

김승옥 소설

문학동네

차례

환상수첩(幻想手帖)

이것은 나와 퍽 가까이 지내던 한 친우의 소설 형식으로 된 수기(手記)다. 하지만 소설이라 하기에는 너무 엉성한 데가 있고 그저 수기라고 해두자. 그는 문과대 학생이었다. 아마 대단한 열등생이었던 모양이다. 우수한 대학생이라면 이처럼 비논리적인 수기는 부끄러워서도 차마 못 썼을 테니까. 이 수기 속에는 나에 대한 얘기도 잠깐 나오지만 그리고 나를 퍽 증오하고 있는 태도로 쓰고 있지만 뭐 누가 옳고 누가 글렀다고 얘기할 수는 없으리라. 그게 문제는 안 될 것이다. 중요한 것은 난 살아서 이 세상에 있고 그는 죽어서 이 세상에 없다는 게 아닐까?

이 수기와 관계가 없는 사람들에겐 흥미가 없겠지만 그래도 여전히 전(前)세기적인 병을 앓고 있는 사람들이 있다고 하니까, 혹시 그러한 사람들에게는 납득이 가는 얘기인지 알아보고 싶어서 발표해보는 것이다. 요컨대 나로 말하자면 이 수기의 얘기들이 너무나 유치해서 관심에 두고 싶지 않다는 것을 명백히 해둔다.

1

그해 가을도 깊었을 때, 나는 마침내 하향(下鄕)해버리기로 결심했다. 더 견디어내기 어려운 서울이었다. 남쪽으로, 고향이 있는 남해안으로 가면 새로운 생존방법이 있을지도 모른다는 기대에서였다.

서울에서 나는 너무나 욕된 생활 속을 좌충우돌하고 있었다. 그리고 슬프게 미쳐버렸다고나 할까, 환상과 현실과의 거리조차 잊어버려서 아무것도 구별해낼 수가 없게 되었고 사람을 미워하는 법을 배우고 말았다. 아아, 그들을 죽이든지 그렇지 않으면 내가 떠나든지 해야 했다.

"잘 가게."

오영빈은 서울역에서 그렇게 말하며 내게 손을 내밀었다.

우정. 그것도 문학 하는 친구끼리라는 미명 아래 서로를 이용하고 서로를 파멸시켜가며 그러나 헤어지지도 않고 끈덕지게 붙어서 으르렁대던 친구 영빈이. 결국은 너도 좋은 놈인가? 형광등 불빛이 조금만 더 엷었던들 달빛이 밀려온 것이라고 생각하고 싶은 대합실에서 영빈은 쓸쓸한 미소를 지어 보였던 것이다.
대합실 밖 포도 위로 어디서 날아온 것인지 낙엽이 하나 멎을 듯
멎을 듯 굴러가는 것을 무심히 바라보며,

"응, 잘 있어."

하고 대답하고 있는 내가 오히려 아무 감동이 없는 편인 듯싶
었다.

내가 개찰구를 나설 때, 뒤에서 그는,

"될 수 있는 대로 살아봐."

하고 외치듯 내게 말을 보내는 것이었는데, 그 말에 나는 피식
웃음이 나왔다.

며칠 전, 강의가 끝나서 한산한 캠퍼스의 잔디밭에 앉아, 누렇
게 말라가고 있는 잔디를 쓰다듬으며 내가, 다 그만두고 시골에
나 가서 박혀 있겠다는 뜻의 얘기를 했더니, 영빈은 도대체 내
말에서 무슨 냄새를 맡았다는 것인지 뛸 듯이 좋아하며,

"너 죽으려는 거지? 응? 너 자살하러 가는 거구나."

하며 내가 무어라고 부정도 하기 전에,

"네가 그렇다니 이건 아까운 정보지만 제공하지."

하며 어처구니없게도 노트를 꺼내어 뒤표지에 약도를 그리기 시
작하는 것이었다. 경주의 토함산이었다. 석굴암 가는 길을 따라
산을 오르다가 멀리 영지(影池)가 보이는 산중턱에서 길을 버리
고 오른쪽으로 숲을 헤치고 들어가면 낭떠러지가 나오는데, 거
기서라면 뭐 금강산보다는 못하겠지만 약간은 기분 좋게 투신할

수 있으리라는 것이었다. 언젠가 그곳에 여행을 갔다가 자기가 발견한 장소인데, 몇 번이고 망설였지만 결국 못 뛰어내리고 말았는데, 나한테라면 그곳을 양도할 테니 꼭 그곳으로 가서 죽으라는 설명이었다.

기가 막혔지만, 나는 그의 어쩌면 성실하다고까지 생각키우는 표정 때문에 할 수 없이,

"그렇지만 바다 편이 낫겠어."

하고 대답했다. 그러자 그는 노발대발,

"바다? 바다에 투신한다는 건 너무나 문학적이다. 죽을 때만이라도 좀 생활인의 흉내를 내봐. 산이 좋아. 바다가 전연 보이지 않는 산이 좋아."

하고 우겨댔다. '자살하는 생활인'이라는 말을 생각하니 우스워서 나는 하하 웃었지만 그러나 결국 나는 이 엉뚱한 친구에게만은, 이번 나의 하향은 자살을 위한 것으로 낙착되었다. 그러나 그는 자기에게는 그런 용기가 없음이 무척 슬프다는 것이었다. 그리고 거기서 뛰어내려주기만 한다면 어떠한 힘을 다해서라도 그 자리에 비석을 세우겠다는 것이었다.

"비명(碑銘)은?"

내가 묻자,

"글쎄, '우리 세대에도 용기 있는 자가 있었다'? 아니 그보담 '그대 드디어 생활을 알았구나'가 좋겠군."

노트 위에 연필을 굴리며 그는 이렇게 천연스러운 대답을 하

는 것이었다.

"제발 망설이지 마라. 눈 질끈 감고 뛰어내려버려."

그는 내가 당장 그 낭떠러지 위에서 주춤거리고 있기라도 하듯이 격려를 하기도 했다. 아마 자기 불신이 저런 말을 하게 하는, 아니라면 나에 대한 마지막 우정 표시란 말인지? 나는 한숨을 쉬었다.

그런데 내가 차표를 입에 물고 개찰구를 나설 때, 뜻밖에도 그는,

"될 수 있는 대로 살아봐."

라는 말을 외치듯 내게 해버린 것이었다.

실수였을까? 실수였겠지. 나는 혼자 중얼거렸다. 우기의 기상처럼 위악의 구름이 뭉게뭉게 이는 우리의 생활 속에서 간간이 내미는 저 빼끔한 푸른 하늘─사람들이 질서라고 하고 혹은 가치라고 하던 그런 순간은 적어도 영빈에게 있어서만은 실수의 소치인 것이다. 영빈이 지금쯤은 대합실 밖을 나서며 자기가 불쑥 그런 말을 했던 것을 후회하고 있으리라고 나는 장담할 수 있다. 영빈은 그런 친구였다.

기차에 올라서 그리고 기차가 움직이기 시작하자 나는 예기치 못했던 외로움이 밀려드는 것을 느꼈다. 여름밤, 캠퍼스 내의 벤치 위에서 잠을 자다가 새벽 두시나 됐을까 세시나 됐을까 푸시시 잠이 깨어 일어나 앉아, 이슬이 내려 축축해진 옷 때문에 약간 한기를 느끼며 어둠 속을 내어다보고 우두커니 앉아 있을 때

밀려들던 그러한 외로움이었다.

누구나 입에서 내뱉어지기 때문에 차마 입 밖에 내어 말하기가 머뭇거려지던 '외로움'이란 어휘가 그 기차칸에서는 아무 자책 없이 안겨오는 것이었다. 외롭구나, 라는 말 한마디 하기에도 숨이 컥컥 막히었다니. 나는 기차의 유리창에 입김을 불어 뿌옇게 만들어서 거기에 손가락으로 '외롭다'라고 써보았다. 그러자 온갖 부담을 털어버리는 혹은 잊어버렸던 유희를 기억해낸 듯이 흐뭇해오는 느낌이 있었다.

창 밖은 벌써 캄캄한 밤이었다. 나의 헝클어진 머리카락과 움푹 그늘이 진 볼이 그 창에 비치고 있었다. 바깥의 풍경을 보여주지 못하는 것이 미안하다는 듯이 야행열차만이 주는 선물이었다. 나는 오랫동안 나의 표정 없는 얼굴을 들여다보았다. 거기에는 하향한다는 기쁨도 그렇다고 불안도 없었다. 늙어버린 원숭이 한 마리가 어둠 속을 지켜보고 있는 모습일 뿐이었다. 새벽이 오면 습관에 따라 열매를 따러 나가겠다는 듯이 지극히 무관심한 표정. 그러자 괴롭구나, 하는 생각이 들었다.

부글부글 끓어오르는 내부를 저런 무관심한 표정으로 가려버리는 법을 지난 몇 년 동안 서울에서 나는 마스터한 것이었다. 되도록 무관심한 척하라. 할 수 있으면 쌀쌀하게 웃기까지 하여라. 그제야 적은 당황한다. 제군, 표정을 거두어라. 그리고 오직 하나 무관심한 표정만을 남겨라. 그게 됐으면, 자 이번에는 거부하는 몸짓으로 쌀쌀하게 웃을 차례다. 하나, 둘, 셋.

기차는 한강 철교를 쿵쾅거리며 지나가고 있었다. 강 위에는 낚시꾼의 불빛이 몇 개인지 흐릿하게 떠 있었다.

남들의 무관심에 큰 충격을 받고 나도 저래야 되겠다고 허둥지둥 무관심의 탈을 써봤으나 아무래도 견디어낼 수 없어서 바야흐로 기권을 하고 있는 내게 그러면 저 유리창 속에서 웅크리고 있는 얼굴은 지난 몇 년 동안의 잔상이란 말인가?

나는 남쪽에 가서의 나의 처신을 기차칸에서 생각하기로 하고 있었다. 그러나 아무 생각도 충분히 하고 앉아 있을 수가 없었다.

무관심한 표정도 기술적으로 만들어내어야 한다. 그저 남의 흉내나 내다가는 단단히 속으니까. 선애도 그렇게 해서 잃어버렸던 것이다.

며칠 동안 풀이 죽어 있는 나에게,

"왜 그래?"

하고 영빈이 물었는데, 남의 기분까지 살펴 물어주는 게 고마워서,

"선애가 자칫하면 아마 임신일지도 모르나본데……"

하고 실토를 했더니,

"아직 확실히는 모른단 말이지?"

하고 물어서, 그렇다고 하니까, 설령 임신이라 하더라도 이제 얼마 안 되었으면 방법이 있다고 하면서 나를 약방으로 끌고 가더니 키니네를 한 움큼 사주며, 가지고 가서 적당히 태아가 떨어질 정도로만 먹여보라는 것이었다. 어떻게 해야 좋을지 갈팡질팡하

고만 있던 나는 키니네 용법이 얼마나 위험하다는 것을 뻔히 알면서도 한 움큼이나 되는 키니네를 무모하게도 선애 앞까지 가지고 갔었다. 그러나 결국 호주머니에서 그 약봉지를 꺼내지 못하고 나는 말 한마디 못 한 채 선애의 한 손만 쥐고 어린애처럼 훌쩍거리며 울어버렸다.

5월 어느 날, 어둠이 내리고 있는 마포 강둑에서였다.

그때 선애는 기분 좋다는 듯이 생글거리며 웃고 있었는데 문득 청승맞구나, 하는 생각이 들어 내가 우는 것을 그치자 그녀는, 좀더 울어, 응? 조금만 더, 하며 어깨를 툭툭 치는 것이었다.

그리고 얼마 후, 바로 그 강둑에서 우리는 입장이 거꾸로 되어 있었다.

"나 어제부터 그거 있어요."

선애는 그렇게 말하며, 쓸쓸한 얼굴이다, 하고 내가 생각도 하기도 전에 금방 그 커다란 눈이 몇 번 껌벅이더니 얼른 돌아앉아 둑의 잔디 위에 엎드려 소리를 죽여 울기 시작했다. 멘스가 시작되었다면 임신은 아니다. 그러면 안심할 수가 있는 것이 아닌가. 안심하면 눈물이 나오는 법이냐? 그러나 눈물이 나오는 법이었다. 임신쯤 아무것도 아니라는 듯이 오히려 명랑한 척해 보이던 표정 뒤에 저렇게 무섭도록 조용한 불안이 숨어 있었던 것이다.

선애를 처음 만난 것은 대학 이학년 겨울방학 때였다.

숭인동 산기슭에 한 칸짜리 방을 얻어 자취를 하고 있을 때였다. 밤으로 나는 야경을 다녔다. 야경이란 통금시간 동안 딱딱이를 치며 지정된 마을의 코스를 돌면서 보안하는 것인데, 그것을 반원(班員)들이 차례차례 돌아가며 해야 하는 것이었다. 그러나 추운 겨울밤, 가장 잠이 퍼붓는 시간에, 추위로 발을 동동 구르며 골목을 돌아다닌다는 것은 여간 엄두로써는 할 수 없으므로, 어지간한 여유만 있으면 사람들은 자기 차례를 대신해줄 사람을 사서 시켜달라고 반장에게 돈을 주며 맡겨버리는 것이었다. 그 일을 내가 맡아 할 수 있었던 것이다. 하룻저녁에 오백환의 수입이었다.

그날 오후에도 나는 전날 저녁의 보수를 받기 위해서 반장댁에 가 있었다. 전날 저녁의 당번이 집에서 아직 돈을 가져오지 않았으므로 반장과 나는 화로의 불을 쪼이면서 이것저것 잡담을 하며 그걸 기다리고 앉아 있는데 누가 밖에서 반장을 찾는 것이었다. 반장이 나갔다가 손님을 데리고 들어왔다. 눈이 놀란 듯이 유난히 크고 팔목과 다리가 가느다란 여대생 차림의 여자였다.

"무슨 일로 오셨소?"

하고 반장이 물었으나 여대생은 말하기가 거북한 듯이 쭈뼛거리고 있었다. 나는 그들의 대화를 듣고 있지 않은 체해 보이기 위해서 멍한 눈으로 방금 그 여자가 들어온 문을 바라보고 있었다. 문에 달린 유릿조각을 통하여 밖에 눈이 내리고 있는 것이 보였다. 결심한 듯이 여자가 찾아온 이유를 얘기했다. 그 여자의 얘기는, 딴 건 묻지 말고 그저 야경 일을 시켜달라는 것이었다. 말하자면 내가 그때 맡아 하고 있던 그런 일자리가 없겠느냐고 묻

고 있는 것이었다. 그러자 반장은 어이없다는 듯이 한번 웃고 나서 정색을 하며,

"여자는 사지 않습니다. 그리고 지금 그걸 하고 있는 사람이 있기도 하구요."

하고 거절했다.

"그럼 할 수 없군요."

하고 여자는 몹시 부끄러운지 얼굴이 새빨갛게 되어서 안녕히 소리도 제대로 하지 못하고 눈이 내리고 있는 밖으로 도망하듯이 나갔다. 그러자 나는, 그 며칠 전, 가정교사를 구하고 있는 데가 있더라고 하며 전화번호와 주소를 적어주는 친구의 지시대로 그 집을 찾아갔더니 남학생은 안 되고 여학생이라야 되겠다는 주인 아주머니의 거절로 돌아온 적이 있었던 것이 생각났다. 혹시나, 하는 생각이 들어 나는 문 밖으로 뛰어나갔다. 여자는 얼음이 얼어서 미끄러운 비탈길을 주춤주춤 걸어내려가고 있었다. 그렇게 만난 것이 선애였다.

그때 내가,

"왜 그런 일자리를……"

하고 묻자, 선애는 절망해버린 자들에게서나 들을 수 있는 쉰 듯한 목소리로, 비탈길이 끝나는 곳에 시선을 박고,

"몸 파는 것보다 낫지 않아요?"

하고 반항처럼 대답했다.

그 아랫마을인 창신동을 가면 여자들이 오백환에 몸을 판다는

애기를 나는 들어 알고 있었지만 그렇다면 창녀란 선애와 같은 여자도 해낼 수가 있는 직업이란 말인지. 한 손을 반쯤 들어 무심한 표정으로 손바닥에 눈을 받고 서 있던 그때의 선애는 뭐랄까 요염하도록 순진한 창녀였다. 그러나 선애를 알아가는 동안, 그녀는 요염하지도 않고 순진하지도 않았다. 가난한 시골 어느 가족의 맏딸로서 생활에 부대껴서 닳아질 대로 닳아진 그래서 거세기 짝이 없는 여대생일 뿐이었다.

국민학교 다닐 때였다고 한다.

영양 부족으로 노오란 얼굴을 하고 점심도 가지고 가지 않는 자기를 동정해서 반 아이들이 번갈아 도시락을 갖다주었다. 다정한 친구들이 아무 비웃음 없이 갖다주는 것이었으므로 별 고까움도 느끼지 않고 그걸 받아먹곤 했는데, 어느 날 신문에 그 사실이 미담으로 취급되어 커다랗게 나왔었다. '가난한 학우를 돕는 따뜻한 도시락'이라는 큰 활자로 찍힌 제목 아래에는 이름은 바꾸어 써주었지만 바로 자기가 취급되어 있었고, 그리고 여러 가지 아름다운 어구로써 학급 애들을 칭찬하고 있었다.

그때까지 도시락 얻어먹는 사실을 묵인해오던 식구들도 일단 신문에 그 사실이 취급되자 무척 창피스럽게 여겨 특히 성격이 괄괄하던 아버지는 울면서 주먹으로 딸을 마구 때렸다. 소나기처럼 퍼붓는 아버지의 손길 밑에서 그녀는 죽어버리고 싶었었다고 했다.

신문의 일이 있고 나자 애들은 더욱 경쟁하듯이 도시락을 날라왔지만 그녀는 하나도 받아먹을 수가 없었다. 신문도 그들의 편이었지 부끄러움에 목이 메게 된 그녀의 사정은 조금도 고려하고 있지 않았다.

"그후부터 전 세상에서 미담이라고 하여 내세우는 것은 믿지 않게 되었어요."

"그렇지만 미담이란 아마……"

"물론 있긴 있겠지요. 그러나 난 한 번도 진짜 미담을 본 적이 없는걸요."

"어디에 있을까, 미담은?"

"글쎄요. 물론 있긴 있겠지만…… 하여튼 그런 건 미담이 아니었어요…… 사람들이 악이라고 하는 곳에 더 많은지도 모르죠."

자기의 전체로써 그러한 시점을 만들어가고 있는 선애에게 비하면, 오영빈이라는 한 서울내기 친구에게 이끌려서 '죽지 않을 아이를 낳을 태를 가진 여자는 없는가' 라는 시나 써내고 마실 줄도 모르는 소주병을 호주머니에 넣고,

"이상(李箱) 짜아식, 자살을 했으면 더 멋있었을 텐데."

하고 강의실의 친구들 앞에서 고함이나 지르던 나는 말하자면 덜렁뱅이 가짜였다. 더구나 언젠가 선애가,

"우리는 왜 대학에를 기어코 다니는 걸까요?"

하고 고맙게도 나까지 자기와 동급으로 취급해서 내게 그러한 질문을 했을 때 내가,

"글쎄……"

하며 깊이 생각해보는 체했더니 그녀는,

"난 이렇게 생각하는데요. 끈기를 시험하는 거죠. 얼마만큼 해낼 수 있나 하고요. 우리는 뭐랄까 용감해요."

하고 말하는 것이었다.

세상의 선행이나 미담을 믿지 않고서도 저렇게 강한 힘이 나오는 것일까 하고 나는 도무지 믿어지지 않으면서도, 그럴 수도 있나보다, 말하자면 진짜들은, 하고 생각하게 되자 선애가 갑자기 무서워지기도 했었다.

선애에 대한 그러한 경원심이 비겁하게도 선애를 육체적으로 정복하게 했던 것인지……

그녀가 꾸깃꾸깃해진 스커트를 가다듬고 있을 때 내가,

"순전히 성욕 때문이었어. 미안해."

하고 말하자,

"알아요."

하고 그녀는 별로 불쾌하지도 않았다는 듯이 대답했다. 그러나 천만에, 순전히 성욕 때문만도 아니었다는 것을 영리한 그녀지만 모르고 있었다. 그리고 드디어 나의 계획은 성공했다고나 할까? 어둠이 내리는 마포 강둑에서 그녀는 마침내 엎드려 울었던 것이다. 나는 유리창 속을 들여다보았다. 나의 표정은 제법 정식으로 무관심한 표정을 유지하고 있었다. 영등포도 지났는지 창밖으로는 불빛이 드물게 흘러갔다. 멀리 비행장 있는 쪽에서 서치라이트의 비단결 같은 빛살이 밤하늘을 스쳐가고 또 스쳐가고 있었다. 나는 또 한번 입김을 불어 유리창을 뿌옇게 만들었다.

그런 일이 있은 뒤로 갑자기 약해져가고 있는 선애 때문에 나는 뜻밖의 일이나 만난 듯이 당황해졌다.

"사랑을 성욕으로 간주해버리고 경계하는 여자도 밉지만 그러나 성욕을 사랑이라고 믿어버리고 달라붙는 여자도 여간 난처한 게 아니야."

내가 제법 잔인한 웃음까지 띄워가며 이렇게 얘기하면,

"알아요."

라고 그녀는 대답하고 나서 한숨을 쉬었다. 그때 내가 만약, 우리는 왜 기어코 대학엘 다니는 것일까, 하고 물었다면 그녀는, 끈기를 시험하기 위해서죠, 라고는 반드시 대답하지 못했을 것이다.

어느 날, 나는 억지로 술을 잔뜩 마시고 그녀와 만나기로 한 장소에 가서 거의 부르짖듯이,

"선애, 옛날로 돌아가줘. 추워서 덜덜 떨며 반장집엘 찾아가던 그때의 용감한 선애로 돌아가줘. 난 아무 힘도 없는 놈이야. 내가 잘못했어."

하고 주정 비슷하게 아예 자신 없는 권유를 했더니,

"제가 뭐 어쨌어요?"

하며 그녀는 재미있다는 듯이 조용히 웃어 보였지만, 그러나 그녀는 그날 뼈에 사무친 얘기를 하는 것이었다.

"정우씨는 가령 이럴 수가 있을 것 같아요? 한번 불에 데어서 혼겁이 나간 적이 있는 어린애가 불은 무서운 게 아니라고 한들 곧이들을까요? 혹은 한번 쾌락을 맛본 자가 쾌락이 무엇인지 모른다고 감히 얘기할 수 있을까요? 요즘 난 그런 것과 비슷한 경우에 있는 것 같아요. 어쩐지 뻥 뚫린 구멍을 보아버린 것 같아요. 아무리 발버둥쳐도 별수 없이 눈에 보이는 구멍이지요. 찬바람이 술술 새어들어오고……"

"그럼 전엔 그런 걸 못 느꼈단 말야?"

"희미하게 느끼긴 했어요. 그렇지만 아득바득 이를 악물고 해나가면 될 수 있을 것 같았어요. 그렇지만 이젠……"

"아아."

내가 여태껏 차마 입 밖에 내어 말할 수 없었던 것을, 그녀는 그때, 하늘도 무섭지 않은지 정확한 발음으로 표현하고 있었던 것이다.

"찬바람이 불어오는 뻥 뚫린 구멍, 찬바람이 불어오는 뻥 뚫린 구멍……"

나는 노래하듯 중얼거리고 있었다. 그뒤, 어느 날, 눈치 빠른 영빈이가,

"너 요새 타락해가고 있는 거 같아."

하고 내게 말했다. 타락, 내가 그까짓 따위의 약한 소리를 듣고 울멍거리고 있다는 것은 영빈의 입장으로 보면 분명히 하나의 타락이었다.

그러나 굳이 숨기고 싶지도 않아서, 내가 키니네 사건 이후로 갑자기 약해져버린 선애에 대한 얘기를 했더니 그는,

"허어, 자칫하면 플라토닉이 되겠군. 이거 르네상스가 왔어."

하며 히죽거리더니,

"야, 너 이렇게 하자."

하며 기상천외의 제안을 하는 것이었다.

선애를 자기에게 인계하라는 것이었다. 우선 소개만 시켜주면 그 다음엔 넌 알 바가 아니라는 것이었다. 넌 선애에 대한 모든 것을 깨끗이 청산한 셈으로 하라. 그러면 넌 아무 부담도 느끼지 않을 게 아니냐. 아니 내가 그렇게 되도록 협력하는 거다. 그 대신 별 부담 없이 데리고 놀 만한 계집애를 소개해주마. 내가 여태껏 데리고 놀던 앤데, 이름은 향자, 종3(鐘三) 창녀지만 그러니까 부담을 느끼지 않을 것이다. 영빈의 얘기는 대강 이런 것이었다. 말하자면 내 것과 네 것을 바꾸자는 얘기였다.

거절할 수도 없었다. 거절하면 또 무슨 핀잔을 받을지 몰랐다. 그리고 위대한 모험 속으로라도 뛰어드는 기분이기도 하였다. 스스로 모험을 만들어 거기에 자신을 바칠 기운도 없었다. 어쩌면 이런 일이 저절로 일어나기를 기다리고 있었던 것인지도 몰랐다. 세상이 깜짝 놀랄 사건이나 일으키고 죽고 싶다. 선애고 뻥 뚫린 구멍이고 휩쓸어버릴 사건이나 생겼으면 좋겠다. 그러고 있을 때였다.

나는 아주 선선한 태도를 꾸며 승낙했다.

"향자란 애, 미인이냐? 만일에 선애만 못하면 내가 본 손해만큼은 네가 돈으로 지불해야 한다!"
라고 농담까지 했다.

영빈은 초조한 빛을 노골적으로 나타내며,

"너, 이 약속 어겨선 안 된다."
고 내게 다짐시키며,

"지금 향자한테 갈까?"
하며 서두르기도 했다. 그러나 나는 웃으며 만류하고, 향자라는 여자의 인상과 집의 위치만을 적어 받았다. 오히려 내가 선애를 소개시키는 일을 서두르고 있었다.

그날 오후, 우리는 선애가 가정교사로 들어가 있는 집에 전화를 걸어 마침 집에 있는 선애를 다방으로 불러내었다. 아무것도 모르고 나와 영빈의 맞은편에 가냘픈 몸차림으로 말도 잘 하지 않고 별로 움직이지도 않고 단정히 앉아 있는 선애는 나를 속으로 끝없이 울리는 것이었으나, 금방 나는, 영빈의 빙글거리는 얼굴과 너무나 천진한 선애의 그 자세 때문에 문득 저 '운명'이라는 단어 — 단어에도 빛깔이 있다면 아마 피와 흙이 범벅이 됐을 때 생기거나 할 어두운 색을 하고 있을 그런 단어가 생각났고 그래서 방향 없는 반발이 무럭무럭 솟아나기 시작하는 것이었다.

그 다방의 대면이 있고 한 달 가량 지난 어느 날, 강의실에서 영빈이 내게 휙 던져준 쪽지에는,

'황홀하던 간밤이여. 선애는 백기를 올리고.'

라고 적혀 있었다. 아아, 마침내 마침내.

나의 눈에서는 불똥이 튀었다. 한참 신나게 떠들고 있는 교수의 말소리도 귓전에서 웅웅거릴 뿐, 나의 쪽지를 향하여 부릅뜬 두 눈에서는 눈물이 금방 쏟아질 듯이 마구 글썽거렸다. 입술을 씰룩거리며 간신히 웃고 나서 나는 다른 종이쪽지에,

'겨우 이제야? 하여튼 축하. 축하.'

라고 써서 영빈에게 휙 던졌다. 나는 내가 던지는 것이 날카로운 비수였으면 하고 바라고 있을 정도였다.

그러나 그런 결과를 납득할 수 없는 조마조마한 심정으로 어쩌면 기다리고 있었던 것은 바로 나 자신이 아니었던가. 누구에게도 호소할 수 없는 게 아닌가.

그날의 강의가 어떻게 끝난지도 모르게 끝났을 때, 나는 햇빛이 가득 찬 대낮인데도 영빈이 적어주었던 쪽지를 들고 달리다시피 하여 향자라는 창녀를 찾아갔다.

"절 찾으세요?"

하며 곰팡이 냄새라도 날 듯이 컴컴한 방에서 이불을 펴고 낮잠을 자다가 부시시 깨어 나오는 향자라는 여자는 부석부석하고 누런 얼굴에 목덜미가 때가 낀 듯이 시커먼 서른이 가까운 여자였는데, 용모와는 다르게 목소리만은 앙칼졌다. 내 앞에서 괴상한 미소를 띠고 빨리 용무를 얘기하라는 듯이 파자마 자락을 손으로 쓰다듬으며 서 있는 짐승 같은 여자를 내려다보며 나는 영빈이라는 친구가 점점 더 따라갈 수 없는 거리를 아니 차라리 안

개 저편으로 숨어버린 듯이 느껴졌고 선애도 나도 함께 단단히 속아버린 듯하여 선애에 대한 연민이 울컥 솟아나서 나는 비명이라도 지르고 싶었다. 아무 말 없이 비실비실 도망치듯 돌아서서 나오는 내 등뒤에서,

"별 쌍놈의 새끼 다 보겠네."

하는 그녀의 말소리가 예상보다 힘없이 들려왔다.

선애의 자살을 안 것은 그 다음날 아침 신문에서였다.

그날, 나와 영빈은 아침부터 대학 앞 하꼬방 술집에 들어박혀 2단짜리 '여대생 염세자살'의 기사를 오려서 술상 위에 밥풀로 붙여놓고,

"선애를 위해서 건배!"

"아냐, 이 오영빈의 성공을 건배!"

"아냐, 짜식아, 선애를 위해서다."

"아냐, 날 위해서 건배!"

"뭐야, 이 짜식."

술잔을 그의 면상에 던지고 그러면 그는 안주 접시를 내 얼굴에 던지고 그러다가 다시 술을 불러서, 짤캉, 정다운 듯이 마시고 또 마시고, 마침내 나는 똥물까지 토해놓고 의식을 잃었었다.

유리창에 뿌옇게 서렸던 입김은 어느새 사라져버렸다. 나는 다시 입김을 내뿜어서 뿌옇게 만들었다. 그리고 손가락으로 거기에 '선애'라고 써보았다. '미안하다'라고도 써보았다. 미안하다니? 얼마나 무책임한 언어인가? 그렇다고 무엇이 책임 있는

말이고 무엇이 책임 없는 얘기인지도 구별할 수 없었다. 원수를 사랑하라. 그러면? 그렇다, 마땅히 사랑해야 할 사람을 사랑하는 데 등한하게 되었던 것이다. 그렇지만 내 편과 원수를 구별할 수가 없었던 게 아닌가.

국민학교 사학년 때였던가, 나는 토끼 사육장에서 아카시아잎을 토끼들에게 먹이고 있었다. 사육장의 당번은 아니었지만, 토끼들이 마른 풀에 몸을 부비는 바스락 소리밖엔 아무 소리도 들리지 않는 사육장에서, 나는 하학 후의 낮시간을 거기서 보내는 게 아주 즐거웠다. 그러나 담임선생님께서는 나의 그러한 행동이 대단히 염려스러웠던 모양이었다.

그날도 뒤에서 인기척이 있으므로 돌아봤더니 담임선생님이었다.

"넌 도대체 무슨 애가 그 모양이냐?"

화가 나 계셨다.

"사내애가 기껏 그림 그리기나 좋아하고 토끼 사육장에나 드나들고……"

그리고,

"내일부턴 사육장에 들어오지 마. 그 대신 학교 파하면 해가 질 때까지 운동장에서 축구를 해야 한다. 내가 감독할 테니 잊어버리지 마. 사내자식이 싸움도 하고 그래라, 원."

선생님이 말씀하시는 동안, 나는 고개를 숙이고 햇빛이 눈부시게 쩅쩅 비치는 땅바닥에 내가 들고 서 있는 아카시아 잎이 연

초록색 그림자를 드리우고 있는 것만 보고 있다가 선생님이 나가시자, 저 귀여운 토끼들은 부드러운 아카시아잎이나 먹고 새빨간 눈알로 푸른 하늘이나 바라보고 때때로 사랑이나 하고 살면 그만인데 난 난 주먹을 쥐고 싸움을 해야 하고…… 그런 생각을 하다가 토끼울의 나무 칸살에 이마를 대고 소리를 죽여 울어버렸었다.

그뒤 선생님 덕분에 나는 악착스레 축구도 하고 열심히 싸움도 해보았으나 얼굴에 상처가 훈장처럼 남고 엄지발가락이 피명이 들었다가 빠지고 빠지고 했을 뿐 별로 변한 것 같지도 않았다. 토끼와 축구를 한꺼번에 마스터할 수는 없는 모양이었다. 그러나 그래야 한다고 사람들은 내게 요구해오는 것이었다.

대학에서도 나는 실망의 연속이었다. 교수들은 강의를 하다가 틈틈이 유머를 얘기하는데 유머란 다름아닌 상대편을 어떻게 하면 꽈악 눌러버릴 수 있느냐 하는 공격 방법이었다. 사르트르와 카뮈가 논쟁을 했는데 그때 이긴 것은 누구고 진 것은 누구다, 이것이 교수들의 관심거리였다. 평단에서 남을 공격하여 백전백승하는 실력파 교수 한 분의 강의를 나는 듣고 있었는데 그분의 얘기는 전제(前提)투성이였다. 우수한 학생이란, 교수의 이론에 반기를 들고 교수의 이론을 멋있게 때려눕히는 자라는 관습이 어느 대학에도 있다. 그래서인지 그 실력파 교수는 눈알을 이리저리 바쁘게 돌리며 혹시 누구로부터 까다로운 질문이 들어오지 않나 하며 내가 보기에는 아무래도 불안해하는 표정으로 어떠한 공격에도 빠져나갈 수 있는 전제를 열거하기에 바쁜 것이었다. '코에 걸면 코걸이 귀에 걸면 귀걸이'라는 말이 있지만 그 교수의 이론이란 누구의 공격도 받을 수 없는 만큼 이도 저도 아닌 것이었으나 공격을 막아낼 줄 안다는 사실만으로써 학생들로부터 인기를 얻고 있었다. 환멸뿐이었다.

그랬기 때문에, 어느 날 영빈이 그 교수의 연구실에서 두툼한 양서를 다섯 권인가 훔쳐가지고 왔을 때 나는 허리가 꺾이도록 웃을 수 있었다. 우리는 무교동의 빈대떡이 이름난 술집에서 그 책들을 담보로 약주를 불렀다가 소주를 불렀다가 실컷 마시고 토하고 하며 눈이 쓰리도록 웃고 또 웃었다. 생각하면, 서울에서의 몇 년 동안에 가장 신나던 날이 아닌가 생각된다.

하기야 교수들 자신이 스스로, 교수란 인기 없는 배우라고 생각하고 있었다. 그렇게 자처하면서, 보는 편이 얼굴이 붉어지도록 어색하게 자주 웃는 것이었다.

새학기 등록을 할 때면 학생과에서 신상카드를 내주며 소정난을 기입해서 제출하라고 하는데, 그 카드엔 존경하는 인물을 쓰라는 난이 있었지만 그러나 우리 세대 중에서 존경하는 인물을 간직하고 있는 자가 과연 몇명이나 될는지. 존경이란 말은 이미 없어진 것이었다. 있다고 하면 부러움의 대상이 있을 뿐이었다. 리즈의 수입, 케네디의 인기, 이브 몽탕의 매력, 슈바이처의 명예 혹은 카뮈의 행운. 이런 것들은 부러움의 대상일 뿐이지 그것 때문에 존경을 받고 있다고는 말할 수 없었다. 존경할 줄 모

28

른다는 것이 다행인지 불행인지도 모르고 있는 것이었다.

남은 것은 환상뿐이었다.

영빈은 여러 차례 문예작품 현상모집 같은 데에 응모했다가 그때마다 낙선을 하고 나서는,

"까짓거, 한국 문단 상대하게 됐나?"

그러면 나는,

"상대 안 하면 어쩔 테야? 고등고시 공부나 시작하실까?"

"고시? 흥…… 까짓거 일본으로나 뜰까?"

그러고 나서 그는 잔디에 벌렁 누우며, 기묘한 목소리를 만들어가지고,

"육십년대에는 홀연히 바다 건너 대륙으로부터, 우리가 영원히 간직할 보석과 같은 작가가 밤의 배를 타고 건너와서 '긴자'에 웅거하며 그의 반짝거리는 사상을 치덕치덕한 문체로 감싸서 우리에게 욕심껏 산포해주고 있었다."

그렇게 중얼거리고 나서,

"이게 무엇인 줄 알어? 일본의 평론계에서 지금 나를 한창 칭찬하고 있는 말이야."

하도 어처구니가 없어서 웃음조차 나오지 않는 망상을 그는 하고 있는 것이었다. 그러나 까놓고 보면 나 역시 영빈과 오십보 백보였다. 환상. 망상. 더구나 그 망상을 현실까지 끌어내려 그 것으로써 자위해가며 살아가고 있기까지 했던 것이다.

더 버티어낼 수 없는 생활이었다. 어딘지 어긋나 있거나 선애

의 말대로 구멍이 뻥 뚫어져 있거나 했다.

2

기차가 대전을 지나서부터 나는 초조해지기 시작했다. 심한 열병에 걸린 놈처럼 되어 있는 나를, 아무리 고향이지만, 쉽사리 식혀줄 만한 일이라곤 없을 듯했다. 우선 아버지와 어머니를 어떻게 납득시켜야 하느냐가 문제였다.

비단을 싼 큰 보퉁이를 이고 시골의 장날을 찾아 돌아다니는 어머니는 집에 있는 시간이 적으니까 그럭저럭 넘겨버릴 수 있겠지만, 허구한 날 집안에 틀어박혀 화초나 가꾸고 사군자나 끄적거리고 있는 아버지를 나 역시 하는 것 없이 집 안에 박혀 있으면서 대하게 되리라는 것은 상상만 해도 우울한 것이었다. 하기야 아버지의 화초감상법 강의에 귀를 기울이다가 가끔, 아버지 대단하십니다, 라는 소리로써 맞장구나 쳐주고 있으면 그럭저럭 얼마 동안은 지탱할 수 있겠지만 그것도 자라나면서 귀에 못이 박이도록 들어온 바니 이건 아무래도 이쪽의 강력한 인내심이 필요한 것이다. 다른 것은 모르지만, 아버지의 연두색에 관한 심미안은 엄청난 것이었다.

화분에 심겨진 어린 난초에서 볼 수 있는 연두색과 가을 오동잎의 갈색 저편에서 은은히 비쳐오는 연두색은 얼른 보기에는 아주 동떨어진 것 같지만 기실은 연두색 세계의 쌍벽으로서, 환희와 비애라고 상징할 수도 있고 어쩌면 만날 길이 없어서 먼 곳에서 서로 손짓만 하며 슬픈 사랑을 하는 한 젊은이와 처녀라고, 이건 엉뚱한 동화까지 만들어내기도 하는 것이었다. 내가 보기엔 아무래도 푸르거나 기껏 옥색이기만 한 먼 하늘가에서 연두색을 가려내는 정도였으니, 연두색 제련사라고나 할까, 아니면 모든 것이 연두색으로밖에 보이지 않는 색맹이라고나 할까. 어머니도 집에 있을 때만은 반드시 연두색 저고리에 하얀 치마를 입어야 했고 어머니가 이고 다니는 비단 보퉁이 속에도 연두색 옷감이 유난히 많이 들어 있었다. 아버지의 권유 때문이었는데, 말하자면 한복의 아름다움은 아무래도 연두와 하양의 콤비네이션에서 그의 극치가 생긴다는 미학이었다.

오십. 남의 아버지들 같으면 국장님도 되고 영감님도 될 나이지만 생활력은 조금치도 없었다. 그렇다고 신경질도 피우는 법 없이 마치 남의 인생을 공짜로 얻어서 살아주는 것처럼 유유했다. 그러나 때때로 술이 들어가는 날이면, 나와 지금은 고등학교 삼학년에 다니는 내 동생들을 꿇어앉혀놓고,

"이놈들아, 내가 왜 너희들을 만든 줄 아느냐? 하, 이놈들, 외로워서 그랬다. 내가 외로워서 그랬어. 뭐 너희들, 이 알뜰한 세상 구경시키려고 만든 것은 아니고 그저 심심하고 외로워서…… 암, 날 좀 이해해줄 놈들을 만들고 싶어서 그랬지. 그나저나 하여튼 미안하다. 고생시켜서 미안해. 미안하니까, 에또, 가서 공

부해."

이런 식으로 한마디씩 못 하는 것은 아니었다.

선애가 임신했는지도 모른다고 했을 때 나는 문득 아버지의 주정이 생각나서,

"애가 태어난다면 어떻게 길렀으면 좋겠어?"

하고 다소 어색한 익살을 했더니 선애는,

"글쎄요, 난 어렸을 때부터 말하자면 여자는 어린애를 낳아야 한다는 생각이 들면서부터 늘 이런 아이를 낳았으면 하고 생각했지요. 남보다 영리하고 아주 예쁘고 그런 아이를 말이지요. 그렇지만 요 근래엔……"

"요 근래엔?"

"……그저 밉상은 아니고…… 바보 비슷한 아이를 낳았으면 해요."

"왜?"

"고뇌가 무엇인지도 모르고 그저 영화나 보고 좋아하고 당구나 치고 만족할 수 있고 야구 구경이나 하며 시간을 보내고도 후회하지 않는 아주 속물로 만들고 싶어요."

"그렇지만 애가 백치가 아닌 이상 그럴 수 있을까?"

"글쎄요, 하여튼 튼튼한 백치나 낳았으면 호호호……"

선애도 역시 익살로 대답을 했지만 선애다운 얘기였다. 선애의 논리에 의하면 아버지는 연두색의 백치가 되려고 노력하는 것이리라.

아니, 선애의 추억은 불러일으키지 말자. 고향에 가서 나는 어떻게 살아야 하느냐가 문제다. 서울에서 내 행동의 일체가 악이었다면 그러면 고향에서는 그와 정반대로의 행동을 하고 살면 선이 될 것인가? 그러나 정반대의 행동이란 도대체 어떤 것인가? 그러기 전에 내가 과연 서울에서의 나의 행동 일체를 부정하고 나설 수 있을까?

우선 고향의 내 친구들이 생각났다. 분석해보면 영빈과 별 차이 없는 친구들이었다. 영빈보다는 좀 덜 들떠 있다고 하면 설명될 수 있는 친구들이었다. 고향에 가도 별수 없겠다는 생각이 자꾸 드는 것은 내가 다정하다고 생각하고 있는 친구들의 무엇엔가 짓눌려버린 표정들이 눈앞에 보이는 듯했기 때문이다.

김윤수, 몸무게가 병적으로 가벼워서 징병 신체검사에 늘 무종을 받고, 시를 쓰는 친구. 어떤 문예지에 시 추천을 받았는데 그의 시를 추천해준 소위 대가 시인의 추천사가 걸작이었다.

'김군, 그대는 드디어 생각하는 갈대가 되었도다, 운운.'

그것을 보고 하도 우스워서 정색을 해버렸는데 지금도 괜히 갑갑증이 생기면 그 추천사를 펴보고 낄낄거리며 웃다가 갑갑증을 풀어버린다는 편지를 보내온 친구였다. 별로 크지 않은 키에 넓적한 얼굴. 눈가에 주름이 많이 잡히며 왼쪽 턱에 까만 사마귀가 있어서 '섹스 어필'하다고 기생들이 많이 따르는, 내게 가장 다정한 친구였다. 영빈에게 비하면 자학이 심하다고나 할까 스스로를 파멸시키는 생활을 하고 있었지만 그러나 영빈보다는 훨

썬 고급인 것이, 영빈이라면 '그렇지만 이건 내 탓이 아니야'라고 말할 것도 윤수는 뭐 항의할 수도 없다는 듯이 묵묵한 것이었다. 자살문제만 해도, 영빈은 죽을 용기가 없어서 슬프다고 법석을 떨지만 그러나 위암이나 걸리지 않는 한 살아갈 친구였고 그에 비하면 윤수는 죽음이라는 말을 입 밖에 내어서 말하는 법은 없지만 언제 어떻게 되어버릴지 조마조마하기 짝이 없는 친구였다. 이제 와서 조화된 고향을 찾는 일이 망발이라면, 윤수는 아쉬운 대로 그럭저럭 '아직도 순박한 고향'이라고 말할 수 있었다.

그러나 내 눈앞에서 낄낄거리고 있는 윤수의 곁에 또 한 친구의 얼굴이 떠올랐다.

임수영, 한마디로 무시무시한 친구. 시골 고등학교를 나와 함께 졸업하고 법대에 진학했는데, 재작년 그러니까 이학년 때, 바람 한점 없이 뜨거운 어느 여름날 오후, 대학가의 플라타너스에 기대어 피를 토하고 나서 대학병원의 폐침윤(肺浸潤) 2기의 진단을 받고 힘없이 고향으로 내려가 있는 친구였다. 홀어머니와 간신히 고등학교를 마친 누이동생과의 간단한 식구였지만 무척 가난하였다.

지난 여름, 나는 별로 소식이 없던 그로부터 난데없는 등기우편을 받았었다. 위체(爲替) 천환권과 다음과 같은 내용의 편지가 들어 있었다.

'……아시아짓드, 파스, 모두 고가액의 약품들이다. 홀어머니의 삯바느질 수입으로써는 아무래도 나는 살아날 길이 없을 듯

하다. 여기 보내는 천환으로 돈어치만큼 춘화를 사서 보내주기 바란다. 판로는 얼마든지 있을 듯하다……'

다음날 그 편지를 영빈에게, 나는 자랑이라도 하는 기분으로 보였더니 영빈은 과연 감탄을 연발하는 것이었다.

"메시아가 탄생했군. 메시아가 탄생했어. 이거 한잔 마셔야겠는데."

둥실둥실 춤이라도 출 듯이 좋아하며 그는 자기의 돈 천환을 더 보태어 어디선지 춘화 팔십 매를 구해다가 내 손에 쥐여주는 것이었다.

"인마, 특별히 도매가격으로 사온 거야. 메시아께 내 얘기도 몇 자 적어보내."

그는 그렇게 말하기도 하였다.

얼마 후 수영에게서 소식이 왔는데 '일 매당 백환 판매 대성황. 주문 속속 도래. 내 건강 회복에 축복 있을진저.'
라는 익살스러운 소식과 영빈을 자기의 사도(使徒)로 취임시키겠다는 농담에 자본금 이천환을 보내어 춘화를 더 사서 보내달라는 것이었다. 그후로 몇 차례 더 그런 일이 있고 소식이 끊어졌는데, 윤수 편의 소식에 의하면 수영은 시골에서 직접 그걸 만들어 판다는 것이었다. 건강도 별로 좋아진 것 같지 않다고 했다. 그리고 '죽여버리고 싶은 놈이다'라고도 써 있었다.

그 외에 김형기라는 친구가 생각났다. 다소 어리석은 듯하지만, 그런 만큼 정직하고 욕심낼 줄 모르는 친구였는데 고등학교 다닐 때 나를 퍽 따랐었다. 계집애처럼 예쁘장하고 키가 작아서 학교 친구들 사이에서는 형기가 나의 '각시'로 통해 있었다. 야, 네 각시 저기 온다고 놀리곤 했는데, 악의는 없는 듯했으므로 나와 형기는 웃으며 받아넘길 수 있었다. 그러나 언젠가 한번은 담임선생님께서 우리들을 교무실로 불러놓고, 농담 반 진담 반으로, 너희들 심각한 사이는 아니겠지? 하고 물어보는 바람에 어색하고 창피하고 그렇다고 우물쭈물할 수도 없어서, 아뇨 굉장히 심각한 사이입니다, 라고 내가 농담으로 대답했지만, 그때 흘깃 곁눈질해 보니 형기는 정말 계집애처럼 새빨간 얼굴을 푹 숙이고 어쩔 줄 모르고 있었다.

그렇게 착한 형기가 고아가 된 뒤에 장님까지 되어버렸다는 소식이 있었다. 지난해 겨울, 꽤 큰 화재가 있었는데 그때 형기의 집도 불길에 휩싸여 형기의 식구는 모두 타서 죽고 형기는 겨우 빠져나왔으나 눈을 뜰 수가 없게 되었다는 믿을 수 없도록 놀라운 소식이었다. 지금은 친척집에 얹혀살면서 안마술을 배워 그걸로써 푼돈이나마 벌어들이고 있다고 했다. 고향도 어두우리라. 사람이 미워졌고 더구나 사람을 미워하는 방법을 배워버린 내가 어두운 고향에서 또 어떠한 광태(狂態) 속에 휩쓸려버릴는지, 나는 벌써부터 울고 싶었다. 그러나 울고 싶은 만큼의 반작용이 없는 것도 아니라고 장담할 수도 있긴 했다. 해내는 거다. 세상이 당연하다고 내미는 것을 나 역시 당연하다고 생각하며 받아들이도록. 평범한 것을 흡족하게 생각하며 받아들이도록.

'여보게, 딴생각 말고 착실히 공부해서 좋은 데 취직하여 착한 여자 얻어서 아들 딸 낳고……' '네, 저도 그럴 작정입니다' 라고 대답하도록. '분수에 넘치도록 욕심이 많은 사람이 자살하는 법이야. 욕심을 줄이면 되지 않나?' '선생님, 참 그렇군요' 라고 생각하도록. '팔십이 다 되어가는 내가 끄떡없이 사는데 귓바퀴에 피도 안 마른 놈이 괴롭네 어쩌네 앓는 소리를 하다니……' '할아버지, 존경하겠습니다.'

어쩌면 내게는 그럴 가능성이 얼마든지 있을 듯했다. 우선 철저히 파멸되는 것이 무서워서 서울을 도망이라도 하는 기분으로 떠나고 있는 내 행위가 그걸 증명해주고 있는 게 아닐까? 차창에 비친 나의 표정 잃은 얼굴에 나는 괴로워하고 있지 않은가? 그리고 무엇보다도, 사람이 밉다고 떠들고 있지만 고향의 벗들을 나는 연민이 가득한 마음으로 그리워하고 있는 것이 아닌가? 나의 이 연민이 배반만 당하지 않기를.

뻥 뚫린 구멍? 그러나 그것을 땜질할 만한 것이 존재하지 않는다고 아직은 단언할 수도 없는 것이 아닌가? 나는 고향이 가까워올수록 피어나는 희망을 보았다.

3

기차는 날이 다 밝아서, 아침밥 먹을 무렵에 고향에 도착했다.

순천, 고향에도 가을이 깊어 있었다. 조용하면서도 꽤 강렬한 아침 햇살에 눈이 부셔 다소 어지러움을 느끼며 내가 플랫폼을 나서자, 윤수가 내 앞을 막아섰다. 얼굴은 온통 주름투성이로 웃고 있었다. 내가 띄운 엽서를 받고 마중을 나왔다고 했다. 그리고 그는 나의 한 손에 든 여행가방을 받아들면서,

"잘 왔다, 잘 왔어."

하고 말하는 것이었다. 진심에서인 듯했다.

그는 낡은 흑색 양복을 입고 때 낀 백색 와이셔츠를 안에 입고 있었는데 넥타이는 없었다. 옷차림부터가 어딘지 무너져가는 듯했지만 이 젊은 나이에 노인처럼 주름이 지고 주독이 올라 검붉은 빛깔을 하고 있는 그의 얼굴을 보자 나는 갑자기 허무한 생각이 들었다.

역에서 시가지로 들어오는 한길을 걸어가며 잠시 동안 우리는 무슨 얘기를 해야 할지 몰라서 잠잠했다. 수많은 낙엽들이 길 위를 이리저리 굴러다니고 있었다. 차디차게 파아란 빛을 하고 있는 아스팔트 위에 낙엽들의 갈색은 꽃처럼 선명했다.

"물론 계획은 없겠지?"

윤수는 별로 대답이 필요 없는 질문을 했다. 나는 빙긋 웃어 보였을 뿐이었다. 한참 후에 내가,

"시 많이 썼냐?"

고 물었더니,

"아아니, 통 못 썼어…… 봄 여름엔 술만 마셨지. 글은 가을이

오면 쓰기로 했는데 가을이 다 가도록 써지지가 않아…… 소설도 한 편 써볼까 하고 있었는데 원고지로 두 장 쓰니까 막혀버려서…… 뭐 그걸로 다 써버린 느낌이기도 하고……"

"생각하는 갈대께서?"

"글쎄, 시를 쓰는 것은 생각하는 갈대쯤이면 되겠지만 소설은……"

"소설은?"

"글쎄, 철면피? 돼지? 악마? 하여튼 여간 배짱 가지잖고선 그런 능청은 못 부리겠더라."

"양심을 걸고 쓰면……"

"양심? 소설에 양심을 걸고? 아하하하하……"

그러면서 그는 양복의 안 호주머니에서 다색(茶色) 봉투를 꺼내어 그 속에 접어서 넣어두었던 원고지 두 장을,

"내 소설의 서두지."

라고 말하면서 내게 건네주었다. 글은 먹물로 갈겨쓰여 있었다.

'황(荒)이라고나 표현하고 싶은 친구. 태어날 때의 재산은 A형인 혈액뿐. 그나마 부족했던지 늘 빈혈증으로 비틀거리고. 아아, 그렇지만 사람들은 이따위 상징적인 이력을 통 신용 안 한다. 그러면? 경주 김씨 순은공파 36대손, 항렬은 수(秀)자. 외가는 파평 윤씨. 남원 지방에서 주거하다가 남하하여 그의 씨를 퍼뜨린 김○○의 5대 직손. 그러나 이런 고전적 서사시도 지금은 사라

지고 없다. 무어라고 쓸까? 무어라고 쓸까? 나는 착한 놈입니다 라고 그냥 우겨대어 나가보자. 그러나 과연 그래도 괜찮을는지.'

나는 웃으면서 그것을 도로 건네주며,

"모르긴 모르지만, 소설은 이렇게 쓰는 게 아닐 거야."

"글쎄."

하고 그도 웃었다.

"넌 역시 시를 써야만……"

하고 내가 말하자, 그는 다시 피식 웃으며,

"시? 그것도 능청을 좀 부려야 쓰지 이젠 못 쓰겠어. 시라고 써놓고 보면 기막힌 욕설이 되어버리니 참."

"술 많이 마시냐?"

"음, 많이, 지독하게 많이. 코가 비뚤어지도록……"

"뭔가…… 기생들하고?"

"음, 그렇지만 기생이란 칭호가 과분한 여자들이어서. 허긴 나도 시인이란 칭호가 과분한 놈이지만, 하여튼 그런 년놈들이 모이니까 판은 어울리지, 하하하하……"

그러다가 그는 문득 생각난 듯이,

"진짜 기생들과 술을 마셔봤으면 좋겠어. 그 뭔가 샤미센을 켠다는 일본 기생들과 말야."

"일본 기생까지 끌어들일 건 없지 않아? 우리나라에도……"

"그렇지만 벌써 옛날이지. 우린 세상에 태어나기도 전에 멸망해버린걸. 물론 그 가야금을 켜는 기생들이 지금까지 내려온다면 샤미센네보다야 상품(上品)이겠지만. 아아, 아름다운 것은 일찍도 멸망하느니라."

"전쟁 탓이지."

"그 전쟁, 전쟁은 집어치워. 입에서 신물이 난다. 전쟁이 반드시 손해만 준 것은 아니잖느냐 말야."

"……"

"예컨대 내가 한꺼번에 여자를 서너 명씩 데리고 자는 것을 허용하든가."

우리는 함께 소리내어 웃었다.

"그런데 그 기생 아니 갈보들이 말야, 걸작이거든. 소월 시를 줄줄 외우고 게다가 내가 이상을 읽어주면 다 알아듣겠다는 거야. 언젠가 내가 사전에서 어려운 말만 골라서 시랍시고 써가지고 갔더니, 대명작이라는 거야. 엄청나지. 진짜 문학은 걔들이 허나봐."

그는 낄낄거리며 웃었다.

나는 점점 험상궂은 구름이 나의 내부에서 피어나는 것을 느꼈다.

"변변찮은 철공소를 차려놓고 망치로 쇠붙이를 두들기고 있어야 하는 아버지는 내 어머니라는 여자 하나만으로 참아야 하는데 아들인 나는 그 사람의 아들이라는 이유만으로 그 반대지. 요즘은 부쩍 아버지가 불쌍한 생각이 든다니까. 언제 기회가 생기면 내가 아는 기생들을 몽땅 데리고 집으로 가서 큰상이나 하나 차려놓고 아버지께 여자 맛이나 실컷 보여줄까 하는데. 뭐 내 처지에서 그것밖에 효도가 없을 것 같기도 하고."

이런 얘기를 하며 낄낄거리고 있는 윤수에게서 나는 내가 피해온 저 오영빈의 세계가 되살아오는 듯해서 고향에서 최초의 식은땀을 흘렸다.

규모가 작기는 하지만 고향도 도시였다. 도시이기 전에 저 사조(思潮)라는 맘모스와 그리고 그것이 찍고 가는 발자국에 고이는 구정물의 시간이었다. 그것을 긍정한다면 남이 나를 미워하듯이 나도 그들을 미워하는 것은 당연하지 않은가. 그러나 사람을 미워하는 감정 자체가 너무 괴로운 것이었다. 내 지난날의 그 평안, 토끼의 세계를 떨구어가듯이 ―그 세계가 잦아져버리는 게 아니라 내가 거기에서 막연한 필요성 때문에 도망하는 듯한 안타까움이 있었다. 게다가 시대의 핑계만으로는 단념할 수가 없다는 집념이 거기에 곁들이고 있는 것이기도 하였다.

윤수에게는 대체 어떠한 안타까움이 있는 것일까? 어쩌면 내가 감히 이해할 수 없는 것인지도 모른다. 그러나 어찌 됐든, 윤수가 영빈과는 다르다는 나의 생각 ―영빈보다는 윤수 편이 훨씬 진실된 고뇌를 가졌다는 생각. 그들 둘의 어떤 결과된 행동이 꼭 같다 하더라도 내부의 충동은 윤수 편이 훨씬 옳았다는 생각. 이러한 나의 생각이 단순히, 윤수는 '고향의 친구'라는 어휘가 주는 어감의 장난이 아니기를! 그리고 사실, 춘화를 파는 친구 임수영을 '죽여버리고 싶은 놈'이라고 표현할 수 있었던 윤수는 나의 그러한 기대에 보답될 수 있는 사람이 아닐까? 아직 식은 땀까지 흘릴 필요는 없는 것인지도 모른다. 젊은이 특유의 대화체라고 생각해도 무관할 것이다. 뭐 우리네의 대화란 태반이 하지 않아도 좋을 것들이니까.

형기에 대한 얘기를 해야 할 것 같다. 장님이 되어버린 나의 옛 '각시'. 집에 짐을 풀고 나서 오후에 나는 형기를 찾아갔다. 역에서 오는 길에, 윤수로부터 형기의 괴로움을 대충은 들었었다. 그러나 내가 직접 형기를 만났을 때 나는 형기 자신의 괴로움이 내게 전해올 뿐만 아니라 내 앞에서 울음이 금방이라도 터질 듯한 얼굴을 푹 숙이고 그러면서 무언가 말이 하고 싶은지 입을 쫑긋거리고 앉아 있는 그의 외모 때문에 나는 나대로의 괴로움을 얻고 있었다.

화상 때문에 얼굴 근육들은 비틀어져버렸고 동글동글하고 자그마한 얼굴에 커다란 흑색 안경을 쓴 그는 아무래도 웃음이 나는 만화의 주인공 같았다. 더구나 그가 들어 있는 방이란 그의 숙부댁의 한 작은 골방인데 한쪽 구석을 쌀가마니 두 개가 차지하고 있고 천장은 낮고, 얼마나 오래되었던지 회색으로 썩어가는 돗자리를 깐 방바닥에 홑이불처럼 얇은 이불을 이건 언제 펴두고 한 번도 개지 않았는지 걸레처럼 쭈글쭈글 깔아놓고 그 위에 형기는 서투르게 만들어진 부처님처럼 앉아 있었다.

나는 무슨 말을 해서 그의 불행을 위로해야 좋을지 몰라서 잠자코 그의 한 손만 쥐고 그걸 만지작거리며 앉아 있었다.

한참 후에 형기가 고개를 숙인 채 혼잣말처럼,

"날 바다로 데려다줘."

하고 말했다. 나는 그의 시커먼 안경 밑으로 눈물이 방울방울 흘러내리는 것을 보았다.

"바다는 왜?"

바다는 여기서 남쪽으로 삼십 리쯤 밖이었다.

"불 속에서 차라리 식구들과 죽었으면 좋았을 텐데."

"……"

"……"

"죽어버리고 싶냐?"

고 묻자 그는 고개를 끄덕였다.

"정우야."

그는 내가 쥐고 있는 자기의 손을 약간 흔들며 말했다.

"바다로 데려가줘?"

내가 물었다. 그는 또 고개를 끄덕여서 대답했다. 어딘지 어리광 같고 그러나 사실은 웃음으로 받아넘겨버릴 수 없는 부탁이었다.

형기는 자기의 괴로움을 안으로만 간직하며 이때까지 나를 기다리고 있었던 게 아닐까고 나는 생각하고 있었다. 그는 나와 대면하고 나의 얘기에 귀를 기울이고 그리고 나의 도움으로 죽든지 그렇지 않으면 살든지 하겠다고 작정하고 있었던 게 아닐까. 어쨌든 내가 그를 사랑하고 있었던 것을 그는 알고 있었던 것이니까. 마치 남자가 여자를 사랑하듯이 사랑하고 있었다고 해도 나로서는 무어라고 부정할 말이 얼른 생각나지 않는다. 나에 대한 형기의 감정도 그랬으리라. 아니 더했으면 했지 결코 뒤지지는 않았던 게 분명하다. 나는 이상스레 당황해지기 시작했다. 고등학교 때 저 담임선생 앞에서 형기가 계집애처럼 새빨개진 얼굴을 푹 숙였던 이유를 오늘에야 이해할 수 있을 듯했다.

(내가 하행하지 않았다고 하면?)

아마 그는 자기의 괴로움을 껴안은 채 나와 저절로 대면하게 될 때까지 모든 결정을 유예시키고 있었을 것이다. 어쩌면 그는 나와 만나게 되는 것을 두려워하고 있었던 게 아니었을까. 십중팔구 나의 이런 생각은 옳을 것이다.

"인마, 쓸데없는 소리 말고……"

나는 이렇게 말을 시작했으나 더 이어지지가 않아서,

"나하고 천천히 생각해보자."

하고 말했다.

나는 그의 한 손을 붙잡고 바람을 쐬러 밖으로 나갔다.

구름이 끼고 음산한 바람이 불고 있었다. 나뭇잎도 다 져버린 나무들은 회색 하늘 밑에서 앙상하게 서로를 의지하고 있었고 시 주변의 산들은 어두운 갈색으로 칙칙하게 저녁을 맞이하고 있었다. 우리는 산 밑을 흐르는 강의 방죽으로 나갔다. 방죽에는 까만 벚나무가 줄을 지어 서 있었다. 봄이 오면 꽃들이 활짝 피어서 방죽은 꽃구경 나온 사람들로 화려했었다. 북쪽으로 먼 산

간지방으로부터 눈이 녹아 내려온 맑은 봄물이 넘실거리던 강은 지금은 물이 말라버려서 한 줄기 가느다란 물줄기가 바싹 마른 자갈과 모래 사이를 근근이 비껴 흐르고 있었다. 물이 흐르는 쪽으로 눈을 돌리면 멀리 긴 다리가 그의 하얀 모습을 가물가물 보여준다. 이 쓸쓸한 풍경 속에서 난 계절의 아름다움을 느끼고 있었다. 나는 무심코,

"제법 어떤 분위기를 가진 풍경이지?"

하고 형기에게 물었다.

"응."

하고 그가 대답하며 미안한 듯이 뻥긋 웃었을 때, 나는 그가 장님이라는 현실로 돌아왔고 그 현실이 얼마 전보다 훨씬 쓰라리게 생각되었다. 나는 호주머니를 뒤져 담배꽁초를 찾아내서 피웠다. 담배연기가 금방금방 공중에 흩어져버리는 것에 주의를 집중시키며 내가 마음의 쓰라림에 어떤 방향을 주려고 애쓰고 있는데 형기가,

"담배 냄새란 참 좋구나."

하고 말했다. 나는 담배를 방죽 밑으로 던졌다. 담배는 모래밭에서 빨간 점이 되어 있다가 얼마 후에 꺼져버렸다. 어둠이 내리고 있는 강바닥에서 그 빨간 담뱃불은 무척 고왔다. 빗방울이 듣기 시작했다. 바람도 퍽 쌀쌀하게 불어서 나는 형기의 손을 잡고 일어섰다.

이미 나는 형기와 나와의 관계를 깨닫고 있었다. 형기를 사랑

할 수 있는 것도 반대로 학대할 수 있는 것도 세상에서는 나뿐이었다. 내가 그의 곁에 있는 한 그는 살아갈 것이다. 오직 내가 그의 곁에 있다는 사실만으로써도. 그리고 그것은 내 하향에 부여된 하나의 의미이기도 한 것이었다. 나는 그와 잡은 나의 손에 힘을 주었다. 얼마 후에 그의 손에서도 연인끼리의 그것처럼 조심스러운 반응이 왔다.

아버지와 어머니는 예상 이상으로 나의 하향을 슬퍼하고 계셨다. 아버지 편이 더 그랬다. 그날 저녁, 내가 아버지 앞에 꿇어앉아서 무어라고 변명을 시작하려고 하는데, 아버지는 나지막한 음성으로,

"안다, 안다."

고 말하며 고개를 숙이고 있었다. 아버지는 정말로 알고 있는 모양이었다. 그러나 어머니는 무언가 오해를 하고 있는 듯했다.

"얼마나 부대꼈으면……"

하고 말끝도 맺지 못하고 돌아앉아 울기 시작하면서 띄엄띄엄

"자식 하나 편안히 못 가르치고…… 난 죽일 년이지."

안으로 기어드는 목소리로 겨우 말하고 있었다.

그게 아니었습니다, 뭐 돈 같은 것 때문이 아니었어요, 하고 말하고 싶었으나 따지고 보면 다소 그런 괴로움이 없던 것도 아니었으므로 그러나 그보다는 나의 하향 이유를 들으면 어머니나 아버지는 더욱 슬퍼할 것이므로 나는 아무 말 하지 않기로 해버렸다. 나의 방으로 물러나오면서 내가,

"시청 같은 데 취직이라도 하겠습니다."

하고 말했더니, 아버지는 어이가 없다는 듯이,

"네가?"

하며 텅 빈 웃음을 허허 웃었다. 사실 이런 취직난 시대에 더구나 병역도 마치지 못한 놈이 취직할 데는 어디에도 없는 것이었다. 그리고 지금의 나로서는 취직을 했다고 한들 한 달도 못 견디어낼 것이다. 고마우신 아버지. 아버지가 연두색에 미쳐버렸듯이 나도 무엇엔가 미쳐야겠다고 생각하며 나는 쓰게 웃었다.

고등학교 삼학년인 아우도 애매한 이유로써나마 실의에 차 있는 듯했다.

"너 이렇게 공부해가지고 서울대학은 안 된다. 내가 수험공부를 할 때는……"

하고 제법 큰 소리로 위협을 해보는 것이지만 사실 자신을 돌아볼 때 목이 컥 막히는 것이었다. 서울대학에 합격했다고 해서 무엇을 얻었던가. '예링'을 가르치는 구역질나는 강의. 또 거기에는 '헤겔'과 '쇼펜하우어'가 동시에 위대한 것이었다. 당사자들이 들었으면 펄펄 뛰었을 텐데도 순전히 보편적 진리란 이름으로 그들이 서로서로 상대편이 오류라고 하며 자기를 관철시키려던 얘기는 하나의 에피소드에 불과한 것이었다. 그리고 그 보편적 진리를 배웠다는 친구들의, 아아 날뛰는 꼴. 감색 교복에 은빛 배지를 빛내며 버스칸 같은 데서 가죽가방을 무릎에 세우고 영감님처럼 점잖게 앉아 있는 국립대학생. '헤겔'도 못 되고 '쇼펜하우어'도 못 된 것들이. 더구나 '예링'의 절규가 어디서 나온 것인 줄도 모르고 그 절규의 메아리만 배워서 실천하려고 드는 무리들. 그러나 그들은 행복해 보였다. 아우도 그래주었으면 좋겠다고 나는 생각하고 있었다.

"인마, 너 합격만 하면 내가 입던 교복 너 줄게."

하며 나는 아우의 어깨를 툭툭 쳤지만 그러나 나의 교복은 술과 토해낸 것들로 하얗게 얼룩이 져서 대학 앞 어느 술집에 외상의 담보로 잡혀져 있는 것이었다.

며칠 후 저녁식사 때에 대학 교복 얘기가 나와서 어머니가 아우를 가리키며,

"얘는 얼굴이 하야니까 감색 옷을 입으면 참 예쁠 거야."

하고 말하자 아우가 계집애처럼 해해 웃는 걸 보고, 나는 토끼를 쫓고 있는 나 자신의 재판(再版)을 거기서 보는 듯하여, 아우만은 버스칸에서 영감님처럼 앉아 있을 수 있어주었으면 하고 가슴 아프도록 바라고 있었다.

고향에 와서의 이튿날은 하루 종일 비가 내렸다. 나는 우산을 받쳐들고 춘화장수, 폐병쟁이 수영이를 찾아갔다. 그의 집은 작은 초가집인데 방이 두 칸, 하나는 그의 어머니와 누이동생이 삯바느질을 하며 거처하고 있고 다른 하나가 수영의 말하자면 병실이었다.

고생을 많이 해서 육십이나 되어 보이도록 주름이 많고 핼쑥한 그의 어머니와 이 역시 한창 스물 나이답지 않게 핼쑥한 그의

누이동생에게 인사를 할 때 나는 자신도 모르게 눈물이 핑 돌았다. 그러나 정작 병자인 수영은 그의 해골처럼 바싹 마른 용모에도 불구하고 의외로 명랑한 편이었다. 수영이 거처하는 방은 대낮에도 촛불이나 켜야 책을 읽을 수 있을 만큼 어두컴컴하고 사방이 책으로 싸여서인지 먼지가 많았다. 책상 위에는 진한 녹색의 사보뎅이 한 포기 화분에 심겨 놓여 있었다. 사보뎅의 그 강렬한 빛깔은 어두운 방 안에서 환히 돋보이는 것이었다. 내가 사보뎅을 보고 있는 걸 알아채고 그는,

"사보뎅 좋지, 응?"

하고 물었다.

"장엄하구나."

내가 그렇게 대답하자,

"장엄하다? 좋았어. 본인은 그처럼 장엄하게 살고 있지."

그렇게 말하며 그는 흐흐흐 웃었다.

"곧 꽃이라도 필 것 같은데."

나는 웃으며 맞장구를 쳐주었다.

"그거 무얼 양분으로 하고 자라는 줄 알겠냐? 맞춰봐. 아주 상징적인 물건이지."

그가 물었다. 내가 의아한 눈초리로 화분을 보고 있노라니까 그는 다시 흐흐흐 웃으며 화분을 가리키고,

"파봐, 거기 화분의 흙을 헤쳐봐."

나는 지시하는 대로 손가락으로 흙을 헤쳐보았다. 몇 개의 환

50

약이 썩은 색을 하고 손가락에 잡혔다. 그 밑에도 몇 개 있을 듯 했으나 파헤치는 걸 그치고 나는 드러난 약을 한 개 집어들어서 냄새를 맡았다.

"그거 무언 줄 알겠냐?"

하고 그는 웃음을 띤 채 물었다.

내가 무엇이냐는 듯이 고개를 그에게로 돌리자 그는 방바닥에 깔아놓은 이불 위로 깍지 낀 손을 뒷머리에 대고 벌렁 나자빠지며,

"세코날이야."

하고 말했다.

"세코날이 사보뎅을 키운다. 좋지 않아?"

그는 또 흐흐흐 하고 웃었다.

"좋구나."

나는 손에 든 걸 화분 속으로 던지고 그의 옆에 앉았다. 그는,

"저만큼 비켜 앉아. 너도 폐병쟁이 될라."

하고 말하면서 나의 엉덩이를 밀었으나 나는 그대로 버티고 앉아서 방 안을 둘러보았다. 저 안편에 검정색 커튼이 드리워 있었다. 나는 짚이는 게 있어서 그 커튼 쪽을 가리키며,

"저거냐?"

하고 물었다. 그는 다 알면서도,

"무어?"

하고 되물었으나 그 다음에 씨익 웃는 것으로 보아 나의 상상대

로 그곳에는 춘화를 만들어 파는 사진기구가 있는 모양이었다. 가서 들추어보았더니 과연 간이 인화기니 현상용 비커니 약품이 든 병들이 있었다.

"수입은?"

하고 내가 묻자,

"내 약값엔 충분하지."

"몸은 많이 나았나?"

"피는 안 토하기로 했지. 그러나 이따금씩 심해질 때가 있어."

"경찰엔 안 걸리고?"

"다행히 거래상의 의리란 게 아직 남은 모양이어서 한 번도 걸리진 않았지."

"뭘로 시간 보내나?"

"그럭저럭 잠이나 자고 책이나 읽고."

"책은 무슨 책을?"

그는 손가락으로 방 안을 한 바퀴 휘 가리켰다. 나는 손에 잡히는 대로 한 권을 빼서 그것의 제목을 보았다. 유행작가의 소설이었다.

"문학을?"

"응."

"법대생이?"

"법대생?"

그는 또 흐흐흐 웃음을 터뜨렸다.

"법대생? 그러고 보니 다시 한번 대학생이 되고 싶어지는구나."

"소설 많이 읽었냐?"

"글쎄, 닥치는 대로지 뭐."

"누가 좋았어?"

"글쎄…… 앙드레 지드란 놈 알지?"

내가 고개를 끄덕이니까,

"그 자식, 나하고 흡사하던데."

"천만에, 정반대일걸."

"아냐, 흡사해. 그 자식 일 주일에 수음 몇 번 했는가를 알아맞히라고 하면 난 말할 수 있지."

"몇 번 했어?"

"네 번이지. 왜냐고? 나하고 흡사한 놈이니까, <u>흐흐흐</u>."

나도 그를 따라 웃을 수밖에 없었다.

"생텍쥐페리는?"

내가 묻자 그는,

"읽었어."

"어때?"

"그 자식은 아무래도 믿을 수가 없어. 놈의 소설을 읽고 있노라면 무엇엔가 꼭 속고 있는 느낌이란 말야."

나는 덤덤한 심정으로 고개를 끄덕였다. 아마 수영의 얘기는 정당할 것이다. 나는 타인에 대하여 오랫동안 깊이 생각해본 적이 별로 없다. 타인의 소설이라든가에 대해서도. 그런데 수영이는 퍽 오랫동안 그리고 깊이 생각해본 자의 태도로 얘기하고 있는 것이었다. 어쩌면 그는 거기에서 구원의 길을 찾고 있었던 게 아닐까. 아무래도 그는 밑바닥까지 내려가 있으니까. 그런데 반추해보면 나의 위치는 퍽 애매한 것이었다. 밑바닥까지 내려가 있는 자를 부러워하고 그리고 그만큼의 강도로 그곳에 추락되는 것을 무서워하고 있는 것이었다. 가만있자, 이 얘기는 어찌 되는 것일까? 나는 문득 수영에 대하여 증오의 감정이 생기는 것을 느꼈다. 죽어줬으면 좋겠다는 생각이 갑자기 찾아왔다. 그러나 수영이 자신은 세코날로 사보뎅을 기르고 있는 것이 아닌? 기어코 살아내겠다는 의지로 뭉쳐 있는 것이었다. 수영이가 더욱 미워졌고 산다는 것이 던적스럽게 생각되었다.

"윤수는……"

내가 윤수를 빙자하여 나의 그런 감정을 표시하려고 할 때 그는 단 한마디로 간단히 방어해버리는 것이었다.

"그 자식은 날 미워하고 있어."

그렇게 말하는 그의 말투가 어찌나 험악했던지 나는 움찔 움츠러들어버렸다.

"날 질투하고 있어."

그는 또 그렇게 말하였다. 질투? 그럼 지금 나의 수영에 대한 감정도 질투란 말인가?

"내게 여자를 제공해준 게 누군 줄 알아? 윤수야. 여자 위에 올라타고 있는 게 누군 줄 알아? 윤수지."

그는 벌떡 일어나더니 커튼 저편에 가서 춘화를 한 뭉텅이 가지고 와서 내 앞에 던졌다. 가지각색의 자세로 찍혀 있는 그것들은 너무나 기괴망측하였다. 내가 영빈을 통하여 사보냈던 춘화에도 그처럼 괴상한 자세는 없었다. 춘화를 만들기 위한 춘화. 너무나도 돈을 만들기 위한 춘화. 약을 사기 위한 춘화. 살기 위해서는 저처럼 망측한 자세가 유지되어야 한다는 그 사진들에서 다행히 윤수는 한결같이 고개를 돌려버림으로써 얼굴을 보이지 않고 있으므로 얼른 윤수라고 알아볼 수는 없었으나 어쨌든 윤수임에는 틀림없는 모양이었다. 윤수와 같이 찍혀져 있는 여자의 얼굴은 이쪽을 향하고 있었다. 눈썹이 짙은 얼굴이었다.

"서울에서 네가 보내준 것을 팔고 있을 때 어떻게 알았는지 윤수가 찾아와서 자기가 모델이 되어줄 테니 여기서 만들어 팔라고 권하였지. 짜아식의 그때 표정은 영 잊을 수가 없어. 아주 징그럽게 웃으면서 뭐랄까 나를 물어뜯을 듯했으니까. 나도 이를 갈면서 '오케이'했지. 하지만 내가 늘 선수지. 난 여자와 결코 가까이하지 않거든. 몸이 나빠지니까 말야. 아마 짜식은 내가 죽기를 바랄지도 모르지. 그렇지만 내가 죽어?"

그는 억지로 짜내는 웃음을 쿡쿡 웃었다. 나는 고향에서 두번째의 식은땀을 흘렸다. 수영의 그 말투 속에는 '이놈 너도 역시' 하는 가시가 돋쳐 있는 것만 같았다. 더구나 수영의 그 웃음 앞에서 나의 모든 괴로움은 한낱 허수아비의 가면처럼 무의미한 것이 되어버리고 쳇바퀴를 도는 다람쥐로 변신해버리는 듯하였다. 세상에는 무수한 위기가 있다고 하지만 그야말로 수영의 웃음은 중대한 위기였다. 그러나 나는 솔직히 고백하거니와, 수영이가 내 지난날의 생활에 대한 나 자신의 죄책감을, 마치 안개처럼 흐릿하나마 분명히 존재하고 있던 회오를 점점 불려보내고 있는 듯이 느끼고 있었다. 그리고 그것은 대단히 미묘한 평안이었다. 그렇다고 수영에 대한 증오가 사라졌다는 말은 아니다. 오직 그 증오란 게 내가 생각해도 내세울 만한 것이 못 된다는 얘기일 뿐이다.

그해 가을이 다 가고 높바람이 꽤 세게 불기 시작하는 동짓달을 맞을 때까지 내가 대부분의 시간을 보낸 곳은 수영의 방이었다. 윤수도 아침부터 출석이었다. 윤수가 수영을 미워하고 있는 것은 사실이었으나 그리고 수영의 표현대로 질투하고 있는 것도 사실이었으나 그것이 수영을 향한 것이 아니라 오직 윤수 자신의 에고이즘에서 튀어나오는 것이었으므로 드러내놓고 수영을 공격하거나 하는 행위는 없었다. 질투라고 해도 사실은 별게 아니었는지 모른다. 문학이라는 자기 영역을 침입받았다는 그리고 수영이 작품을 쓴다면 자기보다 우수하리라는 질투 정도였는지 모른다. 윤수는 은근히 수영을 골려줄 기회를 잡으려고 애쓰고 있긴 했으나 별로 큰 성과는 없었다. 수영은 병든 고슴도치처럼 웅크리고 앉아서 빈틈없이 자신을 보호하는 것이었다. 말하자면 감정의 장난이었다. 하여튼 겉으로는 서로 퍽 다정한 듯이 굴었고 평온했는데 내가 사이에 끼어서 조정한 힘도 컸을 것이다. 내가 하향한 지 며칠 후에 내가 손을 잡고 데리고 온 것을 계기로 형기도 우리들 틈에서 뒹굴었다. 그가 나날이 눈에 뜨이게 명랑해져가는 것이 내게는 커다란 위안이 되었다.

"적어도 난 너희들과는 다른 고차원의 세계에서 사는 사람이야. 난 너희들이 보지 못하는 어둠의 세계를 보고 살고 있으니 적어도 일차원은 더 너희보다 높은 거야. 저, 저것 봐라. 저기 천사가 날아가네"라고 농담을 할 정도로 입심이 늘기도 하였다. 설령 그가 입에 담을 수 없는 욕지거리를 술술 했다고 해도 나는 웃으며 받아들였을 것이다. 아무래도 그는 순수한 슬픔의 덩어리를 붙안고 있는 사람이었으니까. 하기는 때때로, 나와 단둘이 있게 되면,

"정우야, 날 바다로 데려가줘."
하고 고개를 숙이고 얘기하는 것이었지만 그러나 그것도 이제 와서는 한 가지 애교에 불과했다. 상대편의 사랑이 혹시 식어버리지나 않았나 근심이 되어 '우리 이젠 그만둘까?' 하고 짐짓 시험을 걸어보는, 연인들 사이에 흔히 있는 제스처와 흡사한 것이었다. 그리고 그러한 제스처에 속아넘어가는 연인이 세상엔 없듯이 나도 형기의 애교에 속지 않았다.

그렇지만 아아, 그 퉁소 소리. 늦가을의 밤바람이 쓸쓸한 소리를 내며 불어가는 것에 귀를 기울이고 있을 때 그 바람에 휘몰려가는 듯이 가냘프게 형기가 불고 다니는 퉁소 소리가 들려오는 것이었다. 안마쟁이가 여기 지나갑니다라는 신호였다. 이불 속

에 누워서 질주하는 바람에 모든 것이 불려가버리는 느낌으로 그 퉁소의 여운을 생각하고 있노라면 형기가 그의 시커먼 안경으로 우수(憂愁)를 가리고,

"정우야, 날 바다로 데려가줘."

하던 말은 견디어낼 수 없도록 절실한 것이었다. 그리고 진(眞)과 위(僞)의 차이를 구별해낼 수 없었던 서울에서의 나로 되돌아가는 자신을 발견하는 것이었다. 실상 고향에서도 나는 아무 결론을 얻지 못하였다. 생활을 빼어버린 나의 하루하루는 그렇다고 내세울 만큼 착한 것도 아니었다. 생활한다는 것, 좋든 나쁘든 생활한다는 것이 최고의 표현을 가진 예술이라면 내게는 어처구니없지만 예술조차도 사라져버린 것이었다. 세상의 위인이란 사람들이 입버릇처럼 얘기하는 '항상 새로 출발하라'의 지점으로 돌아와 있는 것이라고 생각하면 간단하겠지만 그렇게 생각하기에는 짊어져야 할 것이 너무 많은 듯했다.

수영의 어두운 방에서 우리는 아포리즘 풍의 시를 써내거나 하는 일로 소일하고 있었다. 윤수는 종이에 우리가 한마디씩 하는 것을 정리해내곤 했다.

우울한 날엔 편지를 써라
아무에게나 생각나는 사람에게 편지를 써라
그래도 우울한 날엔 책을 읽어라
그래도 우울한 날엔 노래를 불러라

아무쪼록 유행가를 낡은 기억 속에서 끄집어낸 유행가를

그래도 우울한 날엔 잠을 청해라

잠도 오지 않도록 우울한 날엔 수음을 해라 눈을 부릅뜨고

그래도 우울한 날엔 울어보아라

거울 앞에 목을 앞으로 빼내어

울음소리를 닮은 소리를 질러라

그래도 우울한 날엔 그래도 우울한 날엔……

"그 다음엔 '죽어라' 인가?"

"아냐, 죽이지 않고 어떻게 해볼 방법은 없나?"

수영은 그렇게 대답하며 계속시킬 어구를 찾느라고 입을 우물 거리는 것이었다. 서글펐다. 그러한 서글픔을 나는 김빠진 웃음 만 허허 웃으며 삭여버렸다. 나도 그들을 따라서 입을 우물거려 보았다. 입을 우물거리고, 그저 그러기만 하고 있었으면 나는 행복했다고나 할까?

4

날이 갈수록 내 도피의 어리석음이 드러났다. 미워하는 데서 그치지 말고 반항하는 법을 배웠더라면 나의 괴로움은 진작 서 울에서 무마될 수 있었을 것이다. 스스로 목숨을 끊는 결과를 가

져왔다고 하더라도 그 편이 훨씬 정직한 것이었으리라.

　어느 날 아침, 내가 수영의 집에 출근했을 때 내가 좀 일렀던지 수영은 아침 산보에서 돌아오지 않고 출근자는 나 혼자뿐이었다. 수영의 방에 누워서 뒹굴고 있노라니 누가 방문을 똑똑 두드렸다. 수영의 동생 진영이었다.

　"어머니가 잠깐 건너오시래요."
라고 진영이 말했다. 스물 나이답지 않게 병자처럼 핼쑥한 그녀의 얼굴은 사뭇 엄숙한 표정이었다. 무슨 근거에선지 문득, 아 이제 심판이 시작되었구나, 하는 느낌이 들었다. 그리고 수영의 어머니가 어떠한 질문을 하더라도 나는 그것에 대답하지 못할 것 같았다. 불안, 죄인의 불안. 나는 잠시 동안 방바닥에 앉은 채 멀거니 진영의 얼굴만 보고 있었다. 나의 불안이 내 표정이 되어 있었던지 진영은 아무 일도 아니라는 듯이 생긋 웃어 보였다. 그 미소 속에는 때묻지 않은 처녀가 있었다. 나는 용기를 내어 진영과 그녀의 어머니가 거처하는 방으로 건너갔다.

　방은 손재봉틀과 낡은 궤짝 같은 농으로 차서 비좁았다. 방바닥에는 옷감 마름해놓은 것이 널려져 있고 벽에는 사진틀이 하나 걸려 있었다. 사진틀의 유리에 파리똥이 새카맣게 앉아 있고 그 속에서 누렇게 퇴색한 사진이 엿보이고 있었다. 사진은 구식 결혼 사진이었다. 장삼을 입고 족두리를 쓰고 얌전히 눈을 내리깔고 서 있는 신부가 수영의 어머니였다. 퍽 고운 자태라고 나는 생각하고 있었다. 그리고 그때 내 앞의 옷감들을 주섬주섬 한쪽으로 밀어제치며 무언가 간절한 얘기를 시작하고 싶어하는 이제는 늙어버린 수영의 어머니에게도 아직도 저 퇴색한 사진 속의 신부와 같은 우아함이 보존되어 있었다. 나는 수영의 어머니가 어떠한 얘기를 할지라도 고분고분히 들을 작정이었다.

그러나 수영 어머니의 얘기는 예상 외로 꾸지람이 아니라 하소연이었다. 수영은 일방적인 의사로서 자기의 밥값을 자기 어머니에게 지불하고 있는 것이었다. 수영은 자기를 아들이라고 생각지 말 것을 자기 어머니에게 선언했던 것이다. 수영은 어머니가 당신의 수입으로 사들여준 약병을 어머니 앞에서 깨뜨려버렸던 것이었다. 수영은 윤수와 윤수의 기생을 자기 방에 데려다 놓고 미친 듯이 괴성을 연발하곤 했던 것이었다. 수영의 춘화 만드는 얘기는 어지간히 알려져버린 것이어서 수영의 어머니와 진영은 낯을 들고 거리를 다닐 수 없다는 것이었다.

수영의 어머니가 이러한 얘기를 하고 있는 곁에서 진영은 울먹거리는 목소리로,

"차라리 우리는 오빠가…… 오빠가 죽어줬으면 해요."

하고 나더니 엎드려서 어깨를 들먹이는 것이었다. 마침내 그의 어머니까지 훌쩍거리며 울고 있었다. 이러한 모녀를 흙벽 하나 저편에 두고 악마의 주언(呪言) 같은 얘기들만 쑤군거리고 있던 우리들은, 아아 죽을지어다, 죽을지어다.

나는 슬그머니 자리에서 일어나 수영의 방으로 건너왔다. 수

영은 언제 들어왔는지 방바닥에 벌렁 누워서 방문을 열고 들어가는 나를 보며 히쭉 웃었다. 내가 시무룩한 표정으로 그의 옆에 쓰러지듯 주저앉자 그는,

"난 다 들었다, 난 다 들었다."

라고 흥얼거리기 시작했다. 그는 천장을 올려다보며 화난 표정이었다.

"듣긴 무얼 들어?"

내가 자신도 모르는 새에 소리를 꽥 지르자 그는,

"인마, 그따위 넋두리에 넘어갔구나."

하며,

"난 다 들었다, 난 다 들었다."

다시 흥얼거리기 시작했다. 나는 책상 위에 있는 사보뎅 화분만 멍하니 보고 있다가 집으로 돌아와버렸다. 그뒤로 나는 수영의 집에 다니는 것을 그만두었다. 윤수와 형기도 내가 나가지 않으니까 출입을 끊었다.

그 대신 나는 윤수를 따라서 윤수의 단골 술집엘 다니기 시작했다. 윤수에게 얹혀서 값싼 안주에 소주를 마시고 술상머리에 네 활개를 쭉 펴고 잠이 들었다가 저녁이 오면 찬물에 얼굴을 담그고 나서 집으로 돌아오곤 했다. 집에 오는 길에, 젖먹이를 버려두었다가 갑자기 생각이 나서 달려가는 어미의 심정이 들면 형기를 찾아가서 기껏 위로한다는 소리가,

"오늘밤은 추우니 안마 나가지 마라, 응?"

하거나,

"어떻게 되겠지. 조금만 기다려보자. 어떻게 될 거야."

하고 자신이 생각해도 우스운 약속만 실컷 하고 그러면 쓸쓸함
이 밀려와서 몸서리를 치거나 했다. 그러나 형기는 나의 허공에
뜬 대화에 진력도 내지 않고 조용히 귀를 기울이다가 이따금씩
밖에 찬비라도 내리는 날이나 혹은 바람이 유난히 거세게 부는
날에는,

"날 바다로 데려가줘."

하며 나의 등에 볼을 대고 슬퍼하곤 했다.

술집에는 기생이란 이름의 여자들이 네 명 있었는데 그들간에
윤수는 대인기였다. 여기야말로 나의 왕국이라는 듯이 윤수는
별의별 말, 별의별 짓을 다해서 여자들을 웃기었다. 그가 이른바
문학수업을 통해서 얻은 지식은 몽땅 그곳의 여자들을 웃기는
데 쓰이고 있었다. '카프카'의 작품들을 완전히 자기 유의 유머
소설로 만들어서 떠들어대면 여자들은 배를 움켜잡고 방바닥을
굴러다니기도 했다. 점점 나도 거기에 동화되어가는 듯했다. 남
에게 피해는 입히지 않는다. 죽어도 내가 죽을 테니 간섭을 말아
라. 대강 이런 식이었다.

"기도(妓道)가 무엇인지도 모르는 기생과 세상에서 문학의 소
재가 어디멘지를 모르는 문학청년이 왜 만들어졌는지 알 수 없
는, 자아, 술을 들자."

윤수는 이렇게 소리를 지르다가도,

"제기럴, 이번 가을엔 꼭 시집을 한 권 낼려고 애써 모아두었던 돈 다 없어지네."
라고 중얼거리곤 하였다.

술집 여자들로 말하자면 나는 그들에게 통 흥미가 없었다. 그들간에도 기막힌 우정이 있다. 모든 것을 잃어버린 자들이 갖는 생명에의 집착이 있다. 돈을 가장 바라는 걸로 세상에 인식되어 있으면서도 기실은 돈을 가장 경멸하는 부류. 겨우 이 정도의 선의적인 관찰로써 나는 그들에게 흥미를 느낄 수는 없었다. 술에 취하면 나는 곧잘 어느 여자의 무릎에나 머리를 얹고 잠이 드는 것이었지만 그렇다고 그것이 여자들에 대하여 사랑의 감정이 있어서는 아니었다. 따지고 보면 서울에서의 여대생 선애보다 몇 갑절 더 불행한 여인들이었다. 그런데 선애의 불행에 대해서는 그토록 마음 아파했으면서 그보다 더 불행한 여자들 앞에서 왜 나는 무감각한가. 선애와의 관계에는 사랑이 개재했으니까, 라고? 그러나 반드시 그런 것 때문만도 아닌 듯했다. 생각하면 선애는 치르고 나면 면역이 생기는 열병과 같은 존재였나보다. 첫 서리만이 차가운 법이었다. 하나의 고된 시련을 치르고 나면 그 다음의 시련엔 별 고통이 없다는 이치 속에 나는 끼어 있는 것이었다. 아, 알 듯하다. 노인들에겐 놀랍도록 웃음도 없고 눈물도 없는 까닭을. 인간은 수많은 병기로써 무장하고 있다. 사랑, 미움, 즐거움, 서러움, 자만, 회오…… 혹은 섬세한 연민, 섬세한 질투…… 그런데 살아가노라면 단지 살아가노라면 이것들은 하나씩하나씩 마비되어가나보다. 자신도 알지 못하는 사이에 미묘한 장점이 훼손되어 있기도 하리라. 아아 싫다. 마비시켜버리더라도 뚜렷한 의식 가운데서 그러고 싶다. 그러기 전에 그러한 병기들을 잃어버리고 싶지가 않다.

그러나 아무래도 그 술집 여자들에게 마음의 밑바닥에서 우러나오는 태도는 거짓으로나마 지어 보일 수가 없었다. 겨우, 같은 처지에 처한 사람들끼리의 우정 비슷한 것만이 생기고 있을 뿐이었다. 그러고 있을 때, 결정적인 타격이 왔다.

윤수가 형기를 술집으로 꾀어온 것이었다.

그날 아침, 나는 전날의 통음(痛飮)으로 머리가 띵하고 사뭇 어지러워서 창문을 열었더니 겨울을 알리는 바람이 휙 몰아쳐왔는데, 그것이 머리의 진통을 가라앉혀주는 듯하여 한참 동안 창문턱에 이마를 대고 있다가 고개를 들었을 때 맞은편 문간채의 기와지붕 위에 서리가 햇빛을 받아 보석처럼 반짝이고 있는 게 보였다. 문득 계절에 생각이 미치어 달력을 보았더니 벌써 11월도 중순으로 접어들고 있었다. 하향한 지 거진 한 달이 되어가고 있었다. 나는 아무런 잡념 없이 순전히 초조함으로 가슴이 두근거리기 시작했다. 어떻게 해야 한다는 생각, 이대로 있어서는 안된다는 생각만이 꽉 찼다. 나는 다시 이불 속으로 기어들어갔으나 정신은 또렷또렷해지기만 하고 그러나 무슨 판단력이 생기는 것은 아니었다. 얼마나 지났는지도 모르게 그런 상태로 누워 있다가,

"위기다! 위기다!"

라고 중얼거리며 나는 자리에서 벌떡 일어나 옷을 주워입고 아침밥도 먹지 않은 채 윤수가 와 있을 술집으로 달려갔다. 그런데 형기가 거기에 있는 것이었다. 한 번도 데려오지 않았고, 그리고 할 수 있으면 술집을 형기에게는 알리고 싶지 않았었다.

그런데 더욱 분한 것은, 형기를 방 한가운데 세워놓고 술집 여자들과 윤수가 그를 뺑 둘러싸고, '용용 날 잡아라'를 하고 있는 것이었다. 그들은 박수를 치며 깔깔대고 있었다. 그런데 형기 자신도 무척 즐거운 듯이 이마에 땀이 송글송글 맺히도록 열심이었다.

내가 들어서자 여자 하나가,

"이거 보세요. 이 눈먼쟁이 아주 걸작이에요."

나의 팔을 잡아 끌어들이면서 깔깔거렸다.

"약주를 한 되나 마시고도 끄떡 없어요. 저것 봐요. 얼굴이 붉어지지도 않았죠."

"게다가 저 꼴에 인자한테 반했는 모양이지요."

나는 인자라는 기생을 돌아보았다. 그녀도 재미난다는 듯이 양손으로 허리를 잡고 웃고 있었다. 형기는 내가 나타나자 당황해진 모양이었다. 얼굴이 새빨갛게 되어서 무안을 당한 사람처럼 멀어버린 눈을 껌벅거리며 어설픈 웃음을 띠고 방 가운데 나무토막처럼 서 있었다.

윤수는 방바닥에 누워버리면서,

"내 탓은 아니로다. 내 탓은 아니로다."

라고 말했다. 그 말을 하면서 그는 가톨릭 신자들처럼 주먹으로 자기 가슴을 툭탁툭탁 치는 것이었다. 우선 윤수가 엄청나게 변했다는 사실로써 그랬다. 목구멍을 치받고 올라오는 것이 있었다. 나는 있는 힘을 다하여 엉뚱하게도 형기의 뺨을 갈기었다. 형기는 비틀거렸다. 그러더니 그 자리에 엎드려서 마신 것을 토하기 시작했다. 방바닥은 금세 오물로 가득 찼다. 인자가 걸레를 들고 달려와서 형기가 토해논 것들을 치우며 나를 흘겨보았다. 딴 여자들도 도대체 당신이 뭔데 그러느냐고 투덜대었다. 윤수만이 더욱 높아진 목소리로,

"내 탓은 아니로다. 내 탓은 아니로다."

라고 외치고 있었다. 나는 방바닥만 우두커니 내려다보며 서 있다가 형기가 겨우 자리에서 비척거리며 일어서자 그의 팔을 끌고 밖으로 나왔다. 울고 싶었다. 그러나 먼저 운 것은 형기 쪽이었다. 그는 느껴대며 울었다. 인자가 방에서 형기의 검정 안경을 들고 나왔다. 내가 그것을 받아서, 눈물이 흐르고 있는 그의 멀어버린 눈을 손수건으로 훔쳐준 다음 그것을 씌워주었다. 나는 형기의 팔을 잡고 천천히 걸어서 그의 집에까지 데리고 와서 그의 방에 눕혔다. 그가 코를 골며 잠이 들 때까지 나는 그의 한 손을 쥐고 그의 옆에 잠자코 앉아 있었다.

그러나 며칠 후, 형기가 부끄러운 웃음을 띠며,

"인자라는 여자…… 좋은 여자지?"

하고 내게 물었을 때, 나는 그날 일의 중대함을 다시 한번 느꼈다.

　나도 웃으며,

　"왜? 어떻게 좋은 여자인지 아닌지 알았어?"

하고 묻자 그는,

　"그냥, 뭐 그렇게 느껴졌어. 그 여자 나빠?"

　"아아니, 마음씨가 고운 여자지."

　그는 고개를 끄덕이며,

　"그럴 것 같았어."

하고 안심하듯이 말했다.

　형편이 별수 없게 되었다고 나는 생각했다. 마침내 나는 그 술
집 출입을 끊고 형기를 윤수에게 내맡겨버렸다. 형기가 인자에
게 흠뻑 빠져버렸다는 얘기를 나의 집으로 찾아오는 윤수 편에
서 듣고 있었다. 육체관계도 있는 모양이었다. 인자가 형기에 대
하여 어느 정도인지는 알 수 없었다.

　그럴 무렵, 어느 날 저녁에 나는 아버지와 어머니 앞에 호출당
했다. 그분들의 얘기는 아주 간단했지만 무척 어려운 것이기도
하였다. 내가 아버지 앞에 무릎을 꿇고 앉자 아버지는 무거운 목
소리로,

　"네 소원이 무엇이냐?"

고 내게 묻는 것이었다.

　소원. 소원? 소원? 나는 목이 메었다. 너무나 많기에 없느니만
못한 소원. 나는 무엇이 되고 싶습니다, 라고 꼭 한 가지를 분명

하게 얘기할 수 있는 사람은 복받은 사람임에 틀림없으리라. 아버지, 모든 것이 다 되고 싶습니다. 모든 것이 다 갖고 싶습니다. 이런 대답은 있을 수 없었다. 그러나 솔직히 말하면 무엇을 맡겨도 감당해낼 자신이 없다고 얘기했어야 할 것이었다.

내가 아무 말이 없이 고개만 흔들고 있자 아버지는,

"날씨가 좀 무리일지 모르나 어디 여행이라도 한번 하고 오너라. 여행중에 차분히 생각도 좀 해보고…… 다소 도움이 될 테니."

라고 말하면서 어머니가 건네주는 종이로 싼 뭉치를 받아서 내 앞에 밀어놓으며,

"돈이다. 오늘 저녁에 잘 생각해봐서 돈 자라는 데까지 돌고 오너라."

라고 말했다. 꽤 많은 듯했다. 어머니가 비단 보따리를 이고 다니며 간신히 끼니를 이어가는 살림에 내 앞에 놓인 부피의 돈이라면 굉장한 것이었다. 나는 지그시 눈을 감았다.

"정우야, 우리도 남들처럼 한번 살아보자. 여행하고 와선 마음 단단히 먹고 한번 살아보자."

어머니가 떨리는 목소리로 그런 말을 했을 때 나는 더 견디어낼 수 없었다.

"그렇게 하겠습니다."

라고 대답하고 나서 나는 내 방으로 도망치듯 건너와서 이불을 둘러썼다. 그러나 울고 싶은 마음과는 반대로 눈물은 나오지 않

고, 허허어 하는 웃음소리를 닮은 괴성이 목구멍에서 터져나왔
다. 언젠가 수영이가 '죽지 않고 어떻게 해결할 방법을 찾아야
지' 하던 물음을 나는 생각하고 있었다. 어쩌면 영원한 질문. 두
고두고 써야 할 테마가 아닐는지? 나는 밤이 새도록 잠을 못 이
루었다. 퍽도 긴 밤이었다. 다음날, 마침 집으로 찾아온 윤수에
게 나는 여행에 관한 얘기를 했다. 윤수도 옛날부터 남해의 도서
지방을 돌아보고 싶었다고 하면서 이 기회에 자기와 함께 그쪽
방면으로 여행을 가는 게 어떻겠느냐고 제안했다. 그렇지만 이
번 나의 여행의 목적은 단순히 아름다움을 찾기 위한 것이 아니
라고 내가 얘기하자 그는 잘 알겠다고 고개를 끄덕이며, 그러나
너무 기대는 걸지 말고 우선 출발해보자는 얘기를 하는 것이었
다. 그렇게 얘기하는 윤수는 오래간만에 진실한 태도였다.

5

집을 나설 때 대문 밖까지 배웅을 나온 아버지와 어머니의 표
정을 잊을 수가 없다. 두 분은 분명히 나를 불쌍히 여기고 있었
다. 어쩌면 지난날의 자신들을 향하여 응원의 주먹을 휘두르는
기분이었는지도 모른다. 특히 아버지 편이 말이다. 이제 와서 나
는 옴쭉달싹할 수 없음을 느꼈다. 애쓰다가 애쓰다가 안 되면 그
만이다, 라던 얼마 전까지의 내 생각은 수정을 받아야 했다. 이

제는 애쓰다가 애쓰다가 안 되면, 아니 그렇지만 기어코 해내어야만 되었다. 저 덜컥거리던 야행열차의 유리창에 비친 나의 무표정한 얼굴을 들여다보며 세상이 내미는 모든 것을 고분고분히 받아들이자던 나의 약속을 ― 뒤집어보면 그러한 나의 생각에 일종의 비웃음이 섞여 있었지만 ― 이제는 어쩔 수 없이 실천해야만 하게 되었음을 깨달았다.

세상의 모든 사람들이 나를 향하여 '너의 이른바 고뇌라는 것에서는 젖비린내가 난다'고 하며 웃어버릴지라도 아버지와 어머니만은 나만큼 아니 나보다도 더 절실하게 나의 번민을 앓아주고 있는 것이니 그런 분들이 요구하는 것이라면 무엇이든 되어주고 싶다는 생각이 들었다. 그런데 바로 그분들이 나더러 저 범속한 사람들 틈에 끼어달라고 요구하는 것이었다. 마치 내가 아우에게, 버스칸에서 영감님처럼 앉아 있을 수 있는 대학생이 되어주기를, 그리고 선애가 차라리 튼튼한 백치를 낳기를 바라고 있는 것과 같은 심정으로써.

여행에 관해서 나는 좀 세세히 적고 싶다. 어쨌든 즐거운 여행이었으니까. 윤수와 나의 여장은 초라하도록 간단했다. 어깨에 걸치게 된 작은 백에 몇 가지 내의와 책 두어 권씩을 넣고 우리는 버스로 우선 여수에 도착하였다. 동짓달의 엷은 햇살은 그나마 차가운 바닷바람이 쓸고 지나가버리는 것이어서 거리는 흙먼지가 날리고 무척 황량하였다. 시 전체가 흙바람에 싸여 희빗한

게 도시의 신기루를 보고 있는 느낌이기도 하여 만지(蠻地)에 온 것만 같았다. 바다를 보면, 수평선까지 백파(白波)가 성성하고 돛배가 몇 척 쓰러질 듯한 자세로 빠르게 항해하고 있었다. 우리는 시의 동북쪽에 있는 긴 방파제에 웅크리고 앉아서, 올 데까지 왔다, 더 가기가 싫다, 저 백파의 바다를 넘어서 섬으로 갈 이유가 무엇인가, 라는 얘기를 한마디씩 중얼거리고 그러나 짧은 해가 다 지도록 이상한 마력으로써 우리의 마음을 한없이 설레게 하는 물결 높은 바다를 바라보고 앉았다가 숙소를 찾으러 시내로 돌아왔다. 밤이 와서 거리가 텅 빈 항구는 더욱 황량하였다. 우리는 입고 있는 낡은 코트의 깃을 세우고 꾸부린 자세로 발걸음을 빨리하여 큰 거리를 부두 쪽으로 걸어갔다. 여기서 한마디 해두고 싶다. 이 쓸쓸한 풍경 속에서 그러나 나의 마음은 알 수 없이 따뜻해 있었던 것을. 무엇이었을까? 센티멘털리즘? 센티멘털리즘이라고 해두자. 그러나 몇십 년 후, 코트 깃을 세우고 이 바람찬 항구의 겨울 거리를 비스듬한 자세로 걸어가는 센티멘털리즘이 없다면, 아아, 그런 일은 없으리라, 단연코 없으리라. 아무런 속박도 욕망도 없이 볼을 스치고 가는 바람의 온도와 체온과의 장난을 즐기며 꾸부린 자세가 오히려 편안하다고 느끼며 그리고 내 구두가 아스팔트를 울리는 소리만을 들으며 어디론가 그저 걸어가는 일. 그 순간에 나는 죽어도 좋았다.

우리는 부두에서 가까운 여관 하나를 찾아 들어갔다. 손님이 많은 까닭인지 퍽 소란스러웠다. 사환애의 안내를 받고 방을 정

한 뒤에 윤수가 찌푸린 얼굴로,

"여관이 조용하지 못하군."

하고 중얼거리니까, 사환애는 죄송스럽다는 듯이 해해 웃으며,

"서커스단이 투숙하고 있어서요. 그렇지만 오늘밤까지만 있고 내일은 섬으로 떠난다니까 내일부터선 조용할 겝니다. 손님들은 오래 계실 분들이신가요?"

"글쎄, 오늘밤 자고 나서 작정하지."

내가 얼버무려 대답했다. 윤수도 잠자코 고개만 끄덕이고 있었다. 사환애는 밖으로 나가더니 숙박계를 들고 와서 우리의 기입을 기다리었다. 기입하기 가장 곤란한 난은 직업이라는 난이었다. 나는 '학생'이라고 써넣었지만 윤수는 잠시 고개를 갸웃거리고 나서 무어라고 끄적거려 써넣고 나더니 미친 사람처럼 방바닥으로 나둥그러지며 배를 움켜잡고 웃어대었다. 나는 숙박계를 들여다보았다. 윤수는 직업란에 지극히 엄숙한 자체(字體)로 '시인(詩人)'이라고 써넣었던 것이다. 시인. 시 한 줄 못 쓰고 가을만 기다리다가 그 가을도 보내버리고 정신없이 섬으로만 가고 싶어하는 시인. 나는 웃음이 터져나왔다. 그리고 윤수에 대하여 여태껏 비록 조그마하나마 품고 있었던 불화의 감정은 그때 말끔히 사라져버리는 것이었다. 귀여운 시인.

사환애가 아무 사정도 모르면서 아첨하는 웃음을 해해 웃고 나서 숙박계를 거두어 밖으로 나가려고 할 때 윤수는 무슨 생각을 했던지 자리에서 벌떡 일어나 앉으며,

"애, 서커스단은 내일 무슨 섬으로 떠나느냐?"
고 물었다.

"거문도로 간다고 하더군요."
사환애는 그렇게 대답하고 나서,

"원래 섬으로는 안 돌아다니는 법인데 금년엔 시험 삼아 한번 가본다나요."
하고 덧붙이었다. 사환애가 나가자 윤수는,

"야, 내일 서커스단과 함께 출발하자. 재미있을 거야."
하며 나의 어깨를 툭 쳤다. 우리는 사환애를 다시 불러서 거문도의 위치와 내일 출발시간을 알았다. 배를 타고 남쪽으로 여덟 시간쯤 가야 한다고 했다. 출발시간은 아침 아홉시. 내일 아침 필요하다면 자기가 배 타는 데까지 안내하겠다고 말하며 사환애는 또 해해 웃었다.

나는 변소엘 갔다 오다가 아마 곡예단에 소속한 듯한 사내가 마루 끝에 얼빠진 자세로 앉아 있는 것을 보았는데, 사십이 넘어 보이는 체구가 작은 그 사내는 촉수 낮은 전등 아래에서 무척 외로워 보였다. 면도 자국이 파아란 볼이 인상적이었다. 내가 뚫어질 듯한 눈초리로 그를 보고 있었는데도 그는 못 본 척하고 땅바닥만 내려다보고 앉아 있었다. 방에 들어오자 윤수가 없었다. 나는 이불 속으로 발을 넣고 벽에 기대어 방금 보고 온 사내가 주던 분위기를 흉내내어 앉아 있는데 윤수가 네 홉들이 소주병 하나와 군오징어를 사들고 들어왔다. 내가 술은 무엇 하러, 하는

시늉으로 눈살을 찌푸리자 그는 변명하듯이,

"난 너하고는 여행 목적이 다르니까."

하며 낄낄거리며 웃었으나 웃음은 힘없이 그치었다. 미안한 생각이 들었다. 나도 자세를 바꾸어 허리를 쭉 펴고 그에게 다가앉아서,

"나도 한잔."

하며 대들다가 문득 마루에 외롭게 앉아 있던 사내 생각이 나서 윤수에게 잠깐 기다려달라고 하며 밖으로 나가보았다. 사내는 여전한 자세로 앉아 있었다. 나는 조심스럽게 그의 곁으로 다가가서,

"선생님, 실례지만 저희들 술 한잔 받으시겠어요?"

하고 말했다. 그는 흘깃 나를 올려다보더니 아무 말 없이 고개를 도로 숙여버렸다. 내가 무안해서 돌아서려고 하는데 사내는 잠자코 일어서더니 나를 따라왔다. 사내는 우리가 건네는 술잔을 받으며 묻는 말 외엔 말이 없었다. 어떻게 보면 퍽 싱거운 술좌석이었으나 나는 아주 편안한 기분이었다. 이씨라는 성을 가진 그 사내는 역시 곡예단원이었다.

"그럼 이선생님, 몇 년 동안이나 서커스를 하셨어요?"

"그럭저럭 삼십 년쯤."

삼십 년. 놀랍고 그리고 부러운 시간이었다.

"어렸을 때부터 하셨겠어요?"

"아주 어렸을 때부터죠. 만주에 있을 때부터니까요."

윤수는 술 한 병을 더 사왔다. 사내는 술이 들어갈수록 얼굴이 샛노래졌다. 나는 석 잔을 마시고 곤드레가 되어서 어린애 같은 호기심으로 사내에게 이것저것 묻고만 있었다.

사내의 얘기에서 안 것은 이번 섬 공연을 마지막으로 그 곡예단은 운영난 때문에 해체하게 되었다는 것이었다. 삼십여 년 동안 곡예사 노릇을 해오면서 여러 곡예단이 해체하는 것을 보아왔지만 이번의 해체는 여간 마음 아픈 것이 아니라고 하면서 그는 술을 들었다.

"이젠 늙어서, 서커스쟁이는 더 할 수 없는 나이죠. 과부라도 하나 얻어서 살림이나 차리고 싶지만 그것도 밑천이 있어야지."

그는 파아란 턱을 손바닥으로 쓰다듬으며 멋쩍은 듯이 처음으로 웃었다.

"남들이야, 그까짓 거, 하며 웃을지 모르지만 그래도 반평생을 바친 것이고 보면 미련이 자꾸 남아서…… 정작 그만둔대도 무엇을 어떻게 해야 할지 막막하구먼요."

밤이 이슥하도록 그는 삼십 도짜리 소주를 주는 대로 받아먹고 나서,

"내일 동행하신다니 그럼 이걸로 실례합니다."

하고 비척거리며 밖으로 나갔다. 그리고 이내 마루 끝에선지 토하는 소리가 욱욱 들려왔다. 그때 밖에 나갔다가 돌아오는지 왁자지껄하며 여자들의 목소리 한 떼가 들어오다가,

"어머, 훈련부장님이 토하고 계셔."

"저런, 술을 자셨나봐."

"기분 나쁜 일이 있나봐. 술을 잘 안 하시는데."

그런 대화와 토하고 있는 사람에게로 달려가는 급한 발짝 소리가 들려왔다. 윤수와 나는 눈을 동그랗게 뜨고 잠시 서로의 얼굴을 쳐다보았다.

재미있는 일이 그날 밤 우리가 잠자리에 들어가려고 할 때 일어났다.

사환애가 찾아와서 은근한 목소리로,

"색시 안 사시겠어요? 아주 미인들인데."

하고 묻는 것이었다. 윤수는 술이 올라 붉어진 얼굴에 장난꾸러기 같은 웃음을 띠고,

"만일 미인이 아니면 넌 없어."

하고 위협을 하자, 사환애는 해해 웃으며,

"내기할까요?"

하고 장담하고 나더니 다시 은근한 목소리로,

"서커스하는 여자들인데 그중에서도 일등 미인들만 골라오죠."

하고 깜짝 놀랄 얘기를 했다. 윤수가 질겁했다는 목소리로,

"서커스하는 여자들이 갈보짓도 하느냐?"

고 묻자 사환애는 그것도 몰랐느냐는 듯이,

"서커스해서 버는 수입이 수입인 줄 아세요?"

하며, 그럼 데리고 오겠습니다, 하고 나가는 것이었다. 내가 그럴 수가 있느냐는 얼굴로 윤수를 쳐다본 후에 나가는 사환애를

만류하려고 하자,

"가만있어봐. 구경이나 하자."

하며 윤수는 사환애에게 어서 데려오라는 눈짓을 해 보였다. 나는 될 대로 되라는 심정으로 이불을 푹 뒤집어쓰고 누워버렸다. 이윽고 방문 여닫는 소리가 들리고 여자들이 들어온 모양이었다. 윤수가, 능청 떨지 말고 일어나, 하며 이불을 거두어버리는 바람에 나는 할 수 없이 부시시 일어나 앉았다.

여자는 둘 다 십팔구 세나 됐을까, 의외로 나이가 어려 보였다. 둘다 빼빼 마른 체구에 사환애의 장담과는 좀 거리가 멀었지만 그럭저럭 귀여운 데가 있었다. 윤수는 안심했다는 듯이, 생글거리며 앉아 있는 여자들을 향하여 씨익 웃어 보이고 나서 모두들 일어서, 하고 온 방에 차도록 이불을 깔았다. 우리는 그날 저녁, 사환애를 시켜서 사온 화투를 치며 밤을 새웠다. 여자들이, 피곤하니까 그만 자자고 해도 윤수는 그들을 독려해가며 화투놀이를 강행하였다.

그날 밤, 새벽 네시나 되었을까, 내가 졸음에 못 이겨 이불 위로 비스듬히 쓰러져 잠이 들면서 가슴 가득히 느낀 것은 윤수에 대한 신뢰와 여자들을 향한 자랑스러움이었다. 다음날 알았지만, 윤수는 그 여자들에게 하룻밤의 값을 정확히 주어서 보냈다고 했다.

다음날은 초가을처럼 온화한 날씨였다. 윤수와 나는 늦잠을 잤기 때문에 세수도 하는 둥 마는 둥 하고 사환애를 앞장세우고 부두로 달려가서 배에 올랐다. 곡예단원들은 벌써 배에 올라 있었다. 배가 떠날 즈음에 알았는데 단원의 일부는 벌써 해체되어 섬으로 가지 않고 여수에 그대로 남아서 제 갈 데를 찾아 헤어지는 모양이었다. 그들은 떠날 준비의 뱃고동이 뿌우뿌우 울리자 남자고 여자고 서로 부둥켜안고 울음을 터뜨렸다. 무어라고 넋두리를 하며 몸부림치는 여자도 있고 조용히 눈물만 글썽이는 남자도 있었다. 볼에 면도 자국이 파아란 어제 저녁의 체구 작은 사내 이씨도 깡마르고 키가 훨씬 큰 한 사내와 서로 손을 맞잡고 고개를 끄덕여가며 눈물을 질금거리고 있었는데 윤수와 나는 뱃머리에 걸터앉아서 시종 미소를 띠고 그들을 보고 있었다. 뱃사람 하나가, 내릴 분은 빨리 내리라고 재촉을 하자 그들은 모두 우루루 부두로 내려가서 또 한번 울음을 터뜨리며 작별인사를 하고 있었다. 초겨울의 바다 위에서 그 진기한 이별은 이국인들의 그것을 보듯이 퍽 낯선 것이었다.

"먼 항해나 떠나는 것 같군."

윤수는 그렇게 중얼거렸는데 사실 그랬다. 전날 저녁에 우리와 놀던 여자들도 한 사람은 섬으로 한 사람은 육지에 그대로 남아 있는 모양이었다. 섬으로 가는 여자는 미아라는 이름이었고 성심이란 이름의 딴 여자가 육지에 남는 모양이었다. 그리고 거기서 우리는 눈치로 알았지만 육지에 남는 성심이란 여자는 남편이 있었던 모양이었다. 한 사내가 줄곧 그 여자와 함께 행동하고 있었다.

"큰 죄를 질 뻔했구나."

하고 내가 턱짓으로 성심을 가리키며 말하자 윤수는,

"남편이 있는 줄 알았으면 껴안고 자는 걸 그랬구나."

하고 농담을 했다.

섬으로 가는 곡예단원은 남녀 합해서 스물 남짓했다. 섬으로 가는 동안 미아는, 어제 저녁엔 고마웠습니다, 라고 말하고 그리고 자기를 배 안에서 사귄 것처럼 해달라고 우리에게 부탁하고 나서 내처 우리와 함께 있었다. 키 작은 사내 이씨도 우리의 곁에 서 있었다. 표정은 여전히 없었으나 우리에게 친절한 말씨로 얘기를 해주었다. 우리의 화제는, 아까 육지에 남은 사람들은 헤어져서 도대체 어디로 갈까, 하는 것이었다.

"절구 아저씨는 서울에 형님뻘 되시는 분이 사업을 하고 있다면서요?"

"그래, 그래."

미아와 이씨와의 대화를 우리가 듣고 있는 편이었다. 누구는 고향에 가서 농사를 착실히 지어보겠다고 했고, 누구는 엿장수라도 하며 방랑벽을 만족시키겠다고 했고, 누구는 갈보 노릇밖에 더 할 게 있겠느냐고 말하며 울더라고 하였다. 그런 얘기를 하고 있는 미아와 이씨의 표정은 자신들의 앞날을 생각하는 것인지 쓸쓸했다.

"섬에서 한몫 잡으면 모두 다시 불러올 수 있는데요, 네? 아저씨."

하며 미아가 희망이 있다는 듯이 빠른 말씨로 얘기를 하면 이씨는,

"어림없어."

하며 미아의 희망을 꺾어버리기도 하였다.

바다 가운데로 나오자 바람이 불고 있어서 몹시 추웠다. 게다가 전날 밤의 수면 부족도 있고 해서 나는 갑판에서 선실로 내려와 한숨 잤다.

내가 잠이 깨어 띵한 골치를 식히러 갑판으로 나갔을 때 모두들 선실에 있는 것인지 갑판 위에는 아무도 없고 선원들만이 이따금씩 왕래하고 있었다. 바다는 여러 가지 푸른색의 띠를 두르고 아름답게 펼쳐져 있었다. 나는 기름처럼 빛나는 여름 바다를 보고 사랑을 느낀 적이 있지만 그러나 온화한 겨울 하늘 아래에서 비단처럼 숨쉬고 있는 겨울 바다도 비길 데 없는 아름다움이 있었다. 수평선까지의 변화 많은 푸른색 비단 위를 하얗고 긴 파도의 띠가 규칙적으로 누비며 달려가고 있었다. 작은 섬들 주변의 바다에는 까만 물오리떼가 둥실둥실 떠다니고 있었다.

소변을 보러 배의 후미에 있는 변소엘 가다가 나는 윤수와 미아가 거기 난간에 나란히 걸터앉아 있는 것을 보았다. 그들은 퍽 다정하게 손을 잡고 있었다. 내게 발견된 것이 멋쩍었던지 윤수는 씨익 웃었다. 미아도 생글생글 웃으며 바람에 마구 흩날리는 머리카락을 손으로 매만졌다.

그날 저녁, 거문도의 여관방에 누워서 윤수는 뜻밖의 결심을

애기했다.

"미아와 결혼해야겠어."

나는 얼른 말이 나오지 않았다. 내가 아무 말이 없으니까 그는,

"어차피 결혼은 해야 할 게고…… 미아 정도면 좋지 않아?"

하고 웃으며 말했다. 나는 미아를 좀더 관찰해보지 못했던 것을 후회하며,

"글쎄, 무어라고 충고할 수는 없지만, 너 알고 보니 '센티멘털 휴머니스트' 로구나."

하고 별로 웃지도 않고 말했다. 그러나 그는 나의 그런 말에 대꾸도 않고,

"미아가 승낙했어."

하고 말했다.

"뭐?"

나는 어처구니가 없었다.

"난 진심이다. 아마 그게 통했던지 미아도 결혼해주겠대. 부모가 없는 모양이지만 결혼을 돌봐줄 만한 일가는 찾아보면 있을 거라고."

진심인 모양이었다. 나는 더 말할 필요를 느끼지 않았다.

"자기가 처녀가 아닌 게 가장 죄송스럽다는 거야. 그애가 그런 말을 하는데 난 눈물이 날 것 같더군."

윤수와 나는 누워서 똑바로 천장을 쳐다보면서 얘기를 주고받았다. 그들의 결합은 세상에서 제일 착한 것인지도 알 수 없는

82

것이었다. 윤수의 그 얘기가 아름다운 겨울 바다가 준 일시적인 장난이 아니기를 나는 바랐다. 그리고 튼튼한 기적이기도. 나는 왠지 이번 여행에서 윤수에게 자꾸 빚을 지는 기분이었다.

다음날 아침, 나는 일찍이 잠이 깨었다. 여관의 부엌에서 식모가 달그락 소리를 내는 외엔 아무도 일어나지 않았다. 밖으로 나갔더니 싸락눈이 내리고 있었다. 사십쯤 되어 보이는 식모는 부엌에서 나오다가 기쁜 음성으로,

"요 몇 년 구경 못 하던 눈이구먼요."

하고 내게 말하며 소리없이 웃었다. 여관의 작은 뒷마당으로 돌아가봤더니 백동백의 꽃이 몇 송이 피어 있었다. 약간 노란 기가 도는 흰색의 꽃잎이 눈 속에서 아련하게 번져 보였다. 가까이 다가가서 보았더니 노란 꽃술이 약간 엿보이며 하얀 꽃잎은 가늘게 떨고 있었다.

대문 밖으로 나와서 동백나무가 울창한 높은 언덕으로 올라갔다. 바다는 연회색이었다. 수평선이 눈을 싣고 온 구름 아래에서 둥글게 섬을 싸고 있었다. 해가 돋기 시작하자 눈은 그쳤는데 햇빛을 받고 일본 식으로 지은 집들의 기와지붕이 반짝이기 시작했다. 섬의 새벽은 무척 아름다웠지만 너무 짧았다. 여관으로 내려오니 사람들은 대부분 깨어서 웅성거리기 시작했다.

그날 오전부터 나와 윤수는 곡예단이 공연할 장소에 천막 치는 일을 도와주었다. 섬사람들은 우리도 곡예단원인 줄로 알고 호기심에 찬 시선으로 바라보았다. 섬은 명절이나 만난 듯이 법

석대었다. 섬의 장정들도 몇 명이 나와서 도와주었으나 천막 치는 일은 꼬박 이틀이 걸렸다. 그 일을 하는 동안, 윤수는 미아와 서로 눈짓을 하며 입을 빙긋거렸는데 곁에서 보고 있는 나의 얼굴이 간지러울 정도였다.

"단장한테 미아와의 관계에 대해서 미리 말해두는 게 좋지 않을까?"

나는 윤수에게 그렇게 권하였다.

"해체하면 어차피 단장도 뭣도 아닌걸 뭐."

윤수는 그럴 필요 있겠느냐는 얼굴로 대답했지만 내가,

"그럼 그 이씨라는 사람에게라도 알려서 미아의 편의를 봐달라고 하는 게 좋지 않을까?"

하고 말하는 데는 그도 승낙을 하였다.

섬에 온 지 이틀째 되는 날 점심때, 나와 윤수는 미아와 이씨를 우리의 방으로 불렀다. 내가 중간에서 자세한 얘기를 이씨에게 해주며 도움을 바란다고 부탁했다. 내가 이야기하는 동안 미아는 숫처녀처럼 얌전히 고개를 숙이고 있었는데 나는 자꾸 웃음이 나왔다. 이씨는 시종 근엄한 얼굴로 고개를 끄덕이며 얘기를 듣고 있다가 아주 조용한 음성으로

"제가 무어라고 얘기하겠습니까만…… 미아…… 불쌍한 놈입니다."

라고 얘기하다가 자기 얘기에 스스로 감격했던지 손수건을 꺼내어 코를 한번 풀고 나서는,

"한때 기분이 아니기만 바랍니다. 할 수 있다면 저라두 미아 결혼식에는 참석하겠습니다."

하며 더 말을 잇지 못하고 손바닥으로 방바닥을 쓰다듬으며 묵묵히 앉아 있었다. 미아도 끝까지 얌전한 자세로였다.

그날 오후 윤수는 「화촉 없는 혼례」라는 시의 한 연을 썼다.

산화(散華)하고 싶던 겨울
섬으로 가는 때 긴 항로(航路)는
'트럼펫'이 울려서
혼례(婚禮)
바다 위엔 가화(假花)가 날려도
나의 동정(童貞)은
한 치
한 치
움이 돋는다.

그날 밤에 우리는 그 곡예단의 공연을 처음으로 보았다. 솔직히 말하면 나의 실망은 컸다. 그러나 나의 곡예단에 대한 관념이란 게 어린 날 품게 되었던 그것이 그대로 간직되어 있었기 때문인지도 몰랐다. 구슬픈 곡조가 흐르고 붉고 푸른 조명이 박수를 받으며 빙글빙글 돌아가며 예쁜 아가씨가 나와서 식은땀이 바짝바짝 솟는 그네타기를 하고, 그것은 즐거운 꿈과 같은 것이었다.

그러나 그날 밤, 바람에 펄럭이는 소리를 내는 천막 안에서는 피로에 지친 어른들이 철봉에서 혹은 막대를 들고 심심풀이 장난을 하는 것이었다. 어렸을 때 등을 오싹하게 하던 '엿!' 하고 기합 넣는 소리도 가끔 있긴 했지만 옛날의 그 신비로운 음성은 아니었다. 미아네들이 입고 있는 아주 짧은 비단 치마도 헐고 기운 자국이 있어선지 옛날의 그 찬란한 공주는 아니었다.

그러나 미아가 한 손에 부채를 들고 줄타기를 할 때와 이씨가 천막 안의 가장 높은 곳에 있는 철봉그네에 발을 걸고 거꾸로 매달려서 한 어린애가 발을 걸고 매달린 띠를 입에 문 여자의 다리를 붙들고 곡예를 해 보일 때는 나도 곡예단의 한 가족이 되어 그들이 무사히 그 프로를 이루어놓기를 빌고 있었다. 이씨는 가장 빠르고 영리하게 모든 프로를 끌고 나갔다. 그는 이미 전문가였다.

요컨대 그날 밤의 공연은 적어도 내게는 화려한 구경거리가 아니라 가장 대표적인 생활형태였을 뿐이다. 나는 그 밤 이후로는 한 번도 공연장소엘 가지 않았다. 그런데 집요하게 머릿속에 남아 있는 것이 있었다. 여관에서의 이씨와 철봉그네 위에서의 이씨는 그리고 윤수 곁에서의 미아와 줄을 타고 있던 미아는 어쩌면 그렇게도 달랐던가! 생활하는 딴 얼굴은 슬프도록 서먹서먹했다. 그러나 그 서먹서먹하다는 느낌 속에 존경의 감정이 끼어들었다면 나는 어찌 될까? 그런데 사정은 그런 것이었다. 나의 연민을 받고 있던 사람들이 나의 가족으로 그리고 나의 스승으로 되는 까닭을 알고 보면 그렇게도 단순한 것이었다. 내가 무서워하며 들어가기를 망설이고 있던 것은 실상은 아주 간단한 모습을 한 하나의 얼굴이었던가? 저 일상생활이란 대수롭지 않은 하나의 탈(假面)이란 말인가? 둘러써도 별 손해 없는, 과연 별 손해 없는? 철봉-그네 위에서의 이씨의 표정처럼 위악도 없고 위선도 없는 것이라면 한번 둘러써보고 싶었다.

그러나 나의 이런 생각이 색다른 것이긴 하지만 역시 망상이었다는 사실이 다행히 곧 밝혀졌다.

섬에 와서 일 주일인가 지나서, 곡예단이 이 섬에서는 더 있어보았자 별수 없다는 얘기가 생길 즈음, 이씨가 공중비행의 곡예 도중에 추락하여 사망한 것이었다. 여수의 여관에서 이후로는 한 번도 면도를 하지 않았던지 수염이 가난뱅이답게 자라 있는 그의 죽은 얼굴을 들여다보며 나는 틀림없이 그가 자기의 몸을 스스로 죽음으로 던졌으리라고 생각했다.

"그럭저럭 삼십 년쯤."

이란 말을 후회는 없다는 태도로 얘기하던 이씨는 나의 그런 생각에 자신을 주었다. 결국 한 가지 이상의 얼굴은 있을 수 없나 보다. 일생을 걸고 목숨을 건다는 말이 좀 유치하게 들리는지 모르나 그러나 일생을 걸고 목숨을 걸 얼굴은 아무래도 하나일 것이다. 그런 의미에서 이씨는 행복한 사람이었다. 그리고 이씨가 그런 행복을 맛본 최후의 사람인 것만 같았다. 어디에고 나의 일생과 나의 목숨을 기다리는 일은 없는 것이었으니까. 문학? 그렇지만 술집으로 추방당한 문학은 상상하기에도 싫었다. 서기? 대의원? 교수? 비행사? 오늘에 와서 그것들은 하나의 얼굴로서 견디어낼 수 있는지?

이씨는 고향이 이북이니 시신을 육지로 운반해가도 소용없다는 의견이 지배적이어서 섬의 서북쪽 산기슭에 묻혔다. 바람이 몹시 부는 날이어서 장례는 어수선하기만 했다. 이씨의 죽음이 큰 이유가 되어 곡예단의 천막은 다시 헐려졌고 여수로 일단 돌아가서 거기서 곡예단의 해체를 갖기로 했다. 날씨가 더 여행할 수 없도록 추워지기도 했지만 미아와의 일도 있고 해서 우리도 곡예단과 함께 여수로 돌아가기로 결정하고 배에 올랐다. 섬에서 멀어질수록 이씨의 음성이 환청으로 들려서 나는 가슴이 타버리는 듯했다.

여수에서는 또 한번 울음소동이 나고 곡예단은 완전히 해체되었다. 전에 투숙했던 여관에서 이별잔치가 벌어졌는데, 미아도 술이 몹시 취하여가지고 노래를 부르고 잉잉 울고 하다가 우리가 있는 방으로 와서 윤수 앞에 퍽 주저앉으며,

"나 당신과 결혼한다는 말 거짓말이야."

하며 주정을 빌려서 윤수의 결혼 의사를 다짐해보는 것이었다. 윤수는 싱글벙글 웃으면서 찬물을 떠다가 미아에게 마시게 하며,

"술은 이걸로 마지막이다, 알았지?"

하고 부드러운 목소리로 나무라기도 하였다.

미아의 가까운 친척이 산다는 삼천포에 우선 미아를 데려다

두기 위해서 우리는 또 한번 배를 탔다. 나와 윤수와 미아 셋이었다.

배 안에서 어린애처럼 쫄랑거리다가는 금방 얌전한 처녀가 되고 하며 행복해서 어쩔 줄을 모르던 미아의 모습을 잊을 수가 없다. 그리고 미아의 등뒤에 서서, 저 섬의 빛깔 멋있지, 하며 손짓을 하고 서 있던 윤수의 사랑스러운 모습도 잊을 수가 없다.

우리가 떠나올 때,

"꼭 기다리겠어요. 하루라도 빨리 데려가줘요, 네?"

라고 울 듯한 얼굴로 말하던 미아의 음성도, 그리고 돌아오는 버스에서,

"시는 그만두겠어. 이제부터 생활전선이다."

라던 윤수의 화려한 음성도 잊을 수가 없다.

여기에서 얘기가 끝이었으면 좋겠다. 윤수는 이른바 '밝은 세계' 속으로 아무 미련 없이 뛰어들어갔고, 나로 말하더라도 그 따스한 여행에서 생활의 안팎을 대강은 안 듯하여 이제는 흡족한 마음으로 작은 일이나마 시작할 수도 있을 듯했으니까. 외롭기는 마찬가지였지만 인간에 대한 포용력은 다소 자란 것이었다. 내가 부정해오던 '사랑'도 있는 듯했고 '운명'도 인간에게 의존하는 것 같았다. 덤벼들 수 없다고 생각했던 조건도 몇 가지는 나의 오해였으리라 생각될 정도였으니까. 고향에 돌아와서 생긴 사건을 생각하면 정말 더 써나가기가 싫다.

6

우선 윤수의 급작스런 죽음을 얘기해야 할 것 같다.

고향으로 온 다음날 오후에 나와 윤수는 그 동안 잊어버리고 내버려두었던 친구 수영을 찾아갔다. 나도 그랬지만 윤수도 역시, 이제는 수영이를 미워할 수가 없다는 우월감으로써였다. 수영의 투쟁하는 방법은 아무래도 값싼 것이라는 생각이었다.

"어어, 꿈자리가 사납더니."

하며 수영은 우리를 반겨주었다.

내가 그 동안 여행을 하고 돌아왔다는 얘기와 윤수와 미아와의 약혼을 얘기해주었더니 수영은,

"아아, 거 유치하다. 그렇지만 유치한 것 속에는 귀염성이 있어서 늘 다행이지."

하며 웃었다. 여전했다.

나는 저 우아한 부인인 수영의 어머니가 조금 전에 우리가 들어올 때, 방문만 빼꼼히 열어보며 반갑지 않은 태도로,

"응, 어서 오너라."

하던 것이 아무래도 마음에 걸려서, 그 동안 놀러오지 못했던 핑계를 내심 적당히 꾸미며,

"너의 어머니나 뵙고 올게."

하고 자리에서 일어나자 수영은,

"뭐 갈 거 없어, 갈 거 없어. 또 넋두리지."

하고 만류하는 것이었다. 그러나 나는 수영의 어머니가 거처하는 방으로 건너갔다. 수영의 어머니는 좀 야릇한 웃음을 띠고 나를 맞아주었다. 진영이는 이불을 덮고 누워 있다가 내가 들어서자 나를 힐끗 올려보더니 자리에서 조용히 일어났지만 인사도 없이 멍한 표정으로 맞은편 벽만 보며 앉아 있었다. 병이 든 모양이었다.

"진영이가 어디 아픕니까?"

하고 내가 수영의 어머니에게 인사를 하자, 수영의 어머니는 당황할 때의 웃음을 웃으며,

"아니, 감기가 좀 들었지."

하고 나서 나더러 아랫목으로 앉으라고 권하였다.

내가 여행에 관한 얘기를 하자, 수영의 어머니는, 그래서, 아그래애, 하며 재미있게 듣는 척해 보였다. 십 분쯤 앉아 있다가 더 할 얘기도 없고 해서,

"진영이 몸조리 잘 해라."

하고 나왔다. 문을 나오면서 돌아보았더니 진영은 이 편을 보고 있다가 시선을 얼른 벽으로 돌려버렸다.

수영의 방으로 건너와서,

"진영이 감기가 심한 모양이구나?"

하고 수영에게 얘기했더니 수영은 갑자기 웃음을 터뜨리며,

"감기?"

하고 말했다. 혼자서 한참 동안 쿡쿡거리고 나더니,

"처녀막이 감기에 걸렸나?"

했다. 무슨 얘기인지 알 수가 없어서 내가 상을 찌푸리자 수영은 울분이 터질 얘기를 남의 스캔들을 얘기하듯이 줄줄 하는 것이었다.

며칠 전에 진영이가 영화 구경을 하고 밤늦게 집으로 돌아오다가 버스정류소 부근에서 얼쩡대는 깡패들에게 납치되어 윤간을 당했다는 것이었다.

윤수도 그 얘기에는 참지 못하고,

"그걸…… 그걸…… 그래 어쨌어?"

"어쩌긴 어째. 할 수 없는 일이지. 오히려 버얼써 그런 일 당하지 않았던 게 이상하지."

라고 대답하고 있는 수영은 뺨이라도 때려주고 싶도록 천연스러웠다.

"뭣이 어째?"

나도 얼결에 큰 소리를 지르고 있었다.

"내게서 춘화를 사간 놈들인 모양이야. 네 오빠가 그림장수지, 하며 옷을 찢더라는 데야 난 뭐 분해서 씨근거릴 처지도 아니지 않아?"

그는 입술을 삐죽 내밀었다. 반 죽어 돌아온 진영에게 할말도 없고 해서, 그래 남자 맛이 어떻든? 하고 묻다가 자기 어머니에게 방망이로 죽어라 하고 얻어맞았다고 하며 우리를 제법 타이르는 목소리로,

"뭐 다 그런 거야. 슬퍼해서는 안 되지, 제군."

하며 흐흐흐 웃다가,

"내 대신 그놈들한테 복수라도 해줄 테냐, 그렇게 분해서 죽겠으면?"

하고 우리를 놀렸다.

그날 저녁 윤수는 병원에서 죽은 것이었다. 울면서 나를 데리러 온 윤수의 어린 동생을 따라 달려갔더니 윤수는 온 얼굴에 붕대를 감고 곧 숨이 끊어져가고 있었다. 진영을 범한 깡패들을 찾아냈었다고 하며 있는 힘을 다해서 그들과 싸웠다고 하며 진영이를 나더러 맡아보라고 권하며 윤수는,

"미아…… 불쌍하다…… 미아……에게 미안하다고 전해."

하고 괴로워하다가 숨을 거두었다.

윤수의 죽음은 아무리 생각해도 어설픈 미덕이었다. 아무런 보상 없는 세상에서 윤수의 죽음은 아무리 생각해도 무의미한 것이었다. 윤수가 그것을 몰랐을 리 없는데. 아아, 미친놈이었다.

윤수의 장례식을 치르고 난 뒤, 심신이 한꺼번에 약해져서 이불을 둘러쓰고 끄응끄응 앓았다. 불면증에 걸려서 어지럽기만 했다. 모든 것을 지배하는 것이 무엇인 줄 알아채고 요리조리 미끄러 빠지며 처신해가는 수영에 대한 증오가 나의 혼미한 정신 속에서도 부글부글 끓었다. 신이 있어 윤수를 죽인 자를 가리키라고 했다면 나는 수영이를 지적하고 싶을 정도였다. 울분의 시

간과 울분의 공간. 깨끗이 속아넘어간 윤수. 바보.

그러고 있던 어느 날 저녁, 나는 형기의 퉁소 소리를 들었다. 자리에서 벌떡 일어나서 창문 쪽으로 다가가 귀를 기울였다. 낮부터 시작한 눈이 쉬지 않고 내리고 있었다. 상당히 먼 곳에서 들리는지 퉁소 소리는 약하게 울고 있었다. 삐이이 삐이이 하는 단조로운 퉁소 소리는 이내 들리지 않고 말았지만 그의 여운은 유리창에 이마를 대고 서 있는 내게 나의 어리석었던 고뇌를 깨우쳐주고 있었다.

지상에 죄가 있을 리 없다. 있는 것은 벌뿐이다. 벌은 무섭지 않다. 무서운 것은 죄다, 라고 떠들며 실상은 벌을 피하기 위해서 이리저리 도망다니던 어리석은 나여. 옛의 유물인 죄란 단어에 속아온 아무리 생각해도 가련한 위선자여.

다음날도 눈이 내렸다. 오후에 형기를 찾아갔다. 나의 목소리를 듣고 형기는 자리에서 일어나며 눈물을 방울방울 흘렸다.

"살기 재미있지?"

하며 내가 이죽거리자, 그는 도로 조용히 주저앉으며 고개를 숙여버렸다. 나는 내가 한 말의 반향이 차츰차츰 하나의 결의로 되어가는 과정을 흥미있게 바라보고 있었다. 그 순간 나는 실험실의 기사가 아니었을까?

오오 드디어,

"정우야, 날 바다로 데려가줘."

하고 형기가 말했다. 애교라도 좋고 제스처라도 좋고 그리고 진심이었대도 좋다. 나는 순진하여 그 말을 받아들여도 책임이 있을 수 없는 어린애로다. 무구한 어린애로다.

　나는 형기의 손을 잡고, 눈을 온몸에 뒤집어쓰고 삼십 리 길을 비틀거리며 걸었다. 넓은 벌판 같은 염전을 가로질러 인가가 없는 바닷가로 갔다. 염전을 가로질러 갈 때 그는,

　"여기가 어디쯤이야?"

하고 물었다.

　"순천만의 염전이다."

하고 내가 떨리는 목소리로 대답하자 그는,

　"으응, 그런 것 같았어."

하며 의미 없는 말을 했다. 그러나 그의 목소리가 너무나 가라앉아 있었기 때문에 나는 그가 벌써 시체가 된 것이 아닌가 하는 생각이 들어 공포감이 엄습해왔다. 사방을 둘러보면 텅 빈 벌판뿐. 눈은 펑펑 쏟아지고 산들도 눈발에 가리어 보이지 않았다. 얼음이 우리의 발밑에서 깨어지는 쇳소리만 있었다. 나의 몸에서는 땀이 흐르고 있었다. 드디어 우리는 파도가 해변의 바위들에 부딪쳐 내는 무서운 소리를 들었다. 생명이 물러가는 소리가 있다면, 아아, 저 파도소리와 흡사하리라. 나의 시야는 흐려지고 몸을 가눌 수가 없었다. 그때 나의 뼈를 끌어내는 듯한 파도소리에 섞여서 나는 형기가 마침내 미쳐서 쉴새없이 무어라고 중얼대는 소리를 들었다. 나는 형기와 잡고 있던 손을 놓아버렸다. 그는 그 자리에 웅크리고 앉으며 무슨 소리인지 알아듣기 힘든

말을 계속해서 웅얼거렸다. 나는 비명을 지르며 우리가 건너온 염전 벌판을 바라보았다. 아슴한 눈발 속에서 염전 벌판은 한없이 넓어져가고 있는 듯했고 나는 아무래도 그 벌판을 건너가지 못하고 말 것 같았다.

그의 수기는 여기서 끝나고 있는데 아마 그 눈이 내리는 벌판을 건너오긴 했던 모양이다. 그리고 곧장 이 수기를 썼던 모양이다. 그러나 무슨 생각이 들었던지 며칠 후 그는 자살해버렸다.

다시 한번 말하고 싶지만 중요한 것은 어떻게 해서든지 살아내야 한다는 문제일 것이라고 나는 확신한다. 더구나 그를 자살로 이끈 고뇌라는 게 그처럼 횡설수설하고 유치한 것이라면 아예 세상엔 사람이 하나도 없었으리라. 그는 마지막에 가서 엉뚱하게도 죄와 벌에 관한 얘기를 잠깐 꺼내고 있지만 죄란 게 있다고 한들 또 어떠한가? 불가피하게 죄를 짓게 되면 짓는 것이다. 그러나 죄의 기준이란 게 없어진 지금, 죄의 기준을 비단 죄뿐만 아니라 모든 것의 기준을 일부러 높여서 생각할 필요는 없다고 나는 생각한다. 그는 분명히 환상적인 기준을 만들어두고 거기에 자기를 맞추려고 애썼던 모양인데 참 바보 같은 놈이었다. 그가 고통하며 지낸 밤이 길었다면 내가 고통하며 지냈던 밤은 더욱 길었으리라. 산다는 것, 우선 살아내야 한다는 것. 과연 그것이 미덕이라고까지는 얘기하지 않겠다. 그러나 그것은 이제야 출발하는 것이다. 죽음, 그 엄청난 허망 속으로 어떻게 하면 자기를 내던질 생각이 조금이라도 난단 말인가! 나의 건강이 회복되면 그때는 나도 죄의 기준이란 것을 좀 올려볼 생각이지만 뭐 꼭 그럴 필요도 없으리라고 믿는다. 이 수기의 처음에 나오는 오영빈이라는 친구나 찾아보고 그가 아직 살아 있다면 태초의 인간임을 자부하면서 술이나 들고 싶다.― 임수영 씀

(1962)

다산성(多産性)

돼지는 뛴다

카운터의 뒷벽에 걸려 있는 전기시계는 정확하게 여섯시 반이었다. 거짓말 같아서 팔목을 보았더니 그것도 여섯시 반이었다. 초침이 자리를 바꿔가고 있는 것을 보고 있으니 그제야 시간이 믿기어졌다.

놈들의 웃음소리가, 따로 문이 없는 별실에서 내가 서 있는 다방 입구까지 들려왔다. 녀석들 빨리도 왔군. 이제 레지가 그들을 나무라기 위해서 달려가겠지. "당신들만 손님이 아니에요." 그러나 아무도 레지의 꾸중을 겁내지 않는다. 녀석들 중의 한 놈은 레지의 손을 슬쩍 잡고 "알았습니다. 알았대두요." 그러면서 주물럭주물럭. "이 이가!" 레지는 잡힌 손을 홱 빼내면서 눈을 흘기겠지. 다시 웃음소리.

이상한 일이다. 하나하나를 보면 모두 소심하고 말이 드문 애들이다. 그런데 모이기만 하면…… 우리 열 명이라는 밀가루는 반죽이 되면 엉뚱하게도 찐빵이 된다. 하나하나 가지고 있는 분위기는 서로 비슷하면서도 그들이 모였을 때는 전혀 다른 분위기가 되어버린다. 조용한 밀가루들은 떠들썩한 찐빵이 되는 것이다.

물론 나는 그게 싫은 건 아니다. 가끔 감당해내기에 벅찰 때가 있을 뿐이다. 그 자체로서 생명을 가지고 있는 찐빵은 대대로 우리를, 찬 겨울날 밤에 남산 꼭대기에 올려놓기도 하고 종3 골목 속에 몰아넣기도 하고 술집의 사기그릇 든 찬장을 뒤집어엎는 데 끌어내기도 하고 또 때때로 우리로 하여금 눈깔사탕 봉지를 안고 양로원들의 썩어가는 대문을 두드리게도 한다. 모두 찐빵의 횡포 때문인데 우리는 찐빵에게 질질 끌려다니기만 한다.

찐빵, 두려운 찐빵, 나는 다방 입구에서 처음으로 우리를 지배하고 있는 자의 상판때기를 똑똑히 보았다. 그 왕초의 주먹이 내 등을 아프도록 치는 것을 이따금 느끼기는 했지만 그날 오후에야 나는, 왕초의 푸르딩딩한 얼굴을 똑똑히 본 것이다. 그러나 나는, 왕초의 손아귀에서 벗어날 수 없음도 동시에 보았다. 마치 원숭이가 부처님의 손아귀에서 벗어날 수 없음과 같이 귀여운 데가 있는 찐빵의 표정, 내게 관심을 가지고 있다는 듯한 그의 눈짓. 오오 거룩한 찐빵이여, 라고 소리내어 외치는 것이 차라리 현명할지도 모른다고 나는 생각했다.

왁 터지는 웃음소리, 열 발짝쯤 저편에서 왕초가 손짓을 하고 있었다. 알겠습니다. 나는 히쭉 웃고 그쪽으로 걸어갔다.

약속시간의 정각에 나타난 내가 가장 늦게 온 셈이었다. 그렇지, 찐빵의 시계는 항상 빨랐었지. 나는 친구들을 둘러보았다. 기름칠해서 빗어넘긴 머리, 하얀 와이셔츠 칼라, 갈색이나 초록색 계열의 색깔을 한 넥타이, 감색 양복, 무릎 위에 또는 탁자 위에 올려놓거나 궁둥이 밑에 깔고 있는 도시락이 들어 있는 서류용 대형 봉투—지난 봄에 대학을 졸업하고 일만원 미만의 월급쟁이가 된 자들의 유니폼이었다.

"넌 어디로 갔으면 좋겠니?"

사회 비슷한 역을 맡고 있는 운길이가 내게 물었다.

"글쎄, 대부분이 행주산성이니까 글루 정하지 뭘."

내가 대답했다.

"더 좋은 데루 다른 장소는 생각나지 않니?"

"별로 생각나지 않는데."

"그럼 우리 다수결로 정하자."

운길이가 좌중을 둘러보았다. 행주산성으로 결정되었다. 그리고 다른 제안이 나왔다. "계집애들을 끼울까?" '계집애'—역시 '지난 봄의 졸업생' 아니면 찐빵의 어휘들 중의 하나인지!

"먼저 끼울까 말까부터 정하고 만약 끼운다면 어떤 그룹을 잡느냐 아니면 각자가 데리고 오느냐를 정하기로 하고 그 다음엔 계집애들에게서도 회비를 받느냐 받지 않느냐를 정하기로 하고 그 다음엔 받으면 얼마를 받느냐를 정하고 그 다음엔 도시락을 계집애들에게 만들어오게 하느냐 식당에 주문하느냐를 정하고……"

운길이가 들놀이에 경험 많다는 사실은 증명되었으나, 아깝게도 계집애들은 끼우지 않는 게 오붓한 술타령을 할 수 있다는 다수결이었다.

"그럼 술은 무얼로 하지?"

술에 약한 내가 제안했다.

"막걸리냐 소주냐? 소주라면 '진로'냐 '삼학'이냐?"

운길이가 좌중을 둘러보았다. 다수결은 소주의 편, 다수결은 단맛이 나지 않는 '진로'의 편, 다수결은 대단한 술꾼이었다.

"그럼 도시락은 어떻게 할까?"

운길이의 얼굴은 서치라이트였다.

"애, 애, 도시락도 도시락이지만 말야……"

서치라이트는 탈주자를 포착했다. 탈주자는 신이 나게 뛰었다. 탈주자는 우리 중에서 키가 제일 작은 정태였다. 우리는 그를 정어리와 명태의 트기라고 놀리곤 한다. 아닌게 아니라 그의 고향도 정어리와 명태의 명산지인 함경도다.

"소주의 안주에는 돼지고기가 그만이거든. 어때? 돼지고기 파티를 갖기로 하는 게 말야. 이를테면 돼지 한 마리를 가지고 가서 통돼지구이를 만들어 먹는다는 말야. 거 있잖아? 서부영화나 바이킹 영화에 잘 나오는."

좌중에서 와 하고 환호소리가 터졌다. 탈주자는 찐빵의 가호 밑에 있었다. 돼지, 아 그것은 먹음직스럽다. 찐빵이여, 만세.

쪽지가 하루 종일 나를 지배했다. 내가 하숙하고 있는 집에서 내게 밥상을 날라오는 것은 숙이였다. 아침밥을 먹고 나서 나는 밥상 위에 쪽지편지를 두고 나왔다. 숙이가 밥상을 내어가는 것을 나는 확인했다. 숙이는 쪽지에 쓴 나의 편지를 읽었을 게다.

숙이, 그 여자는 옛날 어느 천사의 정통적 후손이다. 만일 옛한 천사에게 생식기가 있었다면 그래서 그 생식기가 어느 날 그 천사로 하여금 딸 하나를 갖도록 명하고 그 딸이 딸 하나를 낳고 또 그 딸이 딸 하나를 낳고…… 딸의 역사는 계속되고 그래서 낳아지는 딸마다 천사가 넣어준 피는 흐려졌다고 해도 그러나 우생학(優生學)은 유전인자의 변덕스러움을 우리에게 보장해준다. 아마 옛 천사가 낳아놓은 대대의 수많은 손녀 중에서 가장 그 여자와 닮은 손녀는 숙이일 것이다.

천사는 웃을 줄을 모른다. 천사는 때때로 어지러운 듯이 부엌 문기둥에 손을 짚고 그 손등에 이마를 대고 옆눈길로 마당만한 크기의 하늘을 오랫동안 올려다본다. 천사의 볼은, 추운 날엔 때가 엷게 일어서 분가루를 잘못 바른 것처럼 가련하다. 말수 적은 천사는 그러나 밥상을 들어줄 때 '많이 드세요'라고 말한다. 천사는 서글프게 웃으면서 그 말을 한다. 고등학교만 나온 천사는 국민학교 삼학년에 다니는 동생을 가르친다. 천사의 나즉나즉한 목소리는 '사구삼십육, 오구사십오……'가 되어, 불 꺼버린 나의 방으로 그 여자 방의 전등 불빛과 함께 스며들어온다. 천사는 세금 받으러 온 사람 앞에서도 말을 더듬는다. '어머니가 시장에서 돌아오시면……'이란 짧은 말을 하는 데도 오 분쯤은 걸린다. 천사는 껍데기가 나무로 되어 있는 고물 같은 라디오를 사랑하여 시간 나는 대로 그 앞에 앉는다. 천사의 라디오는 돌아가신 그 여자의 아버지가 부자였다는 증거품으로서 몇 개 남아 있지 않은 물품 중의 하나이다. 천사는 결코 라디오의 볼륨을 높이지 않는다. 천사는 내가 방 안에 들어 있을 때 항상 공부를 하거나 요컨대 중요한 일을 하고 있는 줄로 안다. 천사는 내가 방 안에서 소설책이나 읽고 벽에 낙서나 하고 팬티의 고무줄 밑으로 손이나 넣고 누워 있는 줄은 상상도 하지 않는다. 천사는 내가 신문사에 취직하여 처음으로 출근하는 날, 새벽 네시부터 부엌에 나와 달그락거리며 밥을 짓는다. 천사는, 처음 출근한다는 기쁨 때문에 역시 새벽 네시에 잠이 깨어 있는 나를 아직도 자고 있는 줄로 알고 김치가 있는 장독대로 가기 위해서 내 방 앞을 지날 때 발소리를 죽여 조심조심 걷는다. 천사는 나를 사랑하지 않는다. 다만 천사는 그 앞에서 조심하지 않으면 안 될 손님처럼 나를 생각하고 있을 뿐이다. 천사는 내가 다른 곳으로 하숙을 옮겨갈까봐 항상 두려운 눈길로 나를 바라다본다. 천사는 자기 집이 다른 곳과 같은 액수의 하숙비를 받으면서도 반찬은 유난히 좋지 않다는 것을 잘 안다. 천사는 때때로 밤이 깊었을 때 마루에 나와서 소리 죽여 운다. 천사가 우는 이유는 밤하늘처럼 어둡기만 하다. 천사는 성우가 되기 위해서 공부한다. 천사는 고은정의 목소리를, 장서일의 목소리를, 유병희의 목소리를, 윤미림의 목소리를 틀림없이 흉내낼 줄 안다. 천사의 어머니가 방송 드라마 대본 하나를 구해다줄 것을 나에게 부탁한다. 천사는 내 방의 불이 꺼지고 내가 잠이 들었으리라고 짐작되면 내가 구해다준 대본을 보며 연기 공부를 한다. 천사는 우는 장면을 여러 가지 형식의 울음소리로 연습한다. 천사는 우는 장면을 연습하고 나서는 멋쩍은 듯이 쿡쿡 웃는다. 천사는 여러 가지로 웃을 줄도 안다. 천사가 웃는 연습을 하고 있을 때는 천사가 아닌 것 같다. 천사가 예술이 어떤 것인가를 나에게 알으켜주고 있다. 천사는 어느 방송국의 성우 모집 시험에 응시한다. 천사의 목소리는 마이크에 맞지 않는다. 천사는 불합격이다. 천사는 더욱 웃을 줄을 모른다. 천사는 이제 방송 드라마 프로는 듣지 않는다. 천사는 자기의 불합격을 몹시 부끄러워한다. 천사가 만일 그 여자의 소원대로 성우가 되었더라면, 아, 얼마나 좋았을까! 천사는 쾌활해졌으리라. 천사는 내가 밀회를 신청하더라도 응할 만큼 스스로를 떳떳하게 생각했으리라. 천사의 손은 너무 빨리 늙어간다. 천사의 손은 구공탄재가 담긴 쓰레기통과 말표 세탁비누와 찬물 때문에 마흔 살을 먹어버린다. 천사의 마음의 나이는 그 여자의 얼굴 나이와 손의 나이를 합친 것만큼은 된다. 천사는 예순 살, 천사는 할머니, 천사는, 아, 곧 죽어버릴지도 모른다.

그렇지만, 제각기의 인생인 것이다. 스무 살짜리의 얼굴을 가진 할머니는 반드시 불행한 법이라고 누가 나에게 가르쳤단 말인가. 설령 불행하다고 하더라도 누가 아침밥상 위에 쪽지를 써두고 나오는 따위의 서투른 짓을 하라고 나에게 속삭였단 말인가. '같은 집에 살면서 말도 변변히 주고받지 못하였군요. 꼭 그래야 할 이유도 없으면서 말입니다. 시간이 나신다면 오후 여덟 시에 요 앞 한길에 있는 매미다방으로 나와주셨으면 고맙겠습니다. 차라도 함께 들면서 세상 돌아가는 얘기나 해보았으면 좋겠습니다.' 편지 자체는 별로 우스울 게 없었다. 그러나 그 여자를 다방으로 불러내야 할 이유를 스스로 충분히 납득하고 있는지가 문제이다. '세상 돌아가는 얘기나 해보았으면.' 배꼽 빠질 이유였다. 그 여자는 죽을지도 모른다는 생각도 우습기 짝이 없는 이유가 된다. 그런 생각 속에 숨어 있는 엄청난 기만, 교활, 위선을 과연 스스로 감당해낼 자신이 있다는 얘기인지. 차라리 '그 여자가 탐이 난다'라고 말해보자. '탐', 그것을 우선 그 여자의 하반신을 나의 하반신에 밀착시키는 것이라고 생각해보자. 그러면 이유는 훌륭하다. 그러나 그것만으로써 끝나버린 상태는 상상할 수가 없었다. '탐'의 대상도 선택되어진 것이니까라고 생각하면 그 '탐' 속으로 자기를 무작정 몰아넣을 수는 있다. 그러나 선택 이후의 사태에 대한 책임을 지는 것은 지금의 내가 아니라 나중의 나이다. 책임지기가 싫어진다면 혹시 모르지만 만일 책임지고 싶어지고 그런데 그건 잘 안 되고 할 때는? 나중의 나로 하여금 갈팡질팡하도록 일을 만들어놓는다는 건 그녀에겐 미안스러운 일이다. 제각기의 인생은 제각기의 것이다. 참 옳은 말씀이다. 왜 쪽지를 썼던가. 혹시 나는, 한 인생과 다른 인생이 접합점을 가졌을 때엔 이 인생도, 저 인생도 동시에 좋은 방향으로 달라지리라고 상상하고 있었던 것일까? 여자, 그것은 스물다섯 살짜리 사내에겐 생활을 구입하는 많은 방법 중의 하나가 될 수 있으니까? 천사 같은 여자, 그것은 나의 종교 노릇을 할지도 모르니까? 하반신을 밀착시키고 싶다는 탐이 거짓된 이유인가? 그 여자는 죽을지도 모른다는 추측이 거짓된 이유인가?

그러나 그런 것을 생각하기에는 너무 이른지도 몰랐다. 숙이가 다방으로 나올 것인지 아닌지가 의문이어야 할 때였다. 나왔다고 하더라도 내가 차 한잔 사준 걸로 우리가 만나는 행사는 끝나버릴 수도 있는 일이었다. 오늘 저녁부터 두 사람의 인생이 금방 달라지기 시작한다고 얘기할 수만 없었다.

여섯시에 회사에서 퇴근하자마자 나는 어제 저녁 운길이와 약속한 장소로 갔다. 운길이와 내가 돼지 구하는 일을 맡기로 하였다.

검붉은 색깔은 분명히 미각을 자극한다. 미각을 가진 것은 고등동물이다. 고등동물고등동물고등동물…… 고등동물이란 말을 입 속에서 짓씹고 있으려니까 그 말의 의미는 마치 이빨에 의해서 잘게 부서진 살코기처럼 목구멍 속으로 넘어가버리고 그 말의 자음과 모음만이 질긴 껍질처럼 혓바닥 위에 생소하게 남아 있었다. 유리로 된 진열장 속에서 고깃덩어리들은 흐느적거리며 서로서로 기대고 있었다.

달구지를 끌고 가는, 배 언저리에 오물이 말라서 조개껍데기처럼 붙어 있는 황소와 푸줏간의 진열장 속에 널려 있는 고기를 연결시켜 생각한다는 것은 힘든 일이다. 그것이 힘들다는 사실을 아껴라 ─ 찐빵이 내린 계명 중의 하나이다.

군대에서 제대한 지 오래지 않은 듯, 젊은 푸줏간 주인은 몸이 날래 보였고 친절했다.

"조그만 돼지 한 마리라구요? 잔치에 쓰시려는 겁니까?"

"말하자면, 잔치에 쓰는 셈이지요." 운길이가 말했다. "댁에 부탁하면 구할 수 있습니까?"

"예, 물론 구할 수 있습니다. 그런데 몇근짜리를 말씀하시는지……"

"몇근짜리라니요?"

"돼지의 무게 말입니다. 고기가 많이 붙은 큰 돼지는 근이 많이 나갈 게 아니겠어요. 따라서 값도 그만큼 비싸고……"

"사오천원에 살 수 있는 것은 몇근쯤 됩니까?"

"사오천원이라, 사오천원…… 아마 팔구십 근짜리는 사실 수 있겠군요. 그렇지만 잔치에 쓰시려면 이백 근짜리는 쓰셔야죠."

"이백 근짜리는 얼마나 큽니까?"

"아주 크죠. 어지간한 송아지만큼은 되니까요."

"비싸겠군요."

"만원 정도면 살 수 있습니다."

"아니 그렇게까진 필요 없어요. 우리들이 하는 잔치엔 열 사람밖에 오지 않거든요. 모두 식성이 좋긴 하지만 소화할 능력에 한계가 있으니까요. 사오천원 정도로 구할 수 있는 건 아주 작을까요?"

"열 사람에겐 사오천원짜리도 크죠."

"알겠습니다, 고맙습니다."

나는 주인에게 말하면서 운길이의 팔을 잡아끌었다. 운길이는, 얘기는 이제 시작되는 게 아니냐는 얼굴로 내게 끌려서 푸줏간 밖으로 나왔다. 푸줏간 역시 어디선가 돼지를 사와야 한다면 우리가 직접 돼지 기르는 곳을 찾아가서 사는 것이 싸게 살 수 있으리라고 나는 생각한 것이었다.

"그렇지만 귀찮지 않아? 푸줏간에 부탁해버리는 게 나을 거야."

운길이가 말했다.

운길이의 말투가 정말 귀찮아 죽겠다는 것이었으므로 그것이 나만의 용어라는 것을 미처 깨닫기 전에, 가벼운 분노조차 섞인 음성으로 나는 말했다.

"하지만 찐빵은 우리가 귀찮은 일을 해내어야만 우리를 신임하는 거야."

"찐빵? 찐빵이 뭐지?"

운길이가 물었다. 나는 나의 실언을 깨달았다. 그러나, 우기면 무언가 전해지는 법이다.

"찐빵은 위대한 존재야. 찐빵은 지고한 곳에 계신 존재지. 그분은 무엇이든지 할 수 있어."

나는 운길이의 시선을 나의 시선에 비끌어맨 뒤에 힐끔 밤하늘을 올려다보았다. 운길이의 시선도 밤하늘로 향해졌다.

"네가 말하고 있는 건 예수쟁이들의 하나님이냐?"

운길이가 물었다.

"천만에. 그 하나님은 이브가 설마 능금을 훔쳐먹을 것까지는 미처 몰랐지만 찐빵은 그것까지도 미리 알 수 있는 존재야."

가로등의 불빛과 여러 상점에서 쏟아져나온 불빛과 빌딩의 창마다에서 새어나온 불빛들이 밤하늘과 우리 사이를 돼지 오줌보 만큼의 두께로써 가로막고 있었다.

"이 녀석아, 농담하고 있을 때가 아니야. 빨리빨리 알아보고 집으로 가얄 거 아냐?"

운길이가 투덜거렸다. 히히, 하고 나는 웃었다. 그러나 나는 슬펐다. 운길이가 찐빵을 의식하지 못하는 한 찐빵은 그에게 구원의 자비로운 손길을 내밀 것이다. 그러나 나는, 나는 사지(死地)로 밀파(密派)되는 간첩이 될 것이다. 어느새 이중간첩 노릇을 하게 되고 그러다가 어느 날엔가는 어느 어두운 골목이나, 밤 깊은 강변으로 끌려가서 칼로 목을 찍혀 피를 내뿜으며 거꾸러질 것이다. 찐빵은 자기의 얼굴을 보아버린 자를 그냥 두지는 않을 것이다. 그는 어떻게 할 것인가?

"찐빵은 훌륭한 분이야."

나는 주문을 외우듯이 말하고 나서 다시 밤하늘을 올려다보았다. 돼지 오줌보만큼의 두께밖에 가지지 못한 저 불빛들이 현란한 무늬를 가지고 나의 시력을 교란시키고 있었다.

"너 돌았니?"

운길이가 말했다.

"아아니."

나는 다시 히히 웃었다. 그리고 말했다.

"돼지는 말야, 내가 알아볼게. 오늘은 그만 헤어지자."

"알아볼 데가 있어?"

운길이가 물었다.

"하숙집 주인 아주머니가 남대문시장에서 야채장사를 하는데 장사꾼들끼리는 싸게 구할 수가 있을 거야."

"그래? 그럼 나도 알아보겠지만 너한테 맡긴다. 내일 저녁까진 확실하게 구해놓아야만 한다는 건 잘 아실 게고 그리고…… 그럼 내일 만나자. 자, 돈은 네가 가지고 있고 그리고…… 그럼 내일 만나자. 내일 우리 회사로 전화해. 참 우리 어디 가서 대포 한 잔씩 할까?"

"난 그냥 들어가야겠어."

나는 시계를 보았다. 여덟시가 지금 지나가고 있는 중이었다. 택시를 타지 않으면 안 되겠다. 만일 여자가 나와 있지 않다면? 통금시간 바로 전쯤 집으로 들어가리라. 그 여자가 대문을 열어주러 나오면 거짓 술 취한 척 비틀거리리라. 아무 말 하지 않고 천사는 그런 내 꼴을 보면 가슴이 아프겠지. 만일 아프지 않다면? 아프지 않다면 천사가 아니다. 아니다, 천사라면 콧구멍도 간지럽지 않을 게다.

　매미다방을 전봇대 한 칸쯤의 간격으로 저쪽에 두고 나는 택시를 내렸다. 그곳은 어떤 양장점 앞이었는데 마네킹을 세운 쇼윈도 안의 형광등이 낡았는지, 불이 사그라졌다가 다시 켜지곤 했다. 마네킹 역시 명멸하는 불빛 때문에 시력을 가눌 수가 없다는 표정이었다. 인도에선 가을 저녁 바람을 즐기는 대학생 차림의 아베크들이 몇 쌍 눈에 띄었다. 모두 고행하는 수도승들처럼 진지한 얼굴을 하고 있으리라는 나의 상상을 그들의 어깨 모습과 걸음걸이가 보증해주고 있었다.
　나는 숙이가 나와 있을까 있지 않을까 하는 판단을 나의 예감에 물어보았다. 어떠한 예감이 완전히 나를 지배하면 막상 닥친 현실은 흔히 예감의 반대였다. 그래서 요즈음엔 나의 예감은 우왕좌왕하며 나를 지배할 만한 판단을 옛날처럼 곧잘 내려주지 못하였다. 예감에게 충분한 시간을 주었을 때엔 희미하게나마 나에게 어떤 판단을 내려주기는 하지만 그날 저녁 내가 예감에게 준 시간은 전봇대 한 칸 사이의 분량밖에 되지 못했기 때문에 그것에게서 어떤 대답을 얻는다는 것은 완전히 불가능했다. 이미 나는 다방 입구에 서 있었다.
　다방 안으로부터 어떤 기타 곡이 불투명 유리를 통하여 다방 밖으로 스며나오고 있었다. 나는 잠시 동안 그 곡을 들으며 문 앞에 서 있었다. 〈금지된 장난〉이란 불란서 영화의 주제곡이었다. 장난이라는 단어가 무언가 건져보려고 허우적거리는 그때의 내 그물에 걸렸다. 장난, 어른들이 어린애들의 행위를 평가할 때 쓰는 자(尺)의 한 눈금. 일부러 그 눈금에 맞추기 위하여 행위하는 사람은 하나도 없다. 그런데도 불구하고 생긴 일정한 뜻을 가진 말.

숙이를 불러낸 것이 장난이라면, 천사의 후예라고 좀 엄살을 부리자. 겨우 그 여자를 거의 있는 그대로 표현한 듯하던 느낌도 장난이어야 했고, 택시를 잡아타고 거기까지 달려오던 것도 장난이어야 했고, 그리고 다방 문 앞에 연극 속에서 우두커니 서 있는 것도 장난이어야 했다. 아무것도 장난이 아니었는데 우두커니 서 있는 동안 놀랍게도 그 모든 것이 장난처럼 생각되어버렸다. 장난이 아닌 것으로서 유일한 것은, 만일 그 여자가 지금 저 속에 앉아 있는데도 불구하고 여기서 내가 그냥 돌아서버린다면, 혹시 그 여자가 차를 마셨을 경우 그런데 나를 믿고 돈을 가져오지 않았을 경우에 그 여자가 당할 봉변이었다. 얼마든지 가능할 수 있는 그런 사태. 오로지 그것 때문에 나는 다방 문을 밀고 안으로 들어섰다.

다방 안쪽의 어두운 구석까지 가보았지만 그 여자는 나와 있지 않았다. '그럴 리는 없지만 혹' 하는 생각으로 다방 입구에 마련되어 있는 심장 모양의 메모판을 훑어보았다. 나를 위한 쪽지는 없었다. 그러자 나는 장난은 이미 끝나버렸고, 그런데 그 장난은 내가 아직 장난이라고 생각하기도 전에 벌써 장난이라는 모습을 해버렸었다는 것을 깨달았다. 나는 팔목시계를 보았다. 여덟시 십오분이었다. 내가 정해준 시간을 내가 십오분이나 어기고 있었다. 그러자 그 여자는 혹시 아직 오지 않은 것인지도 모른다는 생각이 들었다. 여자와 처음으로 시간 약속을 했을 때엔 여자가 약속시간보다 늦게 나온다는 것은 일종의 에티켓이다. 나는 앉아서 기다려보기로 했다. 장난은 아직 끝나지 않고 있었다. 장난이 끝날 때를 나는 별로 초조해하지도 않고 기다리고 있었다.

살찐 레지가 재떨이와 성냥과 물수건을 두 손에 나눠들고 내 앞으로 다가왔다. 가을에 주는 물수건은 뜨거운 것일까 찬 것일까? 물수건은 찼다. 무슨 차를 들겠느냐는 말을 심드렁하게 하고 나서, 내 대답을 들은 뒤, 레지는 문득 잊고 온 물건을 가지러 다시 집 쪽으로 몸을 돌이키듯이 돌아서서 넓은 엉덩이를 느릿느릿 흔들며 카운터 쪽으로 걸어갔다. 레지는 성냥개비로 한쪽 귀를 후비며 분홍빛 딱지를 주방으로 통하는 구멍 속으로 밀어넣었다. 레지는 잠바 차림으로 혼자 앉아 있는 남자 손님 앞으로 걸어가더니 그 남자의 맞은쪽 의자에 털썩 주저앉았다. 레지는 그 동안 잠시 멈추고 있던 귀후빔질을 다시 시작하며 남자에게 무어라고 말하고 있었다. 남자는 엄숙한 얼굴로 한 손을 뻗쳐서 레지의 가슴께를 가리켰다. 레지는 높은 소리로 웃으며 남자의 뻗친 손을 탁 쳤다. 남자는 빙긋 웃으며 내게로 시선을 돌렸다. 나는 남자를 건너다보고 있었다. 그의 시선을 피해야 할지 어쩔지를 몰라서 나는 잠시 동안 눈동자를 이리저리 굴렸다. 그 남자역시 그런 것 같았다. 나는 시선을 돌리지 않기로 작정했다. 그러기 위해서는, 노려본다는 형식을 취하기보다 그저 무심히 바라보고 있다는 형식을 취하기로 하였다. 그 남자가 고개를 다시레지 쪽으로 돌렸다. 무어라고 말하였는지 이번에는 레지와 함께 고개를 돌려서 나를 보았다. 이번에 나는 레지의 시선에 내시선을 부딪치게 하였다. 레지가 잠바 쪽으로 얼굴을 돌리며 무어라고 말하고 나서 일어났다. 레지는 카운터 쪽으로 느릿느릿걸어갔다. 남자의 시선이 내 볼에 와 닿아 있는 것을 나는 느꼈다. 내 볼이 근질거렸다. 레지는 주방으로 통하는 구멍에 대고무어라고 말하고 있었다. 접시에 받친 커피잔이 그 구멍으로부터 밀려나오고 있었다. 레지와 찻잔의 풍경을 갑자기 무엇이 가로막았다. 나는 시선을 위로 보냈다. 뜻밖의 환희 같은 느낌이강렬하게 나를 흔들었다. 숙이가 참 거북해 죽겠다는 표정으로내 앞에 서 있었던 것이다.

"앉으시죠."

나는 일어서며 내 맞은편 의자를 손짓으로 가리켰다. 숙이는서투른 솜씨로 의자를 약간 뒤로 밀쳐내며 조심조심 앉았다. 나는 별생각 없이 잠바 차림의 남자를 흘깃 돌아봤다. 잠바는 담배를 피워물고 앉아서 나를 노려보고 있었다. 나는 얼른 숙이 쪽으로 시선을 돌렸다.

"전 나오시지 않나 했습니다."

내가 말했다.

숙이는 입술을 쭝긋거리며 미소했다. 집에서 입는 옷차림 그대로였다. 낡은 반소매 털실 스웨터와 역시 낡은 바지를 입고 고무신을 신고 있었다. 머리 역시 가다듬지 않은 단발이었다. 자취하는 여학교 학생이 바구니를 들고 시장에 나왔다가 잠깐 다방에 들른 것 같았다. 집에서 늘 보는 그런 차림이 오히려 나에게 특이한 인상을 주었다. 그 여자가 만일 나올 경우엔 으레 좋은 옷을 입고 머리도 가다듬고 나오리라고 무의식중에 나는 그렇게 생각하고 있었던 모양이었다. 정말 그 여자가 그렇게 하고 나왔다면 나는 그 여자 옷차림에서 아무런 인상도 받지 못하였을 것 같았다. 그것이 좋은 인상이든 나쁜 인상이든.

레지가 찻잔을 내 앞에 놓고 나서, 마치 길거리에서 희극배우를 보는 듯한 얼굴로 숙이를 내려다보고 서 있었다.

"무얼 드시겠어요?"

내가 숙이에게 물었다. 숙이는 숙이고 있던 고개를 더욱 가슴 쪽으로 내려박으며 얼굴을 붉혔다. 그러나 '커피'라는 말을 내가 알아들을 수 있을 만큼은 크게 발음하였다. 레지가 돌아서서 갔다.

"제 편지 우스웠죠?"

나는 호주머니에서 담뱃갑을 꺼내며 말했다. 여자는 고개를 숙인 채 침묵.

"어머니 아직 안 들어오셨지요?"

여자는 숙인 고개를 끄덕였다. 그리고 침을 삼키고 나서 '네'라고 '커피' 만큼 작게 말했다.

"동생들은 학교에서 다 돌아왔겠고요……"

고개를 끄덕거리고 그 다음에 '네'.

"오늘 낮엔 무얼 하셨어요?"

고개를 숙인 채 침묵.

"빨래하셨어요?"

침묵. 나는 방금 한 질문은 나빴다고 생각했다. 그러고 나니까 나는 할말이 없었다. 나는 레지가 숙이 몫의 차를 빨리 가져오기를 바랐다.

장난은 너무 심심하게 끝나버릴 것 같은 예감이 들었다. 처음부터 장난이 아니었다는 생각이 들었다. 숙이의 수줍음에서 생긴 침묵이 나를 안타깝게 만들었다. 너무 무의미하게 우리의 만남이 끝나버릴 것 같았다. 내가 그 여자에게 묻고 있는 말들이 따지고 보면 그 여자로서는 고갯짓만으로써도 충분히 대답할 수 있는 것이긴 했지만 너무 공허한 것으로 생각되었다. 내가 조금 전에 입을 놀려서 무어라고 말했는지 어쨌는지조차 말이 끝난 바로 다음에는 의심이 되곤 했다. 내가 하는 말들이 그 여자와 나 사이를 메워서 둘을 연결시켜주고 있는 것 같아서 나는 화제를 만들려고 애썼다.

"돌아오는 일요일날, 그러니까 모레죠. 친구들과 행주산성에 놀러 가기로 했거든요. 돼지 한 마리를 사가지고 가서 통째 구워 먹기로 했어요."

숙이는 무엇을 상상했는지 잠깐 고개를 들어서 나를 건너다보며 자기의 어깨를 가만히 조였다.

"돼지고기 싫어하세요?"

내가 물었다.

"네."

그 여자가 대답했다.

"제가 돼지고기를 가장 좋아한다는 건 유숙씨와 시골에 계시는 저의 어머님이 가장 잘 아실 겁니다."

숙이는 고개를 좀더 숙였다. 아마 웃는 모양이었다.

"육류를 좋아하면 살갗이 거칠어진다면서요? 그래서 여자들은 고기를 좋아하지 않는다면서요?"

웃는 모양이었다.

"나쁜 화장품을 써도 살갗이 거칠어진다면서요? 그래서 국산품을 쓰지 않는다면서요?"

웃는 모양이었다.

레지가 커피를 가져왔다. 한참 동안 내가 들기를 권한 뒤에 숙이는 겨우 찻잔을 들고 커피 몇 방울을 입술에 묻힌 둥 만 둥 하고 다시 탁자 위에 잔을 놓았다.

"제 친구들 중엔 한 방울만 혀에 대보고도 그게 진짜 커피인지

가짜 커피인지 가려내는 놈들이 있죠. 전 모두 진짜 같기도 하고 모두 가짜 같기도 해서 아직 커피 마실 자격이 없나봐요."

커피 얘기, 살갗 얘기가 숙이에겐 얼마나 짐스런 화제였다는 것을 나는 아직 모르고 있었다. 그 여자가 천사라고 해도 날개가 등에서 솟아나 있기 때문에 하늘을 날아다닐 수 있는 천사가 아니라 잠자리날개로 지어진 옷을 입었기 때문에 하늘을 날 수 있는 천사라는 것을 모르고 있었다. 나무꾼에게 옷을 도둑질당하고 나면 별수 없이 땅에서 베를 짜고 아이를 낳으며 살아야 하는 그런 천사였다는 것을 나는 아직 모르고 있었다.

찻잔이 비자마자 나는 계속해서, 영화에 대한 얘기, 방송극에 대한 얘기, 해외 토픽란에서 본 얘기, 내가 어렸을 때 본 만화에 대한 얘기, 유머를 모아놓은 책에서 읽은 얘기, 내 직장인 신문사에서 주워들은 얘기, 심지어 외국의 유명한 작가나 철학가들의 에피소드까지 오 톤쯤 늘어놓았다. 내 얘기들의 무게가 드디어 그 여자의 고개를 들어올리게 하는 데 성공했다. 그 여자는 내처 미소를 띠거나 손으로 입을 가리고 고개를 숙이며 웃거나 하면서 내 얘기에 귀를 기울였다. '재미있게 듣고 있는 중이니어서 계속하세요'라고 그 여자가 마음속에서 말하고 있으리라고 내 속 편한 대로 정하고 나서 나는 그런 얘기들을 했다.

"오늘 낮엔 무얼 하셨어요?"

나는 값을 받는 듯한 태도로 물었다.

"옆집 마당 위에 고추잠자리떼가 날아다니는 것을 보고 있었어요. 그 집 마당에 코스모스가 많이 있잖아요? 그 위를 잠자리 떼들이 마치 공중에 가만히 떠 있는 것처럼 하고 있었어요."

그 여자는 얼굴을 빨갛게 하고 그러나 고개는 숙이지 않고 성우처럼 또박또박 말했다.

"무슨 생각을 하면서요?"

내가 물었다.

"별루 생각 없었어요. 내년엔 우리집 마당에도 코스모스를 심어야겠다는 생각 좀……"

"코스모스 정말 좋지요? 고향엘 가느라고 가끔 기차를 타면 철둑 양쪽으로 코스모스가 피어 있곤 했지요. 한때는 코스모스 라인이라구 해서, 라인이란 건 영어로 줄이란 말이잖아요? 전국 철로 양쪽에 코스모스를 심게 했다는데, 요즘은 기차를 타도 그게 없어졌어요. 가뭄에 콩 나기로 어느 시골 정거장에나 좀 심어져 있곤 하지요."

그 여자 얘기의 분위기에 맞추느라고 기껏 한 내 얘기는 그러나 마치 쇼펜하우어가 잉크병에 돈을 숨겨놓고 쓸 만큼 의심쟁이였다는 얘기를 하는 투가 되어버려서 나는 자기의 얘기에 화가 났다.

"코스모스도 좋지만 잠자리떼가 참……"

그 여자는 눈을 반짝이며 말했다.

"아, 고추잠자리……"

고추잠자리에 대한 내 나름의 회상이 또 나올 판이었다. 나는 그 여자의 말에 감동한다는 뜻을 나타내기 위해서는 더 긴 소리를 하지 않는 게 좋다고 판단했다.

"저, 집에 들어가시지 않겠어요?"

그 여자가 내 눈치를 살피며 말했다. 정말 너무 늦어 있었다. 열한시가 가까워오고 있었다.

"어머님이 들어오셨겠군요."

나는 자리에서 일어서면서 말했다.

우리는 밖으로 나왔다. 전차 한 대가 창마다에서 따뜻한 불빛을 내쏟으며 빠르게 우리 앞을 지나갔다.

"동생들에겐 어디 간다구 하고 나왔습니까?"

"저, 김선생님 만나러 간다구 하고……"

"아니, 제가 만나자구 한다고 사실대로 말씀하셨단 말씀인가요?"

그 여자는 그럼 뭐라고 하느냐는 얼굴로 나를 올려다봤다. 그 여자에게 비밀을 간직하게 함으로써 나의 편이 되게 하겠다던 수법은 물거품이 되었다. 어쩌면 숙이는 자기 집 생활비를 일부 보태주고 있는 사람의 명령으로만 내 쪽지편지를 이해하고 있었던지도 몰랐다. 내가 반찬을 좀 좋은 걸로 해달라는 얘기나 할 줄로 알고 있었단 말인지, 참.

"어머님께도 물론 저와 만난 사실을 얘기하시겠군요."

"네? 해선 안…… 돼요?"

그 여자는 놀란 듯한 얼굴을 하며 물었다. 그 놀란 듯한 얼굴이 음흉스러워 보이고 얄미워졌다.

"안 될 것도 없지만……"

나의 화난 듯한 말투에 숙이는 처음 다방에 들어왔을 때의 꼴로 다시 돌아갔다. 그 여자는 나의 몇 발짝 뒤에서 나를 따라왔다. 나는 자꾸 화를 내는 척함으로써 그 여자를 나의 편에 끌어들일까 하고 생각했다. 그러나 너무나 얕은 꾀였고 그런 수법을 쓰기에는 아직 일렀다. 그렇다고 생각하자 진짜 화가 났다. 결국 장난으로 끝났고 다시는 되풀이하고 싶지 않은 장난이었다. 천사인지 돼지발톱인지, 어느 풀밭으로나 끌고 가서 내 가슴 밑에 그 여자를 깔아뭉개버리고 싶었다.

"둘이 함께 집으로 들어가면 이웃 사람들이 수군거리지 않을까요?"

걸음을 잠시 멈춰서 그 여자가 가까이 왔을 때 내가 말했다. 내 말투만은 속과 정반대로 신선님의 그것 같았다. 그 여자는 우두커니 내 앞에 선 채였다.

"먼저 들어가세요. 난 조금 있다가 들어갈 테니까요."

내가 말했다. 신선님처럼 웃는 얼굴로. 내 웃는 얼굴을 보니까 안심이 된다는 듯이 그 여자는 미소하면서 고개를 숙였다. 염병할, 턱에다 쇠뭉치를 달았나, 고개는 잘도 숙인다.

"아까 저쪽 전봇대 옆에 서 있었는데 알아보시지 못하고 그냥 다방으로 들어가시더군요."

그 여자는 다방 문 앞의 전봇대를 가리키며 뚱딴지 같은 얘기를 했다.

"그래요?"

나는 또 한번 신선님처럼 웃으면서 말했다. 어쩌면 이 바보 같은 여자의 마음속에도 무언가 전해졌는지도 모르겠다는 생각이 들었다. 그게 아니라면 아무것도 모른 척 자기를 잘도 꾸밀 줄 아는 굉장한 여자인지도 모른다는 생각이 들었다.

"자, 먼저 들어가세요."

나는 점잖게 말했다. 그 여자는 남대문 쪽으로 가고 나는 동대문 쪽으로 가기 위해서 지금 헤어지는 듯한 느낌이 들었다.

내가 요 몇 시간 동안 만나고 있던 것은 숙이가 아니라 무어라고 말했으면 좋을지 모를 어떤 것, 나에게서도 조금은 나왔고 숙이에게서도 조금은 나왔고 의자에서도 조금은 나왔고 탁자에서도 조금은 나왔고 레지에게서도 조금은 나왔고 잠바에게서도 조금은 나왔고 음악에서도 조금은 나왔고 커피에서도 조금은 나왔고 마네킹에서도 조금은 나왔고…… 그렇게 나온 조금씩의 어떤 것들이 뭉친 덩어리였음을 저 앞에서 걸어가고 있는 숙이의 좁은 어깨를 보고 있는 동안에 나는 깨달았다. 그 여자는 멀어져 갈수록 다시 하얀 천사가 되어 나를 유혹했다. 저게 유혹하는 표현이 아니면 무엇일까? 내 시선을 자기 등에 느끼므로 어깨는 웅크려지고 걸음걸이는 절룩거려지며 모로 쓰러질 듯하여 빠르게 걷지 않으면 안 되겠다는 듯한 저 여자의 뒷모습이 주는 것이 나를 유혹하는 행동이 아니라면 무엇일까?

나는 빠른 걸음으로 그 여자의 뒤를 쫓아가기 시작했다. 집으로 들어가는 골목 입구에서 우리는 다시 만났다.

"어머니께서 저와 만났던 얘기를 물으시면 무어라고 대답하시겠어요? 대답할 말, 준비해두셨어요?"

그 여자는 자기의 처지가 무척 딱하다는 것을 표정에서 숨기지 않고 '아니오'라고 대답했다.

"제가 왜 만나자고 했던가는 분명히 알고 계세요?"

그 여자는 고개를 숙였다. 그리고 발끝으로 땅을 툭툭 차고 있었다.

"일요일날, 제가 친구들과 놀러가는데 돼지 한 마리를 구할 필요가 있어서 그것 때문에 숙이씨에게 의논하려고 제가 만나자고 했다고 하십시오. 숙이씨의 어느 친구 집에서 돼지를 기르는데 팔지 않겠느냐고 갔더니 그쪽에서 팔지 않겠다고 하여 그냥 돌아오다가 다방에서 차 한잔 사주기에 얻어먹었다, 아시겠습니까?"

숙이는 어둠 속에서 하얗게 이를 드러내놓으며 소리없이 웃었다.

"저희 어머님이 무서우세요?"

그 여자가 물었다.

"남자들이 세상에서 가장 무서워하는 건 여자친구의 어머님이라고들 하죠."

나는 '여자친구'라는 말에 힘을 주었다. 힘을 너무 주었던지 그 여자의 고개가 푹 꺾였다.

"자, 그럼 먼저 들어가세요."

내가 말했다.

다음날 아침, 숙이는 밥상을 방문 앞에 놓고 아무 말 없이 부엌으로 돌아가버렸다. 여느때처럼 방 안에까지 밥상을 들여주지도 않았고 '많이 드세요'라는 말도 없이. 그것이 좋은 징조인지 나쁜 징조인지는 아직 판단할 수가 없었다. 그 여자와 나와의 관계에 무언가 변화가 생긴 것은 분명했고, 그것이 내겐 다소 불쾌한 형태로 보였다는 것만 분명했다.

서울역 앞 광장의 남쪽에 있는 천막 휴게소 안에서 우리 열 명은 꿈틀거리는 자루를 앞에 놓고 아득한 느낌 속에 빠져 있었다. 바이킹족을 제안했던 정태 바로 그놈이, 나와 운길이가 번갈아가며 어깨에 메고 온, 주둥이와 네 발을 새끼로 묶어서 광목자루 속에 넣은 돼지를 내려다보며 맨 처음 한숨을 내쉬었다.

"저걸 어떻게 요리한다지? 불을 피워놓고 불 속에 던졌다가 숯덩어리가 되면 꺼내나? 도대체 우리 중에 저걸 요리할 놈이 있을까?"

"철사에 꿰어서 불 위에 올려놓고 빙글빙글 돌리며 구우면 되지 않아?"

누군가 말했다.

"양념을 발라가면서 말야. 통닭 굽듯이 하면 될 거야……"

누군가 말했다.

"그렇지만 털도 벗기지 않고 그런 법이 어딨어? 먼저 목을 따서 죽여야 되고 배를 갈라서 내장도 긁어내야 하고……"

정태가 말했다.

"넌 그거라도 잘 아는구나. 난 돼지를 산 놈으로 보기를 수년 만에 보는걸."

누군가 말했다.

"그러구 보니까, 난 고깃간 간판과 그림책에서밖에 돼지를 본 것 같지가 않은데."

누군가 말하면서 쭈그리고 앉아 자루 묶은 걸 풀고 속을 들여다보다가 후닥닥 일어서면서 즐거운 목소리로 외쳤다.

"야! 정말 그림대로 생겼군. 그런데 눈깔이 튀겨먹기에는 너무 처량하게 맑은데."

자루는 계속해서 꿈틀거리고 있었다. 주둥이를 묶었기 때문에 꿀꿀거리지도 못하겠지만 목적지에 도달할 때까지 숨을 쉬고 있어주기를 나는 바랐다. 죽은 놈을 들고 가는 것보다는 아무래도 살아 있는 쪽이 덜 기분 나쁠 것 같았다.

"난 돼지고길 별루 좋아하지 않는데……"

누군가 말했다.

모두들 외국영화의 어떤 장면을 실연(實演)한다는 것으로만 생각하고 좋아하고 있었나보았다.

"정태, 네가 하면 되지 않아?"

내가 말했다.

"쥐새끼 한 마리 잡는 데도 벌벌 떠는 내가 어떻게 그걸 하니?

쥐덫을 놓을 줄 안다는 것과 쥐덫에 걸려 죽은 쥐를 집어낸다는 것 사이에는 질적으로 다른 용기가 필요한 거야. 쥐덫을 놓은 사람과 죽은 쥐를 집어내는 사람이 반드시 같아야 한다는 법은 없지 않아?"

그는 돼지를 자기 손으로 죽인다는 것은 생각만 해도 식은땀 나는 일이라는 듯이 얼굴을 찡그리며 말했다.

"좋아, 알으켜만 줘. 내가 다 할게."

운길이가 결국 나서야 했다.

"출발하기 전에 준비할 것만 다 해야지. 무엇이 필요하지? 철사? 칼?……"

정오가 거의 다 돼서 우리는 기차에 올랐다. 돼지가 든 자루를 의자와 의자 사이에 두고 운길이들이 몰켜앉아서 떠들고 있는 것을 저만큼 바라보면서 나와 정태는 떨어져 앉아 있게 되었다. 여느때엔 바라봄의 대상이 되어 있던 곳에 자리를 잡고 바라보고 서 있던 그곳을 본다는 것은 신기하고 즐거운 일이다. 그것이 여행이라고 하는 것일까. 서울역 구내를 기차가 빠져나가는 동안 나는 염천교 위에 서서 기차가 지금 그 밑을 지나가고 있는 것을 보고 있는 나를 상상해보았고 서대문 담배공장의 높은 굴뚝을 바라보면서는 나는 담배 냄새가 물씬 풍겨나오는 공장 앞 한길을 걸어가고 있는 나를 상상해보았고 서대문 쪽 터널로 기차가 들어갈 때는 미동국민학교 앞 한길에서 기차가 굴 속으로 들어가고 있는 것을 보고 있는 나를 상상해보았고 신촌역에 기차가 정거했을 때는, 그곳이 서울에서 멀리 떨어진 시골 같은 느낌이 들어서 바로 눈앞에 보이는 이화여대가 마치 서울에서부터 기차 꽁무니에 붙어 왔다가 기차가 서니까 슬쩍 내려서 시치미 떼고 거기에 서 있는 것처럼 괴기하게 눈에 비쳤다.

"사람은 그렇지 않은데 사람이 만들어놓은 것은 모두 장난감 같지 않아?"

정태가 나에게 속삭였다. 나는 정태를 돌아보았다. 녀석의 아프리카 토인처럼 툭 튀어나온 입술이 그때는 무척 영악스러워 보였다. 트기는 두뇌가 좋다는 일설이 있는데 이 녀석 역시 정어리와 명태의 트기니까 제법 영리한 말을 할 줄 아는구나. 녀석만은 찐빵의 존재에 대해서 생각해본 적이 있는지도 몰랐다. 그러나 우선 나는 그가 조금 전에 한 말에 대해서 반박을 해야 했다.

"사람이 장난감이 아니란 건 무슨 책에 씌어 있지?"

내가 물었다.

"사람이 장난감이란 건 그럼 누가 말했지?"

그가 말했다.

사람의 장난감적 성질에 대한 고찰은 그 이상 진전을 하지 못했다. 그 얘기를 우리는 한마디씩의 말장난에서 그쳐버렸다. 보아하니 둘 다 거기에 대해서는 구체적으로 생각해본 적이 없었다. 얘기는 '사람이 만들어놓은 것'으로 되돌아갔다.

"철로니 기차니 학교니 하는 게 장난감 같다는 뜻이야."

그가 말했다.

"그럼 쌀을 만들어내는 논은?"

내가 물었다.

"그것도 장난감 같지 않아?"

그가 말했다.

"왜?"

"그냥 그런 느낌이라는 거야. 왜가 왜 거기서 나와야 하니? 넌 생명을 연장시켜주는 음식을 만들어내니까 논이 얼마나 장난감보다 중요한 것이냐고 말하고 싶겠지. 또는 농부들에겐 결코 장난감이 될 수 없다. 때로는 목숨을 바쳐가면서 그네들은 논에 대하여 생각한다고 말하고 싶겠지. 그런데 어떤 농부 하나는 논에 대해서 어느 날 갑자기 시큰둥해지고 목숨을 바치고 싶어지지도 않는다고 해봐. 그렇다고 그 농부가 특별한 다른 것에 관심이 있어서도 아니야. 그런 경우엔 논도 그에겐 장난감 이상의 것이 아닐 거야."

"그렇지만 그건 어떤 개인이 당할 수 있는 가능성에 대한 얘기가 아냐?"

"그래, 가능성에 대한 얘기야."

"아주 잠정적인 가능성이지."

"그래, 아주 잠정적일 수도 있지."

"네 말대로 그 농부가 논에 대해서 시큰둥해진다면 그 농부는 도시에 나와서 두부장수가 되겠지."

"천만에, 두부장수가 안 될 수도 있어. 그 사람은 자살할 수도 있어."

"네 얘기는 아무래도 어디서 들은 적이 있는 것 같은데. 하여튼 그렇다고 하고, 그럼 음악은?"

"그것도 장난감이지. 그거야말로 철저한 장난감이지."

"돼지는?"

"그건 사람이 만들었을까?"

"그럼 돼지를 만든 건 역시 신이라고 생각하는 거냐?"

"글쎄, 그건 모르겠어. 신은 어쩐지 사람이 만든 것 같은데 사람이 만든 신이 돼지를 만들었다는 건 너무 만화 같고……"

"신은 장난감이 아니라는 것이겠지. 신이 사람을 만들었다는 것을 인정할 수 없다고 하더라도 적어도 돼지와 사람과의 관계 정도로는 신과 사람과의 관계를 긍정하는 것이겠지, 안 그래?"

"넌 예수쟁이냐?"

그가 물었다.

"아아니."

"그럼 무신론자면서 신의 존재를 나에게 증명해 보여주려는 거냐?"

"난 무신론자도 아니고 예수쟁이도 아냐. 부처님 앞에 무릎 꿇는 것도, 알라를 믿는 것도 아냐. 넌 사람이 만들지 않는 것이 세상에 있다는 것을 알게 됨으로써 간단히 신을 인정할 수 있는 무신론자인 모양이군."

"아냐, 사실은 너와 똑같애. 아니, 아마 너도 나와 똑같은 모양이야. 만들어진 것이라는 것에서부터 생각을 출발시키면 결국 우리는 신을 인정해야만 해. 그런데 왜 그런지 그 신은 서양 사람들이, 마치 기차를 만들어내었듯이, 만든 것 같은 느낌이란 말야. 기차가 장난감으로밖에 생각되지 않듯이 신도 장난감으로밖에 생각이 안 돼. 무언가가 신은 장난감이 아니라고 생각하려는 내 뜻을 가로막고 있어."

"기차나 논이나 음악이 장난감이 아니라고 생각하려는 뜻을 가로막는 것도 바로 그 무엇이겠지."

"그런지도 몰라. 그 무엇이 무엇인지는 몰라도……"

"그 무엇이 바로 너의 '나' 이겠지."

"논리적으로는 그래. 그렇지만 그 나를 모르겠어."

"소크라테스."

"농담하고 있는 게 아냐."

"나도 농담하고 있는 게 아냐. 그 무엇은 바로 '신은 죽었다'라는 니체의 선언이겠지. 우리나라의 서양철학 소개자들이 교양 전집 속에서 마구 인용했으니까."

"그럴지도 모르지. 그러나 서양 사람들이 만든 것으로써 서양 사람들이 만든 것을 부정한다는 건 큰 모순이겠지. 서양 사람이란 말에서 서양이란 말을 빼도 마찬가지야. 어떤 장난감 믿고 어떤 장난감은 믿지 않는다는 건 우습지 않어?"

"그렇지만 네가 어떤 장난감만은 사실상 믿고 있을 수는 얼마든지 있지."

"아냐, 난 장난감은 아무것도 믿지 않아."

"그럼 장난감이 아닌 것은 믿을 수 있다는 얘기냐?"

"글쎄, 그런 것 같아."

"신이 장난이란 건 아직 증명되지 않았지."

"그런데 내 기분은 아직 증명되지 않았다고 말하거든."

"네 기분은 장난감이 아닐까?"

"내 기분?"

"마치 그건 믿고 있다는 투로 얘기하잖아?"

"내 기분, 그건 나야."

"그럼 결론이 났군. 넌 널 믿고 있고, 아까 난 농담인 줄 알았더니 실제로도 사람을 믿고 있고……"

우리는 우리가 무얼 얘기하고 싶어하는지도 모르면서 원시적인 논리로써 즉흥적으로 머리에 떠오르는 예를 들어가면서 그리고 서로의 말을 믿어가면서 얘기했다. 정태와 얘기하면서 나는 지나치게 그의 말 한마디 한마디에만 신경을 바치고 있었기 때문인지 우리가 나눈 대화의 전체를 통해서 정태라는 친구를 파악할 엄두는 생기지 않았다. 다만 느낌으로써 ― 물론 그것이 정확한 것인지 부정확한 것인지는 그때는 알 수가 없었다 ― 그가 중이 될 소질이 없지 않다는 것과 나와의 관계에서는 어쩌면 운길이보다 더 먼 곳에 그가 자리잡고 있는지 모른다는 것을 알았다. '더 먼 곳'이란 말이 애매하다면 아주 가까운 곳에 있으나 둘 사이에 건널 수 없는 강이 놓여 있음으로써 더 먼 곳이라도 자세히 설명할 필요가 있을지도 모른다. 그랬기 때문인지 정태는 내가 간단히 설명한 찐빵에 대하여 운길이보다는 훨씬 진지한 반응을 보였다.

"알겠어. 너의 용어로 말하면 찐빵이라는 작자는 나의 용어로 말하자면 장난감인데, 네 얘기는 장난감도 생명을 가질 수 있다는 얘기지? 생명만을 가진 정도가 아니라 우수한 두뇌와 날카로운 도구를 사용할 줄도 안다는 얘기지? 그러니까 얘기는 되돌아가서, 장난감에 대해서 가령 이쪽에서 믿지 않는다고 떠들어보았댔자 믿지 않으면 안 되는, 적어도 그 존재를 인정하고 그의 명령에 복종하지 않을 수 없는 사태가 생겨서 꼼짝없이 이쪽을 끌고 간다는 얘기지?"

"그렇지, 바로 그거야."

내가 말했다.

"네 말대로 그 사실, 그러니까 찐빵이 우리를 지배한다는 사실은 어쩔 수 없다고 하지. 그러나 문제는 그게 아니지 않을까?"

"그럼 무엇이 문제지?"

내가 물었다.

"그 어쩔 수 없는 사실에 대처하는 태도가 개인 개인에게는 문제겠지. 자세히 예를 들면, 찐빵이 있다는 것이 문제가 아니라 찐빵의 눈에 들려고 애쓰는 너의 태도가 문제란 말이야."

"나로서는 그게 최상의 태도라고 생각한 것인걸. 그렇지 않고서는……"

132

"죽을 수밖에 없다는 얘기겠지."

"그래."

"죽는 게 최상의 태도라면 그걸 선택할 용기는 있니?"

"아마 용기가 없으니까 복종하며 살아 있기로 한 것이겠지. 그보다 죽어버린다는 것은 태도 중의 하나가 아닐 거야?"

"죽는다는 것은 분명히 태도 중의 하나지."

"그건 그렇다고 하고 요컨대 넌 찐빵에 대해서 어떤 태도를 갖고 있는 거냐? 찐빵의 존재를 알고 있기나 했니?"

"너의 용어로서는 아니지만 알고 있긴 있었던 것 같아. 그리고 나의 태도를 얘기하라면 그건 간단히 대답할 수 있어. 찐빵 역시 장난감이야. 장난감을 난 믿지 않는다고 말한 건 잘 알겠지."

"좀 비약하는 것인지 모르지만, 네가 만일 찐빵에 대해서 어쩔 수 없이 어떤 태도를 결정해야 할 때를 당한다면 넌 죽어버리겠군."

"그럴지도 몰라. 그러나 난 내 기분을 믿으면 그만이어도 좋을 것 이상의 태도를 결정해야 할 때를 아직 당한 적이 없어."

"당한 적이 있었겠지."

"없었어."

"없었다고 네가 착각하고 있을 뿐이겠지. 일부러 없었다고 생각하려고 했거나……"

"그렇지는 않을걸."

"하여튼 네가 살아서 내 옆에 앉아 있다는 것이 용타."

나는 말했다. 그로 하여금 살아 있게 만든 것, 그것이 무엇인 가에 대해서 생각해보려고 했으나 나는 국민학교에서 배운 '생존본능'이란 답밖에 얻지 못했다. 그 이상의 복잡한 무엇이 있을 것 같은데도 나는 알 수 없었다. 하기야 우리의 환경은 아직 태도 결정을 우리에게 요구한 적이 없었는지도 몰랐다. 내가 신경과민이어서 디테일에서 전체를 파악하려는 잘못을 저지르고 있는지도 몰랐다.

운길이가 종이컵에 소주를 따라가지고 기차의 진동 때문에 비틀거리며 우리 앞으로 다가왔다.

"자, 우선 한 모금씩!"

"벌써부터 기분 내면 모자라지 않아?"

정태가 말하면서 먼저 잔을 받았다. 술이 모자라는 법은 항상 없다고 나는 생각했다.

능곡에서 기차를 내려서 우리는 철도와 나란히 뻗은 한길을 걸어갔다. 능곡 넓은 들은 익기 시작한 벼로 가득했다. 산성은 동남쪽으로 별로 높아 보이지 않는 산을 가리키는 것이라고 누군가가 손짓으로 가르쳐주었다. 돼지가 든 자루는 기차칸에서 조금씩 마신 술 때문에 용감해진 몇 녀석들이 서로 자기가 메고 가겠다고 나서서 운반되어지고 있었다. 그러나 그것을 서울역까지 가져오기 위해서 택시에 실을 때와 내릴 때 손을 대어본 운길이와 내가 잘 알다시피, 무게도 무게지만 꿈틀거리기 때문에 그

것이 얼마나 취급하기 어려운 것이라는 것을 녀석들이 아직 몰랐을 때뿐이었다. 돼지 자루는 곧 자갈길가에 놓여졌고, "애, 여기서 구워가지고 가자" "우선 죽여서 토막을 내어서 하나씩 들고 가자" "칼이 잘 들까?" "아까 역 앞에서 시골사람에게 잡아달랠걸" 등등이 꿈틀거리고 있는 더러운 자루 위에 함박눈처럼 쌓였다. 그러나 오늘의 카니발은 계획대로 진행되어야 했다. 결국 자루 속에서 돼지는 꺼내졌고 주둥이와 네 발을 묶고 있던 새끼가 풀어졌고 그 대신 한쪽 뒷다리에만 쇠사슬처럼 새끼를 묶어서 새끼의 다른 쪽 끝을 번갈아가며 붙잡고 산성까지 몰고 가기로 의견은 통일되었다. 돼지는 자루 속에 똥을 유산으로 남겼다. 똥이 든 빈 자루는 길가의 논에 던져졌다. 자루와 똥은 썩어서 금수강산을 더욱 기름지게 할 것이었다. 기름지지 못한 돼지의 털은 시골의 밝은 가을 햇볕을 받자 제법 금빛으로 빛났다. 돼지는 처음엔 엄살을 부리는지 쓰러질 듯 쓰러질 듯했으나 어쨌든 사람 열 명이 자기에게 잘 걸어주기를 호소하고 있는 것은 자랑스럽다는 듯이 뒤뚱뒤뚱 앞으로 앞으로 열심히 걷기 시작했다. 우리는 한길의, 눈에 보이는 끝까지의 거리를 몇으로 쪼개서 돼지 몰고 갈 사람을 정했다. 정태가 맨 처음 새끼의 한 끝을 쥐었다. 돼지는 거만하게 정태를 종놈으로 삼고 우리의 뒤에 떨어져서 걸었다. 정태를 제외한 나머지 사람들은 술병들과 점심 대신의 빵 꾸러미를 몇이서 나눠들고 둘씩 셋씩 짝을 지어 걸었다.

서울에서는 계절의 바뀜을 알리는 것이 라디오 정도였다. 서울에서 조금만 떨어져도 풍경과 계절은 믿어지지 않을 만큼 친한 사이여서 창경원 숲마저 무척 외로운 놈이었다는 것을 알게 된다. 들에는 왜병(倭兵) 대신에 벼들이 차 있고 멀리 보이는 산성은 권총 한 자루보다도 허약해 보여서 역사는 무척 외로운 놈이라는 것을 알게 된다. 산성 밑의 마을까지 뻗어 있는 길에는 자동차 한 대 보이지 않아서 마치 곡예단의 사자처럼 울 안에 갇혀서 윙윙 소리지르며 정해진 장소를 빙빙 돌고 있는 서울의 그 많은 차들이 얼마나 외로운가를 알게 된다. 훌륭하기 때문에 외로운 것도 외로운 것임에는 틀림없다.

한길이 구부러진 곳은 철로와 교차로를 이루고 있었다. 돼지와 그의 종놈을 이젠 꽤 멀리 뒤로 한 우리들이 그 교차로를 건널 때 들판의 저 끝에서 사나운 뱀처럼 기차가 대가리를 이쪽으로 하고 달려오고 있는 것이 보였다.

얼마 후, 엉뚱한 사건이 터졌다. 이젠 멀리 떨어진, 우리가 지나온 교차로 쪽에서 정태가 두 팔을 휘두르며 우리를 부르고 있었다. 돌아보니 기차는 벌써 교차로를 지나서 능곡역 쪽으로 달리고 있었고, 정태가 모시고 있어야 할 나리님은 보이지 않았다.

"돼지가 철도 자살을 한 모양이다."

운길이가 소리쳤다. 우리는 돌아서서 청상과부의 구원을 바라는 손짓에 응하기 위하여 길에 먼지를 피우며 달려갔다.

"어떻게 된 거야?"

"저쪽으로 도망갔어."

정태가 철로 곁에서 기차가 지나가기를 기다리고 서 있는데 기차의 꼬리가 교차로를 마악 벗어날 즈음에 자연의 냄새를 맡은 돼지의 근육은 오랜 옛날의 선조의 속삭임을 거기서 들었는지, 마음놓고 있던 정태의 손에서 탈출을 감행했다는 것이었다. 정태는 당황하여 돼지에게 끌려가고 있는 새끼의 끝을 발로 밟으려고 하였으나 실패. 돼지는 기차의 꼬리와 아슬아슬하게 자리를 바꾸면서 철로를 건너 바로 옆 논 속으로 뛰어들었다. 과연 저쪽 논은 흔들리고 있는 벼들로써 한 줄기 긴 줄을 지니고 있었다. 줄은 점점 길어지고 있었다.

"그 뒤뚱거리던 걸음은 속임수였어. 기차 정도로 빨랐으니까."

정태는 정말 질린 얼굴로 말했다. 우리는 한바탕 웃었다. 줄은 여전히 이어지고 있었으나 속도는 아까보다 훨씬 느려졌다. 줄은 비록 넓은 들 속으로 향하고 있었으나 그놈이 잡히는 것은 시간 문제였다. 술병들과 빵 꾸러미를 지킬 녀석 한 놈만 남겨두고 우리는 뿔뿔이 헤어져서 논을 포위하였다. 그런데 예상과는 다르게 그놈을 체포한다는 것이 쉽지 않으리란 것이 점점 뚜렷해졌다. 그놈이 전진할수록 우리들 하나와 하나 사이의 간격은 점점 넓어져갔고 논두렁 속으로 들어가서 보니까 한길에서 들을 볼 때와는 다르게 시야가 넓지 못했다. 게다가 그놈은 이젠 길을 똑바로 정하지 않고 이리 꾸불 저리 꾸불 달리고 있었다.

가을 한낮의 햇빛은 눈부시게 들과 나의 머리 위를 비추고 있었다. 들은 돼지의 탈출을 돕는지 깊은 밤처럼 조용했고 그러나 그것도 내가 걸음을 멈추었을 때뿐, 움직이기 시작하면 들의 시민인 벼들이 내 몸에 부딪쳐 걸음을 늦추게 하면서 바스락바스락 소리를 지르며 내 신경을 피로하게 만들었다. 온 들이 나에게 저항했다. 텅 빈 허공조차 이젠 멀리 떨어진 내 전우의 외침을 나에게 정확히 전해주지 않음으로써 돼지의 탈출을 돕고 있었다. 메뚜기들은 나에게 육탄(肉彈) 돌격을 감행해왔고 진짜 뱀 몇 마리가 나의 사기를 꺾기 위해서 시위했다. 우주가 시시각각 확대되어간다는 과학책의 가르침을 그 들녘이 내 앞에 본보기로써 자기 몸을 내던졌다. 정말 들녘은 확대되어가기만 했고 나의 전우들은 서로의 외침이 동물의 목구멍 속에서 나온 소리라는 것을 겨우 알 수 있을 정도로 멀리 떨어지게 되었다.

나도 나의 전우들과 마찬가지로 좁은 논두렁길을 비틀거리며 달렸다. 돼지를 잡기 위해서가 아니라 전우들과 가까워지기 위해서 달리고 있는 느낌이 들었다. 벼들은 더욱 요란스럽게 나를 향하여 짖어대고 논두렁은 자기 몸을 갑자기 꼬아버림으로써 내가 헛발을 디딜 수밖에 없게도 만들었다. 한번은 논두렁이 정식으로 나를 논 속으로 밀어서 자빠뜨렸다. 까칠까칠한 벼잎들이 무자비하게 나를 찌르고 할퀴었다. 벼잎 하나는 자기의 예리한 칼을 정통으로 내 눈에 꽂았다. 겨우 벼잎들의 고문에서 몸을 빼내긴 했으나 한쪽 눈을 뜰 수가 없었다. 볼과 턱과 손등이 긁혀서 쓰라렸다. 나는 조심조심 달렸다. 이미 돼지의 행방은 내 눈에 들어오지 않았다. 전우들이 어떤 한 방향으로 달리고 있는 것을 보고 돼지가 그쪽으로 움직이고 있다는 것을 짐작할 수 있을 뿐이었다.

나는 정태가 일부러 돼지를 놓아준 것은 아닌가 하고 생각했다. 나는 찐빵은 너무 변덕스럽고 장난스러운 성격을 가졌다고 생각했다. 나는 돼지가 잡히기만 하면 내 손으로 그놈의 목에 칼을 찌르겠다고 생각했다. 나는 빨리 돼지를 생포하고 나서 친구들과 큰 소리로 한바탕 웃고 싶었다. 나는 이렇게 달리고 있는 것도 오늘 프로그램 중의 한 항목이라고 생각했다.

나는 걸음을 멈추었다. 벼잎에 찔린 눈은 눈물이 가득하고 쓰려서 뜰 수가 없었다. 나는 우리의 목적지인 산성을 돌아보았다. 아무리 보아도 높지 않은 산에는 구름의 그늘이 내려져 있었다. 나는 우선 쓰라린 눈을 달래기 위해서 두 손을 밑으로 늘어뜨리고 조심조심 그쪽 눈을 떴다. 눈물이 눈꼬리를 타고 내렸다. 구름의 그늘이 산성을 슬슬 어루만지며 지나가고 있었다. 문득 온 들녘이 화려한 색채를 띠고 나에게 웃음을 보냈다. 퇴색해가는 초록색이 내 눈을 쓰다듬었다. 들바람이 한쪽으로만 몰켜 있던 나의 감각들을 어루만져서 제자리로 돌아가도록 했다. 나의 감각들은 바람의 속삭임과 들이 풍기는 냄새를 즐기기 시작했다. 먼 쪽의 논 하나를 둘러싸고 조금씩 포위망을 좁혀가고 있는 사람들도 그 들녘의 일부분처럼 보였다. 나는 우리가 꼼짝할 수 없이 들의 포로가 되어버렸음을 알았다. 돼지를 결국 잡았는지, 사람들이 얽혀 있는 모습과 그쪽에서 바람이 싣고 온 짧고 희미한 환호 소리조차 들녘의 풍부한 색채와 허공의 형태 없는 숨결을 예배하기 위해서인 것 같았다.

돼지는 온몸에 흙물을 뒤집어쓰고 눈 가장자리와 콧등에 묽은 흙을 주렁주렁 달고 꽥꽥거리며 끌려왔다. 산성에 올라서 대첩비(大捷碑) 아래쪽 빈터에 모닥불을 장만하고, 털을 벗기고 배를 가른 돼지를 굽고 있는 동안에도 나는 들녘이 우리에게 던져준 돼지의 껍질을 우리가 굽고 있는 것만 같았다.

불꽃 위로 돼지의 기름이 뚝뚝 떨어질 때마다 불꽃은 노출된 상처를 찔리기라도 한 듯이 나지막한 비명을 지르며 펄쩍펄쩍 튀어올랐다. 대가리도 잘리고 털도 벗겨져버려서 완전히 고깃덩어리에 지나지 않는 불꽃 위의 돼지는, 푸줏간의 고깃덩어리와 수레를 끄는 황소를 연결시켜 생각하기 힘들다는 사실을 존중하라던 찐빵의 계명을 나로 하여금 거역하지 않으면 안 되도록 했다. 불꽃 위의 고깃덩어리는 흙탕물을 뒤집어쓰고, 맑은 눈동자를 데룩거리는 돼지로서 나를 무자비하게 물어뜯고 있었다.

"어쩐지 맛있을 것 같지 않은데."

누군가 구워지고 있는 돼지를 바라보며 말했다. 모든 사람이 그런 심정이었으리라. 나는 벼잎에 긁혀서 아직도 쓰린 볼과 손등을 쓰다듬어보고 또는 내려다보았다. 돼지는 잡히고 말았지만 너무 처참한 상처를 나에게 주고 나서 잡혔다.

숙이는 마치 나와 싸움이라도 했던 것처럼 움직였다. 마루 끝에 우두커니 나앉아서 닦은 듯이 맑은 하늘을 올려다보는 법도 없어졌다. 부엌 문기둥에 어지러운 듯이 이마를 대는 법도 없어졌다. '많이 드세요'라는 말도 서글픈 웃음도 없어졌다. 자기의 동생들을 여전히 가르치긴 했지만 내 방에 전해지는 그 여자의 목소리 속에선 열성이 없어졌다. 때때로 일부러가 분명한 높은 웃음소리를 냄으로써 웃지 않는 법도 없어졌다. 라디오를 사랑하던 버릇도 없어졌다. 성우들에 대한 부러움도 없어졌다. 항상 밖에 나가 있어야 하는 어머니 대신 도맡아 하는 살림살이에 대한 열성도 없어졌다. 일요일 같은 때, 내가 방 안에 있으면 손바닥만한 마당가의 꽃밭에서 이젠 시들어버린 꽃나무들을 쥐어뜯거나 호미로 꽃밭을 파는 필요하지 않은 짓을 하거나 했고 변소에라도 가기 위하여 마당으로 나선 나와 시선이 부딪치면 그 여자의 얼굴은 굳어지곤 했다. 일 주일쯤, 나는 그 여자의 이해하기 힘든 변화 때문에 당황했다.

그러나 어느 날, 그 여자는 내게 대문을 열어주고 나서 지난 여러 날과는 다르게 사람들이 무안당했을 때나 웃는 미소를 띠고 나에게 말을 걸었다.

"무슨 재미나는 책 가지고 계시면 좀 빌려주시겠어요?"

이번의 갑작스런 변화는 내게 무언가를 짐작하게 했고 지난 여러 날 동안 그 여자가 짓던 태도를 이해하게 해서 나의 아랫배로부터 조용한 웃음을 연기처럼 피어오르게 했다. 그러나 그 따뜻하기 짝이 없는 연기를 나는 심장의 바로 아래에서 흩어지게 해야 했다. 나는 묵묵한 태도로 책을 빌려주었다.

어느 날, 그 여자는 나에게 말했다.

"저, 성냥갑을 모으고 있는데 혹시 밖에서 디자인이 새로운 성냥갑을 얻으시면 좀……."

나는 할 수 있는 한 다방을 옮겨다니거나 식당을 옮겨다니거나 목욕탕을 옮겨다니면서 성냥갑을 얻어다주곤 했다.

어느 날, 그 여자는 나에게 말했다.

"타이프라이터 치는 것을 배워두면 취직할 수 있을까요?"

잘 되겠지요, 라고 나는 대답했다. 그러나 그 여자는 배우러 다니지 않았다. 교습소에 다닐 비용도 없었겠지만 살림을 도맡아 하는 형편이었다.

나는 이따금 창녀의 집엘 찾아가곤 했다. 나는 창녀의 이마 위에 창녀의 눈썹 그리는 연필을 빌려서 까만 점 한 개를 그려놓고 나서야 그 점을 내려다보며 그 짓을 하곤 했다. 창녀는 재미있는 장난으로 생각하고 내가 자기 이마 위에 까만 점 한 개를 그리고 있는 동안 낄낄거렸고 나는 숙이의 이마 위에 있는 보일 듯 말 듯한 까만 점 한 개를 창녀의 이마 위에 옮겨놓기 위하여 이를 악물었다. 까만 점은 마구 흔들렸다. 까만 점은 거짓 헛소리를 한 바께쓰쯤 쏟아놓았다. 까만 점 위에 나는 땀 흐르는 내 이마를 대었다. 까만 점은 내가 흘린 땀에 씻겨져 없어졌다. 나는 구역질이 날 듯한 불쾌감을 돌아오는 길에서 보이는 모든 것에 발라버리려고 애썼다. 그래도 한 숟갈쯤 남은 불쾌감은 대문을 열어준 숙이 이마 위의 진짜 까만 점을 보자마자 없어졌다.

창녀의 집을 찾아다니는 것에도 지쳤을 때 나는 숙이의 성냥갑 모으는 취미의 정체를 알게 되었다. 그것은 가난뱅이들의 종교였다. 나도 그럴듯한 종교를 가졌다. 그것은 그 여자가 그날 하루 동안에 내게 했었던 말들을 기억나는 대로 빠짐없이 하얀 종이에 써두는 것이었다. 나의 욕심은 그 여자의 숨결의 높고 낮음도 표정의 변화도 웃음소리도 손짓의 모양들도 적어두고 싶어했으나 그것은 거의 불가능했다.

몸이 편찮으신가봐요, 안색이 너무 좋지 않으시네요, 그럼 일이 너무 고되시나부죠, 여기 물 가져왔어요, 빨래할 거 있으면 내놓으세요, 비가 올 것 같죠? 아이, 비가 하루 종일 왔으면, 어머, 비를 싫어하세요? 전 비 오는 날이 제일 좋아요, 이유는 모르겠어요, 아늑하고 마음이 가라앉고 아이, 모르겠어요, 어저께 저녁때 시장에 다녀오는데 하마터면 차에 치일 뻔했어요. 남자들이 어떻게 웃어대는지 창피해서 혼났어요, 막 놀리기도 하잖아요, 다 잊어버렸어요, 제 친구 소개해드릴까요? 고등학교 때 제일 친한 친구예요, 지금 이화대학 다녀요, 참 이쁘게 생겼어요, 졸업하면 미국 간대요, 책 잘 봤습니다, 네 재미있었어요, 정말 사람이 그렇게까지 될 수 있을까요? 러시아 소설은 읽기가 힘들어요, 나오는 사람들의 이름이 길고 괴상해서 이름이 나온 대로 종이에 적어두고 맞춰가면서 읽었어요, 다들 죽는다는 건 참 신기하죠? 이제 마흔한 개 모았어요, OB살롱 성냥은 섬세해서 좋구요, 카이로다방 성냥은 색깔이 은은해서 좋구요, 뉴욕다방 것은 넓적해서 좋구요, 정말 다방 성냥들을 쭈욱 늘어놓고 앉아서 보고 있으면 세계일주를 하는 것 같아요, 밖에선 무얼 하세요? 아이, 신문사 일 말구요오, 약주 많이 드세요? 요즘 약주엔 약을 타서 너무 많이 마시면 머리가 나빠진대요, 제 친구 소개해드릴까요? 아녜요, 접때 말한 친구는 이화여대 다니는 애구요, 저처럼 집에서 놀아요, 참 이쁘게 생겼어요, 이거 좀 잡숴보세요, 아 아니요 안색이 나쁘시니까 어머니가 해드리라구 하셨어요, 아이 제게 무슨 돈이 있어요? 어머니가 해드리라구 하셨다니까요, 인형 만드는 기술을 배워볼까 하는데요, 학교 다닐 때 그림은 반에서 제일 못 그린걸요, 어머어머 그건 제게 너무 엄청난 일예요, 비가 올 것 같죠? 막 좀 쏟아졌으면 좋겠어요, 엄앵란이가 빗속으로 미친 듯이 달려가는 장면 말이죠? 정말예요 너무너무 좋아요, 제가요? 아이 놀리시면 나쁜 분이에요……

토끼도 뛴다

부장이 적어준 주소를 한 손에 들고 나는 답십리 그 넓은 구역을 뱅뱅 돌았다. 그 전날 오후에 시작한 비가 그날 새벽까지도 왔었으므로 넓다는 아스팔트길조차도 진흙이 밀려 있어서 엉망이었다. 쉴새없이 오고가는 차들이 내 옷에 흙탕물을 끼얹기 시작한 것은 굴다리를 지나서부터니까, 목적하던 집을 찾았을 때 식모가 대뜸 '다음에 오세요'라고 나를 거지 취급한 것은 결코 괘씸한 일이 될 수 없었다.

집 찾는 데 다소 머리가 빨리 돌아가는 내가 그 집을 찾는 데 무려 두 시간이나 걸린 것은 오로지 비 탓이었다. 답십리 쪽으로는 언젠가 서너 차례 와본 적이 있어서 눈에 익은 곳이라고 자신하고 왔는데 정말 너무 변해 있었다. 얼마 전까지 논이던 곳에 붉은 기와에 하얀 타일을 바른 집들이 빽빽하게 들어서 있고 골목이 수없이 생겨 있었다. 거기에 비가 왔었으니 골목길은 다시 무논(水畓)이 되어 있었던 것이다. 결국, 골목 안으로 들어서기를 무서워해서 포장한 한길만 오르락내리락하며, 내가 찾고 있는 집이 길가의 어디에 있기를, 다시 말하면 집이 나를 찾아오거나 손짓으로 나를 부르기를 바라던 게 잘못이었다.

복덕방 영감들이 내가 내미는 주소를 보며 '아마 저쪽일 거라'고 손짓해주는 곳이, 이젠 별수 없이 무논 같은 골목을 헤치며 들어가야 할 곳이라는 게 납득되기까지도 꽤 오랜 시간이 걸렸다. 술 한 방울이 온몸에 퍼지는 시간만큼은 지난 뒤 그 동안 아연해 있던 표정을 얼른 거두고 용사 같은 얼굴로 '알았습니다. 고맙습니다' 그리고 이 생소하고 질퍽질퍽한 답십리와 영락없이 닮은 복덕방 영감들에게 꾸벅 절했다.

그 달에 받은 월급에서 천오백을 구둣값으로 쓸 작정을 하고 나니까 그제야 나는 무논 속으로 돌진할 수가 있었다. 눈앞에 반질반질한 새 구두를 떠올리려고 애썼는데 조금은 성공한 것 같았으나 그래도 '곰탕이 스무 그릇, 곗돈은 세 몫, 곰탕이 스무 그릇, 곗돈은 세 몫'이란 소리가 저절로 흥얼거려졌다.

골목 속에서, 나는 창고나 또는 학교 또는 유치원 심지어 목욕탕 같은 건물만을 찾는 실수를 저질렀다. 연극 연습이라면 으레 넓은 장소가 필요할 것이고 그렇다면 가정집은 적당치 못할 것으로만 알고 있었는데 막상 그 주소의 집을 찾고 보니 쇠로 된 대문을 거느린 이층 양옥, 가정집이었다. 글자 몇 개와 숫자 몇 개가 눈앞에 커다란 집이 되어 나타나는 것은 신기한 일이었다. 그러나 즐겁다는 느낌은 조금도 없고 무논 같은 골목에 뿌리고 온 천오백원을 현금으로 상상해보니 울화만 치밀었다.

홧김에, 벨을 누르는 대신, 쇠로 된 대문을 주먹으로 세 번쯤 쳤더니, 마침 마당에 나와 있었던지 식모 같은 아가씨가 샛문을 삐죽 열며 '다음에 오세요' 했다. 나는 샛문이 닫혀버리는 것을 내버려두고 자신의 몰골을 훑어보았다. 흙탕물투성이가 된 잠바와 바지, 구두는 이미 각오한 바였지만 껴안고 울고 싶을 만큼 처참했다. 나는 다시 한번 내가 들고 있는 글자와 대문 돌기둥에 붙어 있는 글자를 맞추어보고 나서 이번엔 벨을 눌렀다. 잠시 후에 아까 그 여자가 다시 얼굴을 내밀었다.

"이 집에서 '국민무대(國民舞臺)'가 공연 연습을 하고 있습니까? 신문사에서 왔는데요."

"아."

아가씨는 얼굴을 붉히며 웃고 샛문이나마 활짝 열어주었다.

그 집의 이층방은 미닫이로써 연결되어 있는데 미닫이를 모두 떼어내니까 댄스파티도 할 만큼 넓었다. 연극 연습 장소로는 아주 훌륭했다. 방의 창들이 검은 커튼으로 가려져서 밖에서 들어오는 빛을 차단하도록 해놓은 것은 이상했다. 그 대신 대낮인데도 전등을 켜놓고 있는데 도색영화를 찍는 스튜디오가 아닌가 하는 착각이 들 만큼 음침하고 수상스러운 분위기였다. 연예담당 기자라는 신분 때문에 나는 공연 연습 장소엘 자주 가보곤 했지만 그렇게 복잡한 곳은 처음이었다. 대개는 학교 교실 따위를 빌려서 마룻바닥에 분필로 세트의 평면도를 그려놓고 의자 몇개를 놓으면 그만이었다. 우선 가정집 이층이라는 것까지는 그들의 호주머니를 참작하며 상상력을 발동시키면 그럴 수도 있겠지 한다고 하더라도, 그렇게 바깥의 빛을 차단해버리고 자질구레한 도구가 많이 준비되어 있는 것은 이해할 수가 없었다. 제일먼저 눈에 뜨이는 것은—그것이 나로 하여금 도색영화를 촬영하는 스튜디오가 아닌가 하는 착각을 하도록 한 것인데—철로 연변에서나 볼 수 있는 키 작은 신호등 닮은 조명기구가 세 개였고 그 다음에 눈에 뜨이는 것은 수상한 액체를 담은 유리병—그것들은 모두 코르크 마개로 덮여 있고 마개에는 길고 가느다란 고무줄이 하나씩 붙어 있고 고무줄은 관상(管狀)인지 끝을 작은 솜뭉치가 덮어싸고 있었다—이 일곱 개 정도, 농악에나 쓸 것 같은 작은 북과 크기가 다른 방울이 여러 개, 그리고 옛날 톱밥을 연료로 쓰던 시절에나 필요하던 가정용 풀무가 한 대 눈에 띄었다. 그 외에, 배우라는 남자 둘과 여자 하나와 연출자와 무슨 일인가를 맡고 있을 남자 셋은 으레 있는 것이라고 하지만, 토끼가 한 마리 방 안을 뛰어다니고 있는 것은 아무래도 이상스런 풍경이었다.

'이번 국민무대의 레퍼토리는 좀 유별난 것이라고 한다. 무엇이 유별난가. 그것을 잘 알아오도록!' 이라는 부장의 얘기가 생각났다. 우선 연출자의 얘기를 듣기로 하였다. 사계(斯界)의 신인답게 연출자는 의욕과 정열이 가득 찬 음성으로 나의 모든 신경을 자기의 얘기 속에 담가버리려고 애쓰기 시작했다.

"우선 제 얘기를 완전히 믿어주실 각오로 들어주시기 바랍니다. 거짓말이 아니라는 것은 제 얘기가 끝나는 대로 증명해 보여드리면 될 것이니까요. 제 얘기를 시작하기 전에 먼저 김선생님께 물어보고 싶은 게 있는데, 김선생님은 과학의 위력을 어느 정도로나 믿고 계십니까?"

토론하기 위해서 온 건 아니었지만 그 의욕에 넘쳐 있는 사람의 기분을 맞춰주기 위해서 나는 그 사람의 절반 정도로는 진지하게,

"곧 화성에도 인공위성을 발사할 날이 오겠죠"라고 대답했다.

"로켓, 좋습니다." 그는 말했다. "그러나 제가 말하는 과학이란 그런 금속성인 게 아닙니다. 그따위 아동들의 만화 같은 게 아니란 말씀입니다. 사람이 화성에 발을 디디는 것, 대단히 좋습

니다. 그러나 사람들이 화성에 발을 디딜 자격이 있다고 생각하십니까? 미래의 인간들에겐 그럴 자격이 주어질는지 모릅니다. 단, 그들도 우리가 지금 무엇인가를 철저히 해놓았기 때문이라는 전제 밑에서 말입니다. 그들이 그런 영예를, 화성에 발을 디디는 것을 영예라고 한다면 말입니다. 그런 영예를 누릴 수 있는 것은 다만 우리보다 늦게 태어났다는 이유 때문입니다. 그 외엔 아무런 이유도 없습니다. 그들에겐 의무 내지 심심하니까 할 일일 뿐입니다. 영예도 쥐뿔도 아닙니다. 제 말을 알아들으시겠습니까? 미래인이 심심해서 할 일을 미리 빼앗아서 하면서 영예니 뭐니 떠들 게 아니란 말씀입니다. 우리는 지금 심심하기 때문에 해야 할 일이 있습니다. 심심하니까란 말은 좀 틀린 것 같군요. 미래인들이 할 일이 너무 없으니까 화성에 발 디딜 생각이나 할 수밖에 없도록 지금 우리가 무언가를 해놓아야만 합니다. 그게 무엇이라고 김선생님은 생각하십니까?"

연출자는 살짝 곰보인 커다란 코를 손바닥으로 문지르면서 나를 노려보고 있었다.

"그것은…… 연극입니까?"

내가 말했다.

"연극 얘기는 좀 나중에 합시다. 그것은 과학적 분야에서의 얘기입니다."

스무 고개 같아서 나는 웃음이 나오려는 걸 참았다. '그것은 가지고 다닐 수 있습니까?'라고 묻는다면 이 친구는 '아닙니다.

한 고개' 할 것 같았다.

"글쎄요, 뭐 많겠지요."

내가 말했다.

"뭐 많겠지요, 정도가 아닙니다. 너무 많습니다. 참, 담배 태우시죠."

그는 바지 호주머니에서 '백양'을 꺼내더니 내게 한 개비 권하고 나서 도로 호주머니 속으로 담뱃갑을 쑤셔넣었다. 이번엔 바지의 다른 호주머니에서 라이터를 꺼내더니 불을 켜서 내 코 밑으로 들이댔다. 담배 한 대를 권하고 라이터 한 번 켜주면서 마치 유치원 보모가 바지에 똥을 싼 어린애 다루는 듯한 기분을 물씬 느끼게 하는 그의 재주에 나는 감탄했다.

"그것은 무엇입니까?"

나는 담배를 한 모금 빨고 나서 우리의 보모님에게 물었다. 보모님은 마치 분필을 손가락으로 만지작거리듯이 고개를 약간 숙여서 마룻바닥의 한 군데를 시선으로 만지작거리며 나직나직한 목소리로 그러나 힘을 말 마디마디에 넣어가며 얘기하기 시작했다.

"전 과학자가 아닙니다. 따라서 전문적으로 이야기할 수는 없습니다. 그럴 필요도 없겠지요. 전 남보다는 좀더 과학적 분야에 대하여 관심을 가지고 있는 시민의 한 사람으로서 말씀드리려고 하는 것입니다."

그는 이렇게 말을 꺼내놓고 나서 잠깐 동안 입을 꼭 다물고 있었다. 곁에 물이 있었더라면 틀림없이 한 모금 마셨을 것이다.

"진정한 과학자는 반드시 두 가지 부분으로 되어 있습니다. 한 부분은 앞서간 과학자들이 남기고 있는 것을 완전히 이해하고 있는 부분이고 또 한 부분은 인류의 안전과 욕망을 보장하고 만족시켜주기 위하여 엉뚱한 공상을 하는 부분입니다. 그들이 가지고 있는 한 부분, 다시 말하면 제가 방금 앞에 말한 부분은 뒤에 말한 부분을 위해서만 의미가 있습니다. 그러므로 여기서 우리는 두 가지 얘기를 얻을 수가 있는데요. 하나는 과학자들이 공상하고 있는 것의 내용이 무엇인가가 아주 중요하다는 것이고 또하나는 그들이 알고 있는 것, 다시 말해서 선배들이 남겨놓고 있는 것에다가 자기들은 후배를 위해서 무엇을 더 보태어놓았는가가 중요한 문제라는 것입니다."

또 한 모금 마셨을 것이다.

"전 진정한 과학자라고 먼저 분명히 말했습니다. 진정한 과학자란 어떤 개인이나 어떤 국가만을 위해서 일하는 사람이 아니고 모든 사람, 다시 말해서 인간이라면 누구나 바라고 있는 문제의 어느 부분을 위해서 일하는 사람을 가리킨다는 저의 전제가 반드시 필요합니다. 그런 전제 다음에 아까 제가 말한 과학자를 이루고 있는 부분에 대해서 한번 생각해보자는 얘깁니다."

또 한 모금.

"제가 세계 도처에 있는 수많은 과학자들의 연구실을 일일이 방문하고 난 뒤에 다음 얘기를 하려는 게 아니란 건 잘 아실 것입니다. 저는 우리 시대의 정력과 시간의 많은 부분을 차지하고 있는 과학이 좀 엉뚱한 곳에서 뱅뱅 돌고 있지 않느냐는 것입니다."

"죄송하지만……" 하고 나는 말했다. "기사를 한 시간 안으로 써두어야 합니다. 선생님의 과학에 대한 관심의 정도는(표정으로 보아서, 라고 말하려다가 실례가 될 것 같아서 그만두었다) 잘 알겠습니다. 결론만 간단히 말씀해주시고 이번 공연에 관해서 좀……"

"아, 실례했습니다. 지루하신 모양이군요."

그는 자기 손바닥으로 자기 이마를 한 번 딱 치며 말했다.

"아닙니다. 단지 지금 제게 시간이 없기 때문에……"

"예, 알겠습니다."

내 말에 기분을 상한 것 같지는 않았으나 그는 잠시 말을 멈추고 있었다. 물을 마셨더라면 세 모금쯤 마셨을 것이다.

"글쎄요, 이것이 저의 결론이 될 수 있을는지 모르겠습니다만 들어보십시오. 전 어렸을 때부터 토끼를 사랑했습니다. 제겐 가축을 기르는 것이라면 무얼 기르든지 좋아하는 성미가 있는데 그중에서도 토끼를 가장 좋아합니다. 토끼를 제가 길렀다기보다 저를 토끼가 기르면서 자라났다고 해도 좋을 지경입니다. 그런데 문제가 하나 있었습니다. 제가 토끼를 좋아하고 있는 그만큼 토끼도 나를 좋아하고 있을까? 토끼의 하는 짓을 보면 결코 그런 것 같지 않았습니다. 좋아하기는커녕 도대체 무엇에 관심이 있는 것 같지도 않았습니다. 그래서 슬펐습니다. 물론 어렸을 때의 얘기지요. 좀 자란 뒤엔 사람이 토끼를 기르는 것은 그것을 이용하기 위해서라는 것을 알았습니다. 토끼의 가죽과 털, 토끼의 고기, 토끼의 혈청, 대강 이런 것을 이용하기 위해서입니다. 토끼에 대한 생각은 저의 경우, '그것은 이용하기 위해서 둔다'는 것 이상이었습니다. 이용이라고 하더라도 반드시 분해되어서만 사람을 돕는다는 게 좀 시원찮은 느낌의 원인을 좀 나중에 알게 됐습니다. 저는 토끼의 생명력까지도 이용하려고 들었던 것입니다. 토끼가 자연으로부터 배당받은 생명력, 그것은 인간의 그것에 비하면 아주 적은 것인지도 모릅니다. 어느 때 개에 물려죽는 토끼를 보았는데 물론 저는 개를 쫓기 위해서 뛰어갔습니다만 이미 토끼는 죽어가고 있었습니다. 그 토끼의 빛나는 노을 같던 눈동자는 밤에게 유린당하는 노을처럼 점점 회색으로 변했습니다. 그처럼 토끼의 생명력은 빨간 눈동자의 크기 정도밖에 되지 않는 것인지 모릅니다. 그러나 그 생명력을 이용한다면, 물론 공상이었습니다만, 사람들은 얼마나 큰 이득을 볼는지 헤아릴 수 없다고 생각했습니다."

"생명의 신비가 모두 밝혀지지 않은 채 그것을 이용한다는 것은 힘들고 잘못하면 아주 위험하기도 하겠지요."

나는 내 호주머니에서 내 '파고다'를 꺼내어 내 성냥으로 내 담배에 불을 붙일 준비를 하면서 말했다.

"아, 이제야 제 얘기에 관심을 가지시는군요. 여기 있습니다."

그는 재빨리 자기 호주머니에서 라이터를 꺼내어 찰칵 불을 켜서 내 코앞으로 내밀었다. 그러나 벌써 그때는 나의 성냥개비도 불을 밝히고 있을 때였다. 나는 내 손에 들린 성냥불과 코앞에 들이밀어진 라이터불을 두고 잠시 동안 어쩔 줄을 몰랐다. 라이터불이 이겼다.

"이제 마악 연극에 대한 얘기가 나오려고 하니까 재빨리 제 얘기에 관심을 나타내시는군요. 대단한 두뇌를 가지신 모양입니다."

그는 우선 나를 칭찬하고 나서 또는 비꼬고 나서 말을 계속했다.

"저는 과학자는 아닙니다. 그러나 제가 기울인 노력이 현대의 과학자들이 기울이고 있는 노력보다 더 귀중했으면 했지 못하다고는 생각하지 않습니다. 제가 토끼를 대했던 태도, 그것은 건축으로 말하자면, 너무 뼈대뿐인 것인지는 모르겠으나 모든 현대 과학자들이 가져야 할 기본 태도 내지는 과학의 존재 이유가 되어야 한다는 것입니다."

"토끼에게 어떤 태도를 취하셨던지는 모르겠으나 굉장한 일을 하신 모양이군요. 토끼의 뱃속에 혹시 어린애라도 만들어놓은 건……"

"농담하지 마시기를 부탁드립니다. 현대의 신문사 기자들에 대해선 전 과학자들에 대한 불만의 천 배 만 배를 털어놓고 싶을 지경입니다. 배우 아무개와 가수 아무개가 연애를 한다. 그러면

부랴부랴 뛰어갑니다. 혹시 어린애 안 만들었어? 안 만들었다. 에, 시시하군 하면서 돌아섭니다. 그게 기자라는 것이죠."

"앞으로 주의하겠습니다."

"주의하실 필요는 없습니다. 신문기자 개개인의 탓은 아닐 테니까요. 제가 어디까지 얘기했죠?"

"토끼를 가지고 굉장히 자랑스러운 일을 해내었다는 뜻의……"

"아, 알겠습니다. 저는 이런 일을 했습니다. 불교는 이런 걸 가르쳐주었습니다. 인간에겐 여섯 가지 식(識) 외에 두 가지 식이 더 있다고 합니다. 그러면 일종의 질량불변의 법칙, 이것은 오늘날 좀 의심받고 있습니다만, 하여튼 그것 비슷한 윤회설을 가진 불교가 인간에겐 무엇을 알고 판단하는 수단이 여덟 가지 있다고 말할 때는 동물에게도 그것이 있다는 것이 아닐까. 물론 이건 지극히 비과학적인 가설입니다만 여기서 힌트를 얻었습니다. 그래서 토끼를 상대로 우선 우리가 간단히 알 수 있는 기관들, 즉 토끼의 눈, 토끼의 코, 토끼의 귀에 저는 여러 가지 수단으로써 호소하여 토끼의 생명력을 인간이 이용할 수 있도록 했습니다."

"어떻게 말입니까?"

나는 그의 말하는 투로 보아서 그가 결코 농담을 하고 있는 게 아니라는 건 알 수 있었지만 '토끼의 생명력을 인간이 이용할 수 있다'는 말이 한바탕 우스갯소리로 끝나버리지나 않을까 하는 염려가 생겨서 다급한 목소리로 물었다. 그랬더니 그는 의자에서 천천히 일어서면서 착 가라앉은 목소리로 교장선생님이 불량 학생을 퇴학처분할 때 마지막으로 한마디 타이르듯이 말했다.

"지루하실 테니까 이 이상 더 말로 설명하지는 않겠습니다. 지금부터 직접 눈으로 보아주십시오. 지금 저기 토끼 한 마리가 있지 않습니까?"

토끼는 방 구석지에 웅크리고 앉아서 고개를 갸우뚱 돌리고 코를 발름거리고 있었다.

"3막 준비!"

갑자기 연출자가 높은 목소리로 말했다. 나는 처음엔 그가 나에게 무어라고 말하는 줄 알았다. 그러나 그것은 대본의 3막 연습 준비를 하라는 연출자의 스태프와 캐스트들에 대한 명령이었다. 연출자의 명령이 내린 방 안은 마치 적의 잠수함을 발견한 구축함 속 같았다. 스태프들로 보이는 사람들이 빠른 걸음으로 내가 그 방 안에 처음 들어섰을 때 이상하게 여기면서 보았던 기구들 앞으로 갔다. 어떤 사람은 철로 연변에 있는 키 작은 신호등 같은 물건 뒤에 서고 어떤 사람은 고무관이 탯줄처럼 달린 유리병들 앞으로 가고 어떤 사람은 농악할 때나 쓸 듯한 북이며 방울들 앞으로 갔다. 단 한 사람뿐인 여배우가 무대로 약속한 장소의 가운데에 섰다. 남자배우 두 사람은 연출자의 곁에 그냥 서있었다. 아마 3막에는 여자의 독백이 있나보다, 고 나는 생각하며 이제 시작되려고 하는 이 구축함 속처럼 복잡한 무대 위의 연극을 충분히 감상할 자세를 갖췄다. 한 사람이 지금까지 방 구석지에 웅크리고 있던 토끼를 안아다가 실제의 무대라면 오른쪽 출입구가 되는 곳에 앉혔다. 신기한 것은 토끼가 마치 지금 무대 중앙에 서 있는 여배우가 자기를 불러주기를 기다리고 서 있다는 듯이 고개를 들어 코를 발름거리며 여배우의 얼굴을 올려다 보면서 한 자리에 가만히 앉아 있는 것이었다. 갑자기 연출자가 신들린 무당처럼 소리쳤다.

연출자 : 헤이, 라이트 들어왔다. 영자 웃으면서……

여배우 : <u>호호호호호호</u>…… <u>호호호호호호</u>…… 여신이시여, 밤의 여신이시여, (한 손을 가슴에 대면서) 저 같은 계집에게조차 밤을 가지라고 주셨군요. 고마우셔라. 하지만 여신이시여, 댁은 혹시 장님이 아니시던가요? (부드럽던 말소리가 갑자기 변하여 기름장수와 더 달라 못 주겠다 싸우듯이) 필요 없단 말예욧. 나에게는 밤 따위가 필요 없단 말예욧.

연출자 : 숨을 크게 들여마시면서 눈, 눈을 좀더……

여배우 : (하늘을 증오하듯이 눈을 치켜뜨며) 팥죽처럼 흐물거리는 욕망과 여우 같은 간계와 그 썩은 부분을 (두 손을 반쯤 들어 손가락들을 헝겊조각처럼 흔들며) 과연 이 먼지 터는 헝겊조각 같은 열 손가락으로만 막아내라구요. 흥!

연출자 : 하낫, 둘, 셋, 넷, (연출자가 여섯을 세는 동안 여배우는 반쯤 올렸던 두 손을 탁 내려뜨리며 허탈하게 한 곳을 응시하고 서 있다) 다섯, 여섯, 터뜨렷!

여배우 : (머리를 쥐어뜯으면서 허리를 굽힌다. 높고 울먹이

는 목소리로) 싫어요, 싫어요, 저에게 밤을 주지 마세요. 저에게
줄 밤은 밤이 길기를 원하는 사람들에게나 나눠주세요.

연출자 : (여신의 목소리로써) 내가 귀여워하는 가난한 처녀
야. 내가 너에게 무엇을 해줄 수 있을까, 내가 너에게 무엇을 해
줄 수 있을까.

여배우 : (기도하듯이) 태양의 나라로 보내주세요. 기름진 나
뭇잎들이 반짝이는 곳, 잔물결들이 반짝이는 곳, 뜨거운 모래밭,
밝은 합창, 새들의 날개 소리가 들리는 곳……

연출자 : 태양은 나의 원수, 내 귀여운 가난한 처녀야. 널 어찌
그곳으로 보내랴. 밤은 많은 것을 준비해두었으니 네가 토끼를
사랑할 수만 있다면!

그때 방울 소리가 딸랑 울렸다. 출입구로 약속하는 곳에서 여
태까지 우두커니 여배우의 얼굴만 바라보며 얌전히 앉아 있던
토끼가 방울 소리를 듣더니 자기가 나가야 할 때를 잘 알고 있는
배우처럼 깡충깡충 무대로 뛰어나갔다. 여배우를 향하여 뛰어가
고 있는 토끼의 바로 코앞을 철도의 신호등처럼 생긴 조명기구
에서 나온 빛이 쭈욱 비치고 있었다. 빛이 토끼를 인도하는 것이
었다. 빛은 여배우를 중심으로 하고 빙빙 돌았다. 따라서 토끼도
여배우의 이쁘게 쭉 뻗은 다리를 중심으로 하고 그 주변을 돌며
뛰었다.

여배우 : (혼잣말로) 아니 이게 웬 토낄까? 이 어두운 도시에
이 지저분한 밤에 어디서 온 토끼일까? (사이 여배우는 무엇인

가 깨달은 듯이 점점 밝아지는 표정의 얼굴을 천천히 들어서 하늘을 우러러본다) 아아, 여신이시여, 우리에게 어둠을 주시고 어둠 속에서 행해지는 모든 일을 주관하시는 밤의 여신이시여, 이 가련한 소녀에게 당신의 자비로움을 보여주셨군요. (갑자기 몸을 돌려 꿇어앉으며 기쁨에 넘치는 음성으로) 토끼야, 요 이쁜 토끼야, 너의 자비로우신 주인은 어떻게 생겼지?

토끼는 마치 말 잘 듣는 강아지처럼 여배우의 얼굴을 올려다보며 가만히 앉아 있었다.

"됐어."

연출자가 소리쳤다. 그리고 나에게로 몸을 돌렸다.

"너무 짧았습니다만, 잘 보셨겠지요. 저건 이번 공연의 3막에 나오는 한 장면입니다."

"아, 놀랐습니다."

내가 말했다.

"우선 알고 싶은 것은 방금 제가 구경한 장면의 다음이 알고 싶군요. 계속해서 토끼는 배우로서 완전한 연기를 해냅니까?"

"그렇습니다."

연출자는 점잔을 부리면서 말했다.

"완벽한 연기를 합니다. 마치 한 사람의 배우처럼 말이죠."

"훈련을 잘 시켰군요. 조건반사를 응용하신 것 같은데……"

"천만에요."

연출자는 펄쩍 뛰었다.

"누구나 그렇게 생각할 겁니다. 동물이 말을 잘 들으면 사람들은 으레 조건반사를 생각합니다. 허긴 일종의 조건반사라고 해도 되겠지요. 생명을 가진 것 이를테면 눈에 보이지 않는 바이니까 그렇지만 흔히 조건반사라고 할 때엔 일정한 학습기간이 있음을 전제로 해야 합니다. 조건반사라는 것은 어떻게 말하면 아주 비과학적인 것인지도 모릅니다. 제가 토끼에 대해서 감히 과학이라는 말을 써가며 얘기하고 있는 것은 쩨쩨한 조건반사에 대해서 얘기하려고 그런 게 아닙니다. 무어랄까요, 마치 화농성균이 페니실린에 약하다는 것을 발견하는 것이 과학이듯이 토끼가 A라는 빛에 대해서 a라는 반응을 보이고 B라는 소리에 대해서는 b라는 반응을 보이고 C라는 냄새에 대해서는 c라는 반응을 보인다는 것을 발견하는 것이 바로 과학입니다. 그런데 제가 바로 그것을 발견했단 말입니다. 따라서 조건반사는 개별적인 것이지만 제가 발견한 것은 보편적인 것이란 말씀입니다. 반드시 저기 있는 저 토끼가 아니라도 어떠한 토끼일지라도 우리 연극의 무대에 올려놓으면 우리가 일정한 빛과 일정한 냄새와 일정한 소리를 제공하는 한 토끼는 훌륭한 하나의 연기자가 되는 것입니다. 알아들으시겠습니까?"

"놀랐습니다."

내가 말했다.

연출자의 말이 사실이라면 놀라운 발견이었다. 그리고 이 도시의 어느 숨겨진 장소에서 위대한 실험이 반복되고 있는 것을 나는 진심으로 기뻐하고 있었다. 인간들을 위해서 토끼들도 활약할 시대가 오는 것이다. 나는 기사 작성에 필요한 질문을 한 다스쯤 더 물어본 뒤에 말했다.

"공연하시는 날을 손꼽아 기다리겠습니다."

나는 정중한 음성으로 존경심을 나타내려고 애쓰며 그렇게 말했다. 위대한 시대만 온다면, 구두 한 켤레쯤은 아무것도 아니다.

전연 의식하지 않고 있었는데 그래도 내 귀는 저 혼자서 듣고 있었던지, 책상 위에 놓여 있는 사발시계가 갑자기 그 똑딱거림을 멈추었다는 것을 내 귀가 나에게는 알으켜주었다. 나는 누워 있던 자세에서 얼른 몸을 일으켜 시계의 태엽을 감았다. 사발시계의 태엽은 항상 기분 좋을 정도로 알맞게 내 손에 저항해온다. 내가 룸펜이라면 나는 항상 방 안에 누워서 시계가 정지하는 것만 기다리고 있고 싶을 정도다. 가능하다면 한 시간에 한 번씩 태엽을 감아줘야 하는 시계를 구해다놓고 말이다.

다시 살아서 똑딱거리기 시작한 시계를 제자리에 세워놓으려는 바로 그때 나는, 지금 집 안에는 나와 숙이를 제외하고는 모두 밖에 나가버리고 없다는 사실을 깨달았다. 그 깨달음이 이상할 정도로 강렬한 기쁨의 떨림을 내 몸에 퍼부어주었다. 그 뜨거운 떨림은 내 몸의 위에서부터 점점 아래로 번져 내려가더니 드디어 아랫배를 무겁게 압박하며 멈추었다. 마치 무인도에 두 사람만이 표류해 와 있는 듯한 정적, 그것이 왜 이렇게도 나에게 기쁨을 준단 말인가?

　나는 아랫배가 느끼고 있는 미묘한 압박의 정체가 무엇인가를 금방 알았다. 그래서 황급히 방바닥에 누워버리면서 일부러 소리내어 중얼거렸다. "모두들 어딜 나가서 아직 안 들어오나?" 그러나 그 압박은 가시지 않았다. 오히려 이빨로 아랫입술을 자근자근 씹고 싶을 정도로 더 강해지기만 했다. 내 앞에 던져진 가능성의 공간과 시간을 어떻게 처리해야 할지 실로 아득했다.

　우선 무인도란 것에 대해서 생각을 집중시켜보기로 했다. 무인도, 무인도, 무인도다, 에 무인도. 미국 만화에 곧잘 나오지. 야자나무 한 그루가 있고 머리털과 수염이 원시인처럼 자라난 사람이 옷을 찢어서 수평선에 나타난 점 한 개 정도 크기의 배를 향하여 그것을 내휘두르고 있지. 옷을 찢어서가 아니라 팬티를 벗어서 나뭇가지에 매어 흔들고 있지. 무인도, 무인도다. 남자 둘과 여자 하나가 있지. 힘센 남자가 약한 남자를 물 속으로 내던지고 있지. 여자는 여왕처럼 오만하게 앉아 있지. 참, 왜 미국 사람들이 그린 만화에는 무인도가 그토록 많이 나올까? 보는 사람들이 그런 만화를 보면 좋아하니까 그러겠지. 왜 좋아할까? 유난스럽게 왜 무인도 만화를 좋아할까? 무인도에 가는 게 꿈인 모양이지. 조용한 곳. 혼자만의 또는 둘만의 시간. 내 아랫배는 여전히 찌뿌듯했다. 무인도 따위의 엉뚱한 생각을 할 게 아니다. 정면으로 숙이와 나에 대하여 생각을 집중시켜보기로 했다. 그 여자와 말을 주고받기 전엔 나는 그 여자에게 아무것도 요구하지 않고 그 여자를 좋아하고 있었다. 좋아했다는 말이 너무 지나치다면 그 여자를 내 곁에 느끼고 있었다고 하자. 어느 날 문득 '천사의 직계 후손'이란 말이 생각났다. 그러자 숙이를 거의 완전하게 표현했다는 느낌이 들었다. 그리고 어느 날 그 여자를 다방으로 불러내었다. 서로 무언가 말을 주고받았다. 시시한 얘기뿐이었다. 그 여자를 대단찮게 생각하게 되었다. 대단찮다는 말은 그 여자가 이미 내 속에 들어와 있는 존재가 아니라 앞으로 끌어들여야 할, 내 속에 들어오게 하기 위해서는 그 여자를 둘러싸고 있는 많은 모서리나 돌기들을 내가 힘써 깎아내고 문질러 없애야 할 존재, 다시 말해서 남이라는 것이었다. '대단찮게 생각했다'는 것은 '귀찮게 생각되었다'는 것과 같은 뜻이었다. 귀찮게 여기지 않으면 안 될 어떤 과정을 겪어낼 것을 일단 포기해 버리자. 다시 그 여자는 여전히 남이긴 했으나 내 속에 들어와 있는 셈이 되었다.

나는 '귀찮다'라는 것을 내 아랫배를 향하여 강조했다. 그러나 마치 마술에 걸려서 갑자기 무인도에 온 것 같은 느낌을 주는 이 시간이 지나가버리기 전에는 주어진 가능성을 추구해보자고 내 아랫배는 자꾸 나를 쥐어박았다. 그 여자는 그때 안방에 있는 것 같았다. 책이라도 보고 있는지 아무 소리도 들려오지 않았다. 라디오 소리도 나지 않는 것을 보면 낮잠을 자고 있는지도 몰랐다. 어쨌든 처음에는 그 여자는 나를 거부할 것이다. 그럴 때 내가 지어야 할 표정은 어떤 것일까? 멋쩍게 웃을 수는 없다. 화난 체하고, 그럼 그만두자고 나와버리는 건 두고두고 후회할 짓이다. 그렇지, 눈을 감자, 눈을 꾹 감고 내 아랫배가 명령하는 데 따라서 손을 움직이자. 그런데 정말 그 여자가 나를 거부할 때는? 그 여자에게도 자비심은 있겠지. 나로 하여금 부끄럼을 느끼도록 해버리지는 않겠지. 그 여자가 나에게 열심히 말을 걸어오고 있었다는 사실이 내 아랫배의 편을 들면서 나를 일으켜세웠다.

나는 조심조심 내 방의 미닫이문을 열고 마루로 나갔다. 마침 마당 한 곳에서 자그마한 회오리바람이 일더니 그 작은 바람기둥은 팽이처럼 마당을 한 바퀴 돌고 사라졌다. 태양빛을 받아서가 아니라 땅거죽 자체가 발광체인 듯이 마당엔 눈부신 햇빛이 가득하였다. 처마 그림자가 경계가 되면서 그 저쪽과 이쪽이 밝은 곳과 어두운 곳으로 뚜렷했다. 이쪽인 그늘 속에는 버림받은 듯한 꼴로 밟을 때마다 삐걱거리는 마루와 때묻은 파자마를 입고 서 있는 내가 있었다. 그리고 다른 모든 것은 햇빛 가득한 마당의 저쪽에 오글오글 모여 있는 것 같았다. 나는 안방 앞으로 발뒤꿈치를 올려서 살금살금 걸어갔다. 방 안에서는 아무 소리도 들리지 않았다. 이럴 때 갑자기 안방 문이 왈칵 열리며 숙이가 밖으로 나온다면? 헤헤, 안녕합쇼, 라고 하나? 내 몸을 지탱하고 있는 발가락 열 개가 바르르 떨렸다. 결국 안방 문은 열지 못하고 말 자신을 잘 알고 있었던 것이 아닐까? 아랫배를 누르고 있던 압력이 네 주제에 이만한 것만도 장하다는 듯이 어느새 사라져 있었고 그 대신, 그 압력이 몸을 바꾼 것인지, 오줌이 조금 마려움을 나는 느꼈다. 나는 안방과 문 하나 사이를 둔 마루 끝에 앉았다. 이미 포기한 이상 나는 일부러라도 큰 소리를 내고 싶었다. 그래서 마루에 앉을 때도 마룻장이 울릴 만큼 큰 소리를 내며 주저앉았다.

"넘어지셨어요?"

먼저 숙이의 말소리가 들렸고 그 다음에 안방 문이 숙이에 의해서 열려졌다. 저렇게 간단히 열 수 있는 문을! 그러나 이젠 다 지나가버린 것이다.

"햇빛 차암 좋네."

나는 혼잣말처럼 중얼거리며 마당을 내어다보고 있었다. 나는 빨리 내 방으로 돌아가고 싶었다. 그러나 숙이가 열었던 문을 다시 안에서 닫아버렸을 때는 그 여자와 무어라고 말이라도 건네어보고 싶은 욕망이 울음이 터질 만큼 목 안에 가득했다.

"나와서 햇빛 구경이라도 안 하시겠어요?"

내가 좀 크게 말했다.

"네에."

하고 그 여자는 분명히 낮고 떨리는 음성으로 대답했다.

여자의 본능으로써 내게서 어떤 냄새라도 맡았던 것일까? 그 음성은 분명히 경계심과 공포에 차 있었다. 그러자 사라졌다고 생각했던 미묘한 압력이 울컥 다시 아랫배로 몰려들었다. 그러나 동시에 나는 조심조심 달각거리는 소리도 들었다. 그것은 그 여자가 문고리를 내게 눈치채이지 않으려고 애쓰며 안에서 잠그고 있는 소리였다. 갑자기 부끄러움이 세찬 물결처럼 내 얼굴을 때리고 지나갔다. 나는 거의 무의식중에 어깨를 움츠려올리고 혀를 쑥 내밀었다. 햇빛 가득한 마당을 향하여……

"햇빛 차암 좋네."

목에 가래 걸린 소리로 말하고 나는 변소로 갔다.

극장 안은 만원이었다. 표를 사지 못하고 돌아간 사람들도 많았다고 했다. 연극의 관객들은 항상 그 사람이 그 사람이어서 빤한 숫자인데다가 연극 구경 세 번만 가면 서로 인사를 하지 않은 처지인데도, 응 저놈 왔군, 할 정도로 관객들끼리 서로의 얼굴을 외울 정도라는 이야기도 그날은 거짓말이었다. 오히려 여느때의 연극 팬들이 표를 사지 못한 축에 더 많이 끼어 있었다고 했다. 왜냐하면 그들은 으레 이번도 관객들은 그놈이 그놈으로서 아무리 늦게 가더라도 표는 남아돌아갈 테니까, 라고 생각했었기 때문이었다. 신문에 낸 극단측의 광고는 서영춘, 구봉서가 나오는 영화의 관객들에게 더 어필할 수 있는 요소를 많이 포함하고 있었다. '토끼가 사람 이상의 연기를 한다'느니 '과학은 예술을 돕는다'느니 하는 식의 캐치프레이즈는 분명히 곡마단의 그것과 거의 비슷한 효과를 내었다. 장내를 한 번만 둘러보아도 관객들의 옷차림에서부터 다른 연극 공연에 온 관객들과는 전연 달랐다. 다른 때 극장의 의자를 차지하고 앉아 있는 친구들이란, 머리가 텁수룩하고 무릎 위에 대학노트를 두세 권 올려놓고 세기의 고뇌를 홀몸에 짊어진 듯한 표정으로 앉아 있는 대학생들이거나 또는 지난번엔 자기들이 지금 올려다보고 앉아 있는 바로 그 무대 위에서 '나타샤' 로서 또는 '브랑슈' 로서 입을 벌렸다 오므렸다 하던 현역 배우들이거나 또는 공짜표는 있겠다 별로 할 일은 없어서 산보 삼아 나와본 아주머니 아저씨가 고작이었었다. 그런데 그날은 양단 치마저고리에 가을 코트를 걸쳐입은 젊은 여자와 그 곁엔 머리를 깨끗이 빗어붙이고 감색 양복에 붉은 넥타이를 한 청년 사장 또는 불 붙이지 않은 파이프를 항상 입에 물고 그것을 이빨로 입의 이쪽 저쪽으로 움직이며 들릴 듯 말 듯이 낮은 목소리를 위협적으로 끌어내며 말하는, 동대문시장에 점포를 열 개쯤 가지고 있는 뚱뚱보 사장과 그의 하루살이 애인, 또는 그날 낮엔 어느 중국요리집 이층방에서 계(契)라는 행사를 지내고, 마침 그 자리에서 수남이 엄마가 '오늘 아침 신문광고를 봤더니 재미있는 연극이 있대요' 라고 말을 꺼내자 여기저기서 '그래요' '그래요' '나도 봤어요' '토끼가 나와서 사람만큼 연기를 잘한대요' 어쩌고저쩌고, 그래서 성미 급한 ─ 계꾼들 중엔 반드시 성미 급한 아주머니가 하나쯤 있어야만 계는 빵꾸가 안 난다 ─ 정혜 엄마가 '표를 예약합시다' 여기저기서 '그래요' '빨리 갑시다요' 그래서 택시 일곱 대가 부르릉, 이라는 식으로 여기에 온 아주머니들이 극장을 메우고 있었다. 모두들 입을 다물고 점잖게 앉아 있었다. 영화관에서라면 수군대는 소리 때문에 장내가 수선스러웠겠지만, 영화관에 비하면 훨씬 장소가 좁고 바로 눈앞에 거만하게 드리워져 있는 자주색깔의 우단으로 된 막을 보니까 좀 기가 죽었는지 그들은 몸을 도사리고 앉아 있었다. 확실히 옛 귀족들이 만들어놓은 것에는 포마드와 대머리들의 기를 죽여버리는 무엇이 있었다.

"연극 구경, 참 오랜만이죠?"

내 곁에 앉아 있는, 어느 요정의 마담 같은 여자가 자기의 저쪽 곁에 앉아 있는 사내에게 소곤거렸다. 사내가 무어라고 대답했다.

"전 연극이 끝난 뒤에 나오는 '바라데이 쇼'가 재미있어요."

여자가 소곤거렸다. 남자가 무어라고 대답한 모양이었다.

"그래요? 요즘엔 '바라데이 쇼'도 안 해줘요? 아이, 시시하겠네."

여자가 말했다. 여자는 옛 악극단이 전성하던 시절에 살고 있는 모양이었다. 하기야 스크린이 보급되기 전엔 김희갑, 전옥이도 악극단에 있었으니까.

"장내에선 금연으로 되어 있습니다. 담배를 피우실 분은 휴게소를 이용해주십시오."

확성기가 투덜댔다. 잠시 후에 확성기는 또 한번 투덜거렸다.

"장내에선 금연으로 되어 있습니다."

갑자기 장내의 전등이 모두 꺼졌다. 동시에 사람들의 뒤에서 조명 하나가 거만한 우단 막의 중앙을 동그랗게 비췄다. '과학은 예술을 돕는다'는 것을 발견한 연출자가 스웨터 차림으로 조명 속에 나타났다. 그는 고개 한 번 끄덕이지도 않고 대뜸 웅변을 토하기 시작했다.

"여러분, 우리들의 예상을 완전히 뒤집어버림으로써 우리를 기쁘게 해주신 여러분, 여러분은 마침 좋은 때에 여러분 자신의 추악한 면을 발견할 수 있는 기회를 잡았습니다. 우리는 더이상 여러분이 여러분 자신의 추악한 모습을 깨닫지 못하고 지내는 것을 참을 수가 없었습니다. 우리 '국민무대'는 생각했습니다. 여러분이 여러분 자신의 얼굴을 바라볼 기회를 갖지 못하는 한 여러분은 파멸할 수밖에 없다는 것을. 하여 우리는 장만했습니다. 여러분이 환영할 수밖에 없는 레퍼토리를 가지고 가장 효과적으로 여러분에게 여러분 자신의 모습을 보여줄 것을. 그렇다고 여러분은 우리에게 감사할 필요는 없습니다. 여러분을 구제하는 것, 그것은 우리의 의무이니까요. 그러나 우리는 불안했습니다. 아무도 우리의 호소에 귀를 기울이지 않는 한 여러분의 파멸은 말할 것도 없고 우리의 존재 이유마저 물거품이 되고 마는 것이기 때문에. 그런데 여러분, 여러분은 떼를 지어서 이 극장으로 몰려들었습니다. 표를 사지 못한 사람은 더욱 많았습니다만 우리의 공연은 한국어를 알아들을 수 있는 사람이라면 누구나 다 우리의 무대를 쳐다볼 수 있는 바로 그 의자들에 앉을 때까지 계속될 것입니다. 여러분이 바로 그 의자들에 앉은 그 순간부터 여러분은 구제받기 시작했습니다. 그러면 여러분, 연극을 보시는 동안 그리고 보시고 나서 여러분이 우리가 여러분에게 보여 주려고 했던 것을 조금이라도 알아보셨다면 그리하여 웃음이 나오거든 실컷 웃으시고 눈물이 난다면 실컷 우십시오. 눈물과 웃음, 그것은 여러분이 구제받기 위하여 쓸 수 있는 여러분의 최상의 바이블이 될 것입니다."

연출자가 관객들의 성분을 조금만 더 세밀히 관찰하였었다면 얘기를 쉽게 했으리라. 그러나 하여튼 관객들은 요란스럽게 박수했다.

"저 사람, 남자답게 생겼죠?"

내 곁의 여자가 자기의 사내에게 소곤거렸다. 남자가 무어라고 대답한 모양이었다.

"아이, 당신은 빼놓고 얘기죠."

여자는 교태를 부리며 말했다. 그런데 동시에 남자의 손도 꼬집은 모양이었다.

"호호호, 그게 뭐 아프다구. 엄살도 심하셔."

여자가 말했다. 동그란 조명조차 꺼지고 장내는 깜깜해졌다. 잠시 후에 멀리서부터 점점 가까워오는 소리로 비행기의 폭음이 들리며 막이 올랐다.

극은 비행기의 항로를 하늘로 하고 있는 어느 시골에 사는 처녀가 마당에 나서서 하늘을 올려다보며 매일 밤 정해진 시간에 그 마을의 상공을 지나가는 비행기의 조종사를, 물론 얼굴도 모르는 사람이지만, 짝사랑하고 있다는 얘기에서 시작했다. 그 처녀는 비행기 조종사의 모습을 혼자 상상하며 애태운다. 그 처녀를 짝사랑하는 마을 머슴 하나가 나타나서 그 여자의 꿈이 얼마나 헛된 것인가를 말하려고 하나 차마 그 말은 꺼내지 못하고 사랑하기 때문에 나온 악의 없는 장난만 그 처녀에게 한다. 처녀는 머슴을 경멸한다. "오, 꺼졌다 켜졌다 하는 비행기의 저 빨간 등 푸른 등아. 나에게 네 주인 얼굴을 한 번만 보여다오." 처녀는 얼굴도 모르는 조종사를 찾아서 정든 마을을 탈출한다. 1막이 내린다.

"재미있을 것 같죠?"

내 곁의 여자가 자기의 사내에게 말했다. 사내가 무어라고 대답한 모양이었다.

"만날 거예요. 두고 보세요. 틀림없이 만날 거예요."

여자가 말했다. 서울에 올라온 처녀는 그 비행기의 조종사를 찾으러 다닌다. 어느 집 식모를 하며 틈틈이 밖에 나와서 그 조종사를 만날 수 있는 방법을 알려고 애쓴다. 그러나 그 여자가 알고 있는 것은 몇시에 어느 마을 상공을 지나가는 비행기라는 것뿐이다. 어떤 남자가 나타나서 자기가 그 사람을 찾아주겠다고 한다. 식모 짓도 그만두고 그 남자를 따라간다. 그 시간에 그곳을 지나가는 비행기는 미 공군 수송기일 것이라고 했다. 그러면서 양키 하나를 소개해준다. "어머, 저 미국 사람으로 나오는 사람. 아까 시골의 머슴 아녜요?" 내 곁의 여자가 놀라서 자기의 사내에게 말했다. 아마 사내도 글쎄 이상하다고 대답한 모양이었다. 그 사람들에게 이 전위(前衛) 냄새를 풍기는 연극을 어떻게 설명할 수 있을까? 그럴 필요도 없겠지. 처녀는 저 사람은 아니라고 한다. 그러나 저 미국 사람이 틀림없는데 어쩔 것인가고 처녀를 데리고 온 사내가 말한다. 결국은 양갈보가 되고 만다. 2막이 내린다. 3막이 오른다. 조종사를 찾아주겠다고 하던 사내에게 속키운 처녀는 이 양키 저 양키의 품속으로 돌아다녀야만 한다. 그러나 자기가 찾고 있는 조종사를 만나게 될 것이라는 기대를 버리지 못한다. 그리고 내가 진흙으로 둘러싸인 답십리의 어느 연습장에서 잠깐 보았던 장면이 나오는 것이다.

히야, 하고 나지막한 탄성들이 여기저기서 쏟아져나왔다. 대망의 토끼, 동대문시장에서 종로 뒷골목의 요정에서 중국요리집 이층방에서 사람들을 이 극장 안으로 끌어오는 데 성공했던 신문광고의 캐치프레이즈에 등장했던 토끼가 조명을 받으며 지금 무대 위를 깡충깡충 뛰어나오고 있었던 것이었다. 답십리의 이층방에서 보았을 때와는 다르게 토끼도 다른 배우들이 머슴으로 또는 양키로 분장했듯이 분홍색으로 하얀 털을 물들여 장식하고 있었다. 아닌게 아니라 나 역시 감탄할 만큼 토끼는 여자와 어울려 완전한 하나의 역을 해내고 있었다.

"토끼야, 이 사랑스런 토끼야, 그분은 어디 있을까? 너의 주인에게 물어봐주렴" 하고 여자가 푸념을 하면 토끼는 "글쎄요, 알아는 보겠습니다만 힘들 것 같은데요" 하는 표정을 몸 전체로 지어 보였다.

토끼의 출연 때문에, 연출자의 의도는 어떠했던지 모르지만, 극은 이제 코미디가 되어 있었다. 관객들의 관심은 온통 토끼의 움직임에만 쏠려버렸다.

그때, 예기치 못했던 실로 뜻밖의 사태가 벌어졌다. 토끼 때문에 넋을 놓고 있었던 탓일까. 관객석의 어느 곳에서 생리학적으로 얘기하자면 어쩔 수 없지만 요령 있게만 한다면 널리 알려지지 않을 수도 있는 소리가 났다. 그것이 사람들로 하여금 요란한 웃음소리를 터뜨리게 했다. 그렇지 않아도 토끼의 연기 때문에 얼마든지 웃을 준비가 되어 있던 사람들은 그 좋은 기회를 충분히 이용하였다. 온 장내는 사람들의 웃음소리 ― 웃고 생각해보니 또 우습고 그러고 나서 생각해보니 또 우스운 이 시간을 좀더 연장해보고 싶다는 듯한 웃음으로 가득 차서 깊은 늪이 갑자기 소용돌이치듯 했다.

뿐만 아니라, 이 뜻밖의 사태가 연극에 미친 영향은 너무 컸다. 갑작스런 사람들의 웃음소리, 무시무시한 괴물 같은 웃음소리 때문인지 토끼는 몸을 떨며 한 자리에 웅크리고 앉아서 관객 속을 응시하고 있었다. 웃음소리는 번지고 커지고 커진 대로 또 번지는 것이었다. 그때 토끼는 이젠 어쩔 수 없는 곳에 몰린 쥐가 고양이에게 달려드는 듯한 비장한 표정으로 관객석으로 뛰어내렸던 것이다. 사람들은 일제히 자리에서 일어섰다. 웃음소리는 사라졌다. 사람들은 이럴 때 어떻게 해야 하는가를 잠시 생각하고 있는 것 같았다. 생각은 끝났다. 장내는 수런거렸다. 관객석의 의자 밑으로 요리조리 뛰어다니는 토끼를 잡으려는 사람들의 기쁜 흥분이 온 실내를 지배했다.

토끼는 이리 뛰고 저리 뛰었다. 토끼가 막상 자기 가까이 오면 여자들은 비명을 지르며 팔딱팔딱 뛰었고 남자들도 차마 손을 내밀어 토끼의 귀를 잡지는 못하였다. 이제 사람들은 토끼를 잡으려는 것이 아니라 토끼를 두고 매스게임을 하고 있는 성싶었다. 이쪽에서 즐거운 함성이 일어났다.

얼마가 지났을까, 확성기를 통하여 연출자의 분노와 굴욕감을 견디지 못하겠다는 듯한 음성이 울려나왔다.

"여러분 대단히 죄송합니다. 대단히 죄송합니다. 연극은 뜻하지 않은 사태 때문에 여기서 중단하겠습니다. 수부(守部)에서 관람료의 반을 돌려드리기로 됐습니다. 대단히 죄송합니다. 앞으로도 쭈욱 저희 '국민무대'를 사랑해주셨으면 감사하겠습니다. 안녕히 가십시오."

사람들은 하나둘 밖으로 나갔다. 나는 마치 나조차 극단의 한 사람이라도 된 듯이 관객들에 대하여 죄송한 마음을 금할 수 없었다. 그러나 이상했다. 연극이 중단된 것에 대해서 불평을 하는 사람은 하나도 없는 것 같았다. 오히려 모두 유쾌한 게임을 충분히 즐기고 난 후, 손수건을 꺼내어 이마의 땀을 닦는 듯했다.

다음날, 나는 숙이를 마른 잎이 수북이 쌓인 정릉으로 데리고 가서 해치웠다.

노인이 없다

오후 네시. 나에겐 없어도 좋은 시간. 난로를 둘러싸고 앉아서 저마다 다른 생각을 하며 그러나 화제는 일관된 것으로서 작은 조리를 갖추기조차 하며 진행되는 시간이다.

"아아, 이젠 슬슬 그놈이나 찾아가볼까?"

라고 누군지가 하품을 하며 말하고 나서, 그 작은 조리 속으로부터 아무런 미련없이 떠나갈 수 있는 시간이다. 미련이 남는다면, 난로가 내뿜고 있는 열기에 대한 그것이 남는다는 정도이다. 무력한 작은 조리는 곧잘 가던 길을 멈추고 한다. '아무개씨가 죽었대.' 누군지가 눈을 툭툭 털며 들어와서 난롯가에 끼어앉으며 신문기사 식으로 뉴스를 전하면 조리를 세우거나 두들겨맞추고 있던 사람들은 단번에 순진한 독자가 되어 그 뉴스맨에게 시선을 쏟는다. '왜?' '심장마비라나?' 그러면 복상사쯤을 기대하고 있던 좌중은 피시시해지고 만다. 그러나 생전의 고인에 대한 얘기가 새로운 화제로서 시작되는 것만큼은 틀림없다. 고인이 남긴 에피소드를 모두들 자기가 알고 있는 범위 안에서 얘기하기 시작하여 차츰 고인의 결과적인 견지에서의 존재 이유까지 얘기하게 된다. 결국은 또다른 작은 조리가 대두하는 것이다. 그러나 그것도 오래 가진 않는다. 방금 갈아넣은 난로 속의 49공탄이 지독한 냄새를 피우기 시작하면 난로를 둘러싸고 앉아 있던 사람들은 저마다 눈살을 찌푸리며 구공탄에 대한 얘기로 미련없이 화제를 옮기는 것이다.

그런데 그럴 수 있던 기자들이 단골로 찾아가는 신문사 뒤 골목 속에 있는 다방도 요 며칠 동안은 '내부 수리중'이란 딱지가 문에 붙어 있어서 기자들은 제각기 자기 취미와 필요에 맞는 다방을 찾아 뿔뿔이 흩어져버렸었다.

나는 청결하지 못한 따뜻함 속에 나를 가두어버리는 밖의 추운 날씨를 원망하며, '갇히우다'는 것에 대해서 요리조리 생각하며, 숙이에 대해서 생각하며, 오후 네시쯤엔 정(鄭)이라는 외신부 기자를 따라서 'A'라는 다방에 나가 앉았다. 그 지하실 다방은 스팀장치가 되어 있어서 좋았다. 될 수 있는 대로 스팀의 곱창을 닮은 파이프가 있는 벽 가까운 좌석에 자리를 잡으려고 눈을 번뜩이며 나는 엉뚱한 작문을 지어보곤 했다.

'황혼에 밝혀지는 불빛들이 이곳에 나를 가둔다……'는 '가둔다'는 말을 생각했을 때 금방 지어진 문구였고 그후로 자꾸 지어본 다른 모든 문구들에서 가장 맘에 드는 문구였다. '스팀의 촉촉한 온기가 이곳에 나를 가둔다.' 이건 너무 천박해. '대학에서 배운 지식이 이곳에 나를 가둔다.' 이건 어딘가 틀린 것 같고 역시 천박해. '파아란 털을 가진 고양이가 이곳에 나를 가둔다.' 멋들어지긴 한데 여학교에 다니는 소녀가 지은 글처럼 의미가 없다. 파아란 고양이란 도대체 무엇을 가리킨다는 말인가. '바람에 흔들리는 구름이 이곳에 나를 가둔다.' '헤세'와는 정반대의 의미를 가지면서 '헤세'가 금방 연상되는 문구. '돈이 이곳에 나를 가둔다.' 옳고말고. 그러나 노골적으로 속을 내보인다는 것은 고금동서를 막론하고 상놈의 버르장머리. '황혼에 밝혀지는 불빛들이 이곳에 나를 가둔다.' '황혼에 밝혀지는……' 무척 맘에 들었다.

그러나 그런 것이 무슨 쓸모가 있단 말인가. 사(社)가 정해준 퇴근시간까지, 다음 신문에 들어갈 기사만 꾸려놓으면, 곱창 파이프 가까운 좌석이나 혹시 비지 않을까 노리고 있고 비생산적인 문구나 속으로 흥얼대고 앉아 있는 시간이 내게는 몹시 아까웠다.

"부업을 가져보는 게 어때?"

어느 날, 정이 내게 말했다.

"부업? 가정교사?"

"예끼! 부업이라면 가정교사밖에 생각 안 되나? 사람도 참!"

나는 무안했다. 하지만 가정교사라면 나는 정말 싫었다. 만일 사람이 일생 동안에 한 번씩은 의무적으로 가정교사를 해야 한다면 나는 대학 다니는 동안에 다섯 사람 몫은 해치웠다. 아이들을 적으로 삼고 하는 전투란 악마도 비명을 지를 도리밖에 없을 것이다.

"가질 생각 없어?"

정은 정말 당장에라도 부업을 구해줄 수 있다는 듯이 재촉했다.

"글쎄."

"돈이 필요하지 않은가?"

돈? 아, 그래. 그게 필요하다고 나는 생각하고 있었다. 내가 애매하게 흘려보내버리는 시간을 아까워하던 것은 그것이 돈으로 바꿔질 수도 있다는 가능성을 무의식중에 계산하고 있었기 때문이었을까?

"결혼자금을 장만하긴 해야 할 텐데."

내가 말했다.

나는 숙이와 함께 지내는 시간을 생각했다. 우리는 난로처럼 뜨겁게 달아 있었었고 난로 위에 올려진 주전자의 뚜껑처럼 일정한 간격을 두고 들먹거리고 있었었고 그리고 우리는 우리의 결혼에 대해서 얘기를 많이 했었다. 아니, 우리의 결혼에 대해서 얘기하는 쪽은 숙이와 나 중에서 거의 오직 나뿐이었었다. 내가 우리의 결혼에 대해서 얘기하는 동안 숙이는 쉴새없이 내 말을 부정하거나 의심하기로 작정한 듯했다.

그렇다고 숙이가 나와의 결혼을 싫어하는 것일까? 아니었다. 숙이가 나보다 훨씬 그것을 바라고 있는 것은 분명했다. 다만 어떤 계획이 확실한 모습을 가지고 나타날 때까지는 그것이 성취될 수 없으리라고 의심하기로 하고 있는 모양일 뿐이었다.

나는 다방의 그 정결치 못한 온기 속에서, 나를 가두고 있는 것의 하나가 바로 숙이의 내 얘기에 대한 의심임을 뒤늦게나마 깨달았다. 그 의심으로부터 벗어나기 위하여 나는 친구의 일깨워줌에 의하여 문득 부업을 가질까 하는 생각을 하고 있었고 내가 돈을 필요로 함을 알았고 그것이 결혼자금 준비라는 이름의 명분을 가짐을 알았다. 나는 숙이 앞에서 다 하지 못했던 설명—숙이의 내 말에 대한 의심을 풀어보려는 노력을 숙이가 없는 곳, 말하자면 이 세상에 숙이라는 여자가 있다는 사실도 모르는 정기자 같은 사람 앞에서 하고 있는 내가 참 딱해 보였다.

"약혼자가 있었어?"

정이 물었다.

"글쎄."

내가 대답했다.

숙이와 함께 여관방이나 다방 따위의 장소에서 우리의 결혼에 대해서 얘기하고 있을 때엔, 내일 신문에 나가도록 써내놓은 기사에 설령 잘못된 부분이 있음을 문득 깨닫게 되더라도 이미 그건 내 힘으론 어쩔 수도 없고 어쩌기도 싫은 듯이 생각되는 것처럼, 밖의 거리를 막아놓고 있는 찬바람이 내는 삭막한 소리와 답답하게 뜨뜻한 다방 속의 공기와 추상적이며 내가 가담해 있다고는 아무래도 생각할 수 없는 화제에 둘러싸여서는 숙이를 사랑하는지 어쩐지, 도대체 숙이와의 결혼을 내가 믿는지 어쩐지, 그것보다도 숙이라는 이름의 생물이 있는지 어쩐지조차 가끔 흐릿해지기만 하는 것이었다. 겨울의 기온이 이따금 사람의 판단력을 흐리게 하는 마술을 부린다고는 할지라도 그것만이 그런 이유의 전부는 아니었다.

오후 네시, 내게는 없어도 좋은 시간, 모든 것이 나와 관계없어 보이고, 아무도 그리고 아무것도 나를 필요로 하지 않는데 내가 그 무엇에 매달리려고 애쓰는 듯한 느낌 속으로 깊이 빠져들어가는 시간, 모두들 제 나름으로 잘해나가고 있는데 내가 오직 헛된 노력으로써, 나도 거기에 있어야 한다, 나도 그것을 해야 한다고 안간힘을 쓰고 있었던 것만 같은 느낌 때문에 숨쉬는 것도 그쳐버리고 싶은 시간이었다. 모두들 제 나름으로 잘해가고 있는데, 그래, 어쩌면 숙이도 저 나름으로 잘해가고 있는지도 모르는데……

"따분하군."

기껏 표현한 것이 '따분하다'는 정도는 너무 억울하다고 나는 생각했다.

"가만히 앉아 있으니 따분하기만 할 수밖에. 무엇을 붙들면 되는 거야. 게다가 돈까지 생기는 일이면 더욱 좋고……"

정이 말했다.

"그럴 수만 있다면야. 이럴 땐 예수라도 믿어두었더라면 좋겠어. 기도문이라도 외우며 앉아 있게……"

내가 말했다.

"뭐 그렇게 고상한 것으로써 따분함을 메우려고 할 거까진 없어. 자네 정말 부업을 가질 수 있어?"

"정말 가질 수 있냐니?"

"말하자면 시간적으로 여유가 있느냐 말야."

"뭐 좋은 일자리라도 있나?"

"하나 있긴 한데……"

그리고는 무엇을 생각했어요? 숙이가 묻는다. 리앵. 내가 대답한다. 리앵이 뭐예요? 아무것도 아니라는 뜻인데 불란서 말이래. 내가 알고 있는 단 한마디의 불란서 말이지. 좋지? 리앵이란 말. 그 말을 좋아하세요? 응. 불란서 말은 그것밖에 모르세요? 가만있자…… 아듀라는 말도 알아. 그 말도 좋아하지. 아, 그건 저도 알아요. 작별인사죠? 그래. 아이, 정말 외국의 작별인사는 참 좋은 게 많아요. '안녕히 계세요'는 전 싫어요. 너무 길고 복잡하고 그렇죠? '안녕'이라는 말도 있잖아? 그래요, 그건 조금 나아요. 그렇지만 어디 슬픈 기분이 드나요 뭐. 작별인사는 좀 섭섭한 뜻이 나타나 있어야죠. 작별인사는 어느 나라 말로 하고 싶지? 어머, 우린 참 우습네요. 왜 작별인사 얘기를 하는 걸까요, 네? 그러게 말야. 헤어지게 될 모양이지? 정말 그러나봐요. 농담이야. 헤어질 사람은 따로 있는 법야. 어느 나라 말로 하고 싶어? 글쎄요, 생각해보지는 않았었는데…… 음…… '사요나라'도 괜찮죠? 그렇지만 좀 겉치레로만 다정히 구는 듯한 느낌이라죠? '굿바이.' 그건 좀 정이 모자라는 것 같구요. 참, 어느 영화에서 들었는데 '아디오스'라는 작별인사도 있더군요. 그렇지만, 그것도 좋긴 좋지만, 너무 우렁차서 남자들끼리나 했으면 좋을 인사 같구요. 그러구 보니 '아듀'가 그중 나은 것 같아요. 어쩐지 쓸쓸한 여운이 남는 것 같지 않아요? 그런 줄 몰랐었는데 숙이는 꽤 재치가 있었다. 어감을 구별할 줄도 알았고 남자의 비위를 맞출 줄도 알았다. 그렇지만 난 '아듀' 보다 더 좋아하는 작별인사가 있어. 네? 그게 뭔데요? 참, 어느 나라 말인데요? 어떤 잡지에서 봤는데, 소련 말의 작별인사가 좋더군. '더스비다니어' 라고. '더스비다니어'? 그게 소련의 작별인사예요? 응. 왜 소련 말을 좋아하세요? 앞으로 조심해야겠어요. 아아냐, 소련 말이라 좋아하는 게 아냐. '더스비다니어' 라는 그 말 자체가 좋은 거지. 소련 말들 사이에 끼어 있을 때의 그 말이 좋은 게 아니라 한국말을 하는 내 입에서 그 말이 나올 때 나는 그 말을 좋아하는 거야. 내 말 알아듣겠어? 한국 식의 어감에 대한 감응력으로써…… 아아, 귀찮어. 숙이에게까지 내가 소련을 좋아하지 않는다고 설명해야 되나? 관두세요. 그런 뜻으로 물어본 건 아녜요. 그 말 자체가 좋다고 하셨죠? 그럼 됐어요. 숙이는 마치 정보부의 스파이처럼 말하는군. 그래, 그 말 자체가 좋은 거야. 내 상상력을 자극해주는 말이거든. 숙이, 어디 한번 나를 따라 상상하기 시작해봐. 북쪽지방의…… 음성을 아주 낮게 하세요. 그래, 아주 낮게 말할게. 북쪽지방의 황막한 벌판을 상상해봐. 아무 데도 산이 보이지 않고 지평선으로만 막힌 벌판이야. 그리고 그 벌판에 눈이 펑펑 쏟아지는 밤을 말야. 그런 끝없는 벌판 가운데 작은 읍이 있고 지금 막 그 읍의 작은 정거장으로 하얗게 눈을 뒤집어쓴 기차가 증기를 내뿜으며 들어오고 있어. 캄캄한 밤이야. 아니지, 눈 때문에 하얀 밤이야, 하얀 밤. 알지? 백야(白夜) 말야. 기차가 도착했을 때 한 여자가 기차에 올라타는 거야. 털이 긴 털외투로 온

몸을 싼 여자야. 얼굴만 빨갛게 어둠 속으로 내놓고 있는 아주 아름다운 여자야. 그 여자가 방금 오른 기차의 밖에서는 한 남자가 한 손에 하얀 어둠 속에서 노오란 불빛을 조그맣고 동그랗게 내뿜는 등불을 들고 그 여자를 바라보고 있는 거야. 역시 털외투를 입고 털모자를 쓰고 있는 젊고 잘생긴 청년이야. 기차 안으로 들어간 여자는 자리를 잡고 앉자마자 증기가 얼어붙어서 밖이 보이지 않는 유리창을 손바닥으로 문질러 닦는 거야. 이제 밖이 보이는 유리창에 그 여자는 얼굴을 찰싹 붙이고 등불을 들고 서 있는 남자를 내어다보며 입 안의 소리로 가만가만히 말하지, '더스비다니어'라고. 그때 기차는 움직이기 시작했어. 밖에 서 있던 남자는 기차를 따라서 달려오며 노오란 등불을 내휘두르지. 그러면 입을 힘껏 벌려 무어라고 외치는데 여자의 귀에는 그 소리가 들리지 않아. 눈이 나리는 광막한 벌판의 밤을 흔들어놓기에는 너무 작은 소리였는지 모르지. 아니면 그 소리는 차가운 공중에 꽁꽁 얼어붙어버렸는지도 몰라. 그러나 아마도 그 남자가 외친 소리 역시 '더스비다니어'였을 거야. 여자도 남자의 모습을 보기 위해서 더욱더욱 얼굴을 유리창에 갖다붙이며 입 속에서 마구 외우지, '더스비다니어' '더스비다니어'라. 여자의 눈에서는 눈물이 한줄기 볼을 타고 빠르게 흘러내려 남자의 노오랗고 작은 불빛도 이내 어둠 속으로 파묻혀버렸어. 기차는 눈 오는 밤에 지평선 너머로 달려가고…… '더스비다니어'는 길가에서 만나는 사람들끼리 흔히 주고받는 작별인사래. 그런데도 어딘지 지금 헤어지면 다신 만나지 못할 사람들끼리 주고받는 인사 같은 데가 있지 않어? '더스비다니어'라고 나직이 말하고 나서 그 말을 한 사람은 눈 나리는 밤에 기차를 타고 지평선 너머로 영영 가버리는 거야. 숙이는 고개를 숙이고 조용히 듣고만 앉아 있다. 꼭 오늘밤처럼 눈이 내리는 밤이겠죠? 숙이가 말한다. 눈? 아 참, 눈이 내리지. 내가 말한다. 어머, 눈이 내리고 있었다는 것도 잊어버리셨어요? 방문 좀 열어보세요. 아직 눈이 내리고 있는지 모르겠어요. 나는 방문을 연다. 전등 불빛이 번져 있는 공중에는 눈이 먼지처럼 흩날리고 있다. 그런데 여관의 좁은 안마당에는 눈이 조금도 쌓여 있지 않다. 콘크리트로 된 마당에는 물이 얇게 고여 있어서 내리는 눈은 마당에 닿자마자 없어져버린다. 지금도 내리고 있어요? 응, 이쪽으로 와서 봐. 숙이는 밖을 보기 위해서 방의 안쪽에서 무릎으로 기어와서 열려진 방문 앞에 엎드린 자세로 있다. 눈 때문에 가야 할 먼길을 두고도, 어느 주막에 묵고 있는 여승 같은 숙이. 아이, 이러지 마세요, 약속했잖아요. 손목 좀 잡은 것뿐인데 뭘 그래. 단순한 거지만 장소에 따라서는 의미가 달라져요. 숙이가 얼른 자기 자리로 돌아가며 말한다. 어쨌든 숙이는 내 거야. 그래요, 그러니까 결혼할 때까지는 참으세요. 뭐라구? 뭐가 잘못됐어요? 리앵. 아무 데나 그 말을 쓰나요? 나는 그저 싱긋 웃기만 한다. 웃는 얼굴이 좋아요. 나 말야? 네. 그러니까 늘 웃고 계세요! 싱겁군. 싱겁지 않아요, 정말예요. 대화가 끊어진다. 숙이는 무릎까지 덮고 있는 이

불을 내려다보며 손가락으로 이불의 꽃무늬를 꼭꼭 누르고 있다. 그러고 있는 숙이를 나는 이불을 사이에 두고 건너다보고 있다. 숙이가 고개를 든다. 아까 그 얘긴 상상하신 거예요? 무슨 얘기? 그 북쪽…… '더스비다니어'에 관한…… 아, 그거? 응, 상상한 거야. 퍽 좋아요. 꼭 무슨 영화장면 같아서요. 영화장면? 그래, 영화장면이야. 어머, 금방 상상하신 거라구 해놓구선. 상상한 거야. 그런데 영화의 한 장면처럼 돼버렸어. 나는 영화라는 것에 문득 증오감을 느낀다. 영화 만드시면 잘 만드시겠어요. 나는 웃는다. 웃을 수밖에 없다. 또 대화가 끊어진다. 숙이가 말을 시작한다. 저 옆방에도 사람이 들어 있나부죠? 그런 거 같군. 그럼 저걸 어떻게 하죠? 뭐 말야? 저 전등 말예요. 벽의 위쪽에 사각형의 구멍이 나 있고 거기에 전등이 걸려 있어서 그 한 개로써 두 방이 쓸 수 있도록 되어 있다. 저 방 사람들이 자면서 불을 꺼버리면 우린 어떻게 하죠? 우리도 자야겠지 뭘. 아이, 불을 꺼버리면 싫어요. 저쪽에서 불을 끄려고 하면 못 끄도록 하세요. 네? 나는 고개를 끄덕인다. 지금 몇시쯤 됐어요? 나는 스웨터 소매를 걷고 시계를 본다. 속일까 하고 나는 생각한다. 그러나 정직하게 말한다. 열한시 조금 지났어. 아직도 버스가 다니겠네요. 그냥 집으로 가요, 네? 내일 아침이 되면 또 보게 될 텐데요. 네? 왜, 엄마가 야단칠까봐 무서워? 아녜요, 어머니한테는 거짓말을 해서 미안해요, 무섭지는 않아요. 오늘만은 손가락 한 개 까딱하지 않겠다고 맹세했잖아? 한 번만 믿어봐. 허긴 나 자신도 믿을 수 없는 얘기다. 오늘만이 아녜요, 네? 앞으로 쭈욱 그러는 거예요, 네? 아무래도 좋아. 우리 둘이서 함께 지낸 밤을 갖고 싶었던 것뿐야. 가지 마. 이렇게 조용한 곳에 들어앉아 있으니까 서울에서 멀리 떨어진 곳에 온 것 같아요. 정말이야. 근데 눕지! 참, 누우세요. 피로하실 텐데…… 전 정말 정신없는 여자죠? 누우세요. 전 이렇게 앉아 있는 게 더 편해요. 나는 숙이의 무릎을 베고 눕는다. 숙이도 그것만은 용서한다. 다른 건 뭐 상상하신 거 없으세요? 상상하신 얘기가 참 재미있어요. 상상한 게 있긴 있어. 뭔데요? 해주세요. 우리가 결혼하고 난 후의 생활에 대해서야. 정말? 결혼하게 될까요? 그럼, 하구말구. 무얼 상상하셨어요? 아니, 내가 상상했다고 생각하지 말고 지금부터 함께 상상해보기로 하지. 어때? 전 도무지 상상되지가 않아요. 전 병신인가부죠? 아냐, 하면 돼. 우선 우리는 결혼식을 올리겠지? 숙이는 대답이 없다. 어느 예식장이 좋을까? 전 남들이 예식장에서 결혼식 올리는 것을 보고 있으면 괜히 제가 얼굴이 뜨거워져요. 성당이 참 좋아요. 언젠가 고등학교 동창애 하나가 성당에서 결혼식을 올리는 걸 봤는데 참 엄숙하고 좋아 보였어요. 그래, 그럼 성당에서 식을 올릴까? 그렇지만 그러려면 성당엘 다녀야 되잖아요? 까짓거, 다니지 뭘. 다니실 수 있을 거 같아요? 까짓거 다닐 수 있지 뭘. 숙인? 전 정말 다니고 싶어요, 근데…… 근데 어째서? 근데 사람들이 너무 많아서 싫어요. 숙인 욕심쟁이군. 성당을 온통 혼자 차지하겠다니…… 그건 아녜요. 그래, 하여튼 성

당에서 우린 결혼식을 올리겠군? 피시이. 왜 웃었어? 마음대로
아무 데서나 결혼식을 올리시는군요. 그럼 마음대로지. 그런 거
까지 우리 마음대로 안 되나? 하여튼 결혼식은 올렸어. 신혼여
행을 가야겠지? 숙이는 대답이 없다. 내 친구들 보니까 대부분
온양이나 해운대로 가더군. 우린 좀 색다른 데로 갈까? 숙이는
대답이 없다. 어디가 좋을까? 제주도? 설악산? 참 경주도 괜찮
겠군. 아니, 그 모든 곳을 다 한 바퀴 돌고 오지 뭐. 신혼여행엔
역시 바닷가와 온천이 있는 곳이 좋은 모양이야. 우린 손을 잡고
백사장을 걷는 거야. 파도가 사악사악 밀려왔다간 물러가곤 하
고. 그리고 밤이면 우린 함께 온천의 목욕탕으로 들어갈 거야.
숙이가 내 등을 밀…… 숙이의 손바닥이 가볍게 내 뺨을 때린
다. 그러고 나선 어쩔 줄을 모르겠는지 내 뺨 위에 손바닥을 얹
어놓고 있다. 아아, 방금 삼십 년 후가 상상됐어. 숙인 내가 빈
월급봉투를 들고 왔다고 방맹이로 날 내쫓을 거야. 숙이는 웃는
다. 그건 고바우 만화에나 있는 얘기예요. 아팠어요? 내 뺨 말
야? 네. 찌릿찌릿해. 우리의 상상을 계속해야지. 아니, 그만 하세
요. 왜? 재미없어? 숙이는 대답이 없다. 우린 아이를 낳겠지? 아
들을 낳아도 좋고 딸을 낳아도 좋아. 아들을 낳으면 숙이가 좋아
할 테고 딸을 낳으면 내가 좋아할 거야. 단, 어느 쪽이든 숙이를
닮아야 해. 그래야만 내가 아이를 안고 밖엘 나가더라도 사람들
이 그 아이 참 이쁘게 생겼다고 할 거니까 말야. 우리는 어디 살
게 될까? 변두리에 정원도 가꿀 만한 집을…… 그만 하세요.

왜? 재미없어? 아녜요, 재미있어요. 그렇지만 상상보다 더 좋을
수도 있잖아요? 오오, 역시 숙인 욕심쟁이군. 아녜요, 욕심은 부
리지 않아요. 저한테 상상되는 건 아무것도 없어요. 조금 있다면
결혼식장에 평택 아저씨댁 사람들이 식에 참석하실 거라는 것하
구 어머니가 우실 것이라는 것하구…… 뭐 그런 거뿐예요. 친구
들도 오겠지? 그래요. 친구들이 몇 명 올지도 모르죠. 그렇지만
시집가버린 친구들이 많아서 걔들이 와줄는지 모르겠어요. 우리
의 대화는 오랫동안 끊어진다. 사실 그래. 내가 말한다. 나도 솔
직히 말하면 그것에 대해서는 상상하고 싶지가 않아. 상상하다
가보면 우린 늙어서 죽는 거야. 서로 따로따로 죽는 거지. 아니
어쩌면 누가 먼저 병들어 죽을지도 몰라. 난 꼭 내가 먼저 무슨
사고나 병으로 죽을 것 같아. 전 제가 먼저 꼭 그럴 것 같아요.
그래, 어느 쪽이든 그렇게 될지 모른다. 그러면 아이들을 누가
혼자서 맡게 되겠지. 무척 괴로울 거야. 그렇게 나쁘게만 생각하
지 마세요, 네? 그래, 그렇지만 조금도 떳떳하지 못하게 살지도
모른다는 생각이 가끔 들어. 난 아침 여섯시 반쯤엔 일어나서 세
수를 해야겠지. 숙인 아침밥을 짓느라고 좀더 빨리 일어나야 되
고 애들은 좀더 잠을 자고 싶어하겠지. 나도 어렸을 때 그랬으니
까. 숙이와 내가 애들에게 호령해가며 깨워야 할 거야. 숙이만
집에 남고 나와 애들은 만원버스를 겨우 타게 될 거야. 탈 때는
손을 꼭 붙잡고 탔는데 밀치고 밀리고 하다가보면 애는 운전사
쪽에 처박혀져 있고, 난 맨 꽁무니 의자 쪽에 처박혀 있게 될지

도 몰라. 애들은 숙제만 한 아름 안고 집으로 돌아오고 난 술에 취해가지고 돌아와서 괜히 친구들 핑계만 대며 억지술을 마셨다느니 중얼거리고 있을지도 몰라. 식구들 중에 누가 갑자기 병들면 숙이와 나는 돈을 꾸러 아는 집을 찾아다니며 고개를 굽신거려야 할지도…… 그만 하세요. 앞날은 알 수 없는 거예요. 다 알고 계시는 듯이 얘기하지 마세요. 그래 안 할게. 숙이 말이 맞아, 앞날은 알 수 없는 거야. 알 수 없다고 생각하기로 해요, 네? 그래, 알 수 없다고 생각하기로……

극장 안에서는 거울을 철거할 것을 나는 호소하고 싶었다. 스크린 위의 잘생기거나 멋진 또는 용감한 인물과 자기를 완전무결하게 혼동하고 있던 사람들이, 벨이 울리고 불이 켜진 뒤에 겨우 열 발짝쯤 걸어나오다가 거울 속에서 자신의 착각을 할 수 없이 인정하고 환멸을 느끼게 해버리는 극장 안의 거울은 과히 재치 있는 도구가 아니다. 밤길을 흐뭇한 기분에 빠져서 걷게 하고 자기 방의 이불 위에 몸을 던지고 손거울을 들여다보고 그제서야 번지수가 틀렸다는 것을 깨닫게 하더라도 그다지 넉넉한 시간을 그 사람들에게 주는 것은 결코 아니다. 그러나 냉정한 정직을 사랑하는 사람들이 많다.

나는 휴게실의 벽에 걸려 있는 거울을 이용하여 영감님을 지켜보면서 그 휴게실을 꽉 채우고 있는 젊은 사람들과 거울과의 관계를 그렇게 생각하고 있었다. 그런 엉뚱한 생각이라도 하지 않고서는 움직이는 것이라고는 축 늘어진 눈꺼풀뿐으로서 마치 부처님처럼 휴게실의 긴 의자 한 귀퉁이를 차지하고 앉아 있는 영감님을 지켜보며 앉아 있기가 힘들었다. 어쩌자고 주책없이 영화관엔 오는지 몰랐다. 일반적으로 노인과 영화와의 관계에서는 나로서는 생각할 게 없는 것만 같았다. 인생을 영화 속에서 배운다고 하면, 이젠 주어진 시간을 거의 다 써버린 저 영감님 같은 분에겐 영화를 봄으로써 후회나 아쉬움밖에 남을 감정이 없을 것이다. 후회나 아쉬움으로써 자신을 학대하는 취미를 가진 영감이 아닌 바에는 영화관까지 나를 질질 끌고 다니지는 않을 텐데. 그러나 물론 영감의 취미를 나는 알 도리 없다.

하여간 괴상한 영감이었다. 별로 기운이 왕성한 것 같지도 않은데 그대로 꾸물거리며 몸을 여기저기로 옮기고 싶어하는 영감님이었다. 처음부터 괴상한 영감이었다.

'오후 세시경, 집에서 출발. A다방으로 출근. 집에서 A다방으로 오는 동안엔 한눈도 팔지 않고 굼싯굼싯 걸어온다. 반드시 A다방으로 간다. A다방의 마담이나 레지 중의 누구에게 마음이 있어서인 것은 결코 아닌 것 같다. 하기야 그렇다고 하더라도 별수 없는 나이이다. 아마 커피맛을 좋아 오는 모양인 것 같다. 커피에 대해서 레지에게 잔소리를 많이 한다. 네시나 다섯시까지 A다방에 앉아 있다. 그냥 혼자 앉아서 사람 구경만 한다. 오랫동안 A다방을 나가고 있지만 말친구도 사귀지 않았다. 껌 파는 애들과 이따금 오랫동안 얘기를 하거나 할 뿐이다. 오후 여섯시,

때로는 일곱시까지는 반드시 집으로 돌아간다. 그러니까 감시해야 할 것은 세시부터 일곱시까지의 네 시간 정도. 그 동안에 영감님이 어디 가 있었는가, 누구를 만났는가를 따라다니며 알아두었다가 흥신소에 보고하는 일이다. 그 동안에 물론 눈치채지 못하도록 해야 하는 것이며 특히 중요한 임무는 영감님의 신변을 보호해야만 하는 것이기도 하다. 이 일은 영감님이 살아 있는 동안 아니 자기 발로 걸어서 밖에 나오는 일이 계속되는 한 아마 쭉 있을 것이며 그 일을 맡는 사람에게 주는 사례는 일당 오백원이다. 이것은 흥신소에서 영감님에게 따르는 소원(所員)에게 내린 지시라고 했다.'

정은 덧붙여 말했다.

"그런데 세시부터 네시까지는 구태여 따라다닐 필요도 없어. 반드시 A다방에 나와 앉거든. 신변보호문제가 남는데, 그건 말하자면 영감쟁이가 자동차에 치이거나 남과 다투어서 얻어맞을 경우를 예상해서 그러는 모양이지만, 저 나이쯤 된 영감에게 행패 부릴 사람은 없을 거고 자동차 사고의 경우를 예상하면 매일 구두 닦는 아이를 한 명씩 교대로 사서―그애들한테는 오십원만 주면 세시부터 네시까지의 보호는 맡으니까 말야―시키면 돼. 일곱시까지는 틀림없이 자기 집으로 가는 양반이니까. 그후엔 자유야. 요컨대 네시부터 여섯시나 일곱시까지가 영감쟁이의 자유분방한 시간인데 그 시간에 영감쟁이가 가는 곳이 대중없단 말야. 오늘은 기원엘 가는가 하면 다음날은 영화관엘 가지. 정말 영화관에 들어가면 딱 질색이거든. 하마터면 잃어버릴 뻔하지 않나. 하마터면 내가 영화 보느라고 넋을 놓아버리지 않나. 그리구 잘 가는 데가 우습게도 파고다공원이란 말야. 글쎄 영국제 천으로 지은 양복과 코트를 입고 중절모를 쓰고 나비넥타이를 잡순 미끈한 영감이 욕설과 불평불만과 엉뚱한 꿈으로써 가득 찬 파고다공원엔 뭐 하러 가는지 내 참. 요샌 겨울이니까 공원엔 다행히 사람들이 나오지 않지만 다른 땐 하여튼 파고다공원에 가서 지게꾼들 틈에 끼어 그들의 얘기에 고개를 끄덕거리기도 하며 몹시 감동하는 듯하단 말이지. 그럴 땐 마치 민정(民情)을 살피러 다니는 일시적으로 은퇴한 정치가 같거든. 그리구 가는 데가 어디더라? 뭐 대중없다니까. 이발소엘 한번 들어가면 안마까지 시켜 받으니까 그럴 땐 슬쩍 뒤따라 들어가서 옆자리쯤 앉아 나도 이발을 하는 편이 좋을 거야. 아마 돈 많은 영감님이 의사의 권고로 산보를 다니시는데, 혹시 교통사고라도 당할까봐 주인마님께서 비밀 비서를 두자는 얘기인 것 같은데 생각하기보다는 까다로운 일이 아니야. 슬슬 따라다니다가보면 가끔 재미있다고 생각되는 일도 있을 거야. 단 한 가지 태도만 유지하면 일은 쉬워. 즉 뙤놈정신, 여유만만하게 생각하는 거야. 나 말인가? 아, 난 다른 일거리를 주더군. 굉장한 미인의 뒤를 쫓아다니며 그 여자에게 애인이 있나 없나를 알아다 바치는 일이야. 잘만 하면 그 여자가 하룻저녁쯤 같이 지내줄지도 모를 일이거든. 몇 달 동안 영감쟁이만 쫓아다녔더니 나도 굼싯굼싯해지는 게 굼벵이가 다 된 것 같아. 영감 말이지? 글쎄, 일의 성격이 뭐 그런 거니까 알고 싶지도 않아서 캐보진 않았는데 자기 마누라에겐 어린 애로밖에 보이지 않는 복 많은 늙은이라고 생각해줘도 무방한가봐. 아마 활동하던 시절엔 외국에서 지낸 냄새가 나. 서양, 아마 미국에서겠지. 영감쟁이들 외국에서 지내고 온 양반들이 우습게도 철저한 유교도 노릇을 한단 말야. 기독교인이니 기독교 장로니들 하긴 하지만 그건 거기서 포크와 나이프를 써야 살기에 편하게 되듯이 장사 속셈까지 곁들여 그저 교회에 다녀본 것뿐이고 알맹이는 유교란 말야. 괴상한 유교도들이지. 아마 아직도 상투 달고 다니던 때에 외국에 나갔다가 그 외국에서는 굽신굽신 혜혜로 살아야 했고 그럭저럭 돈을 모아 늘그막에 고국으로 돌아왔는데 그놈의 고국이란 게 어찌나 변했는지 어떻게 행동해야 옳을지 모르겠고 영감이 그리워했고 살 수 있던 고국은 상투 시대였고 그런데 눈치를 보아하니 상투 식의 생활이 아직도 있긴 있는 모양이고 하니까 괴상한 유교도가 될 수밖에. 내가 짐작하는 것은 그 정도야. 영감쟁이가 파고다공원에 잘 가는 것도 이해를 할 것 같아. 파고다공원 식 여론의 발상이란 게 유교에 근거를 둔 것이거든. 거기선 대통령을 뭐라고 부르는지 아나? 나랏님이라고 불러. 하여간, 불과 두 시간 정도이긴 하지만 매일 따라다니기가 좀 따분하긴 할 거야. 그저 서울 구경 하는 셈 잡고 '돈이 생긴다 돈' 하며 따라다녀봐. 재미있을 때도 있다니까."

처음 며칠 동안은 신문사 일을 오히려 부업 취급 해버리고 온

정신을 눈에 모아서 영감님의 뒤를 쫓아다녔다. 다방에서는 나는 신문으로 얼굴을 가리고 명탐정이나 된 듯한 기분으로 영감을 지켜보고 있었고 거리에서는 영감을 저 앞에 두고 본의 아닌 건달이 되어, 마음에 드는 물건도 없고 있다고 해도 살 돈도 없으면서 상점들의 진열장을 훔쳐보며 어슬렁거렸다.

"어때? 할 만해?"

정이 물었다.

"눈이 빠지겠어. 그것도 고역인걸. 마치 책 몇 권 보고 난 뒤 같아."

"영감이 좀 이쁘게나 생겼으면 좋겠지만……"

정이 말했다.

영감은 다만 영감일 뿐이었다. 표정을 변화시키기에도 힘이 드는 듯 항상 그저 그렇다는 듯한 얼굴로 앉아 있었고 한 걸음 한 걸음을 조심스럽게 옮겨놓았고 가끔 멋진 중절모를 좀더 깊숙이 눌러쓰기 위해서 짚고 있던 단장을 옆구리에 끼고 손을 움직이거나 하는 영감이었다. 추운 날씨인데도 늠름하게 거리를 걸을 수 있는 것은 속옷을 많이 껴입었거나 좋은 약을 많이 먹었거나 그럴 리는 없겠지만 감각이 모두 죽어버렸기 때문이겠지. 영감이 길을 걸어갈 때면 추위 때문에 얼음덩어리처럼 꽁꽁 얼어붙어 있는 거리가 영감의 몸뚱이 근처에서는 흐물흐물 녹아서 허공에 몸뚱이 크기만한 구멍이 피시시 뚫리는 것 같았다.

그처럼 흐물흐물하고 뒤뚱거리며 만사태평인 영감과 그 스무 발짝쯤 뒤에서 온갖 신경을 곤두세우고 코트 깃을 귀 위까지 끌어올리려고 애쓰며 갑자기 황망스런 종종걸음을 걷다간 금방 걸음을 느리게 하는 나는 아주 대조적이어서 영락없는 만화였다.

영감 뒤를 따라다니다가 보면 때때로 내가 나를 잃어버리고 길 가운데 멍하니 서 있곤 했다. 내가 나를 잃어버렸다는 얘기는, 급히 신문사로 돌아가야 할 일이 있어서 초조해지거나 영감의 하염없이 느리고 태평한 걸음걸이에서는 아무런 사건이 일어날 징조도 보이지 않는데도 무언가 일어나기를 기다리며 허둥거리는 내가 무엇 때문에 이 짓을 하고 있느냐는 의문이 교통신호처럼 대낮의 거리에서 불을 밝히기 때문이었다. 숙이, 일당 오백원, 저금…… 그렇게 생각해나가면 웃음밖에 나오는 게 없어서 거리의 시멘트 전봇대에 털썩 등을 기대며 차가운 하늘로 얼굴을 올리고 입을 짜악 벌려버리곤 한다는 말이다.

내가 액자에 넣어져서 벽에 걸린 외국 배우들의 얼굴을 하나하나 구경하고 나서, 배우들은 눈이 예쁘게 생겼군, 하고 생각하며 고개를 돌렸을 때 조금 전까지도 그 축 늘어진 눈꺼풀을 씰룩거리며 부처님처럼 휴게실의 긴 의자 한 귀퉁이를 차지하고 있던 영감님이 보이지 않았다. 영감님이 앉아 있던 곳을 중심으로 하고 나는 찬찬히 살펴봤다. 좀 물렁하게 비대한 편이고 까만 외투를 입고 있는 사람들이 몇 명 눈에 뜨이기도 했지만 모두 노인의 아들뻘이나 될 만한 중년 멋쟁이들뿐이었다.

나는 황급히 자리에서 일어섰다. 뺑소니를 쳤을까? 설마. 나는 다음 프로를 기다리며 휴게실에서 기다리고 있는 사람들 틈에서 갑자기 영감을 만나더라도 천연스럽게 행동하려고 느릿느릿 마치 화장실에라도 가는 사람처럼 걸었다. 그러나 눈알은 제정신이 아니었다. 극장 안의 휴게실에 앉아 있던 사람이 갈 만한 곳이라고는 영화관람실과 화장실과 매점밖에 있을 수 없었다. 그런데 영화관람실은 지금 아무도 들어갈 수가 없으니 갈 곳은 화장실과 매점밖에 없었다. 나는 우선 금방 눈에 띄는 매점 쪽을 살펴보았다. 어떤 허름하게 생긴 청년이 담배를 사고 있는 게 보였을 뿐 영감은 그 근처에도 없었다. 나는 화장실을 목표로 통로를 걸어가면서도 쉴새없이 눈알을 굴렸다. 이상하게도 화장실 안에도 영감은 없었다. 작은 게 아니고 큰 것인 모양이라고 생각하며 나는 '노크'라고 쓰인 곳은 모두 두들겨보았다. 곤란하게도 모두 만원이었다. 혹시나 싶어 다시 한번 모두 두들기며 나는 안에서 나에게 대답하는 노크 소리를 귀로 관찰했다. 성급하게 대답하는 노크 소리, 귀찮다는 듯이 대답하는 노크 소리, 큰 소리, 작은 소리, 한꺼번에 대여섯 번을 두들기는 소리, 딱 한 번 점잖게 두들기는 소리, 가지각색이었다. 하지만 그 소리들 중에서 어떤 게 그 망할 놈의 영감의 노크 소린지를 분간해낼 만큼 철저하게 사람을 닮았다고는 얘기할 수 없는 소리들이었다. 나는 화장실의 문 밖에 서서 여유를 가지려고 담배를 피우며 나오는 사람들을 하나하나 훑어보았다. 굼벵이 같던 영감이 빠르기도 한 게 아무래도 무슨 흑막이 있는 것만 같았다. 변소 문은 하나씩 하나씩 열렸고, 사람들도 내가 언제 궁둥이를 까고 저 안에 앉아 있었느냐는 듯이 담배를 점잖게 빨며 마치 곰탕집에서 이를 쑤시며 나오듯이 나오는 사람…… 그래도 영감은 끝내 나타나지 않았다. 아차, 좌석번호가 이층이어서 이층으로 올라갔나 보다. 나는 후닥닥 계단을 밟고 이층으로 뛰어올라갔다. 이층에 가서는 또 마음과는 반대로 천연스런 걸음걸이로 의자들 사이의 통로를 걸으며 한 사람 한 사람 눈여겨보았다. 없었다. 역시 화장실에도 가보았다. 서서 용무를 보게 된 곳엔 물론 없었고 노크를 해야 할 곳은 들여다볼 수도 없었다. 문 하나가 사이에 놓였다는 사실만으로 그 저쪽은 이미 내 능력이 닿지 못한다는 사실 때문에 화가 치밀었다. 내 능력이 닿지 못할 곳은, 이런 식으로 생각해보면 얼마나 많을 것인가! 세상엔 얼마나 많은 문이 있을 것인가! 문은 사람이 그것을 열고 그 저쪽으로 가기 위해서 있다고? 천만에. 저쪽과 이쪽을 가로막기 위해서 있을 뿐이었다. 고맙게도 세상에 있는 모든 문을 다 열어볼 필요는 없다. 그러나 그때 내 앞에 있는 일곱 개의 문만은 모두 열어봐야 할 필요가 있었던 것이다. 그런데 열어볼 수가 없었던 것이다. 기다린 보람도 없이 하나씩 하나씩 열린 그 문들의 저쪽에서 나타난 모든 사람은, 염병할 것, 영감의 나이만큼 살려면 똥을 앞으로 이천 번도 넘게 싸야 할 놈들뿐이었다.

"극장에 삼층이 있던가요?"

나는 옥수수튀김을 봉지에 넣고 팔러 다니는 파란 유니폼의 여자애에게 물었다.

"네."

"계단이 보이지 않는데."

"아, 그건 사무실예요. 밖에 계단이 있어요."

"고맙습니다."

영감의 행방은 이젠 분명해졌다. 영화를 보고 싶은 생각이 갑자기 없어져서 내가 한눈을 팔고 있는 사이에 밖으로 나가버린 것이었다. 영감이 없어진 것을 발견한 뒤로 시간이 꽤 지나 있었으므로 아무리 굼벵이 걸음으로 걷는 영감이지만 꽤 멀리 갔으리라. 현기증이라도 일으켰던 것일까? 제기랄, 정말 그랬다면 가다가 자전거에라도 부딪칠 건 뻔하다. 정말 그랬다면, 제기랄, 택시라도 불러타고 곧장 집으로 돌아갔으면 좋으련만.

나는 빠른 걸음으로 극장 밖으로 나갔다. 얼어서 미끄러운 길바닥을 보는 순간 영감에게 오늘 무슨 사고가 날 거라는 예감이 더욱 커졌다. 내게 할아버지가 계시더라도 이렇게 모시지는 않을 텐데. 오백원어치란 도대체 얼마나 걱정을 해야 다 하는 것인가? 나는 극장 앞 한길가에 우두커니 서서 나의 왼쪽과 오른쪽으로 뻗은 길을 번갈아 돌아보았다. 왼쪽, 그것은 방향이었다. 오른쪽, 그것도 방향이었다. 그러나 왼쪽과 동시에 오른쪽, 그것은 아무것도 아니었다. 문이었다. 지랄이었다. 똥이었다. 개새끼였다. 염병할이었다. 뒈져라였다. 이빨을 뜩뜩 갈…… 누가 내 허리를 쿡쿡 찔렀다. 나는 돌아보았다. 식당 사환 차림을 한 소

년이,

"저기서 좀 오시라는데요."

하고 나에게 말했다.

"나를?"

"예, 바로 저기예요."

"누가?"

"어떤 할아버지요."

"할아버지?"

아니 그럼 영감이란 말인가? 나는 소년을 따라 극장 바로 곁에 있는 음식점 안으로 들어갔다. 나를 골탕먹인 바로 그 영감이 난롯가 가까운 탁자 앞에 자리를 잡고 문을 들어선 나를 향하여 히죽이 웃으며 고개를 끄덕끄덕하고 있었다. 음식점 안에서 심부름하는 계집애가 물이 든 컵을 창가에 있는 탁자에서 지금 영감이 앉아 있는 탁자 위로 옮기는 것을 보았을 때, 나는 내 얼굴이 화끈거림을 느꼈다. 구렁이가 들어앉아 있었군. 나는 태도를 결정했다.

"아이구, 혼났습니다. 그렇게 골탕을 먹이십니까 그래."

나는 마치 그 영감님과 잘 알고 있는 사이처럼 능청스럽게 호들갑을 떨며 영감과 마주 보는 의자 위에 앉았다. 하기야 이 주일 동안 나는 온 신경을 동원해서 영감님을 따라다녔으니까. 그가 나를 모른다고 해서 나도 그를 모른다고 할 수 있을까? 더구나 지금 와서 보면 영감님도 나를 알고 있었다.

"그렇게 서툴러가지고……"

영감님이 히죽이 웃는 채 나직이 말했다. 정기자의 말이 맞았다. 영감님의 한국말은, 해방 후에 생겨난 명물 중의 하나인 띄엄거리고 혀 꼬부라지고 토씨를 생략하는 말이었다.

안개 속에서 길을 잃어버리고 정신없이 여기저기 헤매다니는 꿈을 꾸다가 나는 잠이 깨었다. 머리맡에 놓은 탁상시계의 야광판은 새벽 네시가 조금 지났음을 알려주고 있었다. 눈이 쓰렸다. 그제야 나는 담배연기가 방 안을 꽉 채우고 있음을 알았다. 엊저녁엔 잠자리에 들기 전에 방문을 조금 열어서 담배연기를 밖으로 내보내는 습관을 까먹었던 것이다. 나는 어둠과 추위가 둘러싸고 있는 나의 작고 조금은 훈훈한 방을 누운 채 눈동자만 돌려서 둘러보았다. 어둠 속에서 내 눈에 보이는 것은 없었으나, 영원과 친구인 바람과 추위와 어둠이 활개를 치는 대기 속에서 작으나 앙칼지게 버티며 위치하고 있는 따뜻한 직육면체를 느낄수는 있었다. 방들의 수효만큼 세상에 존재하는 기적의 수효. 하나의 방이 꾸며지게 되기까지는 사실 예측할 수 없는 운명의 도움이 필요하다. 운명에 흠이 생겨서 태어나지 못한 방들이 얼마나 많을 것인가! 여기 있는 방, 그것은 기적이다. 그런데 많은 사람들이 그 기적의 주인이긴 하지만, 한편 또 얼마나 많은 사람들이 그 기적을 빌려쓰고 있는 것일까! 바람과 추위와 어둠 속에서 서성거리며 손톱을 깨물고 있는 사람들. 참, 기적의 대량생산이 있었지.

나는 담배연기를 나가게 하기 위해서 누운 자세로 발가락만 놀려서 미닫이 방문을 열어보려고 했다. 그러나 삐걱거리는 요란한 소리만 냈지 문은 열리지 않았다. 결국 일어나서 손으로 문을 열어야 했다. 차가운 공기가 내 얼굴에 확 끼얹어졌다. 나는 얼른 이불을 둘러쓰며 몸을 눕혔다. 나는 문이 없는 방을 상상했다. 그것은 무덤밖에 없었다.

나는 마루를 사이에 두고 그 저쪽에 있는 숙이와 그 여자의 어머니와 동생들이 거처하고 있는 방의 문이 열리는 소리를 들었다. 이미 그 소리는 내 귀에 익은 많은 소리들 중의 하나였다. 물론 내가 다른 곳으로 옮긴 후엔 잊어버릴 소리였지만 이 집에서 살고 있는 한 그것은 내 감각생활을 빠듯이 채워주고 있는 많은 것들 중의 하나였다. 내가 의식하든 안 하든 마찬가지로써 그 소리는 내 귀에 들려올 것이었다. 어둠 속에서 눈을 뜨고 있는 사람의 귀에 들려오는 먼 곳에서 문 열리는 소리, 그것은 그것을 듣고 있는 사람의 가슴을 어떤 내용으로써든지 흔드는 것이다. 그렇다고는 하지만 숙의 방문이 열리는 소리를 듣자마자 내 가슴이 섬찟해졌던 것은 그 방문 열리는 소리가 무척 조심스러운 것이었기 때문이었다. 조심스럽게 방문을 여닫는 소리가 났지만, 으레 그뒤에 들려야 할, 마루를 밟고 걷는 발짝 소리가 나지 않았기 때문이었다. 숙이구나, 하는 생각이 들었다. 동시에 내 방으로 오는 것이구나, 하는 생각도 들었다. 잠시 후 과연 내 방의 담배

연기 때문에 열려진 문이 조심스럽게 좀더 열려지며 숙이가 귀신처럼 방 안으로 들어와서 방문을 다시 조심스럽게 닫았다.

"저예요."

문을 등지고 선 채 숙이가 낮은 음성으로 말했다. 나는 부스럭거리는 소리가 나지 않도록 천천히 상반신을 일으켰다. 상상도 할 수 없던 이 깊은 밤의 뜻하지 않은 그 여자의 방문에 나는 놀랐다. 성욕이 숙이로 하여금 내 방으로 오게 한 것일까? 그렇게 생각하니 나는 숙이의 이 행위가 몹시 귀여웠고 동시에 인간에게 본능을 주신 신의 안녕을 빌고 싶을 지경이다. 나는 한 손을 내밀어 어둠 속에서 그 여자의 손을 더듬어 잡았다. 숙이는 무너지듯이 내 옆으로 이불 속을 파고들어왔다.

"어머니가 아시면 어떻게 하라구 절 오라구 하시는 거예요?"

숙이가 원망하는 조로 소곤거렸다. 무슨 얘기인지 알 수가 없었다.

'어머니가 아시면 어떻게 하라구……' 그건 바로 내가 하고 싶은 얘기였다.

"응?"

내가 멍청한 음성으로 물었다.

"절 이 방으로 건너오라고 방문을 여신 게 아니었어요?"

숙이가 말했다.

"아아, 그렇게 생각했었나?"

나는 우리 사이에 지어진 작고 귀여운 오해가 우스워져서 웃

202

음 섞인 음성으로 말했다.

"담배연기를 밖으로 내보려고 열었던 건데……"

"그러셨어요?"

숙이는 내 겨드랑이에 얼굴을 처박고 소리를 죽여 웃었다.

"그렇지만 숙이가 왔으면 하고 무의식중에 바라고 있었던 것인지도 모르지."

"아니, 제가 이 방으로 오고 싶어하고 있는 게 이심전심으로 통했던 게죠?"

"심령술 말이군. 하여튼 난 숙이가 잠들어 있는 줄로만 알았지. 그렇지만……"

"전 깨어 있었어요. 그래서 방문 여는 소리도 다 들었고 한숨을 크게 쉬는 소리도 들었어요."

"내가 한숨을 쉬었던가?"

"그럼요. 틀림없이 저더러 오라고 하고 계시는 걸로만 알았어요. 제가 올 때까지 방문을 열어두실 것 같았어요. 만일 제가 오지 않으면 찬바람 때문에 감기가 드실 것 같았어요. 그래서 어머니가 깨실는지도 모르지만 용기를 냈어요…… 그런데 제가 괜히 왔나부죠?"

"아니 잘 왔어."

나는 처음 우리가 관계를 가지게 된 것도 피차간의 어떤 작은 오해 때문은 아니었을까 하는 생각이 들었다. 그러나 그렇다고 하더라도 무슨 상관이 있을 것인가. 모든 것이 그럴지도 모르는 것이다. 어떤 사람은 다른 이유로 방문을 열고 그러면 다른 사람은 다른 이유로 그 열려진 방문을 통하여 안으로 들어온다. 그러나 항상 '아니 잘 왔어' 라고 얘기하게 되는 것이라면 어쨌든 무슨 상관이 있을 것인가.

"어머니가 깨실지 모르니까 그만 돌아가겠어요."

"아니, 조금만 더 있다가 가."

나는 황급히 숙이를 껴안으며 말했다. '아니 잘 왔어' 는 점점 사실이 되는 것이었다.

"무슨 생각을 하고 계셨어요?"

숙이가 물었다.

"자본주의와 공산주의에 대해서 생각하고 있었어."

"네?"

"아니 참, 방이란 것에 대해서 생각하고 있었어."

"방이라니요?"

"우리의, 숙이와 내가 있을 방에 대해서 생각하고 있었어."

"그래서 한숨을 그렇게 크게 쉬셨어요?"

나는 피식 웃었다. 내가 한숨을 쉬었었던지 어쩐지 나로서는 기억에 없었다. 하지만 숙이가 내 한숨 소리를 들었다고 우기는 한 그걸 인정할 수밖에 없었다. 더구나 숙이를 안고 싶어서 내뿜은 한숨으로 그 여자가 생각하고 있는 바에야…… 나는 숙이의 몸을 더듬었다. 숙이는 조금 몸을 움츠리는 것 같았다. 그러나 팔은 내 목을 아플 만큼 껴안았다.

숙이의 속은 뜨거웠다. 그 뜨거움 속에서 나는 이상하게도 불쾌감을 느끼고 있었다. 마치 발산되지 못한 욕망이 만드는 생리적인 불쾌감 같은 것이었다. 그러나 그것은 나의 배설이 늦어지는 것 때문이 아니었다. 이 어둡고 춥고 두꺼운 대기층의 밑바닥에서 촉각을 허망하게 내휘두르며 몸을 꿈틀거리고 있는 두 마리의 못생긴 벌레, 나와 숙이가 그 벌레들인 것 같은 생각만 자꾸 들기 때문이었다.

"허선생을 마지막으로 본 사람은 당신밖에 없습니다. 그 점을 잘 생각해주십시오."

흥신소장인 박선생은 형사 출신다운 매서운 눈초리로 나를 쳐다보며 말했다.

"경찰에 수색을 의뢰하기 전에 이분들께 잘 설명해드리셔야겠습니다."

나는 무엇을 '이분들께' '잘' 설명해줘야 할지 알 수 없었다.

"어저께 박선생님께 얘기한 그것밖에 더 할 얘기가 없을 것 같군요."

"무슨 얘기 말씀이시죠?"

'이분들' 중의 한 사람인 그 허영감의 동생 되는 사람이 박소장에게 물었다. 허사장이라는 그 오십대의 사나이는 요정의 마담들이 사장이라면 이렇게 이렇게 생긴 사람이라고 생각하는 용모와는 아주 반대의 용모를 가지고 있었다. 검다고밖에 말할 수 없는 살결은 기름기가 빠져서 주름살투성이였다. 손가락에 끼고 있는 금반지며 외국제 천으로 지은 양복이며 여자들이 면도해주고 안마를 해주는 이발소를 방금 다녀온 듯한 머리를 그 사람의 몸뚱이에서 모두 벗겨버린 후에 용모만 가지고 그 사람을 얘기하라면 집안에 우환을 많이 지닌 화물트럭 운전사 같았다.

"아까 제가 말씀드린 얘기일 것입니다."

박소장은 얼른 허사장을 향하여 말하고 나서 이번엔 나를 향하여 말했다.

"김선생이 자신의 입으로 똑똑히 좀 말씀드려줘야 되겠습니다."

"어저께 그 영감님을 마지막으로 보았던 때의 얘기를 말입니까?"

내가 말했다.

"예, 그리고 주고받은 얘기랑……"

박소장이 말했다.

내가 그 전날 하루에 그 영감님과 만나서 헤어지게 되기까지의 경과를 얘기하는 일은 아주 간단한 것이었다. 그러나 나는 그 얘기를 하기 싫을 만큼 굴욕감 같은 느낌을 받고 있었다. 그 이유는, 우선 흥신소장인 박이란 작자의 말투가 마치 내가 그 영감님을 정릉 뒷산쯤에 생매장이라도 한 것처럼 나를 몰아세우고 있었기 때문이었다. 어제 저녁에 영감이 집에 들어오지 않았다. 그런 일이 왜 절대로 있을 수 없다는 것인가. 그런데 그 영감의 유일한 보호자라는 허사장이란 이 화물트럭 운전사 같은 양반은 아예 그 영감이 어디서 아무도 모르게 맞아 죽기라도 한 듯이 걱정을 하고 있고 거기에 덩달아 박소장도 속으론 어떻게 생각하든 허사장의 염려가 아주 타당하다는 듯이 그 영감을 집에까지 호위하지 않은 나에게 그 영감이 전날 저녁 집에 들어오지 않은 책임을 둘러씌우고 있는 것이었다.

나는 그러나 그 불쾌한 좌석을 빨리 떠나기 위해서는 내가 할 수 있는 얘기를 빨리 해버려야 함을 알고 있었다. 나는 고개를 숙이고 잠깐 눈을 감았다. 바로 어저께의 일이지만, 오늘 이런 일이 생기리라고 미리 알아서 열심히 외워두었던 것은 아니기 때문에, 마치 간밤에 요란스럽게 불어제치던 북풍에 날려가버리기라도 한 듯이 그 영감님과 주고받은 얘기들의 세세한 점은 생각나지 않았다.

"그러니까, 바로 이 다방에서 나가서 영화관엘 들렀다가 곰탕집에서 영감님을 만났고 거기서 나와서 서로 헤어진 얘기만 하면 제가 알고 있는 것은 다 얘기하는 셈이군요."

나는 눈을 뜨고 고개를 들고 나서 한마디 한마디에 힘을 주며 말했다.

"자세히……"

박소장이 말했다.

"저쪽 좌석입니다."

나는 그 전날 영감님이 앉아 있던 좌석을 손가락으로 가리키며 말했다.

"저 자리에서 영감님이 일어났습니다. 시간을 보진 않았습니다만 네시 좀 지나서였습니다. 솔직히 말씀드리면 추운 밖으로 나가기가 싫어서 저는 영감님이 조금이라도 더, 아니 쭈욱 이 다방에만 앉아 있다가 곧장 집으로 돌아갔으면 하고 바라고 있었습니다. 그러나 제 임무가 영감님을 따라다녀야 하는 일이니 어떡합니까? 여느때와 다름없이 스무 발짝 뒤떨어져서 영감님을 미행했습니다. 작정하고 갈 곳이 있는 걸음걸이로 영감님은 한눈도 팔지 않고 걸어갔습니다. 중앙극장까지 갔습니다. 표를 사고 안으로 들어가셨습니다. 저도 잠시 후에 표를 사가지고 안으로 들어갔습니다. 아래층 휴게실에 앉아 계시기에 저도 영감님이 잘 보이는 곳에 자리를 잡고 앉아서 벽에 붙어 있는 영화 포스터들을 보고 있었습니다. 그러다가 보니까 영감님이 안 계시더군요. 저는 온 극장 안을 뒤져보았습니다만 안 계셨습니다. 무슨 급한 일이 생겨서 도루 나갔나 싶어서 저도 밖으로 나왔습니다. 길을 살펴봤지만 보이지 않았습니다. 제가 어쩔 줄 모르고 있는데 식당 뿌이가 와서 저를 음식점 안으로 데리고 갔습니다. 영감님이 저를 부르셨을 때는 벌써 제가 영감님의 미행자라는 사실을 영감님이 알고 계신 게 틀림없다고 생각하여 저는 일부러 영감님을 처음 보는 체할 수가 없었습니다. 영감님도 절 별로 탓하려고 하시지 않고 곰탕을 사주시며 얘기나 좀 하자구 해서 이것저것 얘기를 하다가……"

"무슨 얘기인지 그걸 자세히 좀 하시오."

박소장이 말했다.

나는 무슨 얘기를 했었는지 기억을 되살리려고 담뱃갑에서 담배를 꺼내며 고개를 숙였다.

"여기 있습니다."

박소장이 성냥불을 켜서 내 코앞으로 디밀었다. 나는 담배에 불을 붙이고 나서 다시 고개를 숙였다. 무슨 얘기를 했던가? 처음엔……

"처음엔 이런 얘기를 했죠. 누구 부탁으로 자기를 미행하는가고 영감님이 물으시더군요. 저는 흥신소원이라고 대답했죠. 그러나 너무 의심하실 건 없으신 게 전 다만 영감님의 호위병 같은 역할을 하라는 부탁만 받았으니까요, 라고 말했죠. 아마 댁에서 흥신소로 부탁한 게 아닌가 생각하고 있노라고 말했더니, 흥신소란 뭐 하는 데냐고 묻더군요. 그래서 여사여사한 일을 하는 데라고 말했더니, 왜 하필 흥신소에다가 자기 신변보호의 일을 부탁했는지 모르겠다고 혼잣말처럼 말씀하시더군요. 제가 미행하는 줄은 언제부터 아셨느냐고 물었더니 며칠 전부터라고 대답하시면서 처음에 제가 경찰 계통에 있는 사람인 줄 알고, 왜 나를 미행할까 도무지 죄 될 만한 일이라곤 한 적이 없는데 하고 염려하다가 이 다방에서 레지에게 제가 무엇 하는 사람인 줄 혹시 아느냐고 물었더니, 신문기자라고 대답하기에 이번엔, 왜 나를 미행할까 도무지 신문에 날 만한 인물도 아닌데, 라고 생각하셨다는 겁니다. 너야 미행하든 말든 난 아랑곳하지 않겠다고 작정하시고 며칠을 그대로 지냈는데 그래도 자꾸 신경이 쓰여서 어저께는 일부러 극장으로 저를 끌고 간 뒤에 살짝 저를 따버리려고 했다는 것입니다. 계획대로 저를 따버리긴 했지만 그러고 나니까 정말 당신이 무슨 죄인이기 때문에 그러기라도 해서 미행을 꺼려하는 듯이 저에게 보일까봐, 곡절이나 좀 알자고 저를 음식점으로 일부러 불렀다는 것이었습니다. 거기서 이런 얘기 저런 얘기를 하다가……"

"그, 바로 그 이런 얘기 저런 얘기를 자세히 해주시오."

박소장이 말했다.

"주고받은 얘기는 나중에 따로 하시고, 그래서요?"

허사장이 말했다.

"영감님이 그러시더군요. 정말 다른 목적이 있어서 미행하는 건 아니냐고. 정말 그렇다고 대답했더니 무언지 곰곰이 생각하시는 표정을 하시더군요. 그리고 헤어질 때, 그러니까 곰탕집에서 한 시간쯤 있었을 겁니다. 그만 나가자고 하여 밖으로 나왔습니다. 헤어질 때 내일부터는 밖에 나오지 않을 테니까 미행할 필요가 없게 됐다고 말씀하시더군요. 돈벌이를 하지 못하게 돼서 섭섭하게 됐는진 모르지만 젊었을 때에 너무 돈만 생각하고 살진 말라고 점잖게 한마디 충고를 하셨습니다. 그리고 오늘은 여기서 헤어지자고 말씀하시기에 그렇지만 제 임무가 영감님께서 댁으로 들어가시는 것을 봐야만 끝나는 것이기 때문에 함께 가시자고 했더니 택시를 타고 곧장 집으로 갈 테니 오늘은 여기서 나를 그냥 집으로 가게 해줄 수 없겠느냐고 하시더군요. 그렇게 말씀하시는 표정이 정말 혼자 계시고 싶어하시는 것 같아서 저는 택시를 잡아서 태워드렸습니다. 택시가 출발하는 걸 보고 나서 저는 곧장 신문사로 들어갔다가 사에서 퇴근하고 흥신소에 들러서 어저께 하루 일을 보고했던 것입니다."

"어디로 가셨을까요?"

'이분들' 중의 한 사람인 허사장 부인이 처음으로 입을 열었다.

"친구 되시는 분의 댁에라도 놀러 가신 건 아닐까요?"

내가 말했다.

"밤새워 함께 노실 만한 친구가 없습니다. 그리고 설령 밖에서 주무실 일이 생기면 반드시 전화를 주시곤 하셨습니다. 지난 봄에 귀국하셨을 때엔 몇 번 밖에서 사업관계로 주무신 적이 있었지요만 근래엔 밖에서 주무시는 일은 없습니다."

허사장이 말했다.

"정말 전화라도 반드시 하실 분이시거든요."

허사장의 부인이 말했다.

"스물네 시간이 지나도록 전화 안 하시는 건…… 아무래도……"

허사장이 말했다.

"정말 면목없게 됐습니다."

박소장이 죄송해 죽겠다는 표정으로 말했다.

"아무래도 말 못 할 사정이 있으니까 우리에게 부탁을 하셨을 텐데…… 김선생도(그러면서 박소장은 턱짓으로 나를 가리켰다) 다만 그분의 신변보호라고 단순히 생각했으니까 어저께 그런 실수를 했겠지만 사실은 저도 다른 일과 달라서 아주 쉬운 일이라고, 말하자면 정확하게 말씀드려서 여기 있는 김선생님에게만 맡겨놓아도 잘 해낼 일이라고 생각했던 게 잘못인 것 같습니다. 그렇지만 허사장님께도 책임은 조금 있습니다. 그분이 행방불명이 될 염려가 있어서 우리에게 보호를 부탁한다고 하셨더라면 우리로서는 좀더 신경을 쓸 수 있었을 것입니다. 그런데 그냥 늙은이니까 무슨 교통사고라도 당할지 몰라서 부탁하는 것이라고 했으니까…… 하여튼 좀 복잡한 관계가 있다는 걸 암시해주셨으면 이런 일이 생기지 않았을 텐데……"

"하, 이 양반이 해괴한 말씀을 하시는군."

허사장은 박소장의 음흉한 말뜻을 눈치챈 것 같았다.

"사람 찾아낼 생각은 안 하고 이제 와서 책임 회피만 하실 생각이신가요?"

"무슨 말씀을 그렇게 하십니까? 책임감을 느끼니까 그런 얘길 하는 게 아닙니까? 하여튼 그분을 찾아야 한다는 게 우리가 당면한 문제니까 우리로서도 대강 어디어디에 갔으리라는 추측을 할 수 있을 만한 근거를 알아둬야 하지 않겠습니까?"

박소장이 은근한 목소리로 말했다. 나는 박소장이란 사람을 알지는 못했지만 4·19 이후에 사찰계에서 물러난, 일경(日警) 때부터 눈치 보기와 냄새 맡기로는 원숭이나 개를 손자로 둘 만큼 영리한 형사였다는 사실 하나만으로써도 그의 솜씨를 짐작할 수가 있는 터였으므로 그가 이 허사장이란 어리숙해 보이는 양반에게서 아마 가족적인 걸로만 그칠 것 같지 않은 문제가 있음을 눈치채고 있지 않나. 그래서 사건을 만일 그것이 있다면 표출해내고 그것이 복잡하거나 이권에 관계되는 것이라면 박소장 자신에게 어떠한 사건이 맡겨질는지도 모를 일이라고 박소장이 생각하고 있음을 알 수 있었다. 형사 기질이란 남의 사생활도 그것을 담 밖으로 끌어내고 싶어하는 것이니까 말이었다.

"혹시 지금이라도 댁으로 연락이 왔을지도 모를 일 아니겠어요?"

내가 말했다. 이 음흉한 박소장에게서 그들을 보호해주고 싶은 심정이 들 만큼 허사장 패는 멍청했다. 내 짐작이 틀림없다면 하루 세 끼를 붙들고 씨름을 하고 있던 차에 토정비결이 좋아서였던지, 그 동안 생사도 알 수 없던 형이 미국에서 많은 돈을 모아가지고 돌아왔고 덕분에 하루아침에 사장 가족이 된 사람들이었다. 따라서 가난했던 시절의 겸손이며 자비가 이젠 모든 사람들에게 다 향해지는 것이 아니라 그것을 바쳐도 좋을 사람과 그래서는 안 될 사람으로 나누어져 배급되는 것이었다. 박소장이나 나 같은 사람은 허사장의 입장에서 보면 고용을 해둔 사람들이었다. 허사장은 머뭇거렸다.

그리고 네 말 때문이 아니라 내가 방금 그럴 생각이 났기 때문에 하는 것이라는 투로 자기 아내에게 말했다.

"집에 전화 좀 해보구려. 혹시 들어오셨는지⋯⋯"

"지금 전화하실 분이 여태까지 안 하셨을라구요."

이 역시 얼굴에 고생티가 도장 찍힌 부인이 자리에서 일어나며 말했다.

부인이 전화가 있는 카운터 쪽으로 가고 난 후에 허사장은 무언가 불안을 감추지 못한 음성으로 나에게 말했다.

"어저께⋯⋯ 그러니까⋯⋯ 제 형님과 주고받으신 얘기⋯⋯ 형님께서 무슨 얘기를 하시던가요?"

"좀 자세히 해보시죠."

박소장이 눈을 빛내며 내게로 몸을 기울여왔다.

"그분께서 엊저녁에 댁에 들어가시지 않은 이유가 될 만한 이야기는 한 걸로 기억되지 않습니다. 별로 도움이 되시지 않을 겁니다."

"그렇지만⋯⋯"

허사장이 말했다.

"그렇지만 이 자리는 그분이 댁에 들어오시지 않는 것에 제가 아무 관계도 없다는 것을 밝혀야 하는 자리니까 기억나는 대로 자세히 말씀드리지요."

"무슨 얘기를 했었던가?"

"⋯⋯당신을 수행하면, 그분은 저의 임무가 그분에게서 무엇을 캐내는 게 아니라 그분을 보호해야 한다는 것을 제가 얘기한 후부터는 미행이란 말을 쓰지 않았습니다. 보수는 얼마씩 받느냐고 물으시더군요. 일당 오백원씩 받는다고 했습니다."

"하 내 참, 들키기는 왜 들키느냐 말예요? 처음부터 어쩐지 마음이 놓이지 않더라니…… 박선생의 말만 믿고 그랬더니……"

허사장은 난폭하게 담뱃갑을 탁자 위로부터 집어들어 담배를 한 대 꺼내물며 말했다.

"왜 저런 서투른 사람을 쓰시느냔 말예요. 기분이 나쁘셨군. 틀림없이 기분이 나쁘셨어."

"기분이 나쁘셨다니 누가 말씀이시죠?"

내가 물었다.

"누군 누굽니까? 형님 말씀이지. 에이 참, 형님도 형님이시지. 의심은 왜 그렇게 많은지, 차암."

"의심이라니요?"

박소장이 물었다.

"아직 안 들어오셨대요."

허사장 부인이 수심 찬 음성으로 말하며 자리에 앉았다.

"아무 연락도 없고?"

"네, 무슨 변고가 났어요. 틀림없이 무슨 변고가 났어요."

허사장 부인은 가능한 대로 나를 보지 않으려고 애쓰며 부정하듯이 말했다. 나는 화가 울컥 끓어올랐다.

"죄송하지만 전 바쁜 사람입니다. 이제까지 저한테 물으신 것에 대해서만 대답하고 전 가겠으니 필요하신 일이 있으면 다음에 언제든지 저를 찾아오십시오. 앞으론 결코 저를 불러내시지는 마십시오. 하루에 오백원을 받는다고 했더니 웃으시면서 그것을 받아가지고 생활이 되느냐고 물으시더군요. 직업은 따로 있고 이건 부업이라고 했더니 참 부지런하군, 하셨습니다. 그리고…… 아, 이런 얘기도 하셨습니다. 제가 아마 외국에서 돈을 많이 벌어오신 모양인데 지금 무슨 사업을 하고 계십니까, 하고 물었더니 그렇게 대답하셨을 겁니다. 모두 잃어버렸다고 그러시더군요. 웃으시면서 그러시기에 농담인 줄은 알았지만 그래서 저도 농담조로 우리나라엔 소매치기가 너무 많지요 했더니, 아니 다른 사람이 훔쳐간 게 아니라 바로 당신 자신이 훔쳐가버린 거라고 그러시더군요. 저 같은 돌대가리는 무슨 말씀인지 알 수가 없다고 했더니, 당신께서 설명해도 아마 저는 잘 모를 거라고 말씀하십디다. 아드님이 계시냐고 했더니 이제 우리나라 노인들은 아무도 자기 아들을 가진 것 같지 않다고 대답하셨습니다."

"형님은 한 번도 결혼한 적이 없습니다. 미국에 계실 때 중국 여자와 얼마 동안 동거생활을 하신 적은 있습니다만……"

허사장이 말했다

"네에, 그렇군요. 그러나 그런 뜻으로 하신 말씀은 아닌 것 같았습니다. 하여튼 제 얘기를 하겠습니다. 그분은 이런 얘기를 하시더군요. 당신은 당신의 재산을 관리하는 사람에게, 지금 보니 아마 허사장님을 말씀하셨던 모양이군요. 그런 부탁을 했다더군요. 학문을 연구하는 사람들에게 재정적인 도움을 주도록 하라구요. 특히 과학 분야의 젊은 학자들을 도우라고 했다더군요."

"그렇습니다. 구체적인 실시를 위해서 조사 연구중에 있습니다."

허사장이 말했다.

"그런데 그분은 이렇게 말하시더군요. 평생 놀기만 하고 지내겠다고 작정한 젊은 사람이 있으면 그 사람에게도 생활비를 도와주라고 일러야겠다구요. 그럴 사람이 있을까요? 라고 제가 물었더니, 당신 생각에는 재물의 궁극적 목적은 그래야만 할 것 같다고 말씀하십디다. 그래서 논다는 것은 어떻게 하는 것을 말씀하시느냐고 제가 물었더니, 그런 것은 이젠 없어져버렸고 생길 가망도 없으니 그 얘기 그만두자고 하시더군요. 아마 욕망에 대한 얘기가 아닌가고 저는 생각했습니다만……"

"좀 알아듣기 쉽게 얘기해주시오. 무슨 얘기를 했는지 좀 자세히……"

박소장이 말했다. 허사장도 그리고 그의 부인도 얼떨떨한 표정이었다. 그제야 나는 이상하게도 영감의 실종이 실감되었다. 이 사람들이 찾고 있는 것은 거무스레하고 쭈글쭈글하고 커다란 얼굴을 가졌고 등이 좀 꾸부러졌고 뚱뚱하고 좋은 천의 겨울양복을 입고 있고 중절모를 썼고 단장을 짚고 있는 노인 한 사람이라는 사실이 실감되었다. 그렇다면 나는 아무것도 모른다.

"대강 그런 얘기를 하다가 그 음식점을 나왔죠. 그리고 아까 얘기한 것처럼 택시를 타고 그분은 을지로 쪽으로 가셨고 저는 걸어서 신문사로 돌아왔습니다. 제 얘기는 끝났습니다. 어제로

홍신소와는 관계가 끊어졌으니 저는 더이상 여기 있고 싶지가 않습니다. 물으실 말씀이 있으시면 신문사로 찾아와주십시오. 그분이 돌아오시지 않은 것과 저와는 아무런 상관도 없다는 건 제발 좀 알아주셨으면 합니다."

나는 자리에서 일어섰다. 허사장이 재빠르게 일어서며 나의 팔을 잡았다.

"선생을 의심해서 부른 게 아닙니다. 형님을 마지막으로 보신 분이 아무래도 선생밖에 없으니까, 하도 답답해서 부른 게 아닙니까?"

"그분을 마지막으로 본 사람이 어째서 저라고 생각합니까? 저와 헤어진 뒤에 또 어떤 사람을 만났을지도 모르지 않습니까? 그 사람을 찾아보십시오."

"이건 아무래도 유괴란 말야. 어떤 놈이 재산을 노린 유괴사건 이란 말야, 흠."

박소장이 천천히 팔짱을 끼며 고개를 숙인 명상하는 자세로 중얼거렸다.

"그럴지도 모르죠. 이제 며칠 안으로 범인에게서 협박장이 오 겠죠. 그때까지는 아무 일 없을 테니까 다리 쭉 뻗고 자면서 기 다리면 될 게 아닙니까?"

나는 말하고 빨리 걸어서 다방 밖으로 나왔다. 찬 공기가 내 얼굴을 때렸다. 나는 내 눈이 닿는 어느 거리에서도 노인은 한 사람도 볼 수가 없었다. 그리고 나의 세계 속에서는 여태까지 한 사람의 노인도 살고 있지 않고 있었음을 문득 깨달았다. 시골집에 계시는 내 할머니를 생각했다. 할머니는 콩을 까고 계셨지. 할머니는 마당에 흩어진 벼알 하나를 바가지에 주워담고 계셨지. 할머니는 웃으시면서 눈에서 눈물이 질금질금 흐르지. 할머니는 할아버지와 증조할아버지와 증조할머니에 대한 얘기를 해주셨지. 그리고…… 그리고는 생각나는 것이 별로 없다. 문득 나는 그 괴상한 영감이 말한 '우리나라 노인들에겐 아들이 없다'는 얘기가 거꾸로도 얘기될 수 있지 않을까 하는 생각이 들었다. 그러나 그런 불행한 말도 노인과 자식 사이에 어떤 관계가 있어야 하느냐가 분명해야만 '우리나라 노인들에겐 자식이 있다'는 얘기가 있을 수 있을 것이다. 노인은 어떤 자식을 원했을까? 아니 노인은 자기가 어떤 노인이기를 원했을까, 라는 질문이 생길 수도 있다.

신문사의 내 책상 앞에 앉자마자 박소장에게서 전화가 걸려왔다.

"김선생의 심경은 잘 알겠습니다. 하지만 사건이 사건이니만치……"

"아니 도대체 뭐가 사건이란 말입니까?"

"하아, 그 양반이 돌아올 때까지는 사건이라고 해둡시다그려. 그분이 찾아갈 만한 데도 도무지 없다는 게 아니오."

"그 영감님이 그 허사장한테 자기 친구들을 일일이 다 가르쳐주었다고 볼 수도 없지 않습니까?"

"하여튼 이 양반들로서는 영감이 갈 데가 없는 거요. 내 말 알 아들으시겠소? 그 영감을 찾아내는 일을 우리가 맡기로 했소."

"우리라니요?"

"김선생과 나 말이지 누군 누구겠소. 보수는 톡톡합니다."

"다른 사람을 데리고 하시죠. 서투른 탐정놀이는 이젠 질색입 니다."

"그러지 맙시다. 우리 중에서는 아무래도 김선생이 제일 짐작 이 가실 거니까요."

"생사람 잡지 마십시오."

"하아, 또 오해를⋯⋯"

"서울 시내 택시 운전사들을 모두 서울운동장에 모아놓고 어 느 날 몇시에 중앙극장 앞에서 영감을 태운 사람 손들엇 하는 편 이 제일 확실한 방법입니다. 제가 낼 수 있는 꾀는 그것밖에 없 습니다. 다시는 저를 고용할 생각은 마십시오."

"정말입니까?"

"정말입니다."

"좋습니다. 이쪽에도 생각이 있으니까⋯⋯"

나는 수화기를 놓았다. 망할 자식, 생각은 무슨 생각. 영감과 헤어진 이후의 나에 대해서는 신문사의 동료들과 내 하숙집 주 인 아주머니의 딸이며 동시에 내 애인인 숙이가 잘 알고 있을 터 였다. 나는 이해할 수 없는 이 사건에서 자리를 피하고 싶었다. 영감은 돌아올 것이다. 설령 박소장의 추측이 맞아서 유괴사건이라고 하더라도 허사장이 꼭 그 영감을 찾고 싶어하는 한 돌아올 것이다.

다음날 오후 세시쯤, 허사장이 신문사의 현관에서 나를 불러내었다.

"어저께는 실례가 많았습니다."

허사장은 그 화물트럭 운전사 같은 얼굴을 기묘하게 구기며 말했다.

"돌아오셨습니까?"

내가 물었다.

"아니오. 김선생……"

"말씀 낮추십시오. 선생은 무슨 제가 선생……"

"아니오. 김선생, 좀 도와주셔야겠습니다."

"정말 전 어제 얘기한 것 이상은 알지 못합니다."

"압니다. 김선생을 의심하는 게 아닙니다. 그렇지만 김선생은 제 형님이 행방불명이 됐다는 사실에 조금도 관심이 없습니까?"

"경찰에 심인계를 내십시오. 박소장 같은 엉터리는 믿지 마시고 경찰에 의뢰하십시오. 경찰에 가시기 뭐하면 제가 같이 가드려도 좋습니다. 제가 마지막 보았던 때의 얘기가 참고될지도 모르니까요."

허사장은 고개를 숙이고 잠시 동안 생각에 잠긴 표정이었다. 나는 그가 내 충고를 따라주었으면 하고 바랐다.

"그 수밖에 없겠군요."

허사장이 말했다.

나는 마음이 가벼워졌음을 느꼈다. 그리고 그제야 이상하게도 이 허사장을 도와주고 싶다는 기분이 생겼다.

"타실까요?"

허사장이 신문사 밖에 세워둔 자기 차의 문을 열며 말했다.

"어떻습니까? 경찰서가 별로 멀지 않으니까 걸어가시는 게요. 허선생님과는 다른 방법으로 저도 그분을 찾아보려고 합니다. 그래서 몇 가지 물어보고 싶은 게 있는데요……"

"그럽시다."

허사장은 차를 경찰서 앞에서 기다리라고 이르며 먼저 보냈다. 우리는 호주머니에 손을 찔러넣고 천천히 걸었다.

"왜 그분에게 흥신소원을 뒤쫓아다니게 했습니까?"

내가 물었다.

"형님의 몸을 보호하기 위해서였습니다. 단순히……"

"박소장에게서 제가 받은 임무는 그분이 누구누구와 만나는지도 알아오라는 것이었는데요."

"내가 그런 부탁을 한 일은 없습니다. 박소장은 머리가 좀 돈 사람 아닙니까? 아마 형님과 나 사이에 무슨 곡절 있는 관계가 있는 걸로 알고 있는 것 같은데 정말이지 아무 다른 이유는 없거든요."

"그분도 그런 말씀을 하셨지만, 그런 이유 때문에 그랬다면 왜 하필 흥신소에 그런 일을 부탁했습니까? 아무라도 시켰으면……"

"돈거래로만 하는 일이 가장 믿을 수 있다는 걸 아직 모르시는 모양이군요. 이왕에 돈이 들 바엔 신용 있게 해줄 곳을 찾아야만 합니다."

"튼튼한 소년을 하나 사서 그분과 같이 다니도록 했었던 게 좋지 않았을까요?"

"형님은 혼자 다니고 싶어하셨습니다. 아주 독립정신이 강한 분이시니까요. 난 형님이 거북스러워하지는 않도록……"

"알겠습니다. 그분께선 오랫동안 외국에 계셨습니까?"

"난 아직 세상에 나오기도 전에 평양에 와 있던 목사님을 따라서 미국으로 들어가셨습니다. 나하고는 이십 년이나 나이 차이가 있습니다. 그리고는 작년에 나오셨으니까…… 물론 서신 왕래가 옛날엔 몇 번 있었지만……"

"미국에선 뭘 하셨답니까?"

"고생 많이 하셨다더군요. 이것저것 고생을 많이 하셨다더군요. 허지만 어떻게 고생하셨다는 자세한 얘기는 아직 듣지 못했습니다. 사업이 바빠서……"

"별로 관심이 없었던 게 아닙니까?"

"고생이야 사실 나도 할 만큼은 했으니까 남의 고생한 얘기엔 사실 흥미가 없지만……"

"가령 박정하게 얘기해서 말입니다. 그분을 꼭 찾아야 할 현실적인 이유 같은 건 없습니까?"

"현실적인 이유라니요?"

"가령 사업체의 명의가 그분 앞으로 돼 있다든가……"

"아닙니다. 재산에 관한 것이라면 모두 내 명의로 돼 있죠. 그런데 왜 그런 이상한 질문을 하시오? 김선생은 자기 친형님이 행방불명이 돼도 가만히 있겠소?"

"물론 찾으러 다녀야죠. 그런데 그분은 왜 매일 밤에 나와서 아무 특별한 일도 없이 돌아다니셨죠? 의사의 권고 때문인가요?"

"의사가 뭐라고 한 적은 없습니다. 이유는 잘 모르지만, 사실 집에만 앉아 계시기가 따분하시겠죠. 어쩌면 미국에 계실 때의 버릇인 줄도 모르지요."

"집에 계실 때는 어떻게 하고 계십니까?"

"늘 방 안에 눕거나 앉아 계시죠. 우리집 꼬마들에게 얘기를 들려주기를 좋아하시지만 애들이 공부를 해야지 어디 큰아버지 옛날 얘기 들을 틈이 있습니까? 그리고 사실 형님의 얘기란 것도 그저 이런 고생을 했다는 정도였으니까요."

"만일 그분을 영영 찾지 못하면 어떻게 하시겠습니까?"

"누가…… 형님을…… 죽였을까요?"

"설마 돌아가시기야 했을라구요. 그런데 가령 그분 스스로 어디로 가버리셨다면?"

"가긴 어딜 간단 말예요? 형님의 숙소는 바로 우리집이라니까요."

우리는 경찰서 앞에 도착했다. 나는 우중충한 회색의 경찰서 건물을 올려다보았다. 아무리 보아도 그 속에서 영감을 찾아낼 수는 없을 것 같았다. 나는 고개를 돌려 내 눈 안에 들어오는 모든 거리와 집들을 보았다. 어느 곳에도 노인이 있을 것 같지 않았다. 노인이 없어진 것은 분명한데 왜 없어졌는지 허사장도 모르고 있지만 나도 알 수가 없었다. 어쩌면 영감 자신조차도 모르고 있을 것 같았다. 정말 이 허사장이나 박소장의 염려대로 어떤 어마어마한 유괴범이 어느 날엔가 거대한 요구를 가지고 우리 앞에 나타날지도 모르리라는 막연한 불안만 실감되기 시작했다.

참 멋있는 영감이네요. 숙이가 말했다. 돈을 잔뜩 벌어다가 자기 친척들에게 주고 어디론가 사라져버린 거 얼마나 멋있어요! 루팡 같죠? 루팡을 좋아해? 내가 물었다. 그럼요. 루팡이 되고 싶어? 네. 그럼 안심해. 우리도 루팡이 자연히 될 테니까. 그런데 루팡은 사라져서 어디로 가지? 그걸 알아서 뭘 해요? 뒤에 남은 사람들이 모두 루팡에게 고마워하고 있는걸요! 그런데 말야, 그 루팡이 바람처럼 사라진 것을 알게 되자 뒤에 남은 사람들이 모두 불안해하거든. 그렇지만 곧 고마워하게 돼요. 숙이가 말했다. 그럴까? 그렇지만 루팡 자신은 어쩔까? 노인이 되면 모두 루팡이 되는 것일까? 루팡도 못 된다면?

(1966)

재룡이

1

남쪽에서도 2월은 아직 한겨울이다. 제법 차가운 바람이 산골짜기를 타고 내려와 넓은 들을 휩쓸며 불어대고 있었다. 감나무의 까맣게 빈 가지들은 바람이 시키는 대로 몸을 간들거리고 있었고, 마을 들 앞을 지나 읍내로 뻗은 자갈 깔린 신작로는 입김 같은 흙먼지를 훌훌 날리고 있었다. 신작로 양쪽 가로, 공비들의 출몰을 방해하기 위하여 세워진 죽책(竹柵)의 긴 대나무들은 세찬 바람에 서로 부딪쳐서 흔들리며 찰캉찰캉 소리를 내고 있었다. 그리고 산, 산들도 언제라고 나무들이 빽빽하게 들어섰던 적은 없지만, 더욱 헐벗겨져서 누렇게 찌들어 옹송그리고들 있었다. 좀더 자세를 낮추고 좀더 바싹바싹 붙어 엎드려 있음으로써 추위를 조금이라도 덜어보려는 듯이.

들의 저 끝에서 타아앙, 하고 총소리가 한 방 울렸다. 그 소리는 넓은 들의 여기저기로 울려퍼졌다. 그러고 보면, 산들의 헐벗은 몸뚱이들을 납작납작 엎드리게 하고 있는 것은 찬바람이 아니라 총소리였던 모양이다. 그야 어떻든, 산이나 나무나 들이나 신작로나 그리고 산비탈의 여기저기에 옹기종기 모여 있는 초가지붕들이나, 그 모든 것들은 죽어버린 것 같았다. 적어도 숨을 죽이고 있음에는 틀림없어 보였다. 그들 중에서 생명을 가지고 있는 걸로 보이는 것은, 한 뼘쯤 자란 초록빛 보리들과 살얼음 밑을 흐르고 있는 개울물뿐이었다.

읍내에서 탑골마을 쪽으로 뻗은 신작로를 걸어오고 있던 사내는 방금 멀리 마을 쪽에서 들려온 총소리에 잠깐 걸음을 멈추고, 마치 총알의 향방을 찾기라도 하려는 듯이 주위를 둘러보았다. 가까운 산비탈에 있는 마을의 어느 양지바른 흙담 밑에서 놀고 있던 조무래기 몇 명이 총소리가 들려온 쪽으로 역시 얼굴을 향하고 있는 게 보였다. 그러나 그런 소리쯤은 이젠 귀에 못이 박였다는 듯이 아이들은 이내 고개를 돌려 자기들의 놀이를 계속하기 시작했다. 사내는 다른 쪽으로 고개를 돌렸다. 아마 보리밭의 북을 돋워주고 집으로 돌아가는 듯한 차림의 아낙네 셋과 영감 하나가 석양의 햇빛을 받아 불그스름 빛나고 있는 남천 냇물을 건너고 있는 중인 게 보였다. 지름길인 저 징검다리를 건너고 있는 걸로 보아서 탑골 사람들임에 틀림없는 듯한데, M1쯤으로서도 겨냥이 정확할는지 의심스러울 만큼 좀 먼 곳에 있는, 냇물을 건너고 있는 사람들의 얼굴을 신작로에 서 있는 사내로서는 알아볼 수 없었다. 다만 앞서가는 아낙네들의 뒤를, 괭이를 지팡이 삼아 부지런히 쫓아가고 있는 영감의 허리가 특징 있게 굽은 걸로 봐서 어쩌면 성필이 아버지일 거라는 짐작만 했다. 그러나 그 외에는 어디에고 사람이 보이지 않았다.

"아따, 영감탱이, 아직 씽씽하구만!"

사내는 탑골마을 사투리로 소리내어 중얼거리고 나서, 입술이 두껍고 커다란 입을 헤 열어 소리없이 웃으며 신작로와 들 사이의 칸막이 노릇을 하고 있는 죽책 곁으로 다가가 대나무들의 성긴 틈으로 얼굴을 들이밀었다. 찬바람이 그의 얼굴을 때렸지만 사내는 여전히 약간 바보 같은 미소를 띠고 저녁이 내리기 직전의 들과 이젠 냇물을 다 건너 들길로 올라서고 있는 네 사람과 들의 저 끝에 있는, 저녁 짓는 푸른 연기가 안개처럼 감싸고 있는 탑골마을과, 그리고 그 마을을 지키고 있는 낮은 산, 또 그 너머 저렇게 뚜렷이 보이는 지리산 연봉(連峰)들을 차례차례 눈여겨보며 서 있었다. 지리산 쪽에서는 흐릿한 연기가 하늘의 밑바닥을 느릿느릿 흐르고 있는 게 보였다. 여기서 그만큼이라도 보이는 정도라면 산불도 큰 산불이 난 모양이다.

사내는 문득 가늘게 떨었다. 갑자기 세찬 바람이 그의 옷깃을 펄럭이며 겨드랑이로 새어들어왔기 때문이기도 했지만, 그보다 풍경의 황량함이 그의 가슴을 서늘하게 식혀버리고 있었기 때문이었다.

228

"이 쌍간나, 왜 떨겅떨겅함메?"

대나무 틈에서 얼굴을 빼내자마자 사내는 자기 식의 함경도 사투리로 소리내어 투덜거리며 바람에 흔들려 기분 나쁜 소리를 내고 있는 죽책을 난폭하게 발길로 찼다. 그러자 이번엔 긴 새끼줄로 이어서 죽책에 매어져 있는, 자갈이 든 빈 깡통들이 사내의 머리 위에서 그를 놀리듯이 덜그럭거렸다.

"이 개새끼들아, 이따우가 인사야?"

사내는 또 한번 죽책에 발길질을 하며 이번엔 목청껏 군용 사투리로 고함을 질렀다. 그러고 나니까 뜻밖에 가슴이 후련해져서 나직이 소리내어 히히히 웃었다.

읍내로부터 이십릿길, 인적이 드문 신작로를 터덜터덜 걸어오는 동안 사내는 불과 사 년 만에 돌아오는 고향을 엄청나게 낯설게 만들고 있는 이 죽책이 몹시 미웠다. 바람에 흔들려 대나무들끼리 부딪쳐서 공허하게 울리는 찰캉찰캉 소리는 더욱 그의 기를 죽였던 것이다.

'빨갱이, 고 악바리 새끼들이 이런 걸 무서워할 줄 알고? 나참, 후방 새끼들은 할 수 없다니까.'

사내는 좀 가벼워진 기분으로 다시 걷기 시작했다. 그리고 걸음을 빨리 하려고 할 때엔 항상 그랬듯이, 한 손에 든 보따리를 흔들어 박자를 맞추며 '군도를 높이 들고 말을 달려라……'를 흥얼거리듯이 부르기 시작했다. 그는 가끔 팔딱 뛰어 옆발길질로 죽책을 차기도 하면서 걸었다.

군도를 높이 들고 말을 달려라
우리들은 결사의 용감한 부대
……
……
태극기 높이높이 들고
산천 찾아 가잔다

　사내는 전쟁터에서 돌아오는 길이었다. 새카맣게 그을은 얼굴
은 지난 며칠 동안의 여행중에 한 번도 세수를 하지 않았기 때문
에 기름과 때로 번들거렸고, 작지만 동글동글한 눈은 잔뜩 충혈
돼 있었다. 머리에 맞지 않게 작은 약모(略帽)와 몸에 맞지 않아
헐렁헐렁한 제대복은 양쪽이 한결같이 석탄재로 더럽혀져 있었
다. 사과 두 개와 캐러멜 한 갑과 세면도구가 들어 있는 보자기
역시 더럽혀질 대로 더럽혀져 있었고, 아마 못에라도 걸렸던 듯
여기저기 찢겨져 있었다. 원래 그 보자기 속에는 그럭저럭 많은
물건들이 들어 있었었다. 군용내복도 제법 깨끗한 걸로 한 벌 들
어 있었고, 미제 비누도 두 개나 포장이 뜯기지 않은 채 들어 있
었고, 사과도 한 꾸러미, 캐러멜도 두 갑, 그러나 무엇보다도 흠
하나 없는 새 워커가 한 켤레, 새 모포가 한 장 들어 있었었다.
내복은 유난히 추위를 타는 자기 어머니에게 드릴 작정을 하고
있었고, 비누는 시집와서 석 달 만에 서방을 잃어버리고 울고 있

230

을 자기 아내에게 줄 작정을 하고 있었었다. 두껍고 푸근푸근한 모포는 물론 자기와 아내가 깔 것이고, 워커 이거야말로 동네 촌놈들은 모두 부러워할 터였었다. 물론 나이 스물이 넘은 녀석들은 군에 가서 한 번씩 신어봤을 테지만, 자기처럼 병참의 친구를 사귀어 새걸로 살짝 해두었다가 고향에까지 가지고 온 놈들은 없을 터였었다. 그러나 설악산 밑에서 지리산 밑까지 오는 도중에는 헌병놈의 새끼들이 기가 차서 숨이 안 쉬어질 만큼 많은데다가 그놈들이 한결같이, 적어도 사내의 생각에는, 도둑놈 아닌 놈이 없었던 것이다. 사과 두 알, 캐러멜 한 갑, 그리고 자기가 쓰던 세면도구라도 남아난 것이 차라리 신기하다고나 할까. 모포와 구두가 압수당할 때엔 사내는 창피하다는 생각도 잊고 그 사람 많은 영등포 역두에서 퍼질러앉아 엉엉 소리내어 울었었다. 더구나 제대증을 검사하면서 헌병놈의 새끼는 어쩌면 그렇게도 한결같이 주인의 허락도 받지 않고 사과를 한 개씩 집어 어그적어그적 씹어 잡수는지. 간에 옴이 붙어 긁지도 못하고 죽을 헌병놈의 새끼들.

빨갱이 다음으로는 헌병이 밉다. 하지만 같은 헌병이라도 후방 근무의 놈들은 만만해 보였었다.

몇 시간 전 읍내 역전 파견소 놈들이 제대증을 보자고 그를 둘러쌌을 때, 그중 한 놈이 일선 근무의 헌병들이 하는 수작을 흉내내어 사과를 한 알 집어들자마자 그는 그 동안 눌러왔던 분통이 한꺼번에 폭발하여 놈의 흰 바가지를 벗겨 냅다 땅바닥에 내

동댕이쳤었다. 바가지는 그의 마음을 알아준 듯 데굴데굴 굴러 옆의 시궁창 속으로 뛰어들었고, 후방 근무나 하는 겁쟁이 녀석 들은 그의 핏발 선 눈과 제대복 앞가슴에 붙은 울긋불긋한 훈장 들을 번갈아보며 미안합니다, 미안합니다, 를 연발했었다.

'밥통 같은 새끼들, 히히……'

사내는, 사실은 누렇지만, 얼굴이 워낙 검어서 희게 보이는 이를 드러내며 웃었다. 그러면서 또 한번 팔짝 뛰어 죽책의 밑둥을 쿵 찼다. 깡통들이 깜짝 놀란 듯 왈그락달그락 시끄럽게 울려댔다.

읍내의 헌병들이야말로 자기를 바로 그 지옥 속으로 보낸 놈 들이었다. 사내는 무식한 부모를 만난 덕택에 출생신고가 십 년 이나 늦었었다. 그것도 배급표를 나눠주고 다니던 이장의 귀띔 만 없었더라면 그의 부모는 평생 그를 호적에 올리지 않았을 것 이고, 그러면 그는 이 지옥 같은 전쟁터에 안 가도 되었을 거다. 하지만 그의 부모들이야 언제까지나 일본 사람들이 주는 배급이 나 타먹고 살 줄 알았지 세월이 바뀌어 6 · 25 사변이란 게 터지 고, 그래서 자기 아들이 쥐도 새도 모르게 군대에 끌려갈 줄 어 떻게 알았을 것인가. 하기야 호적에 이름을 올리지 않았더라도 그 동안의 형편을 보면 결국 하사 계급장을 붙이고 제대하게 마 련이었던 것 같다. 주인인 성(成)영감의 심부름으로 읍내에 사 는 성영감의 누님 집에 쌀 한 가마니를 지고 나갔다가 심부름값 이라고 하며 노파가 쥐여주는 돈이 화근이었다면 화근이었다고 나 할까. 아니, 그 돈으로 지게를 진 채 중뿔나게 서커스 구경을 간 게 잘못이었었다. 굿이 끝나서 천막 밖으로 나오는데, 헌병들이 출구에서 총을 겨누고 기다리고 있다가 나오는 젊은 놈들을 모조리 잡아 길가에 세워두었던 드리쿼터에 실었었다. 기피자가 너무 많아 군에서 비상대책을 쓴 것이었지만 그거야 알 바 없는 그는 계급이 높은 헌병을 붙들고 처음엔,

"난 열다섯 살이란 말요. 호적을 보면 알 거 아니오. 열다섯 살이랑께, 이 양반이. 나 참, 호적을 보면 알 거 아니오? 그래서 아직 영장이 안 나왔단 말요. 영장만 나옴사 얼씨구하고 나도 나간단 말요."

하는 식으로 자기가 생각해도 제법 이치에 맞는 소리로써 헌병에게 대들었으나, 무정한 헌병은 그의 유난히 숱이 많은 턱수염을 슬슬 쓰다듬어주며,

"혹시 예순다섯 살은 아녀? 웬놈의 수염이 이리 많당가?"

하며 놀릴 뿐, 그의 항의를 곧이들으려 하지 않았다. 마지막엔 꿇어앉아 헌병의 다리를 얼싸안고 엉엉 소리내어 울며,

"아이구, 성님 성님, 울 엄니는 내가 없으면 굶어죽는단 말요. 예펀네도 시집온 지 석 달밖에 안 됐는디 서방이 죽으면 무슨 꼴이 되겠소, 예? 성님."

"이 새끼가. 인마, 입대하는 게 죽으러 가는 거야?"

"안 그렇소, 성님. 안 가면 말지. 싸우러 나가는디 죽을 각오로 나가야지 않겠소?"

"흥, 짜아식. 말 한번 옳게 했다."

"그렇지만, 성님. 난 안 된단 말이요. 성영감집 머슴으로 들어가기가 얼마나 힘들다고요. 보듭시(겨우) 새경 네 가마니 받게 되니께. 아이구 성님, 내 팔자가 이거 무슨 팔자요, 예? 성니임……"

"짜아식, 입심은 타구났구나. 도대체 이름은 뭐야?"

"이재룡이어요. 성님, 어떻게 안 될께다? 정말 내가 없으면 예편네하고 울 엄니는 굶어 죽는단 말이요."

"독자야?"

"예, 독자치고도 삼대독자여요."

"짜아식, 삼대독자 군에 안 간단 소리는 어디서 줏어들은 모양이군. 조사해보면 아는 거니까 사실대로 말해."

"성니임, 지가 거짓말을 좀 했는디요, 사실은 이대독자여요. 어떻게 빠질 수가 없을까요, 성니임? 난 정말 안 된단 말여요."

"이 녀석아, 턱에 수염이 새카만 놈이 찔찔 울긴. 챙피하지도 않니? 이봐, 이봐, 맘을 진정하고 조용히 내 말을 들어봐."

그리고 헌병은, 지금은 젊은 놈들이 농사나 짓고 있을 시국이 아니라는 것, 후방 일은 미안하지만 여자에게라도 맡겨놓고 피 끓는 젊은이는 망하느냐 안 망하느냐 하는, 나라를 구하러 적들과 싸우기 위해 총을 들고 일선으로 뛰어가야 한다는 것, 자기도 뭐 벌어먹여야 할 식구가 없어서 입대했겠느냐, 자칫 잘못하여 나라가 쑥밭이 되는 날엔 그때는 정말 모두가 굶어 죽어야 한다는 것, 작년에 빨갱이들이 들어왔을 때 잘 봤지 않았느냐, 놈들은 벼알까지도 한 알 한 알 세어서 추수 실적을 검사하는 놈들이 아니더냐, 더구나 지금은 되놈들이 쳐들어왔으니 만일 우리가 지는 날엔 내 여편네나 네 여편네나 몽땅 되놈들의 갈보가 되어야 하는 판이다. 어떠냐, 네가 생긴 꼴값대로 튼튼한 젊은이라면 누가 뭐라 하기 전에 총을 들고 싸우러 가는 게 옳은 일이 아니겠느냐. 너보다 공부도 많이 한 새파란 중학생들도 작년에 벌써 손가락을 깨물어 혈서를 쓰고 일선으로 나갔다. 지금은 총 비상시기다. 총 비상시기란 말이다. 정신을 차려야 할 때란 말이다. 그리고 마지막으로 한마디 하지만, 넌 이대독자니까 훈련만 받고 제대가 된다, 하고 유창하고 정열적인 음성으로, 더구나 재룡이가 알아들을 만한 말만 골라 연설을 하고 나서 재룡이의 넓은 어깨를 툭툭 두들겼다.

재룡이는 헌병 성님의 연설에 눈물이 핑 돌 만큼 감동되었다. 그러나,

"그렇지만, 성님. 그건 나도 알아요. 내가 비록 무식하지만 보고 들은 건 있어서 잘 안당께요…… 그렇지만 성님, ……좋습니다. 그러믄 성님, 좋습니다. 나, 자원서 쓸랍니다. 쓸 테니께 우리집에 가서 나 입대한다는 말이라도 하고 오게 해주시요. 가서 그 말만 하고 올 테니께 말요."

"잘 생각했다. 고맙다. 그렇지만 집에 다녀오는 건 곤란하고. 어떠냐? 편지를 써라, 내가 부쳐줄게."

"글을 알아야지요."

"그래? 그럼, 내가 대신 써줄까?"

"허지만 성님, 금방 돌아온단 말요. 두고 보면 알 거 아니요? 만일 안 돌아오거든 우리집에 와서 그 칼빈총으로 내 배때기를 탕 쏴버리시오. 예, 성니임. 뛰어갔다 오면 두 시간도 채 안 걸린단 말요오……"

"가만, 가만. 내 말 좀 들어봐. 너 자원서를 쓴다고 했지?"

"물론이지요, 성님."

"그럼, 너는 지금부터 대한민국 국군이야. 국군이란 말야. 알아들어?"

"그래요? 벌써요?"

"군인은 규칙을 지켜야 해."

"그렇죠."

"상관의 명령을 따라야 한다. 알겠어?"

"알아요."

"그럼 저쪽에 가 있어. 이따가 내가 알아서 해줄 테니까."

"고맙습니다, 성님."

그러나 재룡이는 그후 사 년 동안 한 번도 집에 다녀올 수가 없었었다.

그 헌병 성님이 편지를 해줘서 집에서는 사색들이 되어 어쩔 줄 모르고 있으려니 생각하고, 재룡이는 훈련소로 가는 기차 속에서 눈물을 펑펑 쏟으며 울었었다. 더구나, 그 헌병이 자기의 이름만 물어보았을 뿐, 주소는 알 까닭이 없다는 데 생각이 미치자, 자기가 어디로 가버렸는지조차 모르고 울고 있을 엄니와 여편네가 불쌍해서 그 좋아하는 밥도 몇 끼나나 굶어버렸었다.

그러고 보면, 헌병놈들은 입대할 때부터 제대할 때까지 재룡이를 못살게 군 셈이었다.

전쟁터에서 재룡이는, 자기의 전우들에게는 누구나 한 놈씩 후방에 죽일 놈이 있다는 것을 알았다.

'살아서 돌아가야만 꼭 그놈을 죽여버릴 수 있을 텐데.'

얘기를 들어보면, 어떤 전우의 그 '죽일 놈'은 자기 몫의 유산을 가로챈 삼촌이기도 했고, 어떤 '죽일 놈'은 자기 여편네의 옛날 애인이기도 했고, 어떤 '죽일 놈'은 빨갱이들이 들어왔을 때 치안대장 노릇을 하던 놈이기도 했고, 그러나 가장 많은 '죽일 놈'은 자기에게 영장을 들고 와서 만일 기피하면 재미없을 거라고 위협하던 자기 마을 이장이나 읍사무소 직원이거나였다.

포탄이 귀를 찢는 듯한 소리를 내며 터지고 수류탄 파편이 앞뒤에서 날고, 그러면 덩달아 전우들의 피가 튀고 살점, 팔, 다리들이 횡횡 날아가는 이 전쟁터로 자기를 보낸 것은 다름아닌 바로 이장이거나 병사계원이라고들 생각하는 모양이었다. 전우들은 심심해서도, 그리고 진짜 울화가 치밀어서도 후방의 그 '죽일 놈' 얘기를 꺼내곤 했다.

이재룡이도 어느새 슬그머니 자기의 그 '죽일 놈'을 읍 헌병 성님으로 결정하고 말았다.

그러나 언제까지나 그 헌병 성님을 원망하고 미워하고, 살아서 돌아가기만 한다면 삼천리 방방곡곡을 다 뒤져서라도 기어코 찾아내어 죽이고 말겠다고 생각하진 않았다. 수많은 전투를 치르며 후방의 그 죽일 놈을 죽이지도 못하고 전사하는 전우들을 보아가는 동안, 그리고 유행성 내출혈이라는 어려운 이름의 병에 걸려 헬리콥터로 후송되어 치료를 받고 하는 동안, 그리고 담요부대 여자로부터 매독을 나눠받아 ×× 끝의 살점을 떼어내고 하는 동안 재룡이는 자기 집에 대한 그리움도, 헌병에 대한 미움도 다 잊어버렸었다. 다만, 자기가 무슨 공훈을 세웠는지 모르지만, 하여튼 공훈을 세웠다고 사단장이 그의 가슴에 훈장을 달아주고 대대장이 특별휴가를 사흘 줘서 부산 구경을 하던 날, 휴전반대를 소리소리 외치며 지나가는 여학생들의 행렬을 보고 슬그머니 울화가 치밀었던 것이 어쩌면 그가 후방 사람들을 원망하거나 또는 미워해본 마지막 감정이었을 것이다.

그런데 막상 제대를 하여 고향으로 돌아오는 도중에서 또다시 그 헌병놈들의 무정한 대접을 받고 보니, 까맣게 잊어버렸던 옛날의 헌병조차 생각키우며 분통이 터질 것 같았었다.

아무리 생각해도 역전 파견소 헌병놈의 흰 철모를 집어 내동댕이친 건 참으로 잘한 일이었다.

물론 옛날 그 헌병 성님은 아니지만, 요컨대 읍내 있는 헌병이면 마땅히 나한테 당해야지. 따귀라도 한 대 올려붙여줄걸 그랬나? 그랬어도 녀석들은 꼼짝 못 했을 게다.

재룡이는 지난 사 년 동안 가슴 한구석에 엉겨붙어 있던 응어리가 흰 바가지를 내동댕이침으로써 스르르 풀리는 것 같았다.

그리고 생각했다. 입대하길 참 잘했었다고.

진심으로 그런 생각이 든 건 몇 시간 전 역전 파견소의 헌병들 앞에서가 처음이었다. 물론 지난 사 년 동안 전선에서도 몇 번은 그런 생각을 해본 적도 있었지만 그러나, 그 생각을 취소시켜버리는 일은 더욱 많았다. 자기가 바보처럼(그렇다, 지금의 자기는 바보가 아니라고 재룡이는 생각하게 되었다) 엉엉 울며 헌병 성님에게 애걸복걸했던 그곳 읍내의 낯이 익은 풍경들을 다시 보게 되자 그 동안 기억이 희미해져버린 탑골마을의 풍경과 엄니와 여편네의 얼굴이 다시 분명한 모습을 띠고 그의 머릿속에 살아났고, 그래서 어떤 생각에 잠겨 역 앞 광장에 멍하니 서 있는 그의 앞에 때마침 사 년 전의 그 흰 바가지도 마치 복수를 해달라는 듯이 나타났던 것이었다. 원한을 안 풀고 참기만 하면 어찌 불알 달린 놈일 수 있으랴!

공산주의를 미워하라고 재룡이는 교육받았으나, 까놓고 말하자면 재룡이는 그 주의라는 어려운 말 때문에 자기가 미워해도 괜찮은 것인지 어쩐지 자신이 없었다. 분명히 미운 것은 빨갱이들이었다. 어쨌든 그놈들은 한솥밥을 먹고 군번을 함께 나눠받은, 그래서 정이 든 내 전우들을 죽이고 있으니까 말이었다. 그 죽은 전우들을 생각하기만 하면 재룡이는 장소나 시간을 가리지 않고 눈물이 났다. 제대 특명을 받던 날도 그 죽은 전우들에 대한 생각 때문에 재룡이는 술에 취하여,

"난 제대 안 한다. 어떤 개새끼가 제대 특명을 내렸어? 나와

라, 이리 나와라. 난 죽어서 제대한다아. 동구를 죽인 빨갱이놈의 새끼, 상수를 죽인 놈 새끼, 영철이를 죽인 놈의 새끼, 우리 중대장님을 죽인 놈 새끼, 모두 죽이고 나도 죽는단 말야."

고래고래 소리치며 울었었다. 마치 훈련소로 달리던 기차 속에서 엄니와 여편네를 생각하고 울었듯이, 눈물을 펑펑 쏟으며 울었던 것이다.

2

'태극기 높이높이 들고 산천 찾아 가잔다'를 되풀이하여 흥얼 거리며 걷던 재룡이는 문득 생각이 나서 걸음을 멈추었다.

북쪽에서는 어떻든 총소리가 그쳤는데, 일선에서 천리도 넘게 떨어져 있는 촌구석에 이놈의 대나무 울타리는 어쩌자고 쳐놓고 길을 멀리 돌아가게 만든단 말인가? 죽책만 없었더라면 벌써 보리밭을 가로질러 남천 냇물을 건너고 또 보리밭을 가로질러 달려가서 지금쯤은 동네 어귀에 들어섰을 터였다.

어느 할 일 없는 놈이 엮었는지 흔하지도 않은 대나무를 촘촘히도 엮어놨다.

재룡이는 어디 개구멍 같은 거라도 없을까 하고 죽책 밑둥을 살폈다. 몇 발짝 더 가서 길 밑으로 관을 묻어 길 양편의 논에 물이 통하도록 된 수로의 탑골마을 쪽으로 난 구멍 근처가 움푹 패어서 사람 하나가 기어들 만한 틈을 발견하였다.

보자기를 먼저 던져 들여놓고 그는 포복하던 실력을 발휘하기 시작했다.

"영차, 영차."

안간힘을 써서 겨우 빠져나왔다. 바싹 마른 도랑에 던져진 보자기를 집어들어 그걸로 옷에 묻은 흙을 툭툭 털며 재룡이는 자기가 빠져나온 구멍을 돌아보았다.

이쪽에서 보니 용하게도 빠져나왔구나 싶을 만큼 구멍은 더욱 작아 보였다.

'옛날 같으면 넌 어림도 없어. 이 개똥구멍아.'

아닌게 아니라 군대 가기 전의 재룡이는 비대했었다.

단순한 두부살이 아니라 어렸을 적부터 막일로만 자라왔기 때문에 탄탄한 근육의 덩어리였었다. 작은 키였지만 옆으로 워낙 퍼진데다가 힘도 세었기 때문에 호적 나이로는 다섯 살, 실제 나이로는 열다섯 살 때도 벌써 마을 사람들은 그를 일꾼으로 대접해주었었다.

그러했었던 그의 살을, 이름 모르는 산의 흙먼지와 어떤 상관을 한 놈이 쏜지 모르는 박격포 소리와 어디에 들어 있다가 그렇게도 많이 쏟아지는지 모를 전우의 피가 말려버린 것이었다.

그리고 그의 살이 가장 많이 빠졌던 곳은 미국인 군의관이 치료를 맡아주던 야전병원에서였다. 거기서 삼 개월 있는 동안 재룡이로서는 태어난 후 가장 좋은 음식만 먹고 지냈는데도 살은 가장 많이 내렸다.

'어림도 없지, 어림도 없어.'

재룡이는 또 한번 구멍을 향하여 비웃듯이 중얼거렸다. 어림도 없다는 말을 그는 사랑했다. 탑골 사투리로 '가망이 없다' 는 뜻의 이 말을 배운 것은 함경도 어느 산골에서 동굴 속에 숨어 있는 괴뢰군 낙오병들을 수류탄으로 사냥하러 다닐 때였었다. 서울내기인 전우 하나는 끝까지 투항하지 않고 동굴 속에서 밖을 향하여 기관총을 쏘아대고 있는 괴뢰군을 만나게 되면 항상 날쌔게 동굴 입구로 접근하여 수류탄을 던져넣으며,

"어림없지, 어림없어."

하고 외쳤었다. 그 친구의 외침은 놀림조라기보다 무슨 짐승의 비명처럼 날카로웠다. 그 친구가 외치는 말의 뜻이 탑골 사투리로 '가망없다' 와 같다는 것을 알게 되자 재룡이는 문득 고향에서는 자기가 그 말을 잘 썼다는 사실을 깨달았었다.

방죽에 소를 매어놓고 소 뜯기러 온 애들끼리 씨름시합이 벌어지곤 하던 꼬마 시절부터 재룡이는 상대편의 한쪽 가랑이를 번쩍 들어올려 쓰러뜨리며,

"가마앙없제잇!"

하고 외쳐 버릇했던 것이다.

무거운 짐을 지게지고 일어설 때도,

"가망없제잇!"

했었다. '어림없지, 어림없어' 하는 외침, 수류탄의 폭음, 그리고

이어서 깔리는 산골짜기의 정적, 그 소리들이 한 호흡의 간격도 없이 잇따라 나는 것에서 재룡이는 자신은 설명할 수 없는 지극한 쾌감을 느꼈었고 그후부터 '가망없제잇!' 대신에 '어림없지, 어림없어!'를 쓰기로 했었다. 용케 고향에 오자마자 그 말을 써먹을 기회가 생겨서 재룡이는 기뻤다. 옷에 묻은 흙을 털고 나서 그는 밭둑 위로 껑충 뛰어올랐다. 힘을 주는 바람에 방귀가 피시이 하고 나왔다. 여기까지 오는 도중에 좀 제대로 먹고 왔더라면 뽕 하고 나왔을지 모르는데……

"보리밭을 보니까 반가운 모양이로구만."

그는 방귀를 놀려주고 나서 보리밭을 가로질러 걷기 시작했다. 그때였다.

"재룡아!"

하고 등뒤에서 자기의 별명을 부르는 소리를 재룡이는 들었다. 다른 사람을 꺼리는 듯한, 그렇지 않다면 재룡인지 아닌지 확실히 몰라서 자신이 없는 듯한 낮은 음성이었다.

재룡이는 사방을 둘러보았다. 그리고, 조금 전까지도 이 근처엔 사람이 없었다는 걸 번연히 알면서도 그는,

"누구여? 누가 불렀어?"

하고 좀 큰 음성으로 말했다.

바람이 죽책을 울리는 기분 나쁜 소리뿐, 그의 귀에는 대답이 들려오지 않았다. 재룡이, 하지 않고 재룡아, 하고 부른 걸 보면 틀림없이 이 탑골마을 사람일 텐데, 잘못 들었나, 생각하며 그는

다시 걸음을 옮기기 시작했다.

그러자 이번에 좀더 뚜렷이,

"재롱아!"

하는 소리가 들렸다.

재롱이는 얼른 몸을 돌이키며,

"누구야?"

하고, 전선에서 수하(誰何)를 할 때처럼 날카로운 소리를 질렀다.

그러나 그를 부른 사람은 보이지 않았다.

"누구야? 아아니, 거 누구냔 말여어? 사람 놀리지 말고 빨리 말해애."

재롱이는 개 한 마리도 보이지 않는 죽책 쪽을 향하여 타이르 듯이 말했다.

"나여, 나. 문이, 성문이여."

재롱이가 방금 빠져나온 구멍 곁의 수로관 속에서 대답이 들려왔다.

"성문이가 누구더라?"

재롱이는 얼른 기억이 나지 않은 채 상대편도 알아들을 만큼 큰 소리로 중얼거리며 도랑으로 다시 내려서서 수로관 속을 들여다보았다. 그 속에 사람이 있긴 분명히 있는데 컴컴하여 얼굴을 알아볼 수가 없었다.

"누구여? 이리 나와봐."

재롱이가 허리를 굽혀 안을 들여다본 채 말했다.

성문이는 잠깐 머뭇거리듯 하더니 엉금엉금 재룡이 쪽으로 기어나왔다. 그러나 재룡이 쪽에서 자기 얼굴을 알아볼 수 있으리라고 생각되는 곳까지만 기어나와서는 더 나오지 않았다.

"아니, 너 문이 아냐?"

재룡이는 반갑고 한편 의아해서 큰 소리로 말하자,

"아따, 좀 조용히 해라."

문이는 그렇지 않아도 계집애처럼 큰 눈을 더욱 크게 뜨며 나직이 말했다. 문이는 재룡이가 머슴으로 들어가 있던 성영감댁의 막내이자 유일한 아들이었다. 문이 위로 누나가 둘 있을 뿐으로서, 부잣집 외아들이라고 어렸을 적부터 떠받들려 자라났기 때문인지 버릇이 없었다. 생긴 건 계집애처럼 예쁘장하고 자그만데, 하는 짓은 우락부락한 여드름쟁이들을 뺨치게 엉뚱하고 거칠었다.

그리고 어지간한 청년들이나 처녀들에게는 누구한테나 반말지거리였다. 자기보다 열한 살이나 나이를 더 먹은 재룡이에게조차 '해라' 했다.

그러나 아무도 그러는 문이를 탓하거나 미워하지 않았다.

부잣집 도련님이어서가 아니라 생긴 게 귀엽고 하는 짓이 너무 엉뚱하여 보는 쪽이 차라리 통쾌했기 때문이었다.

"저게, 크면 군수 한자리는 해먹을 게다."

고 마을 노인들도 예쁘게 보아주었다. 재룡이 역시 그렇게 생각했다.

자아식, 말버릇은 여전히 고약하네, 하고 생각하며 그리고 이
놈도 이젠 열여덟 살이 됐겠구나 생각하며 재룡이는,

"너 여기서 뭐 하고 있니?"

늘씬한 서울말로 물었다.

"근방에 아무도 없제?"

재룡이는 문이의 나직한 말투가 아무래도 심상찮아 허리를 굽
힌 채 주위를 한번 둘러보고 나서,

"오냐, 자슥아. 근데 여기서 뭐 하고 있어?"

재룡이 말에 좀 안심이 된 듯 문이는 이젠 제법 총각티가 나는
얼굴을 묘하게 찡그리고 헤 웃었다. 웃음을 띤 채,

"서울말 쓰네에."

하고 재룡이를 놀리고 나서 또 헤 웃었다.

웃고 있는 입 속에서 앞니가 한 개 부러지고 나머지 이들도 잇
몸이 들떠 금방 빠질 듯이 흔들흔들하는 것을 재룡이는 보면서
주먹을 쥐고 '날 놀리면 때리겠다'는 시늉을 해 보였다.

"너 어디 갔다 오는 거냐?"

웃음을 그치고 문이가 나무라듯이 물었다.

"느그 아부지 심부름 갔다 오는 길이다."

재룡이의 대답에 문이는 잠깐 얼굴을 찡그리고 잠잠히 있더
니, 재룡이의 말을 정말로 곧이들었는지

"어디로?"

하고 물었다.

246

"읍내, 느그 고모집에 쌀 한 가마니 져다주고 오는 길이랑께. 너무 늦게 돌아와서 미안하다야."

농담을 하고 나서,

"그나저나 거긴 왜 숨었냐? 이리 나와라야. 숨바꼭질이나 하고 다닐 나이는 지났을 텐데……"

문이는 재룡의 말을 들었는지 말았는지 눈을 내리깔고 있다가, 재룡이가 무슨 말을 시작하려는데 불쑥 고개를 쳐들고 눈물이 글썽이는 눈으로 재룡이를 똑바로 쳐다보며,

"울 아부지 죽었다. 습격 온 빨치산들한테 밥을 해줬다고 총살 당했다. 밥을 안 해주면 안 해준다고 빨치산들한테 당했을 것이고, 어차피 명이 그뿐이었던 모양이여. 나도 지금은 빨치산이여. 아니여, 지금은 아니여. 어저께까지 빨치산이었지만 말여. 재룡아, 전투경찰들한테 들킬까봐 나 여그 시방 숨어 있는 거여. 무서워 죽겠다. 무서워…… 무서워……"

문이는 엎드려 가슴 밑에 숨기고 있던 따발총을 재룡이 쪽으로 조금 내밀어 보이고 나서 다음 순간 고개를 얼음물이 녹아 축축한 토관 바닥에 처박고,

"무서워, 무서워……"

를 연발하며 끼익끼익 울기 시작했다.

따발총을 보았을 때, 반사적으로 몸을 피했던 재룡이는 문이가 울음을 터뜨리는 걸 보자 다소 안심이 되었지만, 그러나 방금 자기가 들은 말로서는 도무지 무엇이 어떻게 되었다는 얘기인지

갈피를 잡을 수 없었고 마구 가슴이 울렁거리기만 했다.

짐작할 수 있는 것은 다만 성영감이 죽었다는 것, 그리고 문이가 어처구니없게도 빨갱이가 되어 여기 숨어 있었다는 것, 그런데 재룡이 자기를 보자 반가워서 불렀다는 것, 하지만 자기로서는 그만 안 본 것만 못하게 딱한 입장에 서게 돼버렸다는 사정들 정도였다.

"하여튼 좀 나와라야. 나와서 차근차근 얘기 좀 해라야."

재룡이는 수로관 안으로 손을 디밀어 문이의 어깨를 잡아 흔들며 조용히 말했다. 문이는 엎드린 채 고개를 저으며 끼익끼익 울기만 했다.

우선 꺼내놓고 사정 얘기나 좀 들어보자. 그런데 조금 전에 이 녀석은, "어저께까지만 빨치산이었지 오늘은 아니다"고 했겠다.

무슨 뜻인지는 자세히 모르겠으나 희망을 걸어볼 만한 냄새가 나는 말이라고 재룡이는 생각하며 이번엔 좀 난폭할 만큼 힘차게 문이의 어깨를 잡아 끌어내며 명령하듯 말했다.

"이리 나오랑께!"

갑자기 재룡이의 태도가 변했다고 생각했는지, 문이는 울음을 뚝 그치고 고개를 번쩍 들어 겁먹은 눈으로 재룡이를 올려다보았다. 그리고 자기 어깨를 끌어쥐고 있는 재룡이의 손을 있는 힘을 다하여 뿌리치려고 했다. 재룡이 쪽에서도 이렇게 되니까 있는 힘을 다하여 문이의 어깨를 붙잡아당기지 않으면 안 되었다.

"쏜다, 놓지 않으면 쏜다."

몸의 반쯤이 수로관 밖으로 끌려나온 문이가 자기 가슴 밑에서 몸을 따라 끌려오던 따발총을 얼른 집어들고 총구를 재룡이에게 향하여 속삭이듯이 말했다.

재룡이는 얼른 손을 놓고 물러섰다.

재룡이가 찔끔하는 걸 보자 문이는 총구를 여전히 재룡이에게 겨눈 채 엉덩이를 뒤로 빼며 다시 수로관 속으로 몸을 숨겼다. 그러나 총구가 여전히 자기를 향하고 있는 걸 보고 재룡이는 어떻게 해야 좋을지 몰랐다.

"재룡이 너 군대 마치고 오는 길이지?"

토관 속에서 문이가 말했다.

"그래."

"훈장, 많이 받았구나."

별로 농담도 아니고 비꼬는 것도 아닌 음성으로 문이가 말했다.

"야야, 문이야, 나한테까지 이러기냐?"

문이의 누그러진 음성에서 자신을 얻은 재룡이가 그렇게 말하며 수로관 앞으로 한 발을 떼려고 하자,

"움직이지 마. 쏜다."

하고 다급한 음성으로 문이가 말했다.

"허어, 나 참. 그래, 안 움직일게. 그 대신 한마디만 대답해라잉. 너 왜 여그 숨어 있니?"

"……"

"산으로 안 가고 왜 여그 숨어 있냐?"

"산엔 인제 안 간단 말여."

"못 가는 거여, 안 가는 거여?"

"……못 가기도 하지만 안 간단 말여."

"왜 못 가? 내가 데려다줄까?"

"재룡이 너, 날 무시하면 죽어어. 내가 옛날 문인 줄 알아?"

"무시는, 내가 언제 널 무시했냐?"

재룡이는 슬그머니 겁이 났다. 문의 낮게 떨리는 음성 속에서 살기를 느꼈기 때문이다. 머리에선 아직 명령이 내려가지 않았는데도 손가락이 제멋대로 방아쇠를 당겨버리는 경우가 있다는 걸 재룡이는 잘 알고 있었다.

전쟁터에서 방아쇠를 당길 것인가, 당기지 않아야 할 것인가의 판단이 완전히 재룡이 자기에게 맡겨졌을 경우, 그는 항상 손가락에게 그 판단의 임무를 맡겨버렸던 것이다. 그러면 대개 손가락은 당기는 편이었다. 나의 총에서 탄환이 나가고 있는 동안 나는 살아 있다고나 할까. 요컨대 재룡이는 총을 쥔 사람의 심리를 제 나름으로 파악할 줄 알게 되었다.

한편, '내가 옛날 문인 줄 알어?' 하는 말이 아무 내용 없이 지어서 하는 말이 결코 아니라는 것도 재룡이는 알고 있었다.

사람이 변한다는 말을 옛날의 재룡이는 그다지 믿지 않았었다. 자기 마을엔 그런 말을 들어야 할 만한 사람이 별로 없었기 때문이었는지 모른다. '사람이 변한다'는 말은 재룡이로서는 끽해야 없던 놈이 돈이 좀 생기니까 깍쟁이 노릇을 하고 거드름을 좀 피운다는 정도였었다.

그러나 지금은 다르다. '사람이 변했다'는 말이 굉장히 무서운 말일 수도 있다는 걸 재룡이는 알고 있는 것이다. 그리고 하다못해 그것을 알게 된 것만큼이라도 자기 역시 변했다고 생각하고 있었던 터였다. 더구나 옛날의 그가 일생을 별로 변하지 않은 채로 살아가는 사람들 속에서 살고 있었기 때문에, 사람이 변한다는 말을 별로 믿지 않았듯이, 이번엔 변하지 않는 사람을 보지 못했기 때문에 사람이 변한다는 말을 사실 이상으로 좋게 믿게 되어 있었다. 서울내기나 경상도 문둥이나 전라도 개똥쇠나 충청도 느림보나 어느 녀석치고 한 번쯤이라도 '아아, 난 참 변하고 말았구나!' 하는 말을 안 하는 놈이 어디 있던가. 그런 말을 하고 있는 녀석의 사투리조차 변해 있지 않았던가.

재룡이는 겁에 질려가며 생각했다. 지도 변했다는디, 그럼 변했겠제. 세상이 어떤 세상인디 안 변하겠어. 변한 거야 좋지만 저 따발총을 빼앗아버릴 수는 없을까. 나 참, 이거 무슨 팔자가 이런 팔자가 있을까. 되놈들 방맹이 수류탄 속에서도 살아나온 난디, 고향에 다 와가지고 하필 문이란 놈한테 이런 꼴을 당하다니…… 가만 있자, 총 끝이 아래로 내려가는군, 설마 쏠 것 같지는 않은디…… 망할 자식, 빨갱이가 됐으면 산에나 가만히 숨어 있을 것이지, 하필 이 구멍 속에 숨어서 이 비싼 목숨을 위협해? 차라리 문둥이 콧구멍에서 마늘을 빼먹고 있을 일이지……

"재룡이."

문이가 불렀다.

"왜?"

"나, 배고파 죽겠다. 이틀 동안 아무것도 안 묵었더니……"

"자슥아, 늬 사정만 보지 말고 내 사정도 좀 봐주라. 그 총 좀 치워라. 날 여그다 말뚝 박아놀래?"

"너, 아까 왜 끌어낼라고 했냐?"

"느그 집에 데려다줄라고 그랬다."

"우리집에?"

말하고 나서 문이는 이상한 웃음소리를 냈다.

"우리집에 갈 수 있었으면 벌써 갔제잉."

"왜? 다들 돌아가셨나?"

"엄니하고 누님은 읍내에 산다더라. 재룡아, 널 믿고 부탁 한 가지 할께 들어줄래?"

"그 총이나 좀 치우고 말해라. 늬 부탁 다 들어줄게."

"믿는다!"

"그래."

"믿어!"

"그렇당께, 아새끼도 말귀는 되게 어둡네."

재룡이는 겨우 마음을 놓았다. 그렇다. 기회만 있으면 따발총을 빼앗아버릴 작정을 하며 수로관 앞으로 다가서서 쭈그리고 앉았다.

"날 보지 말고 저쪽으로 돌아앉어!"

문이는 아직 안심 못 하겠는지 그렇게 말했다. 재룡이는 할 수 없이 수로관을 등지며 돌아앉았다.

"누가 안 오는가 잘 봐줘."

"그래."

대답을 했지만 재룡의 눈에 보이는 것은 코앞에 있는 도랑의 보리밭으로 올라가는 낮은 비탈뿐이었다.

"무슨 부탁이여?"

재룡이가 물었다.

그러나 거기에 대한 대답은 하지 않고 문이는 자기의 처지를 얘기하기 시작했다.

"빨치산한테 밥해줬다고 바로 우리집 마당에서 전투경찰들이 울 아부지를 총살하는 것 보니까, 난 눈에서 눈물이 나는 게 아니라 피가 나더라, 피가…… 자기들이 바보같이 경비를 잘못해서 습격을 당해놓고…… 어쩐 줄 아냐? 저녁에 빨치산이 습격 오니까 총 몇 방 쏘고는 어디로 도망가버린 놈들이 새벽에 빨치산들이 물러간 뒤에야 마치 자기들이 싸워서 물리친 것처럼 기세등등하게 나타나서 동네 사람들한테 본을 보인다고 울 아부지를 죽인 거여……"

"그게 언제여?"

"늬가 군대 잡혀갔다는 소문이 나고 한 두어 달 후여."

"음, 팔삼년도 겨울이었구만."

말하고 나서 재룡이는 한마디 덧붙이는 것을 잊지 않았다.

"잡혀간 게 아니라 난 정정당당히 자원서를 쓰고 갔단 말여."

그야 어쨌든 상관없다는 듯이 문이가 얘기를 계속했다.

"난 울 아부지 원수를 갚겠다고 결심했어. 그런데 엄니가 우기는 바람에 집하고 논을 성필이 아부지한테 맡겨놓고 읍내 고모 집으로 이사를 가기로 했어. 난 안 간다고 빽빽 우겼어. 나대로 생각이 있었단 말여. 그래서 나만 성필이 식구들하고 집에 남아 있고 엄니하고 누님들은 읍내로 갔거든……"

"참, 너, 배고프다고 그랬제?"

재룡이는 문득 보자기 속에 있는 사과가 생각나서 말했다. 엄니와 여편네한테 가지고 갈 선물로서 오는 도중 그렇게 뭐가 먹고 싶어도 안 먹고 가지고 온 것이었다.

"왜? 묵을 거 좀 있냐?"

문이는 갑자기 밝아진 소리로 말했다.

재룡이가 건네주는 사과 두 알을 받자마자 문이는 서걱서걱 빠르게도 씹어먹었다.

엎드린 채 사과를 먹고 있는 문이를 재룡이는 슬그머니 돌아보았다. 수로관 옅은 어둠 속에서도 재룡이는 사과의 이빨 자국에 자꾸자꾸 묻는 피를 볼 수 있었다. 사과를 먹어치우고 나서 문이가 들려준 얘기는 대강 다음과 같았다.

자기를 제외한 다른 식구들이 읍내로 이사하고 난 두어 달 후 예상했던 대로 마을은 또 한번 빨치산들의 습격을 받았다. 그는 작정했던 대로 빨치산을 따라 산으로 갔다. 그후로 그의 빨치산

254

생활이 시작됐다. 먹을 것을 구하러 빨치산들은 경비가 꽤 삼엄한 마을을 습격하는 것도 사양하지 않았다. 그러나 본거지에서 너무 먼 마을은 가능한 한 피하고 있었다. 전투경찰대의 공비 토벌작전이 본격화하자 그들은 더 깊은 산으로 숨었고, 그래서 탑골마을도 그 먼 마을들 중의 하나에 속하게 되었다. 문이가 입산하고 난 직후에 토벌작전이 시작되었으므로 탑골마을을 습격하여 아버지의 원수를 갚을 기회는 없었다. 탑골마을의 습격은 언제쯤 있을 거냐고 대장에게 물어도 신통한 대답을 얻지 못했다. 다만 아버지의 원수는 탑골마을에만 있는 게 아니다, 전투경찰을 모두 아버지의 원수로 생각하고 희생을 각오하고 투쟁하라는 설교만 들었다.

그러나 문이로서는 탑골마을 지서의 그 바보 같은 경찰들만이 아버지의 원수였다. 우연히 문이가 기대하던 기회가 왔다. 빨치산들의 습격을 받은 탑골마을은 저 옛날 탑골마을이 생긴 이래 가장 극심한 피해를 입었다. 마을의 경비를 맡고 있던 경찰들은 몰살되었다. 그들이 잠복하고 있는 곳을 잘 알고 있는 문이가 선두를 서서 '동무'들을 지휘했던 것이다. 대숲 근처의 참호 속에서 잠복하고 있던 경찰 두 명은 바로 이웃집에 살던 종수와 종민이 형제라는 걸 알았지만, 그건 벌써 죽이고 난 후 회중전등으로 얼굴을 확인해본 후의 일이었다. 그애들인 줄만 알았으면 죽이지 않았을 텐데, 하여튼 그날 밤 문이의 활약은 대단했다.

마을 사람들을 이제는 돌아갈 수 없는 자기 집의 넓은 안마당에 모아놓고 붉은 깃발에 대한 자기의 충성을 연설하기도 했다. 나중에 부대장으로부터, '부르주아 근성을 버려야 한다'는 주의는 들었지만 요컨대 문이는 그 연설의 마지막에 이런 말을 하는 것을 잊지 않았다.

"우리가 투쟁에 승리하여 돌아오는 날 저는 오늘 우리가 여러분들에게서 빌려가는 쌀과 소와 옷감들을 모두 갚아드리겠습니다. 이 집과 이 앞에 있는 넓은 들의 절반이나 되는 제 땅을 금융조합에 저당잡혀 빚을 얻어서라도 말입니다."

"암, 그래야제."

하고 재룡이가 고개를 끄덕이며 칭찬했다.

"자기 고향 사람들을 괴롭히면 못써. 이담에 꼭 갚아줘라, 잉."

"갚아주고 싶은 마음이사 굴뚝 같지만……"

하고 문이는 노인처럼 한숨을 쉬며 말했다.

"내가 집에 들어갈 수 있어야제."

"자수하면 되지."

재룡이가 권했다.

"자수해도 잘돼야 징역살이를 하는 줄이나 알고 하는 말여?"

"그런가? 그럼 동네로 들어가서 좀 숨어 있으면 나중에야 누가 뭐라고 할라고?"

"아니여, 종수 즈그 아부지한테 맞아 죽을 텐디."

그제야 재룡이는 문이가 왜 마을엘 들어가지 못하는가 알았다. 얘기를 들어보니 사정이 그리 되었지만,

"아닌게 아니라, 거 죄 없는 종수, 종민이는 뭘라고 죽였냐?"

해도 소용없는 말을 안 할 수 없었다. 문이는 말문이 막히는지 또는 양심이 아픈지 한동안 잠자코 있다가,

"글쎄, 누가 갸들인 줄 알았간디."

"그래, 여기까진 어떻게 왔냐?"

얼마 전 군경 합동의 공비 토벌작전이 지리산 계곡계곡에서 대규모로 펼쳐지는 바람에 문이는 당황하고 말았다. 목적도 달성했는데, 자기로서는 더 빨치산에 있을 이유가 없다고 생각하고 있던 차에 토벌작전이 확대된 것이었다. 어디가 어딘지 모르는 깊은 산속의 바위 뒤에서 죽고 싶지는 않았다. 꼭 자기가 죽어야 한다면, 집에 가서 엄니나 누님을 보고 죽고 싶었다. 그래서 도망온 것이었다. 그러나 막상 고향마을을 눈앞에 보니, 특히 종수 형제가 생각나 무섭고 미안해서 들어갈 수가 없었다는 것이다. 뿐더러 지금은 더욱 마을의 경비가 심하다는 것을 알았다. 그래서 어제 새벽부터 꼬박 이틀 동안 자기 논 옆의 이 수로관 속에 숨어 있었다.

어쩐지 자기 논이 자기를 보호해주고 있는 듯했다.

그런데도 오늘 새벽에 잠복근무를 마치고 돌아가는 경찰들한테, 하마터면 순찰을 도는 경찰한테 들킬 뻔했다고 했다.

재룡이는 문이가 딱해서 견딜 수 없었다.

"그래, 어떻게 할래?"

어두워져가는 하늘을 보며 재룡이가 말했다.

"나도 모르겠어."

"나한테 부탁하겠다는 건 뭐여?"

재룡이가 말하며 고개를 문이 쪽으로 돌리려고 할 때였다. 어두워져가는 하늘을 배경으로 하고 시커먼 사람 두 명이 도랑 위의 논둑 위로 나타나 전짓불을 재룡이를 향하여 똑바로 비추었다.

"누구여?"

재룡이가 먼저 기겁을 하고 외치며 벌떡 일어섰다.

"손들엇!"

논둑 위의 한 사람이 날카롭게 말하며 빠른 동작으로 재룡이를 향하여 앉아쏘기 자세를 취했다. 경찰이었다.

재룡이가 보자기를 든 채 두 손을 올리는 것을 보자 총을 겨누지 않은 다른 경찰이 전짓불빛을 재룡이의 얼굴에 던졌다. 아직까지는 얼굴을 알아볼 수 있을 정도로 밝은데…… 아마 전지로 무얼 비춰보는 게 저 사람의 취미인가보다, 라는 엉뚱한 생각을 재룡이는 했다. 경찰들은 재룡이의 옷차림과 가슴의 훈장까지 비춰보고서야, 그러나 여전히 총을 겨눈 채 도랑으로 내려왔다.

"여기서 뭐 하고 있어?"

전지를 든 순경이 도랑으로 내려와 재룡이 앞으로 다가오며 물었다. 재룡이는 얼른 할말이 생각나지 않았다.

"얘기하는 소리가 들렸었는데요."

옆엣총을 하고 전지 든 경찰의 뒤에서 따라오는 경찰이 말했다.

"오줌누고 있었는데요."

번쩍 들었던 손을 좀 내리며 재룡이는 자신 없이 한마디 중얼거렸다. 이젠 재룡이 곁으로 바싹 다가온 전지 경찰이 재룡이가 막아서고 있는 수로관 안을 들여다보기 위해서 허리를 굽히며 재룡이를 옆으로 밀쳤다. 재룡이는 눈을 감아버렸다. 팔을 올리고 서 있을 수 없을 만큼 온몸에서 힘이 빠져나가는 것을 느꼈다.

　수로관 안을 들여다보던 경찰의 비명 같은 외침이 재룡이의 온몸을 쿵 때렸다.

　"도망간다, ……따발총…… 잡아라……"

　재룡이는 그 외침에 대답이나 하듯이 눈을 질끈 감은 채 자기 딴에는 큰 소리로, 그러나 사실은 모기 소리 같은 목소리로 외쳤다.

　"난 제대 군인잉께 안심허씨요. 가가, 빨, 빨, 빨…… 리요. 생포허씨요, 죽이지는 말아요……"

　순수한 탑골 사투리였다.

　재룡이가 눈을 떴을 때 경찰들은 수로관을 통하여 문이를 쫓아가버리고 없었다. 그는 그 자리에 털썩 주저앉았다. 빈 들을 달리는 세찬 바람소리가 들렸다.

　갑자기 신작로 저 너머의 들 쪽에서,

　"따라오면 쏜다아!"

하는 문이의 외침이 들렸다. 다음 순간 칼빈총 소리가 수없이 재룡이의 가슴을 때렸다. 따발총 소리가 아니라 분명히 경찰들의 칼빈총 소리였다. 총소리는 곧 그쳤다. 그 대신 바람소리와 죽책이 내는 날카롭고 공허한 소리만 좀더 크게 울리고 있었다. 재룡이는 우두커니 주저앉은 채 죽책이 바람에 흔들리고 있는 소리를 듣고 있었다.

한참 후에 그는 부스스 일어나 수로관 속을 들여다보았다. 신작로 저쪽으로 통하는 구멍만 크고 동그랗고 환할 뿐 깜깜했다.

그는 보자기를 손에 든 채 수로관 속으로 머리를 디밀었다.

찬바람 속에 있었던 재룡이의 코에는 아마 문이가 남겨놓았을 시큼한 사람 냄새가 맡아졌다. 그는 엉금엉금 기어서 수로관의 반대쪽 구멍으로 나갔다. 소리로써 짐작했던 것보다는, 뜻밖에도 가까운 보리밭 언덕에서, 두 경찰은 쓰러져 있는 문이의 소지품을 검사하고 있었다.

그중 한 사람이 고개를 돌려 허청허청 다가오고 있는 재룡이를 보았다.

그 사람은 얼른 총으로 재룡이를 겨누며 이리 오라는 손짓을 했다. 재룡이는 똑같은 속도로 바람이 들어 푸석푸석한 보리밭을 밟으며 그들을 향하여 걸어갔다.

지난 겨울에 보리밭을 제대로 밟아주지 않았구나. 오줌거름도 제대로 안 했어. 보아온 중에 이처럼 보리가 얼어 죽고 누런 건 처음이다. 죽은 모양이지. 어디를 맞았을까. 죽이진 말라 했는데 쌍놈의 새끼들, 문이놈은 왜 따발총을 안 쏘았을까. 짜아식, 괜히 날 불러가지고 골탕을 먹여. 아, 골탕이 아니라 죽었지. 탑골 마을에서도 총소리를 들었겠지. 일선에서도 전쟁이 끝났는데,

여긴 왜 이 지랄이야. 참, 연대장님이 말했지. 지금은 휴전이다. 우린 지지도 않았지만 이기지도 않았다. 제대하는 여러분, 멸공의 그날까지 여러분은 이 눈 덮인 고지에서 꽃잎처럼 사라져간 전우들을 잊지 말고…… 그런데 쌍놈의 새끼들, 문이는 왜 죽였어. 빨갱이도 아닌데. 빨갱이라면 내가 죽이지. 내 사격 솜씨를 아직 모르시는군. 삼백 야드쯤이야. 나 때문에 들켜서 죽은 걸 알면 문이 엄니는 뭐라고 그럴까……

"제대 군인이라고 했지?"

전지 순경이 다가온 재룡에게 물었다.

다른 경찰이 아직도 의심을 풀지 못하고 여전히 자기에게 총을 겨누고 있는 걸 곁눈으로 보며 재룡이는 묵묵히 호주머니에서 제대증을 꺼내 그들에게 건네주었다.

화약 냄새가 난다. 코에 익은 냄새다. 피비린내 역시…… 재룡이는 벌렁 나자빠져 있는 문이의 커다란 눈이 빛을 잃고 더욱 크게 열려 있는 것을 보았다. 코와 입에서는 아직도 피가 흐르고 있었고, 핏방울은 보리밭으로 떨어져 흙 속으로 스며들고 있었다.

그리고 소지품을 검사하느라고 경찰들이 헤쳐놓은 앞가슴 밑에서 엉망진창으로 찢겨진 배를 보았고, 거기 핏덩어리들 속에서 급히 씹어넘긴, 아직 소화되지 않은 사과 조각들을 재룡이는 보았다.

"고생 많으셨겠습니다."

제대증을 조사하던 경찰이 재룡이를 향하며 경례를 붙이며 말했다.

"대단히 죄송합니다만, 지서에 잠깐 들르셨다 가시겠습니까? 몇 가지 알아볼 게 있어서요."

경찰은 이 사람에 대하여, 라는 뜻으로 시체를 손가락질하며 정중하게 말했다.

"예, 좋습니다. 참 수고하셨습니다."

재룡이는 얼결에 그렇게 대답하고 말았다.

3

재룡이는 눈을 번쩍 떴다. 캄캄한 어둠이 크게 뜬 그의 눈을 덮어누르고 있었다. 그것은 눈을 뜨나마나 마찬가지처럼 짙은 어둠이었다.

오랜 습관에 따라, 그는 숨을 죽이고 어둠 속에서 들려오고 있는 소리를 찾아 귀의 신경을 곤두세웠다.

문풍지 우는 소리가 들려온다. 언제 들어도 기분 나쁜 소리다. 어느 구멍에 살아남아 있었던지, 여우 한 마리가 먼 바람 속에서 캐앵캐앵 짖고 있다. 여우 짖는 소리에 잠을 이룰 수 없다는 듯이, 마을의 개들이 목청을 다투어 짖어대고 있다. 아침을 부르는 수탉들의 긴 울음소리도 이따금 바람소리 속에 섞인다. 뒤란의 싸리 울타리가 바람에 흔들리며 내는 소리, 부엌에서 쥐들이 솔

가지에 이를 가는 소리……

조용한 듯하면서도 의식하고 보면 뜻밖에도 소란한 농촌의 밤이다.

악몽을 꾸다가 문득 잠이 깬 재룡이는 어둠 속에서 멍하니 눈을 뜨고 누워서, 밤바람에 실려오는 모든 소리를 듣고 있었다. 그러면서 탑골마을의 밤 역시 다른 식으로나마 소란하다고 느끼고 있었고, 그리고 어쩐지 허전했다. 자기의 몸을 눕히고 있는 이 어둠이 이미 위험하지 않은 어둠, 따뜻한 어둠인 것을 물론 재룡이는 잘 알고 있었다.

그러나 허전했다.

재룡이는 누운 채 손만 뻗쳐 머리맡을 더듬어 라이터를 집어들었다. 사단장의 이름이 새겨진 하사품이었다. 이제부터 석유 등잔에 불을 켜고 담배를 한 대 피워야지. 그러나 라이터는 불똥만 몇 번 튀었을 뿐, 그나마도 나중에는 튀지 않았다.

기름과 돌이 한꺼번에 다한 모양이다. 초소의 경찰애들한테 또 얻으러 가야겠다고 생각하고 있는데,

"아가, 또 꿈꿨냐?"

어둠 속에서, 늙은 엄니의 가래 걸린 음성이 들려왔다.

"아아니요."

라이터를 머리맡으로 던져버리며 재룡이가 대답했다.

"담뱃불 찾냐?"

"아아니요."

"화로에 불씨가 좀 있을 것인디……"

부스럭부스럭, 자리에서 몸을 일으키며 엄니가 말했다.

"괜찮아요."

엄니를 등지고 돌아누우며 재룡이가 말했다.

괜찮다는데도 엄니는 방구석에 놓인 질화로를 끌어당겨 불씨를 찾아 재를 뒤적이는 기척이었다.

쇠로 된 부젓가락이 질화로에 부딪쳐 달그락 소리를 냈다. 그 소리는 재룡이의 귀에 거슬렸다.

"아따, 괜찮당께 그래쌓네."

투덜거리듯 말하고 나서 재룡이는 이불을 머리끝까지 둘러썼다. 짜증이 났다. 전연 짜증낼 일이 아닌 줄 잘 알면서도 재룡이는, 엄니가 자기의 담뱃불을 위해 어둠 속에서 화로의 재를 뒤적이고 있다는 사실에도 짜증이 나는 것이었다.

"아쿠쿠, 이 호랭이 물어갈 놈의 재가……"

엄니가 나직한 비명을 질렀다.

아마 한 귀퉁이에 눈곱만큼 불이 붙어 있는 숯조각이라도 한 개 집어들고 불을 키우느라고 후우후우 입바람을 불고 있던 엄니의 눈에 그만 재가 들어가버린 모양이었다.

노파는 쓰리고 아프고 까칠까칠하여 눈을 뜰 수조차 없었다. 숯조각을 쥐고 있지 않은 다른 한 손으로 노파는 티가 들어간 눈의 두덩을 문지르기 시작했다.

눈물만 찔끔찔끔 새어나오고 눈 속이 더욱 따끔거릴 뿐, 티가 나올 리 없다.

이번엔 새끼손가락 끝에 침을 묻혀가지고 눈 속을 훑어내듯 닦아보았다. 그러나 마찬가지였다. 이번엔 눈꺼풀을 까뒤집고 소매 깃으로 꼬옥꼬옥 눌러봤다. 별수 없었다. 소매 깃에 눈물만 닦아버린 결과가 되어, 물기조차 없어진 눈 속은 전보다 더욱 따끔거렸다. 노파는 눈물을 짜내느라고 입을 힘껏 벌려 억지하품을 해본다.

이불을 둘러쓰고 돌아누워 있는 재룡이는, 자기 엄니가 하고 있는 동작 하나하나를 훤히 알 수 있었다. 그리고 지금 당장 어떻게 하면 엄니의 눈에서 티를 씻어낼 수 있는가 하는 것도 알고 있었다.

재룡이 자기가 지금 당장 일어나서 혀끝으로 엄니의 눈 속을 훑어내면 된다. 혀끝에 티는 묻어나올 것이고, 엄니의 고통은 금방 없어져버릴 것이다.

그러나 재룡이는 손끝 하나 까딱하지 않고 잠든 듯이 누워 있었다. 그래서는 안 되는데 괜히 짜증만 목구멍 속에서 부글부글 끓어오르고 있었다. 눈 속의 티를 혀끝으로 훑어내는 방법쯤이야 엄니가 더 잘 알고 있을 거 아니냐. 어렸을 때 애당초 그런 걸 나한테 가르쳐준 게 엄니가 아니냔 말여. 당장에라도 날 불러서 그렇게 해달라고 하면 될 일을 가지고 왜 저렇게 청승을 떨고 있다냐.

물론 그런 생각을 하고 있음이 옳지 못하다는 것을 재룡이는 잘 알고 있었다. 옳지 못한 생각까지 해가며 자기의 터무니없는 짜증을 부채질하고 있는 자기 자신을 생각하니 새로운 짜증이 더 늘어날 뿐이었다. 자기가 참 이상해졌다고 재룡이는 생각한다.

재룡이가 이상할 정도로 사람이 달라졌다는 것은 누구보다도 노파가 먼저 알아보았다.

우선 재룡이의 몸이 달라졌다. 아들 딸 합쳐서 여섯이나 낳았지만, 자라나다가 요 핑계 조 핑계로 다 죽고 단 하나 살아남아 준 것이 재룡이였다. 비록 단 하나뿐인 아들이지만, 어렸을 때부터 몸이 튼튼하고 성질이 착해서 남의 집의 형제 열 명이 부럽지 않았다. 키야 좀 작으면 어떤가, 옆으로 옆으로 퍼지는 살을 좀 보라지. 그것도 돌덩어리처럼 탄탄하니, 그 흔해빠진 학질이나 염병도 어디 건드려볼 데가 있어야제. 마을의 씨알머리없는 가스나들이 '보리두부, 보리두부' 하고 놀리지만, 요년들아, 보리로 만든 두부도 있다더냐.

우리 재룡이는, 풍채 좋아 고을 고을 뭇 계집들이 침 흘리며 바라보던 즈이 삼대 할아부지를 쏙 빼닮았단다.

하지만, 군대 나간다는 인사 한마디 없이 종적을 감췄다가 사 년 만에 불쑥 돌아온 재룡이의 몸은, 마을에서 쫓겨나 하천 하류 자갈밭에 움집을 짓고 뱀을 잡아먹으며 살다가 죽어버린 폐병쟁이 오서방처럼 바싹 말라버린 것이었다. 정말 장마철의 보리처럼 검푸르기조차 했다.

달처럼 둥글둥글하던 얼굴은 메주처럼 길어지기만 했고, 메주에 곰팡이 슬듯 허연 버짐이 더께더께 번져 있는 것이었다.

더구나 눈. 암팡지고 다부지게 생긴 허우대와 달리, 날 받아놓은 처녀보다 더 유순하고 고운 재룡이의 마음씨는 오로지 저 눈에서 나오는 것이라고 인근에 평판도 높았던 그 눈이 변해 있는 걸 보면 볼수록, 노파의 심정은 딱하다는 걸 지나 섬찟 무섬증조차 드는 것이었다.

벌써 한 달 전, 재룡이가 어둠 속에서 '엄니, 나 왔어' 하고 불쑥 나타났을 때 노파가 맨 먼저 본 것은 재룡이의 눈이었고, 농사와 길쌈으로만 늙어서 항상 진물이 나고 눈곱이 끼고 벌겋게 해지고 흐린 노파의 눈으로 보아도, 재룡이의 눈빛이 영 달라져 있는 걸 대뜸 알 수 있었다. 그리고 그때 벌써 노파는 아들의 눈이 무서워져버렸던 것 같다. 제 딴엔 엄니를 보니 반갑고 반가워서 웃고 있는 모양이었으나, 성이 나 있어도 마치 금방 웃으려는 듯이 보일 정도로 마냥 부드럽고 인정에 가득 차 있었던 옛날의 그 눈은 아니었다. 사람을 많이 죽인 사람의 눈이 아마 이런가보다고 생각될 정도로 재룡이의 눈은 번들거리고 뻘겋고, 그래서 잔인해 보였다. 도대체 노파가 일찍이 그런 눈을 본 적이 있다면 새끼를 낳고 미쳐버린 이웃집 똥개가 제 새끼들을 물어 죽여서 입에 물고 질질 끌고 다니며 자기를 쫓는 사람들을 희뜩희뜩 훔쳐보던 그 눈빛이 있었을 뿐이었었다. 사실, 가령 재룡이가 거의 무의식 상태에서 총을 쏘아대어 많은 적을 죽여야 하고, 또 흙먼지가 풀썩이는 산비탈을 동료의 시체를 떠메고, 떠메고 떠메고 내려와야 하는 전쟁터에서 돌아오는 길이 아니라, 별로 먹지도 못하고 자지도 못하고 철매와 사람에 시달린 나흘간의 기차 여행을 막 끝낸 단순한 여행자에 불과하다고 했더라도 그의 눈은 피로 때문에 충분히 변해 있을 수 있을 것이었다.

노파는 돌아온 아들의 얼굴을 손으로 쓰다듬으며 울었다. 반가워서 울었지만 어쩐지 변한 것 같은 아들이 무서워서, 그리고 그 무섬증을 떨쳐버리려고도 울었다. 여행의 피로 때문에 변한 눈이라고는 잠깐이라도 생각해보지 않은 노파의 생각이 하기야 옳았던가보았다. 재룡이의 눈은 한 달이 지나도 별로 달라지지 않으니까 말이었다.

변한 것은 재룡이의 몸이나 눈뿐만이 아니었다. 넋이 들어 있다는 눈의 빛이 달라졌으니 더 말할 것도 없지만 성질조차 이젠 옛날의 재룡이가 아니었다.

말수가 적은 것은 옛날이나 같았지만, 그러나 그것만 빼놓으면 어느 한 군데 변하지 않은 게 없는 것 같았다.

우선 몸을 움직여 일하는 것을 싫어하게 돼버린 것 같았다. 싫어하는 정도가 아니라 일하는 것을 무서워하는 것 같기만 했다. 어쩌면 일하는 법을 말짱 잊어버렸는지도 몰라 보였다.

옛날의 재룡이는 곰가죽을 둘러쓴 여우라는 얘기를 들을 만큼 일에 빨랐다. 할 일이 없으면 몸이 가려워 못 견디어 보이던 아이였었다. 마을의 총각 머슴놈들이 후끈후끈 군불을 땐 머슴방에 몰려앉아 윷이나 놀고 노름판이나 벌이고, 하다못해 아랫도리를 까내놓고 누구 물건이 더 큰가 겨눠보며 시간을 썩이는 농한기에도, 재룡이만은 삼십 리 깊은 지리산 속까지 가서 마른 솔잎을 긁고 있었다는 정도였다.

그랬는데 지금은 영 아니었다.

땔감이 없어서 엄니가 울타리에서 싸리나무를 빼다가 아궁이에 불을 지펴도 멍한 눈길로 보는지 안 보는지…… 그전의 재룡이 같았으면 뒷산에 딱 한 그루 있는 박달나무를 베어 장작을 만들었어도 벌써 만들었으리라. 그러나 마지못해 한 짓이란, 군대 가기 전에 머슴 살던 성부잣집 — 지금은 성필이 아부지가 관리하고 있는 그 집에 가서 짚더미 몇 단을 얻어, 그나마 골목길에 지푸라기를 질질 흘리며 무거운 듯이 끌어다주면서 땔감으로 하라고 한 적이 딱 한 번. 골목에 흘려놓은 지푸라기가 아까워서 노파가 아픈 허리를 구부리고 일일이 주워 옆구리에 한 아름 끼고 돌아왔을 때는, 재룡이는 이미 방 안에서 듣기 딱한 소리로 코를 골며 자고 있었다.

원래 잠을 좋아하던 재룡이었었다. 하지만 이 말의 뜻은 한번 잠들면 장난 심한 친구들이 허벅다리에 불총을 놓거나 자지 끝을 실로 묶고 그 실의 다른 끝을 문고리에 잡아매어 문을 열었다 닫았다 해도 모를 만큼 깊은 잠을 잔다는 얘기였지, 지금처럼 밤낮 가리지 않고 어디서건 더위 먹은 닭처럼 비실비실 쓰러져서 곧 숨이 끊어지려는 걸 막느라고 안간힘을 쓰듯이 답답한 소리로 코를 골며, 식은땀을 뻘뻘 흘리며, 더구나 이따금 짐승의 울

부짖음처럼 사납고 귀에 선 헛소리를 버럭버럭 내지르며 잠을 잔다는 뜻은 아니었었다.

재룡이의 모든 것을 변하게 한 게 무엇일까 하고 생각하고 있노라면, 노파는 어쩐지 재룡이의 이 많아진 잠, 추악하고 사나운 잠버릇을 생각하게 된다.

정신이 허해지고 몸이 약해지면 으레 저런 잠을 잔다는 걸 노파는 경험으로 알고 있었다. 온다 간다 말 한마디 없이 재룡이가 종적을 감추고, 얼마 후에 면에서 재룡이가 군대에 들어갔으니 그리 알라는 통지가 오고, 그 무서운 전쟁터에 갔으니 영락없이 죽는 거라고 며느리와 붙들고 한바탕 통곡을 하고, 며느리의 통곡은 날이 갈수록 웃을 줄 모르는 수심에 찬 얼굴로 변해갔지만, 자기의 통곡은 하루에도 몇 차례씩 마치 지랄병이 도지듯이 터지고, 그러는 새 군대 나갔던 마을 청년들이 하나둘씩 상자에 담긴 재로 되어 돌아오고, 면 서기와 지서 순경이 호위를 한, 목에 흰 띠를 두르고 유골상자를 안은 군인의 모습이 들길의 저쪽에 모습을 나타내면,

"워매, 우리 재룡인갑다. 재룡인갑서……"

하며 노랗게 아뜩해지는 하늘을 거머쥐고 휘청거리곤 하고, 며느리는 며느리대로 그러기에도 이젠 지쳤다는 듯이, 아니 사실은 마을 아낙네가 애를 업느라고 흰 무명띠를 펄럭이는 것만 보아도 이마에 찬땀이 솟고 다리가 후들거리고 목구멍 안이 화끈 부어오를 만큼 흰 띠라면 병적으로 무서워서, 어느 날 마치 재룡

이처럼 간다 온다 말 한마디 없이 친정으로 도망가버리고, 그러자 늘그막에 천애고아가 돼버린 내 신세, 재룡이 때문에 그렇잖아도 싫어지기 시작하던 세상이 이젠 싫다는 것도 지나 미워지기 시작한다.

늙은 시어머니가 굶어 죽든 얼어 죽든 난 모른다 하고 도망가버린 며느리년도 밉지만 이젠 뼈도 돌려보내지 않는 재룡이도 밉고 늘그막에 봉변을 당하여 동네야 떠나가라 소리소리 지르며 밤낮으로 울고 지내는 노파가 불쌍하다고 밥이며 땔감을 번갈아 갖다주는 마을 사람들도 밉고.

"청안댁, 어디 청안댁만 서럽소? 우리 진수는 어떻고……"

"그래도 진수는 뼉다구라도 왔제, 우리 재룡이는 뼉다구는커녕 귀신도 안 돌아오니께 안 그렇소! 귀신이 되어 꿈에라도 나타남사…… 요샌 꿈에도 안 뵌단 말요오, 아이구우, 아이구우……"

"뼉다구가 안 왔으니 아직도 살아 있는 거제잉. 재룡이는 살아 있는 거제잉. 우리 진수는…… 아이고오, 아이고오…… 어디 가면 우리 진수를 볼 것인고. 아이고오, 아이고오……"

자기를 위로하러 왔다가 도리어 자기 설움에 복받쳐 자기보다 더 큰 소리로 통곡하는 이웃집 노파도 밉고. 그러다가 어느 날 어렸을 때부터 부잡스럽고 악독하던 상만이, 전쟁이 나자마자 군에 들어간, 들어가면서도 다른 애들처럼 노래나 부르며 들어간 게 아니라 죽을 판에 가려니 지닌 성질은 다 부리자 생각했던지 읍내 포목점으로 시집간, 시집 잘 갔다 소문난, 시집갔다가

잠시 친정에 다니러 온 민자를 허리를 못 쓸 정도로 난폭하게 겁탈하고 그나마 잘했다는 듯이,

"민자가 내 새끼 뱄다. 민자는 내 여편네다. 자, 너 이년, 내 새끼 안 낳아놓으면 귀신이 돼서도 또 붙어먹을 테어어."

대숲을 쩌렁쩌렁 울려놓고야 군대 들어간 상만이란 놈이, 전쟁터에서는 또 얼마나 부잡스럽게 굴었던지 귀중한 제 팔 하나를 어디다 내버리고, 그 대신 번쩍번쩍하는 쇠갈고리를 매달고 돌아와서, 부산에서 길을 지나가는 재룡이를 자기는 차를 타고 지나가며 먼발치로 보았다고, 그리고 곧 휴전이 될 모양이니 이제 재룡이는 살아서 돌아올 것이라고 알려주고, 그러니까 아 살았구나 살아 있었구나, 우리 재룡이는 살아 있었구나. 하지만 다시 생각해보면, 거짓말하는 게 참말하는 줄로 알고, 못된 짓 하는 게 좋은 짓 하는 줄로 아는 상만이 놈이 전하는 얘기다. 어디 눈곱만큼이라도 믿을 수가 있나. 하지만 또다시 생각해보면, 어디서 팔을 잃어버리고는 놈이 영 사람이 달라져가지고 온 눈치다.

"세상 어딜 다녀봐도 우리 마을 같은 디가 없습디다."

제법 씨알먹은 소리도 조용조용히 말할 줄 알고, 이젠 마을 사람들 대갈통이 성할 날이 없겠다고 조심하며 모두들 슬슬 곁눈질로 훔쳐보던 쇠갈고리로 어느 틈에 배웠는지 보는 사람이 신기하여 벌어진 입이 안 다물어질 만큼 대쪽을 실처럼 가늘게 쪼개고 쪼갠 댓가지로 소쿠리, 석작, 꽃병…… 별의별 것을 만들어내고.

아닌게 아니라 을러댄 게 효험이 있었던지 상만이 애를 배어 시집에서 쫓겨난 민자와 살림을 차리고 죽물(竹物)로 재산도 모아가며 오손도손 살기 시작한 그러한 상만이의 얘기니 믿어도 좋겠다. 아니 믿고 싶다고 생각하고……

요컨대, 상만이의 얘기를 듣고 나서, 그럼 동네도 창피한데 그만 울고 세월만 가거라 하고 재룡이를 기다려볼까 하고 생각하기 시작한 그 얼마 전까지도, 노파 역시 지금의 재룡이처럼 식은 땀으로 멱감으며 헛소리를 지르며 자기가 시끄러워서 잠이 깰 만큼 코를 골며 잠을 자곤 했었던 것이다.

그런 경험이 있었기 때문에 노파는 재룡이의 잠이 대강 어떤 종류의 잠이란 걸 알 수 있었다.

하지만, 자기가 그런 잠을 잔 것은 오로지 재룡이 지가 보고 싶어서 — 도망간 며느리년은 나중엔 밉다 곱다 생각조차 잊어버렸으니까 — 였지만.

그러므로 재룡이가 살아 있어서 멀지 않아 돌아오리라는 확신에 사로잡히기 시작하고부터는 옛날의 편안한 잠을 되찾을 수 있었지만, 그렇다면 무사히 집에 돌아온 재룡이는 무엇이 그다지도 보고 싶어서, 무엇을 그다지도 잊을 수 없어서 저런 잠을 자느냐.

4

노파는 처음 얼마 동안은 재룡이가, 자기 여편네가 보고 싶어서 그러는 줄로 알았다. 돌아오던 날, 재룡이가 방 안을 둘러보며,

"어디 갔어요?"

어딘가 맥빠진 음성으로 물었을 때야 노파는, 그 동안 까맣게 잊어버리고 있었던 며느리의 존재가 문득 생각났다.

그리고 재룡이가 돌아온 이 자리에 며느리가 없다는 사실이 어쩐지 자기의 잘못처럼 생각되는 것이었다.

재룡이가 내색은 안 하지만, '엄니가 구박해서 내쫓았군요' 하고 있는 것 같았다.

그렇게 오해하고 있지 않나 하는 생각이 들자마자 노파의 마음은 그 동안의 사정을 알려야겠다고 조급해졌다.

한편으로는 여태껏 잊어버리고 있었던 며느리에 대한 미움이 되살아났다. 재룡이에게 해명해야겠다는 조급한 마음과 며느리에 대한 미운 생각이 범벅이 되어, 노파는 엉뚱하게도 그만,

"내 앞에서 고 잡년 얘기는 꺼내지도 말아라. 고 쌔(혀)가 넉 자나 빠져 뒈질 년…… 니가 암만해도 죽었을 것 같으니께, 요 호랭이가 물어가도 시원찮을 년이 서방질을 안 했냐! 서방질을."

"누구하고요!"

"누군 줄 알았음사 내가 두 눈이 퍼렇게 살아서 가만뒀겠냐?"

"……"

"배가 맞아서 연놈이 종적을 감춘 후에사 나도 그런 줄 알았제. 다시는 그년 얘기를 쌔끝에도 대지 마라."

얘기를 하고 나서, 아니 정확히 말하자면 그렇게 얘기를 꾸며서 해가는 도중에 노파는 문득 자기의 더러운 거짓말에 놀라움을 느꼈고 부끄러웠다. 괴로운지 시무룩해져서 앉아 있는 재룡이를 보니 더구나 자기의 거짓말에 말할 수 없이 큰 두려움조차 느꼈다.

그렇잖아도 살인한 사람의 눈처럼 무섭게 변해버린 재룡이의 눈이, 만일 자기의 거짓말을 알아버린다면 어떻게 될 것인가. 부모가 아무리 좋다 한들 여편네만 할까.

아니, 그 얘기가 거꾸로 되어야 옳다고 하더라도, 죄 없는 며느리를 화냥년으로 꾸며댄 부모를 잘했습니다, 할 자식이 어디 있을까. 노파는 재룡이가 무서워졌다.

그래서인지, 노파는 자기가 조금 전에 꾸며댄 얘기를 사실처럼 믿기로 했다. 며느리년은 서방이 군대 나간 사이에 어느 놈하고 배가 맞아 도망갔다, 그렇게 생각하니 정말 그랬을 것 같았다. 같았다가 아니라 뭐 틀림없다. 그렇잖고서야, 의지할 데 없는 시어머니를 내팽개쳐버리고 온다 간다 말 한마디 없이 도망가는 년이 어디 있어? 또, 한때 며느리의 소행을 좋은 뜻으로 생각해보려고 애썼듯이, 가령 지가 마을로 들어오는 유골 담은 상자들을 보다보다 못 견디어 도망갔다고 해도, 그렇다면 여기서야 공비들이 날뛰건 말건 하여튼 전쟁이 끝났다고 하는 얘기는 즈이 친정마을에 있으면서도 들었을 터이고, 그럼 서방이 돌아왔나 안 왔나, 아니 하다못해 팽개쳐버린 시어머니가 그 동안 죽었나 살았나, 죽었으면 어디다 묻기라도 했나, 어쨌더라도 보러 왔어야 할 게 아니냐.

안 왔다. 그러므로 틀림없다. 그년은 적어도 친정 마을에서 새 서방을 얻기라도 했음에 틀림없다.

노파는 자기의 거짓말이 그럭저럭 참말이 되어가는 걸 보고 안심했다. 묵묵히 앉아 있던 재룡이가 엄니를 안심시키느라고 억지로 지어서 하는 것은 아닌 모양으로,

"차라리 잘됐네요."

하고 알쏭달쏭한 말이나마 더이상 여편네 얘기를 캐묻지 않으니까 더욱 안심했다. 그후로, 재룡이가 여편네의 친정에라도 한 번쯤 가보지 않을까 하고 눈치를 살폈지만, 전연 그럴 기색은 보이지 않는 것을 알고 노파는 완전히 안심했다. 차라리 재룡이가 이상할 지경으로 여편네 얘기를 전연 꺼내지 않으니까, 꺼내지 않을 뿐만 아니라 정말 깨끗이 잊어버린 듯한 얼굴을 하고 있는 걸 보니까, 노파는 불현듯 며느리가 불쌍해졌다. 망할 년, 어찌 나하고 함께 버티고 기다렸으면 그렇게도 기다리던 서방 꼴을 볼 것인디…… 그나저나 우리 재룡이는 전쟁하러 다니다 온 게 아니고 첩질이나 하고 다니다 왔다냐 어쨌다냐. 원, 제 집의 제 각시를 저렇금도 말짱히 잊어버렸다니…… 하루 해도 안 걸리는 육십 리 저쪽에 명색이라도 처갓집이 있으니, 남들이 뻑다구나

병신으로 돌아오는 전쟁터에서 지가 성한 몸으로 살아왔으면 살아왔습니다. 절이라도 한번 꾸벅 하러 가야제…… 노파는 자기의 거짓말이 탄로나면 어쩌나 하는 걱정도 잊어버리고 며느리를 불쌍해하기도 했다.

물론 막상 여편네가 시집올 때 해가지고 온 새 이불, 겨우 석 달을 함께 덮었다가 남편이 없어지자, 돌아오면 펴겠다고 며느리가 이불보에 꽁꽁 싸서 장롱 위에 올려둔 채 한 번도 끌러보지 않았던 이불을 꺼내어 깔고 덮으며 재룡이가 야릇한 표정을 지을 때, 노파는 새삼 불안해지곤 했다. 하지만 그 야릇한 표정, 뭔가 심통사나워 보이기도 하고 맥없어 보이기도 하고 어쩌면 눈물이라도 서너 방울 흘릴 것 같으면서도 삐쭉이 웃는 그런 얼굴로써 재룡이가 이불 속으로 기어들어간 것은 불과 몇 번에 그쳤고, 그리고 그 표정 이상으로 번지지는 않았다.

벌써 한 달째, 아니 불과 한 달도 안 되었는데 한번 깔아놓고 난 후에 변변히 개어보지 않은 그 이불은 재룡이가 밖에서 묻혀오는 때, 몸에서 뿜어내는 땀 등으로 새까맣게 찌들어버렸다.

어쨌든 재룡이는 그 이불을 둘러쓰고 잠잔다. 무엇이 보고 싶을 때, 무엇을 그다지도 잊을 수 없을 때 자는 그런 잠을 말이다. 그러나 그 보고 싶고 잊을 수 없는 것이 적어도 여편네는 아닌 것 같다고 노파는 생각하는 것이다. 그러면 무엇일까? 모른다. 모른다고 할 수 없는 것은 다만 재룡이가 너무 변했다는 사실뿐이다.

일하기를 싫어하는 게으름뱅이가 되고 이상한 잠버릇을 가진 잠꾸러기가 되었다는 정도로만 변해주었다면 아직도 다행이었을 것 같다. 노파로서는, 가장 믿고 싶지 않고 그런 만큼 차라리 돌아오지 않았더라면 하는 생각이 들 만큼 엄청난 재룡이의 변화는 그가 인정머리없고, 사납고, 세상 무서운 줄 모르고 날뛰는 사람이 되어버렸다는 것이었다. 설상가상으로 술과 계집에 환장하기조차 한 것 같아 보였다.

5

재룡이가 잔인한 사람으로서 처음 나타난 곳은 성문이의 시체를 파묻으려던 날이었다. 재룡이가 마을에 돌아온 지 사흘째 되는 날이었다. 그 사흘 동안만은 어떻든 재룡이는 마을 사람에게서 옛날의 재룡이로서 환영받았다.

"효자는 하늘도 알아주는갑네. 자네 엄니, 하마 봉사 됐을걸. 눈에 눈물이 마른 날이 없었으니께 말여. 다친 데도 없이 돌아오니 더한 효성이 어디 있겠나."

"워매, 워매, 저게 재룡이 아니여? 넓은 세상 구경도 하고 왔겠다, 앞으로는 재롱을 얼마나 더 피울랑고!"

"보리두부도 마를 때가 다 있구마잉."

또는,

"아이고오, 아이고오, 재룡이 늬만 살고…… 아이고오, 아이고오, 우리 진수는 어디 가면 만나볼꼬……"

이런 식, 저런 투로 마을 사람들은 요컨대 재룡이의 귀향을 축복해주었었다. 집집마다 재룡이를 앞세우고 인사 다니는 재룡의 엄니는 발가벗고 춤을 추라 해도 좋아 죽었다.

재룡이 역시 만나는 마을 사람들 하나하나가 반갑기 짝없다는 표정이었다. 마을 사람들 중에는, 재룡이의 귀향쯤이야 관심도 없다는 듯이 덤덤한 표정으로 대해주는 사람도 적지 않았지만, 그렇다고 재룡이가 그런 사람들을 섭섭하게 생각하는 것 같지는 않았다.

성부잣집을 임시로 관리하고 있는 성필이 아부지 같은 영감도 재룡이의 귀향 인사를 받는 둥 마는 둥 하며 대뜸, 마치 엊저녁에도 밤늦게까지 일을 시키다가 보던 머슴한테 대하듯 한 말투로, 지서에서 보관하고 있는 문이의 시체를 찾아다가 파묻어줘야 한다는 걱정을 꺼냈다. 파묻어주되 가능하다면 장례식도 베풀 수 있으면 좋겠다. 시국이 시국이니만큼 빨갱이로서 죽은 사람은 무덤도 변변히 만들 수 없다, 하물며 상여 꾸미고 차일 쳐가며 잔치 난 듯 장례식을 치를 수는 없지만, 그러나 유서 깊은 탑골마을 성부자댁의 마지막 사람이라면 지서에서도 눈감아주겠지, 시국 탓으로 문이가 엉뚱하게도 빨갱이로서 죽었지만, 사실 그 집안 내력으로 보나 뭘로 보나 걔가 어디 빨갱이가 될 법한 애냐. 그러니 재룡이 너는 지금 당장 지게를 지고 지서로 가서 문이의 시체를 내달라고 교섭해봐라. 물론 장례식을 해도 좋다는 허락도 받아오라. 이 일을 할 만한 사람은 재룡이 네가 가장 적당할 것 같다. 문이를 마지막으로 본 사람이 너라서가 아니라, 벌써 엊저녁에 소문을 들었다만, 넌 공을 많이 세운 군인이었다니 지서에서도 네 말을 무시하지 않을 것 같아서다. 다른 사람들은 혹시 빨갱이를 두둔하는 게 아닌가 하고 오해받을 수도 없지 않다. 사실은 나도 좀 오해받고 있는 것 같다. 요 몇 년 동안 나는 빨갱이든 뭐든 그저 탑골사람이 죽었다 하기만 하면 힘닿는 대로 엄숙하고 성대한 초상을 치러주려 애썼다. 살았을 때 지은 죄는 지서 장부 속에 남았을 게고, 죽은 몸뚱이야 더 무슨 죄를 짓겠느냐. 여기서 태어났으니 여기다 몸을 묻어야지. 나는 그런 생각이다만 오해를 하는 사람도 있더라. 하여튼 이 소리 저 소리 다 집어치우고, 비록 영감님도 돌아가시고 문이도 죽었지만, 문이의 모친과 누님들은 읍내에서 살고 있으니 세상만 조용해지면 다시 마을로 돌아오실 것이다. 임시지만 집이니 논밭을 맡아 있는 나로서는 재룡이 너를 그전과 다름없이 이 성부잣집의 신임받는 머슴으로 생각해주겠다. 영감님이 살아 계실 때보다 새경을 올려주겠다만 그보다도 이 집 일이 내 일이니라 생각하고 일해줬으면 좋겠다. 그러므로 너는 지금 지게를 지고 가서 문이의 시체를 찾아오너라. 나는 읍내에 나가서 문이 모친을 만나보겠다.

성필이 아부지가 재룡이 자기의 귀향을 반기고 전선에서 겪은 고생을 묻는 인사말 한마디 없는 게 좀 섭섭하긴 했지만, 역시 성필이 아부지 말씀이 무엇보다도 훨씬 더 중요하다는 듯이 얌전히 듣고 있었다. 그리고 그 자리에서 당장 지게를 지고 지서로 달려가지만 않았달 뿐, 또 '고맙습니다, 여전히 이 댁의 머슴으로 두어주시겠다니 힘껏 일하여 보답하겠습니다' 는 대답을 하지 않았달 뿐, 문이의 시체 인수와 초상 준비에 빠르고 틀림없는 일솜씨를 보여 재룡이의 건재를 과시하기도 했다.

그러나 마을 사람들은 재룡이다운 재룡이를 그 사흘 동안에 마지막으로 본 것이었다. 마을 뒷산에 문이를 묻을 구덩이를 파고 있다가 재룡이의 변한 모습이 처음으로 사람들에게 알려졌다.

마을 뒷산에 있던 무덤들은 이 몇 년 동안에 갑자기 생긴 것들이었다. 대부분이 명예의 전사를 하고 재로 돌아온 마을 사내들의 무덤이었다. 나머지는 마을의 치안을 맡아보다가 죽은 사람의 무덤, 빨갱이로 오인되어 죽은 사람의 무덤들이었다.

실은 이 뒷산에 무덤들을 둔다는 것은 있을 수 없는 일이었다. 첫째는 바로 뒷산에 공동묘지를 두는 법이 아니었고, 둘째는 그 산이 성부잣집 개인 소유의 산이었기 때문이었다. 그러나 아직도 계엄령에 의하여 왕래가 불편한 시절에 좀 멀리 있는 공동묘지까지 간다는 건 불편하였고, 그리고 묻을 것은 아까운 마을 사내들, 그것도 한 줌이 될까 말까 한 재다. 더구나 그 산이 빨갱이의 편을 들었다고 억지로 생각하자면 할 수 있는 집의 소유이니, 국군으로 전사한 사내들이 그 산에 묻힌다는 것은 어떤 뜻에서라도 기념되는 일이다. 애당초 의견을 낸 건 이 마을 출신도 아닌 면장님이었으나, 좋은 의견입니다, 고 마을의 노인들도 진심으로 찬동했었다.

한편, 본의 아니게도 빨갱이로 죽긴 했지만, 이 마을 사람들을 내 식구같이 생각했던 성부자댁 영감님이고 보면, 그 의견을 저승에서도 반대하진 않을 게다. 또, 성씨 문중의 선산은 따로 있으니까 그 집안의 조상들을 모욕하는 짓도 아니다.

읍내에 나가 사는 성영감의 부인도 솔직한 느낌으로는, 이 지경이 된 세상이 원망스러웠지만, 하여튼 그 의견에 고개를 끄덕였다.

그렇게 하여 급작스럽게 생긴 뒷산의 묘지들이었다. 여기에 문이의 무덤이 생길 터였다. 자기 집안 선산에 묻혀야 옳을 것이나, 역시 멀어서 왕래가 불편하다고, 이 장례식의 호상(護喪)을 맡은 성필이 아부지는 판단했다.

계엄령이 해제되고, 살이라도 다 썩은 후에는 선산으로 이장해주기로 하자 하고 우선 여기 묻기로 했다. 이 산도 자기네 산이니 영원히 여기 묻혀 있어도 틀릴 것은 없다.

이래서, 벌써부터 황폐한 기운이 돌기 시작하는 성부자댁 넓은 안마당에선 초라한 상여가 꾸며지고, 양지바른 뒷산 중턱에선 재룡이가 자기 또래의 머슴 몇 놈을 데리고 문이가 묻힐 구덕을 파고 있게 되었다.

들판엔 꽤 세찬 바람이 불고 있었다. 읍내 쪽으로 트인 저 멀리, 협곡은 바람이 몰고 가는 흙먼지로 하여 마치 저기서 뜨거운 구름이라도 뿜어내고 있는 것 같았다. 그러나 마을의 아까운 사내들이 재가 되어 묻혀 있고, 이제 문이도 묻히게 될 뒷산에는, 일찍이 성영감이 오늘을 위하여 그렇게도 방풍림에 신경을 썼었다는 듯이, 느리고 약한 바람이 조금 땅바닥을 기고 있을 정도였다.

"나, 저럴 줄 알았제."

구덕을 다 파놓고, 문이 엄니가 보내준 술을 마시려 할 때였다. 누군가가 말하며 가리키는 곳을 보니, 산비탈 아래로부터 한 떼의 사람들이 심상찮은 기세로 소리소리 지르며 구덕을 향하여 올라오고 있는 것이었다.

다가오고 있는 사람들의 험악한 기세와 지르는 고함소리는 마치 이웃 마을로 한바탕 물쌈을 하러 가는 것 같았다.

"왜 저래?"

재룡이가 물었다.

"문이를 여기다 묻어선 안 된다는 거 아녀!"

누군가가 대답했다.

"왜?"

"빨갱이를 국군들하고 나란히 묻어서 쓰겠어?"

올라오고 있는 사람들은 대부분, 문이가 끌고 온 빨치산들에 의하여 식구를 잃었거나 재산을 강탈당한 사람들이었다. 특히, 춥지도 않은지 저고리 앞섶을 벌려놓고 바지를 흘러내려 맨살을 드러낸 채 고래고래 외치며, 땅바닥을 거의 뒹굴다시피 하며 사람들의 앞장을 서서 올라온 사람은 종수, 종민 형제의 아부지였다.

그저께, 재룡이가 인사드리러 갔을 때, 느닷없이 재룡이의 어깨를 끌어안고, 술냄새 짙게 나는 입과 수염을 재룡이의 뺨에 부벼대며,

"자네가 내 원수 갚았다제! 자네가! 자네가 문이놈을 탕 쏴죽였다제? 창자야 쏟아져라 하고 탕탕탕 쏴죽였다제! 고맙네. 재룡이, 고마우!"

사실도 아닌 얘기를 헛소리처럼 중얼중얼 빠르게 외며 재룡이에게 고마워하던 종수 아부지였다.

지금 그 영감은, 뒤를 따라오고 있는 성필이 아부지 일행에게,

"못 해! 여기가 어딘디 반역자를 묻는다는 거여! 반역자를 여기 묻는 놈도 반역자다아! 못 한다, 못 해!"

쉰 목청으로 외치고 있는 것이었다.

종수 아부지를 선두로 한 일행은, 조금 전까지 문이의 상여가 놓여 있는 성부자댁 대문 앞에서, 그 상여가 집 밖으로만 나오면 불질러버리겠다고 소리소리 지르다가, 그럼 상여는 집어치울 테니 관만이라도 지게에 지고 가서 묻게 해달라는 성필이 아부지의 요구를 듣자, 관이 이 산으로 올라오는 것을 막아내기 위해서 성필이 아부지 일행을 앞질러 온 것이었다.

난처해진 것은 성필이 아부지였다.

빨갱이로 죽은 마을 사람의 무덤도 의젓이 만들어주자는 데 아직까지 마을 사람들의 반대가 이렇게 심해본 적이 없었던 것이다. 거의 완전한 동의를 얻어온 편이었었다. 그러나 문이놈만은 안 된다. 다른 사람들은 빨갱인지 아닌지 지서 주임님이나 판단할 수 있는 빨갱이들이었지만 이놈은 마을을 하룻밤에 쑥밭으로 만들었던 놈이다. 다른 사람들 정도가 빨갱이라고 한다면, 이놈은 빨갱이도 못 될 만큼 나쁜 놈이다. 마을 안으로 시체를 들여온 것까지는 인정상 잠자코 있던 우리들이지만, 그러나 나라 위해 싸우다가 아깝게 죽은 우리 자식들 무덤 옆에 그놈을 묻을 수는 없다. 더구나 바로 그놈 손에 죽은 애들의 무덤도 있다. 우리들이야 지난 원한은 얘기하지 않는다고 하더라도, 생각해봐라, 우리 자식들의 귀신이 문이놈의 귀신을 가만두지 않을 게고, 그렇다면 이후로 우리 애들한테 얻어맞고 울고 있는 문이 귀신의 울음소리가 밤마다 뒷산에서 들려와도 좋단 말이냐.

대강 이런 뜻의 종수 아부지의 의견에 대하여, 성필이 아부지는 충분히 이해할 수 있다고 대답하고 있다.

종수 아부지 일행과 성필이 아부지 일행은 재룡이들이 파놓은 구덕을 둘러싸고 입씨름을 벌였다. 종수 아부지는 나부터 파묻고 문이를 묻을 테면 묻으라는 듯이, 제법 넓고 깊은 구덕 안에 오뚝이처럼 들어앉아서, 파헤쳐진 흙더미 위에 쭈그리고 앉아 있는 성필이 아부지를 올려다보며 얘기하고 있는 것이었다.

"허지만 말여."

하고 성필이 아부지는, 내 속 좀 알아달라는 투로 말했다.

"문이가 우리한테 지은 죄는, 지가 죽었으니께 그걸로 벌받은 걸로 치고, 죽은 우리 애들한테 지은 죄는 말여, 귀신이 되어서도 늘 얻어맞고 지낼 테니께 그걸로 벌받은 걸로 치고, 그러니께 내 말은 말여, 귀신이 되어서도 벌을 받게 여기다 묻자, 그 말이란 말여."

그러나 종수 아부지는 새로운 화를 벌컥 내며,

"자네는 빨갱이 꼬봉인가? 엉? 빨갱이 꼬봉이여? 이래서는 안 되니께 안 된다는디, 허구 많은 산을 다 두고 왜 꼭 여그다 묻자는 거여? 자네 속셈 좀 들어보세. 어디 좀 똑똑히 들어보자고!"

빨갱이 꼬봉이란 큰일날 소리를 듣고도 화가 안 나는지 성필이 아부지는 더욱 누그러진 음성으로,

"내 속셈은 별거 아녀. 자네도 알잖는가베. 사람이 모여 살고 보면 잘한 놈도 있고 잘못한 놈도 있는 법 아닌가. 잘한 놈은 잘한 대로 좋고 잘못한 놈은 또 그놈대로 까닭이 있을 거란 말여. 잘한 놈은 더 말할 것 없지만, 잘못한 놈도 왜 잘못했는지 우리가 그 까닭은 알아둬야 할 거란 말여. 암, 알아둬야 해. 알아둬야만 다시 그런 짓을 하는 놈이 안 생기거든. 내 속셈은 별거 아녀. 그저 그런 거여. 잘한 놈도 우리가 잊어서는 안 되지만 잘못한 놈도 잊어버려서는 안 되야. 잊지 말라고 만드는 게 무덤인디…… 내 속셈은 별거 아녀."

"아닌게 아니라 별거 아니구만그려."

하고 종수 아부지가 비꼬았다.

"화냥질한 여편네도 안 내쫓고 모셔두고, 새 장가들어 데려온 새 각시도 모셔두고, 그러자는 수작이구만, 힝? 뜨물에 술 탄 것 같은 소리를 누구 앞에 꺼내는 거여! 에끼 이놈."

마침내 마을 사람 전부가 두 패로 갈라져서,

"종수 아부지, 너무한다."

"무엇이 너무해? 좋은 건 좋다, 나쁜 건 나쁘다, 분명히 갈라 놓아야제."

소동이 벌어졌다.

재룡이는 어리둥절하기만 했다. 어느 쪽이 옳은지 판단할 수 없어서라기보다, 편을 갈라 입싸움을 하고 있는 마을 사람들이 점점 이상해 보이기 시작했기 때문이었다. 큰 싸움이라야, 가뭄에 물싸움이 그중 컸고, 흔한 싸움이라면 소갈머리없는 여편네가 꾸며낸 얘기가 '방귀가 설사로'라는 식으로 잘못 전해져 여편네들끼리 툭탁툭탁하다가 마는 소드래 정도였는데, 그나마 제 손들고 싸우는 것보다는 남 싸움 구경하기를 더 좋아한다는 식이었는데, 자기 생각엔 여기 묻으나 저기 묻으나 매한가지로 여겨지는 문이의 시체를 놓고, 편을 갈라 열을 올려 싸우고 있는 마을 사람들이 재룡이는 이해할 수 없는 타향 사람들 같아 보였다.

그리고 어떻게 보면, 마을 사람들은 싸우는 게 재미있어 죽겠다고 상대편과 소곤거려가며 싸우고 있는 것만 같아 보이기조차 했다. 아니, 정말로 그러고 있는 것 같았다.

입씨름을 하면서, 사람들은 문이를 파묻자고 파놓은 구덩이 속으로 상대편을 밀쳐넣기도 하고, 밀려서 구덕 속으로 떨어지는 사람은 민 사람의 바지나 치마폭을 붙잡고 함께 떨어지기도 하고, 그러느라니 구덩이 속은 사내, 계집, 늙은 것, 젊은 것 가리지 않고 엎친 데 덮치고 덮친 데 엎치고, 그야말로 '개판'이 되어 있는 것이었다.

숨이 막혀 죽는다고 꽥꽥 비명을 지르는 노파 위에는, 입에 들어간 흙을 에퉤퉤 뱉어내고 있는 영감이 있고, 본의야 아니겠지만 영감의 바짓가랑이 속으로 고개를 디밀며,

"내 모가지 부러져어!"

하고 낑낑대는 젊은 과부가 있다. 다리가 삐었다고 비명을 지르며 구덕 안에서 엉거주춤하고 있는 중노인의 어깨를, 잽싸게 발판 삼아 밟고 밖으로 뛰어나오려는 노파, 그러는 노파의 치마 끝을 낚아채어, 뒤로 벌렁 도로 떨어지게 하는 다른 노파, 맨 밑에 깔려 꼼짝할 수 없어, 어이쿠 여기가 내 무덤이 되는갑다, 얼굴이 시뻘게지도록 안간힘을 써서 자기 위의 사람들을 꼬집고 할퀴어, 꼬집힌 사람들이 아파서 꿈틀거리는 틈에 간신히 고개를 내미는 사내, 그러나 계속해서 구덕 속으로 떨어져 덮치는 사람에게 눌려 일어서지는 못하고…… 열예닐곱 살짜리 여드름 난 더벅머리들은, 이 틈에 여자를 몸이나 만져보자는 것인지, 우와 우와, 기성을 발하며 누가 떠밀지도 않았는데 스스로 몸을 던져 사색이 되어 겨우 일어서고 있는 젊은 과부를 부둥켜안고 나동

그라지고……

　재룡이가 얼핏 보니, 누구 편을 들고 있는지는 모르겠으나 자기 엄니가 어느 영감을 상대로 삿대질을 해가며 싸우다 못해 영감의 얼굴에 퉤퉤 침을 뱉어가며 한바탕 하고 있었다.

　눈을 디룩거리며 구경하고 있는 재룡이로서는 이것이 편싸움인지 장난인지 분간하기 어려웠다.

　아직도 정색을 하고 다투고 있는 사람이 있는가 하면, 히히덕거리고 있는 사람은 더욱 많았다. 재룡의 가슴 밑바닥에는 뭐랄까, 뜨거운 김 같은 것이 서리기 시작했다. 문득 생각나서 눈을 들어보니, 제대로 넋두리하며 울어보지도 못한 채, 얼굴만 퉁퉁 부어 있던 문이의 모친과 누님이 성필이 아부지를 앞장세우고 허청허청 산을 내려가고 있는 모습이 멀리 내려다보였다. 문이를 이곳에 묻는 것을 단념한 게 틀림없어 보였다. 산 밑, 마을 뒷문이 되는 골목 어귀엔, 지게 위에 받쳐놓은 채인 문이의 관이 있었다.

　관을 지키고 있던 성필이가 지게를 졌다. 그들의 모습이 대숲을 돌아 사라지는 것을 재룡이는 보았다. 어디로 가는 것일까?

　재룡이는 그들이 사라진 방향에서 고개를 돌리며 생각했다. 문득 재룡이의 눈으로, 모 심듯이 열지어서 세워놓은 작은 분봉들이 덮쳐왔다.

　얼굴과 성질이 틀림없이 지금도 눈앞에 생생한 마을 사내들의 무덤들이었다. 귀찮아서 그랬는지 일부러 그랬는지 유난히 작게 만든 그 분봉들이, 그러나 지금 재룡이의 눈에는 뜻밖에도 거대하고 아스라하게, 그래서 지극히 오만하게 뻐기고 있는 것만 같아 보이는 것이었다.

사단장님 앞에 부동자세로 서서 훈장을 받을 때 사단장님이 그렇게 보였듯이, 재룡이는 저 무덤들이 감히 눈을 똑바로 뜨고는 볼 수 없을 만큼 높고 오만해 보였다.

자기는 별의별 지랄을 다 해도 도달할 수 없는 곳에 있는, 그래서 왜 장군들의 계급은 별로 표시하는가를 비로소 깨닫던 때처럼, 재룡이는 지금 자기가 조그맣게 줄어들다가 드디어는 없어져버리는 것을 느꼈다.

"차려어어어엇!"

느닷없이 재룡이는 목이 찢어질 듯한 소리를 길게 내질렀다.

자기가 짐승처럼 외친 소리가 무슨 뜻이었던지, 외치고 나서야 깨닫고 스스로도 어리둥절했던 만큼, 재룡이의 그 구령은 대상을 가지고 있는 게 아니었다.

뭔가 목구멍을 치받고 올라오는 뜨거운 것을 토해내려는 듯한, 또는 조그맣게 줄어들다가 없어져버리려는 자기를 붙잡아두려는 듯한 비명 같은 것일 뿐이었다. 그러나 아직도 툭탁거리고 있던 마을 사람들은 느닷없는 고함소리에 놀라서 모든 동작을 일제히 멈추고 재룡이를 돌아보았다.

자기를 돌아보는 수많은 눈들을 재룡이는 보았다.

눈 깜짝할 사이에 그 많은 눈들을 하나도 빠짐없이 모두 본 것 같았다. 동시에 시끄럽던 그 산비탈에 느닷없이 내려앉은 정적을 그는 온몸으로 강렬히 느꼈다. 만일 재룡이가 기적이란 말을 알고 있었다면 이거야말로 기적이라고 생각했을 그런 정적이었다.

하지만, 기적이란 말을 몰랐다고 해서, 모든 기적이 그러하듯이 이 정적 역시 일 초, 아니 그보다 더 짧은 시간 안에 사라져버리리라는 것조차 재룡이가 몰랐다는 건 아니다. 적어도 그 정적이 지금 사라지려 한다는 것을 재룡이는 알았다. 알았다기보다 느꼈다. 느낌과 동시에 무슨 까닭에선지 그 정적을 연장하고 싶었다.

아니, 그것에 매달리고 싶었다. 사실은 그것을 이용하고 싶었는지도 모른다. 요컨대 그곳에 있던 누구에게도 분명한 것은 재룡이가, 다음 순간 무덤을 파는 데 쓰다가 한쪽에 팽개쳐놓았던 삽을 집어들고, 마치 미친 듯이 삽을 휘두르며 누구라 가리지 않고 닥치는 대로 두드려주기 시작했다는 것이다.

"요 쌍간나 새끼들! 개놈의 새끼들아!"

마을 사람들로서는, 빨갱이들이나 그리고 빨갱이들에게나 쓰는 줄로 알고 있던 욕지거리를 외치며 재룡이는 무자비하게 삽을 내휘둘렀다.

"왜 저런다냐?"

"재롱피우는갑네."

"저 눈 좀 봐. 미쳤는갑서."

"돌았다아, 재룡이가 돌았다아!"

날뛰는 재룡이를 처음엔 어리둥절하여 보고 있던 사람들은 산비탈을 구르듯이 하며 우르르 도망하기 시작했다. 미처 피하지 못한 사람들은 형편없이 얻어맞았다. 재룡이를 말리려 들던 그의 엄니조차 정강이의 껍질이 벗겨질 만큼 휘둘리는 삽날에 얻어맞고 도망쳤다.

무엇 때문인지는 모르나, 요컨대 재룡이한테 귀신이 덮쳤다는 것만은 틀림없다고 모두는 생각했다.

사람들은, 위급할 땐 자연히 쳐다보게 되는 지서 주임을 불러왔다. 자기 자신이 생각해도 까닭을 알 수 없는 행위를 하고 나자 이번엔 까닭만큼이나 그 정체를 알 수 없이 온몸에 배어오는 상쾌한 느낌을 즐기며 터덜터덜 산을 내려오고 있던 재룡이는, 어느 불타버린 집의 빈터에서 지서 주임에게 불리어졌다.

"어떻게 된 거요?"

문이가 인연이 되어 마을에 돌아오던 날부터 구면이 된 주임은 재룡이에게 친밀한 체 굴었다.

"……"

재룡이는 씩 웃기만 했다.

사실 할말이 없었다. 주임의 질문이, 왜 마을 사람들을 때렸느냐는 것이라면, 그건 재룡이 자기도 모르고 있는 것이었다. 웃을 수밖에. 그러나 주임과 재룡이를 멀찌감치 떨어져서 둘러싸고 있는 마을 사람들의 눈에는, 씩 웃기만 하는 재룡이가 영락없이 미친 놈으로 보였다. 지서 주임도 마찬가지 생각을 했다.

이놈을 어떻게 한다? 생각하면서,

"왜 난동을 부리는 거요?"

또 한번 물었다.

"미안합니다. 그만 좀 이상한 생각이 들어서……"

틀림없는 서울말씨로 재룡이가 말했다.

'어라, 멀쩡하잖아?'

주임은 무의식중에 마을 사람들을 돌아보았다. 재룡이에게 얻어맞아 부상당한 사람들이 여럿 눈에 띄었다.

이장 영감의 깨진 머리에서는 아직도 피가 얼굴을 적시며 흐르고 있는 게 보이기도 했다.

된장을 상처에다 잔뜩 붙이고 서 있는 그 영감은 돌아보는 지서 주임을 향하여,

"뭐랍니껴?"

미쳐버린 재룡이가 무슨 말을 하고 있느냐고 묻는 것이었다.

주임이 그 영감에게 다가가 무언가 수군거리고 나서 다시 재룡이 앞으로 돌아왔다.

주임은 마을 사람들이 보고 있는 앞에서 재룡이가 미쳤나 미치지 않았나 시험해 보이기로 한 것이었다.

"이형, 사격 솜씨 좀 알구 싶은데. 아니 아니, 총을 직접 쏘아보지 않아도 아는 방법이 있잖소! 모른다구요? 아니, 아직 그것두 몰라요? 그럼 내가 시키는 대로만 해봐요. 솜씨가 어느 정돈지 판단을 내가 할 테니까……"

"사격 솜씨는, 갑자기 왜 그러시오?"

사격이라면 난 특등 사수다고 생각하며, 그러나 역시 어리둥절해하며 재룡이가 물었다.

"알 필요가 있으니까 그러는 거 아냐? 자, 그럼 시키는 대로 해봐요."

짜증이 난 체하고 나서 주임은 재룡이에게 먼저 두 손에 각각 권총을 들고 서 있는 자세를 취하라고 했다.

마을 사람들은 주임이 지금 재룡이에게 시키고 있는 짓이 일종의 진단이라는 것을 서로의 귀띔으로 알고 있었으나, 시험당하고 있는 당사자는 그런 줄 몰랐다. 재룡이는 주임이 시키는 대로 했다.

재룡이가 당하고 있는 짓이 무슨 뜻을 가졌나 알게 된 재룡의 엄니는 구경꾼들 틈에 섞여서 안절부절못했다.

재룡이가 미친 놈이 되느냐 안 되느냐 하는 기막힌 판국이었다.

싱글싱글 웃으며 주임이 시키는 대로, 재룡이 역시 싱글싱글 웃으며, 이번엔 주먹 쥔 양손에서 검지손가락만 곧게 내뻗쳤다. 내뻗친 검지손가락이 마치 성난 ××로 연상되어서 재룡이는 피식피식 웃었다. 실없이 웃는 아들을 보니 노파는 참말로 미쳤다냐, 가슴이 쿵 내려앉았다.

"자아, 이번엔……"

두 검지손가락을 접근시켜 끝이 맞닿도록 해보라는 것이었다. 재룡이는 시키는 것을 쉽게 해내었다. 그런데 그때, 두 끝이 어긋나지 않게 하려고 천천히 손가락 끝을 접근시키고 있다가 손

끝들이 마악 서로 마주치려 할 때, 재롱이는 이 손가락 장난의 정체가 무엇이었던가를 문득 기억해냈다.

"금강산 구경은 했으니 손해본 건 없제애."

담가(擔架)에 실려 후송이 되면서 유언인지 뭔지 하여튼 그런 말을 숨가쁘게 중얼거리던 부산 출신 똘똘이 조하사가 중대 안에 퍼뜨려놓은 손짓이었다. 이번엔 어느 산속에 풀어놓으려는지, 목적지도 모른 채 GMC 안에서 흔들리고 있는 동안, 똘똘이는 으레 그런 손장난을 시작했었다. 제정신인지 아닌지 알아보는 방법이라고 했다. 제정신인 사람은 손가락을 천천히 접근시켜 두 끝이 맞닿게 할 수 있지만 제정신이 아닌 사람은 황급히 서두르기만 할 뿐, 두 끝을 맞닿게 하지 못한다는 것이었다.

미쳤느니 안 미쳤느니 알아보는 방법으로서는 너무 간단한 듯하지만 그렇다고 결코 엉터리 방법은 아니라고 했다. 그 손짓은 부대 안에 금방 유행했다.

그리고 끝이 맞닿은 자기 검지손가락들을 내려다보며 병사들은 히히덕거렸다. 단순히 재미있어서라기보다, 어쩌면 자기 정신의 건재함을 확인하고 진심으로 기뻐했을 것이었다. 냉정한 전쟁 속에 어수룩한 미신은 뜻밖에도 많은 법이다. 재롱이가 이렇게 생각했다는 얘기가 아니다. 재롱이 역시 똘똘이한테서 배운 그 손짓을 이따금 사용했었다는 얘기일 뿐이다.

"금강산 운운……"

하며 후송된 똘똘이가 결국 죽고 말았다는 소식이 전해지자 누

군가가,

"짜아식, 금강산 어쩌구는 분명히 제정신으로 한 기 아닐끼라."

재룡이는 검지손가락 끝들을 맞댄 채 지서 주임을 올려다봤다. 재룡이는 웃고 있지 않았다. 지서 주임의 싱글싱글은 차츰 야릇한 미소로 변하고, 기대에 찬 얼굴들로써 둘러선 마을 사람들은 피식피식 웃기 시작했다.

"다시 한번!"

주임이 말했다.

재룡이는 잠자코 그 짓을 되풀이했다. 그럴 리가 없다는 것인지 주임은 고개를 갸웃거리며 싱긋 웃었다.

"또 한번 해볼까요?"

재룡이는 주임의 눈 속을 응시하며 이번에는 내려다보지도 않은 채 그 손짓을 되풀이했다. 한쪽 손톱이 다른 쪽 손톱 밑을 쑤실 정도로만 어긋났을 뿐, 끝들은 되풀이해서 마주치고 있었다.

주임은 자기를 응시하고 있는 재룡이의 눈을 보았다.

주임은 전투중인 군인의 눈이 어떻게 생겨먹은 것이라는 걸 알고 있었다. 지금 재룡이의 눈이 바로 그런 눈이었다.

주임은 뭐랄까, 차가운 공기가 목덜미를 훑고 지나가는 듯함을 느꼈다. 주임은 잠깐 의식하지 못했던 마을 사람들을 다시 의식했다. 사람들 사이에서,

"미쳤다."

"손 끝이 닿으면 안 미친 거라던디?"

하는 속삭임들이 들려왔기 때문이었다. 주임은 수면 부족으로 가뜩이나 까칠까칠한 얼굴의 피부가 아직은 이유 모를 긴장 때문에 더욱 딱딱해지려는 걸 느끼고 재빨리 이를 악물었다. 그 때문에, 남자다운 턱이라고 평소에 은근히 자부하고 있는 각진 양쪽의 턱뼈가 더욱 뽈록 튀어나왔다. 주임의 입술은 겨우 웃고 있었다.

핏발 선 눈으로 자기를 쏘아보며 아직도 그 짓을 되풀이하고 있는 재룡이의 손을 주임은 와락 거머쥐어 그 짓을 멈추게 했다.

눈을 감고 강물에 몸을 던지는 기분으로 주임은 그렇게 했다. 자기의 손 밑에 있는 재룡이의 주먹 쥔 손이 부르르부르르 떨고 있는 걸 주임은 똑똑히 느낄 수 있었다. 위기는 지나갔다. 주임은 그제야 겨우 큰 소리로 웃으며 이렇게 말할 수 있었다.

"보통 솜씨가 아니신 모양이야. 그렇지만 '엠원'만 만지셨겠지? '칼빈'으로 시합해본다면 내 점수가 나을걸. 우리 언제 사냥이나 한번 갑시다. 총은 내가 빌려드릴게. 하하하하……"

결국 마을 사람들은 재룡이가 미친 게 아니라고 짐작했다.

그러나 그날 이후로 재룡이가 하는 짓을 보면, 차라리 미쳤으니까 저런다고 치부해버릴 수라도 있다면 하는 것들뿐이었다. 지서 주임이 그후로는 재룡이가 무슨 짓을 하든 아예 모르는 체해주니까 더욱 기가 나서 그러는 모양이라고 사람들은 믿었다.

6

재룡이 엄마의 말을 들으면, 그는 자기 집에서 악몽이나 꾸며 줄곧 잠만 잔다는데, 마을 영감들의 얘기를 들으면 그게 아니었다.

남들은 술이 들어가야 기운이 나서 일이 잘된다는데, 자기는 술이 들어가면 다리에서 힘부터 빠지니 어찌 된 건지 모르겠다고 잔치술도 사양하던 재룡이가, 이젠 주막의 술독 곁에서 산다는 것이었다. 그것도 공짜술, 전투경찰 따라 들어왔던 주막집의 작부 '이북년'도, 무서워서 그러는지 좋아서 그러는지, 재룡이에겐 으레 공짜술을 퍼먹인다고 했다.

한편 마을 처녀들의 얘기를 들으면, 길에서 행여 재룡이를 보게 되면 미리미리 다른 길로 숨어들거나 샛길이 없을 때는 돌아서서 뛰어야지, 대여섯 발짝쯤 떨어졌다고 해서 안심하고 지나가면 안 된다는 것이었다.

재룡이가 히죽 웃었다 하면 다음 순간, 미처 여물지 않은 처녀의 가슴이나 엉덩이가 철썩, 솟아나와보려던 젖가슴이 세상에 정나미가 뚝 떨어져 도로 들어가고 싶어할 만큼 아프다.

재룡이의 솥뚜껑 같은 손바닥이 말하자면 '히야까시'를 해본 것이다.

그런가 하면 마을 과부들은 재룡이가 색골이 된 모양이란다. 재룡이가 자기 손목을 아프도록 움켜쥐고 소고삐 매어본 지 오래인 외양간이나 사용하지 않는 사랑방이나 심지어 언제 식구가 들어올지 모르는 부엌으로 끌고 가더라고 얘기하지 않는 과부가 거의 없었다.

물론 누구 하나 재룡이를 밀쳐버리고 뛰어나오지 않은 여자도 없었다. 뿐만 아니라, 재룡이가 자기를 어떻게 해보려고 하던 때 아무도 그를 본 사람에 없었으니 망정이지 만일 아무나의 눈에라도 띄었다면, 자기는 별수 없이 화냥년이란 누명을 둘러썼을 거라고 하지 않는 여자도 없었다.

"그런디, 주막에 이북년 말이여, 그년은 암만 봐도 재룡이한테 당한 눈치더란 말여."

"아따, 그년이사 당할 거나 있간디? 당하는 게 본업인디!"

"참, 그렇제."

"불쌍한 건 선평댁이여. 재룡이가 저렇게 되어 돌아올 줄 모르고, 눈이 빠지게 기다리다가 미쳐서 친정으로 쫓겨갔으니……"

"아니, 선평댁이 미쳤단가?"

"미쳐서 하도 빨가벗고 야단이니께, 동네 챙피라고 친정 아부지가 절에 갖다 가둬놨대여."

"어디 절에?"

"그걸 알면 재룡이한테 알으켜줬지. 데려다가 옛날처럼 마음잡고 살라고 말이여."

"애개개, 미친년 데려다가 뭣허게?"

"미쳤는지 안 미쳤는지 늬가 봤어, 내가 봤어? 며칠 전에 선평

댁 친정동네 사람이 그런 말을 하길래 전하는 것뿐인디……"

"그럼, 참말이겠제."

"누가 알어? 진작 서방 얻어 보내버리고 소문만 그렇게 내는
지."

"재룡이가 계집에 환장하게도 됐어."

재룡이가 하루에 한 번씩, 마치 순찰이라도 돌듯이 꼭꼭 들르
는 경비초소의 경찰들의 얘기를 들으면, 재룡이가 배우지 못하
고 농사만 지으며 자란 시골무지렁이쳐놓고는 제법 똑똑하다는
것이었다.

군인으로서 자기가 돌아다니던 곳들의 풍경을 안 가본 사람도
생생하게 그릴 수 있도록 얘기할 줄 알 뿐만 아니라, 참호 속으
로 뛰어든 중공군들과 백병전을 벌였던 얘기를 듣노라면, 듣고
있는 사람조차 재룡이가 맡았다는 중공군의 몸냄새를 맡고 있는
것 같았다.

캄캄한 어둠 속에서 벌였던 백병전 얘기만도 두 시간이 넘게
지껄여놓고 나서, 나중에 알고 보니 백병전이 시작되어 끝날 때
까지의 시간이 실은 겨우 오 분 동안이었을까 말까였다고, 그런
데 마치 하룻밤 내내 싸운 것만 같이 느껴지더라고 얘기하는 재
룡이가 천재적인 이야기꾼으로 생각된다는 것이었다.

"하지만, 짜아식, 우리가 일선 구경을 안 할 줄 알고 대포 멋대
로 쏘는걸."

"너 생각나지? 제대하고 오는 길이라던 날, 후랏슈를 비추니

까 새파랗게 질려 덜덜 떨던 꼴 말야."

재룡이가 없을 때, 경찰들은 그런 얘기를 주고받곤 했다.

마을 꼬마들의 얘기를 들으면, '보리두부'가 군대 갔다 오더니 욕만 배워온 모양이라고 했다. 이 점에 있어선 꼬마들의 오해도 없지 않았다.

"야아, 조무래기들아—"

하고 재룡이가 불렀는데, 물론 이게 질 낮은 호칭이 아니란 건 아니지만, 그런 말을 처음으로 들어보는 아이들은,

"야아, ×무더기들아!"

하고 불렀다고 야단들인 것이었다. 하기야 예닐곱 살밖에 안 먹은 아이들조차도 재룡이의 입에서 나오는 소리는 모두 새로운 욕지거리라고 여길 만큼, 그가 삼천리 방방곡곡에서 주워들은 욕을 말끝이나 말 가운데 곧잘 집어넣는 건 사실이었다.

마지막으로 재룡이보다 먼저 제대하여 돌아와 있는 마을 청년 몇 명의 얘기를 들어보면,

"우리도 싸우고 왔지만 재룡이보다는 덜 고생한 것 같다."

는 것이었다.

"아니, 우리 고생은 뭐 작았간디? 노는 꼴 보니, 새끼가 군에서 악빠리로 굴러먹은 모양이여."

오줌을 가득 채운 장군을 지게에 지고 꺼덕꺼덕 있는 힘을 다하여 걸어가노라면, 어느 틈에 재룡이새끼가 뒤따라와 지게의 뒷다리를 붙잡고 흔들어대며,

"새끼야, 부르라는 노래여. 군가라도 부르면서 걸어라야."

또는,

"쨰애끼, 넌 노무자로 갔다 온 모양이구나. 군에 다녀왔다는 놈이 지게를 져? 헛 다녀왔구나, 헛 다녀왔어. 네 바퀴 달린 찦차 구경을 했으면 한 바퀴 달린 리아카라도 만들어 똥장군을 날라야제."

제법 그럴듯한 소리를 하면서도, 그렇다면 왜 지는 손끝 하나 까딱하지 않으려는 거냐였다.

부하들이나 부려먹는 못된 장교 흉내는 어디서 배워온 버르장머리냐. 짜아식을 그저…… 그저…… 버르장머리를 고쳐놓을까? 관둬, 관둬, 잘못 다쳐놓았다가 미친 증세가 더 도진단 말이여.

7

참 너무 변했다. 재룡이의 변한 점을 낱낱이 말할 수 있는 사람이 있다면 그건 분명히 나밖에 없다고 노파는 생각한다. 하지만 억울하고 기막히게도 변한 이유에 대해서는 마을의 어느 누구보다도 캄캄하다. 마을 사람들은 옳으나 그르나 제 나름대로 재룡이가 변하지 않으면 안 되었을 까닭을 말하고들 있었기 때문이었다. 그렇게 들려온 말들 중에서 가장 노파의 가슴에 못을 박은 말은 이런 것이었다.

"전쟁이 뭔가 했더니 결국은 난장판이란 말인 모양이여. 얼마
나 난장판이면 글쎄, 상만이 넋하고 재룡이 넋이 뒤바뀌어져버
렸을 거냔 말여어."

지금의 재룡이를 옛날의 저 부잡스럽고 악독하던 상만이 같다
고 하는 이 말을 듣고 노파는 안 들었더라면 어떨까. 들은 이상
에는 차마 견딜 수 없이 서럽고 분했다.

그 말을 하더라는 성필이 아부지, 저 꼬부랑탱이 영감한테 달
려가서 노파는, 마치 재룡이를 버려놓은 게 너라는 투로 쥐어뜯
고 할퀴고 잡아흔들어주었었다.

그리고 그 자리에서, 평소에 허튼짓 한번, 빈말 한마디 안 하
던 영감이 버럭 화를 내며 노파에게 쏘아주던 말.

"노망을 해서 귀가 먹었나? 말은 똑똑히 듣고 다니는 거여. 전
쟁이란 말이 난장판이란 말인갑다 해서 한 말이제, 내가 재룡이
를 헐뜯으려구 했단 말여? 난 재룡이가 불쌍해서 한 말이란 말
이여. 얼마나 난장판이었으면 재룡이 넋이 상만이 몸 속으로 들
어가고, 상만이 넋이 재룡이 몸 속으로 바뀌어 갔겠느냐고 했는
디. 나 참, 화를 낼라면 상만이가 내야제 왜 청안댁이 야단이여,
야단이? 그리고 내가 틀린 말했나? 재룡이가, 그래, 옛날 못된
짓을 하고 다니던 상만이보다 낫단 말여? 요새 재룡이가 하고
다니는 짓을 보면 옛날 상만이 뜸떠먹는단 말여. 알기나 해? 도
무지 동네 사람들이 무서워서 숨을 쉴 수 있어야제. 한때는 상만

이 까탈에, 동네가 소란하고 상만이가 저승길 구경을 하고 오더니 영판 딴사람이 됐다 싶으니께 아니 이번엔 재룡이가 까탈을 피우네 그래. 그저 모든 것이 시국 탓이제. 젊은것들만 불쌍하제 하고 참으니께 콧구멍으로 숨을 쉬제, 변했다 변했다 어디 그렇게 변할 수가 있어? 생각만 같아선 다리몽둥이를 분질러 천리만리 쫓아내버렸으면 싶은디……"

여기서 노파는, 재룡이가 변한 이유가 바로 시국 탓이라고, 말하지 않기로 이름난 성필이 아부지의 말이니 별로 틀림은 없을거라고 생각했었다. 하지만 그 시국 탓이란 말의 모습을 노파는 확연하게 잡을 수 없었다.

모든 것이 걸핏하면 시국 탓이었다. 그것은 어제 오늘 새삼스러운 말이 아니라 노파가 젊었을 때부터 그랬다. 그래서 노파는 무엇이 시국 탓으로 생긴 일인가 하는 것을 대강 알고 있었다. 그런데 요즘엔 무엇 하나 시국 탓 아닌 게 없어져버렸으므로 오히려 시국 탓이란 말을 이해할 수 없게 되었다.

가뭄이 들어도 시국 탓, 장마가 길어져도 시국 탓, 산에 송충이가 들끓어도 시국 탓, 잠실의 누에들이 별안간 몰죽어 있어도 시국 탓, 심지어 이웃집 여편네가 쉰 살 나이에 쌍둥이를 낳아도 시국 탓……

구변 좋은 이장이 설명이나 해줘야, 아 그래서 시국 탓이구만, 할 수 있을지, 그렇다고 하더라도 시국 탓이란 말이 너무 흔하게, 너무 뜻 없이, 너무 모습 없이 쓰인다고 노파는 어렴풋이나

마 생각하고 있었었다.

　아니 시국 탓이란 말이 상상할 수 없을 만큼 큰 힘을 가지고 자기를 숨도 못 쉬게 내리누르고 있음에 노파는 억울해 죽을 지경이었었다. 그런 생각과 느낌을 갖게 된 것은, 재룡이가 군대에 갔다는 것을 알게 되던 무렵부터였다.

　"우리 재룡이가 군대 갔다요, 세상에!"

　"누군 안 갔나? 다 시국 탓이제."

　그러면 노파는 할말을 못 찾았다. 그렇다고 할말이 없을 것 같지는 않았다. 그럼 시국 탓이니 억울해하지 말란 말이냐? 노파는 아마 그런 말이라도 하고 싶었을 것이다.

　요컨대, 노파로서는 시국 탓이란 말이 몹시 못마땅했었다. 못마땅한 대로 시국 탓이란 말을 있을 수 있다고 받아들이고 있었었다. 예를 들면, 재룡이가 전쟁터에 나가게 됐다는 사실은 어쩔 수 없이 그 시국 탓으로였다고 노파도 인정해왔던 것이다. 일단 인정한 시국 탓은 노파에게 무언가 자기 모습을 보여주었었다. 그러나 재룡이가 성질이 변해져서 돌아왔다는 게 시국 탓이란 건 말이 안 된다. 장님이 되거나 팔병신, 다리병신이 되거나, 아니 아예 죽어서 재가 되어 돌아왔다면 그건 분명히 시국 탓이리라. 하지만 성한 몸으로 돌아왔다. 물론 차마 볼 수 없이 살은 빠지고 소름이 끼칠 만큼 충혈된 눈으로 돌아오긴 했다. 그러나 그 정도로서는 엄청나게 시국 탓이니 뭐니 떠들고 싶지 않다. 아무리 생각하고 생각해도 귀신 곡할 노릇은, 그 부지런하고 순하고 효도 지극하던 성질이 정반대로 변한 까닭이었다.

성질이란 건 손가락이나 발톱처럼 눈에 보이는 게 아니다. 바람처럼 아예 눈에 보일 수 있는 모습을 가지고 있는 게 아니다.

그런데 총알이 어떻게 성질이라는 바람을 찢어놓을 수 있단 말인가. 그런데 시국 탓이라니! 그렇다면 시국은 총알을 가리키는 것이 아니었던가? 뭐가 뭔지는 잘 모르겠으나, 하여튼 속에 든 것이 많은 사람들이 지도자가 되어 패를 나눠가지고 총을 쏘고 하는 게 시국이 아니란 말인가? 눈에 보이지 않는 성질이란 것도 이 사람한테서 빼어 저 사람에게 옮겨놓고 저 사람 성질은 이 사람 머릿속으로 옮겨놓을 만큼 무서운 능력을 가진 괴물이 시국이란 말인가? 성필이 아부지는 전쟁이란, 난장판이란 말과 같은 뜻인가보다고 말했지만, 그렇다면 시국이란 하나님을 가리키는 요샛말인가? 하나님치고는 고약한 하나님, 심보가 꼬인 하나님. 재룡이의 성질은 상만이한테 주고 상만이 성질은 재룡이한테 옮겨준 그 심보라니! 하지만 아직 보지는 못했지만, 하나님이 그렇게 고약하게 생겼다는 얘긴 못 들었다.

혹시 상만이놈의 한 팔을 떼어버리고 보니 그만 불쌍해져서 하나님은 우리 착한 재룡이의 넋을 상만이에게 주기로 했을까? 그렇다면 세상엔 별의별 성질도 다 있다는데 왜 하필 우리 재룡이 성질하고 바꿔줬을까? 재룡이가 전쟁터에서 뭔가 잘못을 저질렀을까? 잘못을 저지를 아이는 아니지만, 그러나 원숭이도 나무에서 떨어질 때가 있다는데……

노파는 재룡이에게 물어보고 싶은 게 많았다. 그중에서도 가장 넌 무슨 잘못을 저질렀느냐고 묻고 싶었다. 그러나 여태까지 노파는 물어보지 못하고 있었다. 아무것도 물을 수가 없었다. 재룡이에게서 별로 변하지 않았다고 생각되는 한 가지의 성질 때문이었다. 제 입이 트여야 말을 할 뿐, 말하기 싫으면 묻는 말에도 표정으로만 대꾸할 뿐인 성질이다. 입만 트이면 산토끼 방귀 뀌는 소리를 흉내내어 사람을 웃기기조차 한다. 그러나 뭐 유난히 기분이 나빠서가 아니라 말하고 싶고 하기 싫은 기분은 따로 있는지 재룡이가 제 편에서 입을 트기 전에는 차라리 말을 건네지 않는 게 이쪽 속이 편할 일이라는 걸 노파는 잘 알고 있다.

돌아온 직후의 며칠 동안은, 재룡이의 입이 트여 있었다. 그래서 노파는 여러 가지 얘기를 들을 수 있었다.

영하 삼십 도가 얼마나 춥다는 것을 뜻하느냐 하면,

"뭐라고 해야 알아묵을까, 좌우당간 이렇금 생각하면 틀림없어요. 오줌을 누면 자지에서 오줌이 아니라 얼음이 나가는 것 같당께요."

또는,

"뙤놈 뙤놈 해싸서, 미련한 곰들인 줄만 알았더니 박격포를 제법 정확히 쏘더란 말이요. 철원 근방에서는 한번 되게 당했어요."

물론 박격포가 어떻게 생겼고 어떤 경우에 쏘고 하는 설명이 잇따르고 철원이 탑골마을에서 몇백 리나 먼가, 그리고 그 지방의 사투리를 흉내내어 말해 보이기도 하고.

그러나 그렇게 입이 트여본 것은 적어도 노파 앞에서는 처음 며칠뿐이었다. 정확하게 말하자면, 성문이를 파묻다가 소란이 나던 날까지의 사흘 동안뿐이었다.

요즘도 초소를 지키는 경찰들이나 주막집의 이북년이나 배짱 맞는 친구들과 얘기할 때는 입이 트이는 모양이지만, 그러나 그 나마도 가끔인 모양이었다. 노파가 그렇다고 하더라도 재룡이에 게 억지로 얘기를 시키려 하지 않는 은근한 이유는, 물론 재룡이 가 저윽이 두려운 존재로 보이기 때문이기도 하지만, 그보다는 차라리 재룡이에게서 변하지 않은 요소, 역시 재룡이는 재룡이 구나, 하고 지금의 재룡이를 옛날의 재룡이에게 이어서 생각할 수 있게 해주는 단 하나의 끈을 아끼고 싶어서였다.

그렇지만 이젠 더 참을 수 없다. 아무래도 이것만은 물어보고 싶다. 술이 익어 독을 넘듯, 물어보고 싶다는 생각은 노파의 가 슴속에서 부글부글 끓다 못해 목구멍을 치받고 오른다.

8

식은땀과 기름으로 항상 축축하게 젖어 있을 뿐, 어쩐 까닭인 지 수술을 받은 이후로는 도무지 제 구실을 하려 들지 않는 사타 구니의 그것을 만지작거리며, 조금 전에 꾼 꿈을 제 나름으로 풀 이하고 있다가 재룡이가 슬그머니 새로운 잠 속으로 떨어지려

할 때, 꿍얼꿍얼대면서 눈 속에 든 티와 실랑이를 하고 있던 재룡이 엄니는 더 어쩔 수 없다는 듯이 이불 위로 재룡이를 흔들었다.

"아가, 재룡아, 자냐?"

"……"

"재룡아."

또 한번 조심스럽게 불러보았다.

"옛?"

재룡이는 벌떡 몸을 일으키며 큰 소리로 대답했다. 벌써 잠이 들었나보다고 생각하며 노파는,

"웬 잠이 그리 많냐? 눈에 티가 들어간 모양인디 어쨌으면 쓰 겄냐?"

"……어쨌으면 쓰겄소?"

어둠 속에서 멍하니 앉아 있는 재룡이가 나직한 소리로 투덜 거렸다.

그러나 노파가 마악,

"글쎄 말이다. 늬가 알아서 좀 어떻게 해줬으면 쓰겄는디……"

하려고 할 때, 느닷없이 재룡이의 팔이 어둠 속을 헤엄쳐와서 노 파의 양쪽 어깨를 끌어쥐었다.

전연 뜻밖의 일에 노파는 목이 갑자기 굳어질 지경으로 깜짝 놀랐다. 섬찟 무섬증조차 엄습했다.

"어느 쪽 눈인디?"

재룡이는 뜻밖에 부드러운 음성으로 말했다.

"이, 이쪽 눈……"

노파는 가늘게 떨면서 대답했다.

아들의 따뜻한 입김이 자기의 눈두덩을 스치고 지나가는 것을
노파는 무서워하면서 느끼고 있었다. 재룡이는 눈물과 눈곱으로
지저분한 노파의 눈을 까뒤집고 혀의 끝으로 그 안을 핥기 시작
했다. 혀끝에 묻어나온 더러운 입자들을 어둠의 저편으로 퉤 내
뱉기도 하면서 축축이 젖어 있고 약간 미끈거리는 눈 속을 핥아
내고 있었다.

노파는 재룡이가 뿜어내는 뜨거운 입김 때문에 눈이 멀어버리
는 듯함을 느꼈다. 그러나 그것 때문에 괴롭지는 않았다. 오히려
살아오면서 처음으로 맛보는 평안, 안도, 아니 일종의 쾌락조차
느껴가고 있었다.

언제까지나 재룡이가 이래줬으면 좋을 것 같았다.

"어디, 눈을 껌벅거려보시요."

입을 떼면서 재룡이가 말했다. 시키는 대로 노파는 눈을 꿈벅
거려보았다. 티는 씻겨나간 모양이다. 콕콕 쏘는 아픔은 이미 사
라져버리고 없었다.

그러나 노파는,

"응, 이젠 괜찮다."

하는 얘기를 얼른 하고 싶지가 않았다. 눈만 떴다 감았다 해보고
있는 노파를 향하여, 재룡이가 도로 자리에 벌렁 누워버리면서,

"이젠 됐지요?"

하고 말했다.

"그런갑다."

노파는 할 수 없이 그렇게 대답했다.

재룡이가 이불을 머리끝까지 둘러쓰느라고 바스락거리고 있는 소리가 들려왔다.

"아가, 재룡아!"

노파가 황급히 불렀다.

"왜요? 아직 안 나왔어요?"

이불 속에서 재룡이가 말했다.

"나, 한 가지만 물어볼 턴께, 잉, 대답 좀 해봐라, 잉!"

"……"

"늬, 군인 노릇 하면서 무슨 죄를 지었냐? 전쟁터에서 뭘 했냐 말이다."

"죄라니, 내가 무슨 죄를 지었다고 그래요?"

이불을 홱 걷어내면서 재룡이가 약간 격한 목소리로 물었다.

"누가 뭐라고 그럽디까?"

"아니, 누구한테서 무슨 소리를 들은 것이 아니라, 성필이 애비가 그러더라. 늬 넋하고 상만이란 놈 넋하고 뒤바뀌어졌다고 말이다. 필경 늬가 무슨 죄를 지었으니께 그러제, 잉……"

"넋이 바뀌었다고요? 넋이 바뀌어지는 수도 있다요?"

말하고 나서 재룡이는 높은 소리로 웃기 시작했다.

재룡이의 웃음소리를 들으니 노파는 괜히 마음이 놓였다. 노파 역시 어쩐지 자기가 한 말이 우습게 여겨지고, 그렇지 않다고 하더라고 어쨌든 재룡이와 함께 크게 웃고 싶었다.

"그렁께 말이다. 원 세상에 그런 수도 있을까 싶어서 말이다. 히히히, 히히히……"

노파는 큰 소리로 웃고 있는 아들의 눈치를 어둠 속에서 조심스럽게 살펴가면서 피시시 피시시 웃기 시작했다.

"죄를 지면 넋이 바뀐다요?"

웃으면서 재룡이가 말했다.

"그렁께 말이다, 히히히……"

"군인이 적을 죽이는 것도 죄다요?"

"그렁께 말이다, 히히히……"

"난 죄진 것 없어라."

"그렁께 말이다, 히히히……"

"난 훈장도 받은 모범 군인이었제, 잉."

"그렁께 말이다, 히히히……"

"허지만 누가 아요? 나도 모르게 죄를 지었는지……"

"그렁께 말이다……"

어둠에 싸여 있는 방 안엔 다시 정적이 찾아왔다. 재룡이와 그의 엄니는 다시 잠잠해져버렸다.

문풍지가 유난히 빠르게 떨면서 울고 있었다.

(1968)

312

빛의 무덤 속

자라나는 귀를 가진 사내 이야기

공(孔)군은 길 건너편의 높은 건물이 갑자기 빨간 불길에 휩싸이는 듯함을 느꼈다. 그리고 정신을 잃었다. 정신을 차렸을 때 그는 모든 물건이 하얀색으로 되어 있는 병실 안에 누워 있는 자신을 보고 신기한 생각과 어처구니없다는 생각이 한꺼번에 들었다. 간호원 한 사람이 그의 얼굴을 무표정하게 내려다보고 있었는데 공군은 그 여자의 눈이 안타까울 만큼 작다고 생각했다. 그 작은 눈이 두어 번 빠르게 깜박이더니 말했다.

"큰일날 뻔하셨어요. 그렇지만 대단치는 않으니 안심하시고 가만히 누워 계세요……"

"여긴 어딥니까?"

공군은 머리가 화끈거리고 목줄기가 몹시 따가움을 느끼며 물었다.

"경찰병원예요. 곧 일어나실 수 있으니 선생님께서 오실 때까지 조용히 누워 계세요."

"내가 어디 다쳤습니까?"

"조금밖에 다치지 않았어요. 그만하기 다행예요. 왜 죽으려고 하셨어요?"

"죽으려구요?"

공군은 남의 입에서 자기의 죽음에 관한 얘기를 듣고 보니 정말 어처구니가 없어서 하아 하고 웃으려고 했다. 그런데 목구멍 속이 너무 따갑고 귀뺨이 찢어지는 듯 아파서 웃을 수가 없었다. 그는 손을 올려 얼굴과 머리와 목줄기를 차례로 더듬어 만져보았다.

"움직이지 말고 가만히 누워 계시라니까……"

간호원은 붕대로 칭칭 감겨진 자기의 머리를 어루만지고 있는 공군의 손을 아래로 잡아내렸다.

"머리가 깨졌나요?"

공군이 물었다.

"아아니요. 귀를 좀 다쳤을 뿐예요. 안심하세요."

공군은 다시 손을 올려 붕대로 덮여 있는 쪽의 귀를 만져보았다. 두툼한 붕대의 촉감밖에 손에 오는 것이 없었다.

"자동차?"

공군이 물었다.

314

"네, 버스에 뛰어드셨다구요!"

"뛰어들어요?"

"아, 그럼 단순한 교통사고였군요? 그런데 버스 운전사와 교통순경은 댁이 버스 밑으로 뛰어드셨다고 하던데요."

"다른 데는 다치지 않았습니까?"

"말짱해요. 귀가 좀 다쳤을 뿐예요."

배가 고팠을 뿐인데, 하고 공군은 생각했다. 그리고 그 망할 놈의 소리가 귀에 붙어서 떨어질 줄 몰랐을 뿐이고, 라고도 생각했다. 버스에 치였던 모양이군. 그는 간호원이 눈치채지 못하게 조심조심 자기의 오른발을 움직여보았다. 제대로 움직였다. 다음엔 왼쪽 발. 제대로 움직였다. 팔은 벌써 시험해봤던 셈이고. 그리고 보면 간호원 말대로 귀만 다친 모양이군. 그런데 얼마쯤 다쳤을까? 간호원의 말소리가 들리는 걸로 미루어보면 고막이 상하지는 않은 모양이었다.

"귀가 어떻게 다쳤습니까?"

"잠깐만 그대로 누워 계세요."

간호원은 공군의 물음에 대답하지 않고 밖으로 나갔다. 잠시 후에 순경과 의사와 운전사가 간호원을 따라 들어왔다.

"좀 어떻습니까?"

의사가 공군에게 물었다.

"머리가 아프고 귀가 아프고 목이 아픕니다."

"그러겠지요. 마음 단단히 먹고 제 얘길 들어주시오……"

의사는 잠시 동안 공군과 눈씨름을 하고 있더니 말했다.

"한쪽 귓바퀴가······"

의사는 손으로 자기의 오른쪽 귀를 잡고 흔들며 말했다.

"······달아나버렸습니다."

공군은 얼른 자기의 붕대로 덮여 있는 쪽의 귀를 만져보았다. 붕대의 촉감 밑으로 과연 귀가 달아나버린 듯함을 느꼈다. 그는 손을 귀를 덮고 있는 붕대 위에 올려놓은 채 눈을 감았다. 한쪽 귀가 없어도 살 수는 있다고 그는 속으로 중얼거렸다. 그러자 갑자기 서러워져서 눈물이 핑 돌았다.

"죄송하지만······"

하고 의사의 목소리가 아닌 목소리가 공군에게 말을 걸어왔다.

"······몇 가지만 대답해주시겠습니까?"

공군은 눈을 떴다. 고였던 눈물이 눈꼬리를 타고 흘러내렸다. 순경이었다.

"왜 죽으려고 하셨지요?"

순경은 나무라듯이 말했다.

죽기는 누가 죽으려고 했단 말입니까, 하고 공군은 생각하며 순경의 눈만 멍하니 올려다보고 있었다. 순경은 대답을 기다리는 얼굴로 공군의 얼굴을 내려다보고 있었다. 공군은 무어라고 대답해야 할 의무를 느꼈다. 공군은 입을 달싹거렸다. 그러자 목이 또 화끈해졌고 문득 한쪽 귀가 없어진 자기의 얼굴이 상상되어서 순경의 그따위 터무니없는 질문이 귀찮기만 했다. 공군은 눈을 감아버렸다.

"저거 보세요. 분명히 뛰어들었다니까요."

의사의 목소리도 순경의 목소리도 아닌 거센 목소리가 들려왔다.

"저한테는 뛰어든 게 아니라고 그랬어요."

간호원의 목소리가 들렸다.

"그럼 왜 대답을 못 하지요? 바로 그게 증겁니다."

거센 목소리가 우겨댔다.

"내 귀는 어디 있어요?"

공군은 눈을 감은 채 울멍거리며 낮은 목소리로 사람들에게 물었다. 아무도 대답하지 않았다. 사람들이 웃음이 터지려는 것을 참고 있는지도 모른다는 생각이 문득 들어서 공군은 눈을 좀 더 꾸욱 감았다. 길바닥에서 흙과 수챗물에 섞여 뒹굴고 있을 자기의 귓조각을 그는 상상했다. 하이힐의 날카로운 뒤축이 짓밟아 뭉개거나 자동차의 타이어가 그것을 깔아뭉개고 있으리라. 아니 마치 똥덩어리처럼 타이어에 묻어서 그것은 서울 시내를 빙빙 돌아다니고 있을지도 몰라. 종로에서 미도파 앞으로 미도파 앞에서 서울역 앞으로 서울역 앞에서 용산으로…… 그러느라면 철로 위에 놓아두었던 못이 기차가 그 위를 지나간 후엔 납작한 쇠붙이가 되듯이 그것은 이미 비닐조각처럼 얇게 펼쳐져서 어느 때 타이어에서 떨어져나와 한강의 강물 위로 떨어져내려 강물에 실려 어디로 가버렸을지도 몰라. 공군은 또 상상했다, 한쪽 귀가 없어진 얼굴을. 사람들은 무엇이 결여되거나 더 많은 것을 가진 사람을 두려워하여 경계한다. 남자에게는 완전히 불필요한 젖꼭지지만 만일 어떤 한 남자만 특별히 젖꼭지를 가지고 있지 않다면 사람들은 그를 싫어한다. 그런데 귀, 누구에게나 있고 필요한 귀가 하나 없어진 병신, 사람들의 '저놈은 싫어' 라고 할 감정.

"당신 귀의 치료비와 관계되는 문제니까 대답 좀 해주셔야겠는데요."

순경의 목소리가 들렸다.

"숫제 절 죽여주세요, 죽여줘요."

공군은 여전히 울멍이고 낮은 목소리로 중얼거렸다.

"들으셨겠지요? 틀림없이 뛰어들었다니까요."

거센 목소리가 말했다.

"불구가 되는 사람들이 처음엔 으레 하는 얘기예요."

간호원이 꽥 소리쳤다.

"김간호는 가만 있어요."

의사가 굵은 음성으로 말했다.

자기가 버스 밑으로 뛰어들었건 버스가 자기 옆으로 달려들었건 어느 쪽도 중요하지는 않다고 공군은 생각했다. 중요한 것은 귀가 한 개 달아나버린 자기의 얼굴이었다. 귀가 한 개쯤 없어도 살아갈 수는 있다고 그는 또 속으로 중얼거렸다.

"대답을 해주셔야겠어요."

318

순경이 화를 참고 있는 목소리로 말했다.

공군은 눈을 떠서 하얀 천장을 올려다보며 말했다.

"제가 뭘 어쨌다는 건가요?"

"당신이 대답해야 합니다."

간호원이 말했다.

"자살하려고 했던 게 아니라구요."

"김간호는 가만있어요."

의사가 나무랐다.

"자살할 생각은 조금도 없었습니다. 이젠 됐습니까?"

공군이 말했다.

"거짓말 말아. 이 새끼. 그럼 건너는 길도 아닌데 왜 차도로 뛰어들었어?"

거센 목소리가 소리질렀다.

"그럼 자살하려고 한 걸로 해두세요."

공군이 말했다.

"아이, 그래선⋯⋯"

간호원이 빠르게 말했다.

"알았습니다."

순경이 깍듯이 말하고 이번엔 의사와 운전사에게 말했다.

"잠깐 뵈올까요?"

그들은 간호원만 방에 남겨놓은 채 밖으로 나가버렸다.

공군은 머리에 붕대를 감은 채 매일 회사에 출근했다. 합판을 취급하는 회사에서는 사장의 특별허가로 좀 일찍 퇴근하여 병원엘 다니곤 했다. 붕대는 풀어도 괜찮다는 얘기를 의사에게서 들은 후에도 계속해서 그는 붕대를 머리에 감고 다녔다. 가능하다면, 앞으로 알게 될 사람들조차 포함해서, 자기와 알고 있는 모든 사람에겐 자기가 부상당했다는 것을, 그래서 자기는 앞으로 귀가 하나 없는 얼굴을 가지고 다닐 거라는 것을 알려두고 싶었다.

"버스와 헤딩을 했었지요. 그랬더니 귀가 하나 달아나버렸어요."

그는 붕대를 가리키며 눈을 둥그렇게 뜨는 사람들에게 곧잘 쾌활하게 말하곤 했다.

그런데 어느 날 그에게 이상한 일이 생겼다. 그날 그는 자기와 버스가 부딪친 장소로 가보았다. 빨간 불길에 휩싸여 타버렸어야 할 건물은 연륜을 자랑하는 이끼조차 몸에 붙이고 늠름하게 서 있었다. 이젠 어쩔 수 없음을 뻔히 알면서도 자기가 넘어지던 곳을 중심으로 하여 그는 근처를 시선으로 뒤졌다. 귓바퀴를 닮은 것은커녕 동물의 살점으로 보이는 것 하나도 보이지 않았다. 그는 이젠 손바닥만한 거즈로만 덮여 있는 자기의 오른쪽 귀를, 정확히 말해서 귓구멍이 있는 쪽을 손으로 어루만지며 차와 부딪치던 날을 생각하고 있었다.

시골에서 살고 있는 형의 집안에 중환자가 생겼다는 소식을 듣고, 얼마 전에 그 달에 받을 봉급을 미리 타서 모두 보내버렸었기 때문에 그는 점심을 매일 굶고 있었다. 점심시간이 되면 그는 거리를 쏘다니며 지냈었다. 어디선지 전람회를 열고 있거나 길에서 사람들이 싸우고 있는 걸 보게 되면 그의 점심시간은 배고픈 줄 모르게 지나갔었지만 그러나 그는 이내 한국의 화가들이 가난뱅이라는 것과, 전화가 1번을 두 번 2번을 한 번 돌릴 수도 있도록 되어 있음을 알게 되었었으므로 그의 점심시간은 거의 항상 배고팠었다. 그날도 그는, 배가 고프다고 생각하고 있었었다. 그리고 며칠 전부터 집요하게 귀에 붙어다니는 소리를 피해보려고 애쓰고 있었었다. 그 소리는 단 한 번의 굉장한 폭음이었는데 그 소리 속에서는 몇 사람의 생명이 꺼져버릴 뿐만 아니라 역사가 멈칫거리기도 할 그런 소리였었다. 그 소리와 함께 그의 입에서도 무슨 소리가 나와야 할 그런 소리였었다. 그 폭음이 그를 쫓아다니기도 하고 그 폭음을 그가 쫓아다니기도 하였었다. 버스와 부딪치던 날의 바로 그 자리에 서서 공군이 이젠 달아나버린 귀가 있던 곳을 손으로 어루만지며 그날 자기가 정신을 팔고 있었던 대상에 대해서 회상하고 있을 때 이상한 일이 일어난 것이었다.

귓구멍을 덮고 있는 거즈가 점점 부풀어오르는 듯함을 그의 손바닥이 느꼈다. 납작하던 거즈가 마치 공기가 넣어지고 있는 공처럼 조금씩 조금씩 부풀어서 손바닥 안을 가득히 채우는 것이었다. 그에게 문득 자기도 어머니의 젖을 만지던 적이 있었다는 기억이 되살아날 정도로 그 거즈는 아름다운 부피와 마음 든든한 탄력을 그 밑에 감추며 그의 손바닥 안에 안겨오는 것이었다.

공군은 몹시 놀랐다. 귓속에 염증이 생겨서 고름이라도 밀려 나오고 있는 게 아닐까 하는 의심이 왈칵 들어서 그는 근처에 있는 건물 속의 화장실을 목표로 뛰기 시작했다. 뛰고 있는 동안, 그는 거즈 밑에 있는 것이 자기의 피부와 동떨어진 이질물(異質物)이 아님을 깨달았다. 만일 그게 예컨대 고름과 같은 것이라면 아무리 거즈에 의해서 눌려 있다고 해도 덜렁거림을 느끼고 있어야 할 것인데 마치 손가락이 주는 느낌 정도로 그것은 얌전하게 얼굴에 붙어 있었기 때문이었다. 이름 모를 건물의 변소 안에 있는 거울 앞에서 그가 먼저 반창고를 떼내고 다음에 거즈를 슬쩍 쳐들었을 때 그는 기절하지 않은 것이 이상할 만큼 놀랐다.

분홍빛 빛깔을 가진 귀가, 완전한 형태를 가진 귀가, 거울 속의 자기 얼굴에 붙어 있는 게 아닌가. 그는 문자 그대로 자기 눈을 의심했다. 그는 손을 조심조심 들어서 없어야 당연할 귀를 만져보았다. 그것은 틀림없는 인간의 귀였다. 부드러운 촉감을 지니며 밖에서 생긴 소리를 미묘하게 흡수하여 자기의 귓구멍 속으로 보내주는 바로 자기의 귀였다.

"귀가 새로 자라났어, 새 귀가 자라났어. 그런 법도 있나?"

그는 헛소리하듯이 쉴새없이 거울을 향하여 중얼거렸다.

공군은 너무 기뻐서 자기에게 새로운 귀가 자라났음을, 그에겐 이젠 귀 하나가 없게 되는 걸로 알고 있는 사람들에게 알리기 위해서 변소를 뛰쳐나왔다. 그러나 막상 거리를 걸으면서 생각해보니 자기의 새로운 귀에 대하여 관심을 가져줄 사람이 얼마나 될는지 걱정됐다.

"그래요? 거 이상한데……" "축하합니다." 사람들이 그에게 해줄 말은 고작해야 그 정도이리라는 것을 그는 깨달았다. 차라리 귀 하나 없어지게 됐다고 떠들고 다니던 것을 그들로 하여금 거짓말이었구나라고 생각하게 해버리고 시치미 떼어버리는 편이 복잡하지 않을 것 같았다. 그는 어두워지는 거리를 걸으면서 아직도 새 귀를 덮고 있는 거즈를 어루만져보았다. 손바닥에 닿는 거즈의 까실까실한 촉감 밑으로 부드럽고 얌전하게 생긴 귀가 주는 탄력을 느끼며 미소했다. 의사에겐 알릴까 하고 생각했다. 그러나 의사는 좋은 연구재료가 생겼다고나 기뻐하며 자기를 귀찮게 할는지도 모른다는 생각이 뒤따랐다. 또는 의사는 공군에게 귀가 없어져버렸음을 알려주던 때의 말투로 이렇게 말할지도 몰랐다.

"……마음 단단히 먹고 내 얘길 들으시오…… 당신이 새로운 귀라고 생각하고 있는 것은 암의 일종으로서……"

아! 암의 일종인지도 모른다고 공군은 자기의 상상 속에서 새로운 의혹을 발견하며 손바닥에 힘을 주어 거즈를 꽉 움켜쥐었다. 거즈를 사이에 두고 귀를 움켜쥔 순간, 공군의 귀에 대한 의혹은 불쑥 더 커졌다. 왜냐하면 귀가 아무런 감각도 가지고 있지 않는 것 같았기 때문이다. 그만큼 세게 움켜쥐었으면 귀가 조금이라도 아픔을 느껴야 당연한 것인데 마치 사마귀를 바늘로 찔러도 사마귀는 아픔을 느끼지 않듯이 귀는 아픔을 느끼지 않는 것이었다. 조금 전까지도 품고 있던 공군의 즐거움은 온몸에서 새어나가버리고 그 대신 불안감이 배어들기 시작했다.

"어쩐지 괴상하더라니……"

공군은 헛소리하듯이 중얼거리며 한 손으로 귀를 움켜쥔 채 하숙방을 향하여 걷기 시작했다.

공군은 또 한번 의사를 생각했다. 만일 이것이 암이라면 의사에게 보여야 할 필요는 더욱 큰 것이었다. 진짜 귀라고 한다면 오히려 의사에게 달려갈 필요는 없어질 수도 있다. 그런데 진짜 귀인지 암의 일종인지 아니면 생명엔 별 지장이 없는 헛살인지는 공군 혼자의 지식으로서는 알아낼 수가 없는 것이었다. 그는 공중전화를 이용하기로 했다.

"경찰병원입니까?"

"이비인후과 좀……"

"퇴근하셨어요?"

공군은 수화기를 힘없이 내려놓았다.

공군은 눈이 안타까울 만큼 작은 김간호원을 생각했다. 친절한 여자. 치료비를 운전사에게 물도록 자기를 위하여 애써주던 여자. 공군의 불안한 심정은 김간호를 생각하자 눈물이 되어 가슴을 적시기 시작했다. 공군은 다시 수화기를 들어올렸다.

"경찰병원입니까?"

"이비인후과 좀……"

"김간호에게 연락하려고 하는데요……"

"아, 그럼 간호원 숙사로 좀……"

"김간호에게 연락하려고 하는데요……"

"이름은 모르는데요, 저어 이비인후과의 김간호…… 아, 네, 에, 외추울……"

공군은 수화기를 힘없이 내려놓았다. 갈 곳은 한 군데, 하숙방밖에 없었다.

불을 켜자마자 공군은 책상서랍에서 손거울을 꺼내들었다. 그리고 천천히 반창고와 거즈를 떼내었다. 공군은 한숨을 한번 크게 쉰 뒤에 거울을 귀가 보이는 위치에 고정시키기 위하며 손을 이리저리 움직였다. 그러나 시선이 귀 전부를 포착하기가 힘들었다. 거울 한 개가 더 필요했다.

그가 수돗가에서 그릇을 씻고 있는 주인 아주머니에게 벽거울 좀 빌려달라고 했을 때 꾸부리고 있던 허리를 펴자마자 아주머니는 놀란 얼굴로 공군에게 말했다.

"아니, 공선생, 멀쩡한 귀가 있는데 이젠 귀가 한 개 없는 병신이라고 엄살을 떨으셨구려. 어디 좀 봅시다. 이젠 다 나았어요?"

공군은 곁에 다가선 아주머니가 자기 귀를 만지작거리는 것을 그대로 내버려두며 속으로 중얼거렸다. 이게 진짜 귀이기만 하다면, 아주머니 난 정말 춤이라도 추겠습니다.

"공선생 중매는 내가 설 텐데, 귀 하나 없어졌다는 바람에 야단났다 했더니 내일부턴 다시 색시감 고르러 다녀야겠군."

아주머니는 안방에서 거울을 가지고 나와서 그것을 공군에게 건네주며 호들갑을 떨었다.

공군은 거울 두 개를 이용하여 자기의 새 귀를 관찰하기 시작했다. 겉으로 봐서는 틀림없는 귀였다. 귀를 닮은 암이 있는지 없는지는 모르지만, 이렇게 생긴 게 귀가 아니라고 하면 무엇이 귀겠는가 하는 생각이 들었다. 새로 돋아난 탓인지 빛깔이 다른 한쪽 귀의 그것보다는 진하지 못한 분홍색이었다. 그것은 마치 이른봄의 새싹처럼 연약해 보였고 그런 만큼 예쁘게 보였다. 그는 엄지와 검지로써 근심스럽게 새 귀를 비벼보았다. 무슨 감각이 있긴 있었는데 그것이 손가락이 느낀 감각인지 귀가 느낀 감각인지를 알 수 없었다. 다른 쪽 귀도 역시 비벼보았지만 감각에 대한 얘기는 마찬가지였다. 그는 펜을 들고 그것으로써, 새 귀를 살살 긁어보았다. 그제야 역시 새 귀는 아무런 감각도 가지고 있지 못한 것을 확인했다. 생각이 나서 그는 면도칼을 꺼냈다. 그것으로 그는 새 귀를 조금 베어보았다. 이번엔 이상하게도 보통 귀와 다름없이 베인 자리에서 피가 내비치는 것이었다. 혈관이 통한다면, 공군은 기쁨을 참을 수가 없었다. 아, 이건 진짜 귀다.

그것은 진짜 귀였다.

그런데 이상한 현상이 다음날부터 일어났다. 어떤 한 가지 소리가 끊임없이 그 새 귀를 통하여 들리는 것이었다.

처음으로 그 소리가 들린 것은 아침에 회사에 출근하기 위하여 만원버스 속에 서 있을 때였다. 어디선지 마치 장화를 신고 물웅덩이 속을 걸어갈 때 사람들이 들을 수 있는 소리 같은 것이 공군의 귀에 들려온 것이었다. 공군의 귀에는 한글로 표기한다면 분명히 '철벅철벅……'이라고 할 수밖에 없는 소리가 쉬임없이 들리는 것이었다. 그는 그 소리가 나는 곳을 찾기 위하여 눈알을 굴리기 시작했다. 그러나 보이는 것은 파리하고 무표정한 노란 얼굴들뿐이었다. 그 얼굴들의 입에서 혹시라도 소리가 난다면 그것은 한숨이거나 낑낑거림이거나 욕설일 수밖에 없었다. 공군은 좀더 사람과 사람의 틈을 비집고 소리가 나는 곳을 찾아보려고 애썼으나 헛수고에 그쳤다. 누군지가 고개를 함부로 기웃거리는 공군의 머리를 실수인 체하며 주먹으로 탁 내려쳤기 때문이었다. 공군은 그 소리가 나는 곳을 찾기를 단념해버렸다.

그 소리는 버스에서 내려서 회사를 향하여 걷고 있을 때도 들렸다. 크지도 않고 그렇다고 아주 희미하지도 않게 그 소리는 들렸다. 사람들의 발짝 소리가 자기의 귀엔 그렇게 들리는 것 같기도 하고 자동차의 클랙슨 소리가 그렇게 들리는 것 같기도 했다.

회사의 책상 앞에 앉아 있을 때도 들렸다. 가만히 생각해보니 그 소리가 분명히 방향 없는 소리는 아님을 알았다. 그의 귀에서 나는 것이 아님은 물론 반드시 그의 밖에 있는 어떤 사물이 내는 소리가 자기의 귀엔 그렇게 굴절되어 들리는 것을 깨달았다. 회사에서 그 소리가 들려오는 곳은 타이피스트가 앉아 있는 쪽에서였다.

"자네 귀엔 무슨 소리가 안 들리나?"

공군은 자기 옆 책상을 차지하고 앉아 있는 김군에게 물었다.

"자네 말소리가 들리는군."

김군이 대답했다.

"아아니, 저 타이피스트 쪽에서 아무 소리도 들리지 않아?"

"무슨 소리? 타이프라이터가 내는 소리밖에 들리지 않는데."

"이상하단 말야."

"뭐가?"

"아무것도 아냐."

공군은 자기 일로 돌아갔다. 그러나 잠시 후에 다시 김군에게 물었다.

"자네, 타이피스트 쪽에서 나는 소리를 들리는 대로 모두 한번 표현해봐."

"이 친구, 돌았나?"

"부탁이야."

"차암 나, 그럼 어디 흉내내볼까? ……투닥탁 투닥탁 탁탁 투닥 투드 하하하하하…… 내가 뭐 후라이보이인 줄 아나?"

"아아냐. 계속해봐, 부탁이야."

"방금 그건 타이프 치는 소리구…… 그리군 아뭇소리 안 들리는데."

김군은 말하고 나서 빙글거리며 공군에게 물었다.

"자네 귀엔 어떻게 들린다는 거야?"

"이상하단 말야, 철벅철벅 철벅철벅 하거든."

"히히…… 그거 뭐 할 때 나는 소리 아냐?"

김군은 낄낄거리며 다른 동료사원을 곁으로 불렀다.

"자네, 저 타이피스트 쪽에서 나는 소릴 들리는 대로 모두 표현해봐."

김군이 자기 곁으로 온 사람에게 말했다.

"왜?"

"글쎄, 하여튼 해봐."

"투드락탁 투드락 투닥탁탁……"

그 사람도 웃음으로써 흉내내기를 그쳤다.

몇 사람이 더 흉내내기에 참석했다.

그러고 나서 말했다.

"공형, 재미있는 게임을 생각해내었군 그래."

공군도 그들을 따라 웃긴 했으나 끊임없이 자기 귀에 붙어다니는 철벅거리는 소리가 그렇다고 들리지 않는 건 아니었다.

공군의 귀를 통하여 일어난 사태는 더욱더욱 심각해지고 있었다. 마치 몸 속으로 침입한 병균이 시간이 감에 따라 자꾸 불어나서 몸이 점점 뜨거워지는 것과 같은 속도로 그 철벅거리는 소리는 불어났다. 그 소리는 커지는 게 아니라 분명히 불어나는 것이었다.

이를테면 사무실에서 그 소리가 들려오는 곳이 처음엔 타이피스트 쪽 한 군데에서뿐이었다.

"어떤 물건이 내는 소리를 글자로 정확히 표현하기란 불가능한 거야. 가령 개가 짖는 소리라든가 총을 쏠 때 나는 소리는 어디서든지 똑같을 텐데 그것을 표현하는 말은 나라마다 다 다르거든. 그런데 사람들은 그 소리 자체보다는 자기들이 그 소리라고 표현한 말을 더 믿고 살지. 개 짖는 소리를 들으면 으레 멍멍이나 컹컹이나 왕왕이라고 우리는 들어버린단 말야. 그래서 난 한때 굉장히 불만이었어. 가만히 들어보면 멍멍이나 컹컹이나 왕왕이라는 표현으로써는 아무래도 부족하다는 느낌이거든. 가령 개들 예를 들면 그렇단 말이지. 대부분의 소리에 대해서도 마찬가지야. 그런데 그 허구 많은 소리들에 일일이 신경을 쓰려다가는 미칠 것 같아서 아예 신경을 쓰지 않기로 해버렸지. 그래서 난 될 수 있는 대로 멍멍이나 왕왕이라고 하지 않고 그저 '개 짖는 소리'라고만 얘기하려고 하고 있지. 내가 '개 짖는 소리'라고 말하면 듣는 쪽에서 자기 식으로 그 소리를 연상할 테니까 말야."

공군이 고안한 게임—타이피스트 쪽에서 나는 소리를 표현해보자는 공군의 동료 직원들에 대한 제의는 결국 즐거운 게임으로 낙착되었다—에 참가했던 유식한 과장님이 그렇게 말함으로써 그 즐거운 소리 흉내내기 게임은 끝을 맺었었지만 그러고 난 직후에 공군은 새로운 사실에 부딪친 것이었다.

"어때, 아직도 철벅거리는 소리가 들리나?"

직원들이 모두 자기 자리로 돌아가 앉은 후에 공군의 옆자리에 앉아 있는 김군이 귓속말로 놀리듯이 물었었다.

"응, 아직도 들려."

공군은 대답했었다.

"거짓말. 지금은 타이프를 치지도 않는데?"

김군은 우스워 못 견디겠다는 듯이 말했다.

"그래도 들려. 이상하지?"

공군의 귀에는 사실 그 철벅거리는 소리가 들려오고 있었었다. 그것도 아주 가까운 곳에서 들려오는 것이었었다. 바로 자기와 상대하여 얘기하고 있는 김군에게서 그 소리가 들리는 것 같았다.

"자네가 부럽군 그래. 그런 재미난 소리가 내게도 들린다면 좋겠어. 난 그럭저럭 살다가 죽으려나봐."

김군이 그렇게 말하고 있는 중에도 그 소리는 여전히 김군 쪽에서 들려오고 있었다.

결재 맡을 서류를 들고 과장 앞에 다가갔을 때엔 과장에게서 그 소리가 들려왔었다. 노임(勞賃)관계로 공군을 찾아와서 억센 함경도 사투리로 얘기하는 인부에게서도 그 소리가 들려왔었다. 심지어 회사 안에서 청소나 하고 물 심부름이나 하는 계집애에게서도 그 소리가 들려왔었다. 한마디로 말해서, 공군이 눈을 주는 사람이면 누구나 예외없이 그 소리를 공군의 귀로 밀어넣어 주는 것이었다. 마치 모든 사람의 가슴속에 철벅거리는 소리를 내는 커다란 시계가 들어 있어서 공군의 의식이 그 사람만 포착하면 꼼짝없이 그 시계가 큰 소리를 내며 움직이기 시작하는 것 같았다.

퇴근하여 길을 갈 때도 공군은 일부러 지나치는 한 사람 한 사람에게 시선을 주어보았다. 뭐 틀림없었다. 가죽잠바를 입은 건달 같은 사내에게서도 그 소리가 들려왔고 빼빼 마른 지게꾼에게서도 그 소리가 들려왔고 궁둥이를 휘두르며 바쁘게 걷는 여대생에게서도 그 소리가 들려왔고…… 팔짱을 정답게 끼고 걷는 기생오라비 같은 청년과 양공주 같은 아가씨에게서는 그 소리가 스테레오로 들려왔다. 심지어 달리고 있는 자동차 안에 있는 사람에게서도, 공군이 눈을 주기만 하면 제꺽 그 소리가 들려왔다. 그러나 공군이 가장 놀랐던 때는, 집을 잃은 듯한 개 한 마리가 자동차에 치일 듯 치일 듯 하며 길을 건너질러 달리는 것을 보았을 때였다. 그 개에게서도 그 소리가 들려왔던 것이었다. 개에게서도 그 소리를 듣고 났을 때 공군은 일부러 전봇대니 쇼윈도 속의 여러 물건들에 시선을 주어보았다. 그러나 물건들에서는 그 소리가 들려오지 않았다……

이런 식으로 그날 밤 공군이 잠자리에 누워서, 새로 생긴 귀를 가지고 지낸 하루를 곰곰이 생각해본 결과 대강 다음과 같은 사실을 발견했다.

우선 동물들에서 그 소리가 난다. 아니 그가 그날 본 동물들이란 사람들과 개 한 마리뿐이었으니까 사람들과 개에게서만 그 소리가 들려온다고 생각한다. 아니 여기서도 유보사항이 있다. 노인들에게서는 그 소리가 들려오지 않았다. 그러므로 사람 중에서도 노인은 제외된다. 다시 한번 결론을 내보면 공군이 그 철벅거리는 소리를 듣지 않기 위해서는 노인이나 무생물만 보고 있어야 한다는 얘기였다.

공군은 어둠 속에서 눈을 멀겋게 뜨고 손을 올려 새 귀를 만져 보았다. 말랑말랑하고 아주 좋은 위치에 자리잡고 있는 귀. 그 신경질나게 만드는 소리만 제거하고 모든 소리를 흡수하여준다면 얼마나 사랑스러운 귀일 것인가! 그런데 그 소리는 무슨 소리일까?

공군의 머릿속은 그 소리의 정체를 알고 싶은 욕망으로 가득 차서 화끈거릴 지경이었다. 보통의 귀에는 들리지 않지만 그렇다고 사람이나 개가 내는 소리가 틀림없다는 것을 의심할 수는 없다. 그러므로 정체의 윤곽은 알고 있는 걸로 하자. 공군은 한참 후에 그렇게 생각해버리기로 했다. 그러고 나니까 알고 싶어지는 것은, 그 소리로 해서 자기의 앞날이 불행해질 것인가 행복해질 것인가 아니면 아무렇지도 않을 것인가 하는 것이었다. 지금으로서는 당황하고 있기 때문에 그 소리를 거북스럽게 생각하고 있지만 차츰 그 소리에 익숙하게 되면 어쩌면 그 소리 없이는 못 살게 될는지도 모를 일이라는 생각을 해보기도 했다. 그러니까 마음이 좀 편안하기는 했다.

공군의 마음이 편했던 것은 그러나 불행하게도 그 묘한 소리가 시작된 이후의 며칠뿐이었다. 공군으로서는 설마 또다른 귀가 돋아나리라고는 예상하지도 않았고 기대할 수도 없는 그야말로 될 대로 되라는 심경으로, 그 철벅거리는 소리를 들려주는 새 귀를 잘라서 기름에 튀겨 먹어버릴 때까지는 다음과 같은 얘기가 있다.

우선 공군 자신에게 이상한 증세가 나타나기 시작하고 있을 바로 그때 마치 그 증세를 그에게 설명해주기라도 하려는 듯한 사람을 공군은 만났던 것이다.

나타나기 시작했었다는 그 증세에 대해서는 처음에 공군으로서는 표현할 수 없는 것이었으니까 나중에 말하기로 하고 우선 그가 만났던 사람에 대한 얘기부터 해도 좋다.

어느 휴일, 그가 아침밥을 느지막하게 먹고 나서, 또 한숨 잘까 아니면 날씨도 좋은데 산책이라도 하고 들어올까 하다가 결국 산책하는 편을 택하기로 하고 흰 고무신을 질질 끌며 골목을 빠져나가고 있을 때였다. 그는 요즘엔 더욱 주책없어진 귀에 이상한 소리가 들리는 것을 문득 깨달았다. 그 소리는 그 동안 그의 귀에 들려오던 소리와 똑같은 소리긴 했지만 그 볼륨이 유난히 높은 소리였던 것이다. 그의 시선이나 의식이 붙들기만 하면 붙들린 사람은 영락없이 철벅철벅 소리를 내는 것이지만 그 모든 사람들이 내는 소리의 크기는 일정했었다. 그런데 그날, 골목을 빠져나갈 때 그가 들은 소리는 여태까지 듣던 다른 소리들보다 엄청나게 큰, 말하자면 여태까지 듣던 소리들을 한데 묶거나 하면 그만큼 커질까 싶을 만큼 요란한 소리였다. 그 수상한 큰 소리를 공군에게 제공한 사람은 골목의 어귀에 번질번질한 양철판과 숯불이 든 깡통화로를 놓고 설탕 녹인 걸로 여러 가지 모양의 과자를 만들어 코 묻은 돈을 모으고 앉아 있는 한 중년 사내였다.

공군은 자기 귀가 새로운 주책을 부리기 시작한 모양이라고 일단 생각했다. 그런가 그렇지 않은가를 확인하기 위해서 그는 그 중년 사내에게서 눈을 돌려 자기 곁을 지나가는 다른 사람을 눈여겨보았다. 그 사람의 가슴속에 있는 시계 소리는 그런데 조금 전에 공군이 본 중년 사내를 제외한 다른 모든 사람에게서 나는 소리와 같은 크기의 소리를 공군의 귀에 들려주었다. 그는 행인들 중의 몇 사람을 상대로 하여 그와 같은 실험을 몇 번 더 계속 해보았다. 결국 공군이 얻은 결론은 중년 사내만이 유난히 큰 소리를 품고 있다는 것이었다. 공군은 지난 며칠 동안에 까맣게 잊어버리고 있던 욕구가 새삼스럽게 솟아났다. 그것은 자기의 새 귀가 포착하는 그 이상한 소리의 정체를 알고 싶다는 욕구였는데, 그 동안의 소리들이 너무 단조로웠으므로 그 소리는 마치 심장이 규칙적으로 뛰기 때문에 우리가 무관심하게 여겨버리는 것과 같은 방식으로 공군의 의식에서 망각되어버렸던 터이었지만 이제 그 소리가 변화를 일으킴으로써 자기에게 어쩌면 그 정체를 알려줄 수도 있을 것 같다는 생각이 들었던 것이었다.

생각 같아서는 당장 그 사내 앞으로 다가가고 싶었다. 그러나 때 나쁘게 그때 조무래기 몇 놈이 그 사내 앞으로 오르르 몰려와서 사내가 팔고 있는 과자를 사느라고 야단이었고, 동시에 어떻게 다시 말하면 어떤 질문을 함으로써 그 사내만이 유난히 자기 귀에 큰 소리를 들려주고 있는가를 알아낼 수 있을는지 그는 막연했기 때문에 선 그 자세로 우두커니 그 사내의 얼굴만 내려다보며 서 있었다. 자기가 그 사내에게 무슨 질문을 하느냐 하는 것을 자기가 알고 있다면 자기야말로 그 소리의 출처의 단서를 알고 있는 셈인 것이었다. 아이들을 상대하고 있던 사내가 공군의 시선을 느꼈음인지 흘낏 공군을 올려다보았다. 그 시선이 하도 험악해 보였으므로 공군은 자기도 모르게 주춤주춤 몇 걸음 골목 밖 한길을 향하여 걸었다. 그러나 그의 걸음은 곧 멎었다. 그 사내를 놓쳐버리고서는 자기는 영영 그 소리가 무엇인지 알지 못하고 말 듯한 안타까움이 생겼기 때문이다. 그는 그 사내를 향하여 돌아섰다. 아이들은 아직도 사내 앞에서 떠들어대고 있었다.

그는 사내 곁으로 다가가서 사내 곁에 쭈그려 앉으며 "실례하겠습니다"고 말했다. 사내는 공군을 경계하는 표정을 띠고 흘낏 돌아본 다음에 다시 태연한 표정으로 아이들을 상대했다.

"전 요 안에 살고 있는데요오……"

아이들이 물러가고 난 후 공군은 웃음을 띠고 담배를 한 대 권하며 말을 꺼냈다.

"그래서요?"

사내는 담배를 받으며 그러나 하나도 고맙지 않다는 듯한 심술궂은 음성으로 말했다.

"사실은 말입니다……"

공군은 어떻게 얘기를 꺼내야 좋을지 몰라서 또 한번 "사실은 말입니다……"고 말했다.

"사실이 어쨌습니까……"

공군은 갑자기 사내에게 매달리고 싶은 심경이 되었기 때문에 자초지종을, 그러니까 교통사고로 귀한 귀가 달아나버렸었다는 것과 새 귀가 돋아났다는 것과 그런데 그 새 귀가 철벅철벅하는 이상한 소리를 듣는다는 것과 그런데 당신이 유난히 큰 소리를 낸다는 등의 얘기를 했다.

"나한테서 무엇을 알고 싶다는 거요?"

사내가 퍽 부드러운 음성으로 '당신 참 딱하겠다'는 듯이 말했다.

"글쎄요, 사실은 저도 무엇을 알고 싶은지는 확실히 모르겠어요."

사내는 웃었다.

"그런 말이 어디 있소."

"그런데 제 생각 같아서는 말이죠……"

공군은 얼핏 생각나는 대로 말했다.

"아저씨는 보통사람과 분명히 다른 사람인지도 모르겠다는 겁니다."

"보통사람과 달라요?"

사내는 허어허어 웃으며 말했는데 그 웃음이 공군에겐 어쩐지 자기의 말을 인정하는 듯해 보였다. 그래서 다그쳐 물었다.

"분명히 다른 점이 있어요."

"허어 참, 다르다니. 글쎄요, 다르다면 유난히 가난하다는 것밖엔……"

그러나 분명히 말소리가 공군에게 어떤 자신을 느끼게 할 만큼 자신이 없이 들렸다.

"제발 좀 가르쳐주세요. 농담이 아닙니다. 전 굉장히 고민입니다. 제발 좀 도와주십시오."

"난…… 고잡니다."

공군의 말이 끝나자마자 사내는 기다렸다는 듯이 불쑥 말했다.

"예?"

"고자라니까요. 고자 몰라요?"

공군은 "헤에?" 하고 얼떨떨했다가 사내가 말한 것이 그의 눈앞에 땀을 뻘뻘 흘리며 여자의 위에서 갖은 노력을 다하나 헛수고로 그치고 마는 가련한 사내의 모습으로 형상이 만들어지자 갑자기 웃음이 터졌다. 웃어서는 안 된다. 웃어선 실례라고 공군의 체면은 속삭였으나 웃음은 마치 참을 수 없는 기침처럼 목을 아프게 하며 쏟아져나왔다. 공군은 웃고 또 웃었다. 허리를 눌러 쥐며 일어섰다 앉았다 하며 웃었다. 그것은 웃는 것 같지가 않고 오히려 고통스러워서 몸을 뒤트는 것 같았다. 웃음이라는 독립된 개체가 공군의 몸을 붙들고 간지럼을 먹여대는 것 같았다.

공군의 힘으로써는 아무래도 그치게 할 수가 없는 것 같았다. 사내가 배반당한 자의 분노로써 벌떡 일어서며 무어라고 고함을 질렀으나 공군은 "고자, 고자, 하하하하하하하……" 하며 웃고 있었다. 웃고 있는 동안 공군에게는 무언가 점점 분명해지는 점이 있는 것 같았다. 마치 하늘을 덮을 만큼 거대한 건물을 이제는 그것의 전체를 보아버린 듯한 느낌이었다.

여기서 지난 며칠 동안 공군에게 일어나고 있던 증세를 얘기해도 괜찮겠다. 왜냐하면 사내의 얘기를 듣고 웃는 동안에 처음으로 공군은 자기 몸이 느끼고 있던 이상한 증세가—그 동안 그는 일시적인 그리고 문제의 새 귀가 아닌 다른 것 때문에 생긴 것이겠지 하고 흐지부지 생각하고 있었다—문제의 귀에서 생겨난 것임을 알게 되었기 때문이었다. 그리고 그 증세가 일어남으로써 생겼던 공포 비슷한 느낌이 웃고 있는 동안에 깨끗이 사라지고 있었기 때문이었다.

그 증세란 공군의 몸이 병적으로 성적 충동에 민감해졌다는 것이었다. 아주 사소한 사물, 예를 들면 영화 광고지에서 보는 여자의 다리라든가 트랜지스터에서 나오는 색소폰의 흐느끼는 듯한 음률이라든가 길에서 우연히 지나치는 여자의 음성이 약간 쉬어 있을 경우라든가…… 그가 전에는 도무지 관심도 가지지 않던 사소한 것들이 그의 말초신경을 자극하는 것이었다. 여기서 공군이 자라온 환경과 받아온 교육 내지 공군의 인생관에 대한 설명이 나와야 할 것은 당연한 일이지만 유다르게 내세울 만한 것이, 다시 말하면 196×년에 나이 서른을 넘을까 말까 한 대한민국의 건전한 청년들이 자라난 환경이나 받은 교육이나 가진 인생관에서 특출한 데가 없으므로 생략해도 괜찮을 것이다. 그는 『사상계』의 애독자였으며 정치가들의 강연회에는 물론, 영화제에도 가능하다면 빠지지 않고 참석하려고 노력하는 사람이었으며 대학에 다닐 때엔 농촌 계몽대에도 가입했을 뿐만 아니라 중·고등학교 시절엔 학교의 우등생들로써 이루어진 그룹에서 이(李)대통령의 무능하고 억지투성인 정치에 대하여 분노를 발산할 줄 알았다는 것만 말해도 충분하다. 건전한 청년들이 갖추고 있는 무장(武裝)은 공군도 갖추고 있었다. 그러므로 말초신경 따위에는 관심도 가지지 않았었다. 관심을 가지지 않았었다기보다는 그런 것은 개인적인 문제로서 얼마든지 조절이 가능한 우스운 물건에 불과했었다. 그러한 공군이 걸핏하면 성적으로 흥분하게 됐다는 것은 분명히 수상한 증세였다. 장가갈 시기가 왔기 때문이라고만 생각할 수 없는 게, 장가가야 할 필요를 느낄 만큼의 성적 충동의 분량은 지난달에도 늘 가지고 있었기 때문이었다.

요컨대 지난 며칠 동안 그가 자기 몸에서 눈치채고 있던 증세는 일종의 병과 같은 것이었다. 그러므로 그는 은근히 그 증세에 대하여 공포를 느끼고 있었던 것이었다. 그런데 사내의 얘기를 듣고 나서 웃음을 터뜨리고 있는 동안에 그는 무언지 선명해짐을 느끼기 시작한 것이었다. 선명해진다는 말은 가볍다는 중량의 단위와도 통하는 말인 것이었다.

우리의 용감한 공군은 종횡무진으로 뛰어다녔다. 서영춘이가
톱스타로서 등장하는 쇼가 열리고 있는 허름한 변두리 극장에도
드나들었다. 일부러 좌석에 앉지 않고 조명등이 없는 벽에 기대
어 서 있다가, 자기 앞에 서서 울긋불긋한 무대 위로 정신없이
시선을 보내고 있는 식모 차림의 여자를 뒤에서 살그머니 껴안
기도 했다. 반응이 별로 없으면 스커트의 지퍼를 끌어내리고 그
속으로 손을 디밀어넣기도 했다. 그럴 때의 공군의 새 귀는 제
세상을 만난 듯이 그 야릇한 소리를 부지런히 주워담는 것이었
다. 우리의 용감한 공군은 때로는 밤늦게 인왕산에도 올라갔다.
나무가 드물고 바위 많은 그 산에는 심심찮게 아베크가 올라왔
다. 공군은 바위틈에 몸을 숨겼다가 아베크 한 쌍이 애무를 시작
하고 그 애무가 점점 소리를 높일 즈음 달려가서 칼로 남자를 위
협하거나 때로는 상처를 입혀 도망가게 하고 나서 여자에게 덤
벼들어 난장판을 벌여놓기도 했다. 때로는 중국집 이층의 한 방
에 숨어서 옆방의 정사(情事)를 구경하기도 했다. 유식한 과장
님의 심부름으로 과장님 댁에 갔을 때엔 잠옷 바람인 사모님에
게 봉변을 주기도 했다. ……공군의 활약은 종횡무진이었다.

공군은 그런 짓을 하고 나서 즐거워했던가…… 공군은 모르
겠다고 했다. 유난히 죄의식을 느끼지 못했으니 즐거웠다고밖에

할 수 없을는지 모르나 만족감에서 오는 즐거움 정도로 생각해 두는 게 좋을 것이다. 만족감에서 오는 즐거움이라고 하면 굉장히 즐거운 듯하지만 그 만족하고 싶은 욕구가 퍼내도 퍼내도 솟는 샘처럼 자꾸만 생기는 것이었으니, 바꿔 말하면 그는 항상 불만인 상태였다. 차라리 그는 고통조차 느끼고 있는 편이었다.

어느 날 밤, 남산에서 껌 파는 소녀에게 봉변을 주고 나서 몸을 일으켜 자기를 내려다보며 우중충하게 서 있는 나무를 보았을 때 공군의 새 귀는 기계적으로 그 야릇한 소리를 듣는 일을 중지했는데 그때 공군은 가슴이 찢어질 듯이 괴롭고 자기도 모르게 등에 식은땀이 흘러내림을 느꼈다. 그것은 확실히 죄의식을 닮은 감정이었는데 그러나 그날 밤 집으로 돌아온 후 자기의 알 수 없는 새 귀에 대해서 생각을 집중시키다가 어느덧 경찰병원의 그 눈이 안타깝게 작은 간호원에게 생각이 미치자 새 귀는 또 그 소리를 듣기 시작하는 것이었으며 그 간호원을 자기 몸 아래에 두고 싶다는 욕망이 치미는 것이었다.

다음날, 공군은 회사에 출근하는 대신 곧장 경찰병원을 찾아갔다. 낯익은 이비인후과 진찰실의 도어 앞에 섰을 때 공군의 귀엔 잠시 동안 그 소리가 들려오지 않았다. 그러나 잠시 후, 도어 저쪽에서 역시 귀에 익은 간호원의 음성이 '울어라 열풍아'를 나지막하게 부르고 있는 소리를 듣자마자 다시 그 소리가 들렸다. 공군은 노크했다.

"들어오세요."

공군은 문을 열고 안으로 들어섰다. 예상과는 다르게 눈 작은 간호원 혼자밖에 없었다. 만일 의사가 있다면 간호원을 밖으로 불러낼 작정이었다. 간호원은 잠시 동안 공군을 못 알아본 모양인지 또는 알듯 말 듯한 얼굴이라는 것인지 공군을 빤히 쳐다보고 있었다.

"언젠가 귀 때문에……"

공군은 말을 더듬거렸다. 왜 이 간호원 앞에서는 말이 더듬거려지는지 모르겠다는 생각이 들었다.

"아, 알겠어요. 일루 앉으세요. 어머 귀가?"

간호원으로서는 놀랄 수밖에 없었다. 분명히 없어야 할 귀였으니까 말이다.

"네, 얘기가 좀 복잡해졌습니다."

공군은 싱긋 웃으며 말했다.

간호원은 공포 때문인지 단순한 놀람 때문인지 붕어처럼 멍하니 입을 벌리고 공군과 공군의 새 귀만 쳐다보고 서 있었다.

"저는 이게 무엇인지 모르겠습니다. 정말 귀인지 아닌지 말이죠……"

공군은 그렇게 말하며 간호원 앞으로 한 발짝 한 발짝 다가갔다. 그리고 간호원을 와락 껴안으며 말했다.

"그렇지만 돋아난 것을 어쩝니까?"

간호원은 완강하게 몸을 흔들었다. 그러나 그 동안 훈련된 공군의 팔짓에서 몸을 뺄 수는 없었다. 공군은 간호원을 껴안은 채 그 여자를 쓰러뜨려 눕힐 장소를 시선으로 찾았다. 그러나 좁은 실내에는 치료용 의자와 자질구레한 도구들로 가득 차서 마땅한 장소가 없었다. 창가에 환자를 눕히는 작은 침대가 있을 뿐이었다.

"왜 이러세요? 소리지르겠어요. 이거 좀 놔요. 이거 놔요, 놔요……"

그러나 공군은 막무가내로 그 여자를 침대 쪽으로 끌고 갔다.

"정말 못 놓겠어요? 찌르겠어요."

침대에 밀어붙여진 후 간호원은 밀려오는 동안에 어느 틈에 집어들었는지 메스를 손에 들고 공군의 팔에 메스를 대고 소리 쳤다. 공군은 날쌔게 여자의 팔을 비틀어 메스를 빼앗았다.

"사랑해, 정말이야, 사랑하고 있어."

공군은 몸부림치는 여자를 침대 위로 끌어올려놓고 안간힘을 쓰며 숨가쁘게 중얼거렸다.

"이것이 사랑하는 거예요? 놔요, 팔 못 놓겠어요?"

"정말이야, 사랑하고 있어……"

공군은 정말 그 여자를 사랑하고 있었다는 것을 처음으로 깨 달으며 외쳤다.

"사람 살려요!"

간호원이 있는 힘을 다하여 외쳤다.

사람들이 급하게 뛰어오는 소리가 들렸다. 공군은 손을 놓았 다. 온몸에서 땀이 흐르고 있었다. 그는 정신없이 문을 박차고

344

밖으로 뛰어나와서 도망쳤다.

공군이 제정신이 들었을 때 그는 어느 골목 속에 서 있었다. 공군의 앞에는 한 중년 아주머니가 작은 가마솥에 기름을 끓이며 고구마며 오징어 발을 가지고 튀김을 만들어 아이들에게 팔고 있었다.

"사랑하고 있어, 정말이야."

라고 공군은 한마디 중얼거리고 나서 그때까지도 손에 들고 있던 메스로 앞뒤를 가리지 않고 자기의 마귀 같은 새 귀를 짜악 찢어 떼어냈다. 피가 흘렀지만 아픈 줄은 몰랐다. 원래 감각이 없던 귀였다. 그는 찢어낸 귀를, 피가 뚝뚝 떨어지는 귀를 손에 들고 그것을 내려다보았다. 아직 보지는 않았지만 마귀가 있어 그것의 혓바닥이 어떻게 생겼느냐 하면 바로 이렇게 생겼으리라고 생각되었다.

"아악!" 하고 튀김을 만들던 아주머니와 아이들이 기겁을 하며 가마솥도 튀김들도 내버려두고 골목 밖으로 달아났다. 그는 그 괴상한 귓조각을 얼른 끓고 있는 기름솥에 집어넣었다. 그것이 바싹 튀겨졌을 때 그는 메스로 그것을 찍어내어 후후 불어가며 입에 넣고 씹어 삼켜버렸다. 기묘하게도 눈물이 볼을 타고 흘러내렸다. 그리고 그 자리를 급히 떠났다.

공군이 두려워하며 예상했던 대로 곧 또 새 귀가 돋아났다. 그런데 이상하게도 그 새로 돋아난 귀는 공군이 원래 가지고 있던 귀가 늘 듣던 소리 ─ 굉장한 폭음을 가끔 듣는 것이었다. 결국 자기의 귀는 폭음이나 저 철벅거리는 소리를 듣지 않으면 안 될 운명 속에 있는 것 같았다. 공군은 두 소리가 다 싫었다. 그러나 어쩔 것인가. 그 두 소리가 듣기 싫으면 죽을 수밖에 없는 것을! 그런데 공군은 죽기는 싫었다.

신데렐라

이(李)양은 P촌의 국민학교 여선생님이었다. P촌에 문화 비슷한 냄새가 나는 거라곤 이양이 선생님으로 있는 국민학교 하나밖에 없었다. 아니 몇몇 기와집에는 앰프가 있어서 P촌에서 삼십 리쯤 떨어진 읍에서 보내주는 군수님의 연설이나 이미자의 노래나 효과적으로 농사짓는 법에 대한 강의를 들을 수 있었으나 그 앰프들도 일부는 고장이 나서 삑삑거리기나 하고 그보다는 별로 재미도 없이 시끄럽기만 해서, 고기도 먹어본 놈이 잘 먹는다는 식으로, 문명의 이기(利器)나 문화에 대한 애착을 가지지 못한 마을 사람들에겐 부채질을 하며 앰프 밑에 앉아 있는 것보다는 차라리 초저녁부터 캄캄한 방에서 숨소리를 한 차례 드높이 휘날리고 잠드는 것이 더 좋았다. 말하자면 P촌은 농토가 얼마 되지 않는 두메였다. 따라서 이양이 근무하는 국민학교도 선생님들이라고는 교장선생님 이하 여섯 명, 학생 수는 육학년 이하 백여 명의 가난한 학교였다. 이 국민학교로서 자랑이 있다면 어느 외국 원조기관에서 공짜로 보내준 크고 윤이 나는 풍금과 그 풍금에 덤으로 붙여 보낸 듯한 날씬하고 이쁘고 상냥한 여선생, 바로 이양이었다. 풍금이 소가 끄는 수레에 실려오던 날이 바로 이양이 이 두메 국민학교로 발령을 받고 마음속으로 엉엉 울며 부임해오던 날인데 마을 사람들로서는 사실 처음 보는 멋진 풍금과 처음 보는 이쁜 여선생을 맞이하여 자기네들의 금년 토정비결이 그렇게도 좋았던가 새삼스럽게 돌이켜 생각해볼 지경이었다. 아닌게 아니라 마치 그 풍금을 치기 위해서 이양이 이 학교에 부임한 것처럼 일이 되어버렸는데 왜냐하면 풍금을 자유자재로 다룰 줄 아는 선생은 이양뿐이었기 때문이었다. 풍금은 거의 이양 독차지였다. 그 여자는 쉴 시간이나 방과후에도 항상 풍금 앞에 앉아 있었다. 조용한 두메마을은 해가 지고 나면 더욱 조용해지므로 귀 밝은 마을 사람들은 이양이 치는 풍금 소리를 잠자리에서도 들을 수 있었다. 그러나 마을 사람들은 앰프에 금방 싫증을 내었듯이 밤에 들려오는 먼 풍금 소리에도 이내 싫증을 냈다. 싫증을 낸 정도가 아니라 어느 노파 하나는 교장선생님에게 정식으로 항의를 했다. "귀신이 우는 것 같아서 난 미칠 것 같으니 제발 그 소리 좀 그치게 할 수 없는 게라우?" 그래서 교장선생님은 이양을 불러서 충고를 했다. 이양은 입술을 깨물며 그 충고를 받아들였다. 사실 이양으로서는, 머리에 부스럼 투성이인 아이들과 조용함밖에 없는 이 두메산골에서 풍금이 제일 가까운 벗이었다. 부임해오던 날 '난 빽이 없어서 이런 데로 오게 됐어, 난 빽이 없어서……' 하며 속으로 엉엉 울던 것도 이 풍금을 보는 순간에 조금 가라앉았던 것이었다. 그런데 마을 사람들이 귀신 울음소리 같다느니 어쩌니 하며 치지 말란다. 교장 선생님의 충고를 들은 뒤부터는 이양은 풍금이 보기도 싫어졌다. 이양은 학교 일이 끝나기가 무섭게 자취방으로 돌아와서 저녁을 지어 먹는 둥 마는 둥 하고 문을 안으로 잠그고 방 안에 박혀 있기 시작했다.

이양의 방은 그 두메마을에서는 가장 깨끗한 기와집의 방 하나를 빌린 것인데 방문이 그 집의 후원으로 나 있어서 절간방처럼 조용했다. 그 집 주인 아주머니를 비롯한 동네 아주머니들이 앞마루에 나와서 자기네들과 얘기를 하기를 이양에게 몇 번 권했으나 그 여자는 그 아주머니들이 하는 얘기가 모두 흥미가 없거나 이해하기 곤란한 것들뿐이었다. 이양 또래의 마을 처녀들은 도회에서 온 예쁘고 날씬한 선생님을 경원했고 그렇다고 혼자 저녁 산보도 다닐 수 없는 건 그 무지막지한 머슴아들이 무슨 욕을 보일지 두려웠기 때문이었다. 자연히 이양은 방 안에 처박혀서 고향에 있는 식구들이나 교육대학 동창들에게 편지를 쓰거나, 지금의 이양에게 뜬구름 같은 글들이 씌어진 여성잡지를 읽거나 했다. 그러나 그것들도 얼마 지나지 않아서 싫증이 나버렸다. 이양은 편지도 쓰지 않고 잡지도 읽지 않게 되었다. 개어놓은 이불에 등을 받치고 비스듬히 누워서 자기가 안으로 잠가버린 방문만 아무 생각 없이 바라보고 있곤 했다. 그러다가 문득 발작 같은 게 생기면 옷을 활활 벗어버리고 벽에 걸린 거울에 자기 몸을 비춰보거나 했다. 거울은 이양의 온몸을 보여주었다. 사실 이양은 좋은 몸을 가지고 있었다. 이조(李朝)의 잘 만들어놓은 술병 같은 몸이었다. 그러는 것에도 싫증이 나면 이양은 이불을 깔고 덮고 누워서 다시 방문을 멀거니 쳐다보고 있곤 했다. 어느 왕자님이 저 감옥 문을 뚫고 들어와서 자기를 구출해주기를 기다리는 것일까? 아니 왕자님이 어디 있어? 도(道) 교육감의 관인(官印)이 찍힌 발령장이지. 그러나 그것도 아니었다. 이양은 방문을 그냥 멀거니 쳐다보고만 있는 것이었다. 다만 어딘가 사건 많고 화려한 곳으로 가고 싶다는 간절한 느낌을 가지고.

어느 날 밝은 밤이었다. 그윽한 달빛이 이양이 비스듬히 누워서 바라보고 있는 방문을 한 점의 그림자도 없이 가득 채우고 있었다. 창호지는 달빛을 받고 지금 국화 향기라도 뿜어낼 듯이 신비스러웠고 문창살은 또렷한 검은 직선을 상하좌우로 얌전하게 드리우고 있었다. 갑자기 문짝이 더욱 환해지는 것을 이양은 깨달았다. 그것을 깨닫는 순간 이양은 자기의 눈을 의심하여 손등으로 눈을 비벼보았다. 그러나 문짝이 점점 더 환해지고 있는 것은 사실이었다. 마치 밝은 달덩이가 이양의 방문을 향하여 빠르게 다가오고 있는 것 같았다. 이양은 두려움 때문에 비스듬히 눕혔던 자기 몸을 얼른 일으켜세웠다. 문짝은 더욱 밝아지고 있었다. 이양의 다리는 후들후들 떨렸다. 이양은 털썩 무릎을 꿇고 방바닥에 앉아버렸다. 문짝은 무척 밝아진 상태에서 더 밝아지기를 갑자기 멈추었다. 동시에 소곤대듯이 나직한 음성이 문이 품고 있는 달빛에서 이양에게 들렸다.

"나는 달빛이다. 나는 너의 너무나 허망한 눈초리를 이 이상 더 모른 체하기가 괴로웠다. 그래서 찾아왔다. 네가 가장 견디기 어려운 시간은 몇시부터 몇시까지냐? 그리고 그 시간에 무얼 하기를 원하느냐? 빨리 말해라. 난 시간이 없다. 어서 다시 하늘로 돌아가서 세상을 비춰야 한다. 빨리 말해라."

이양은 자기가 분명한 의식을 가지고 있는가를 확인하기 위해서 머리를 흔들어보았다. 뒷머리털이 목덜미를 간지럽히는 걸 이양은 분명히 느꼈다.

"빨리 말해라."

달빛의 음성도 분명했다. 이양은 이제까지의 두려움이 사라졌다. 그 대신 달빛에 온통 자기를 떠맡겨 매달리고 싶은 느낌이 가슴 안을 꽉 채웠다.

"오후 일곱시부터 밤 열두시까집니다. 그 시간 동안만이라도 제가 가고 싶은 곳에 가고 싶습니다, 달빛님. 그러나 제가 가고 싶은 곳들은 너무나 멀어서……"

"알았다. 오후 일곱시부터 밤 열두시까지 너는 원하기만 하면 어디든지 갈 수 있다. 그럼 나는 가겠다. 참 한 가지 기억해둬라. 열두시만 되면 싫든 좋든 넌 이 방에 있게 된다."

문짝의 밝은 빛은 점점 멀어갔다. 이윽고 문짝의 밝은 정도는 처음과 같아졌다. 이양은 자기가 꿈을 꾸었던 게 아닌가 하는 의심이 들었다. 그래서 자기의 혓바닥을 이빨로 살그머니 깨물어 보았다. 묵지근한 아픔이 있었다. 이양은 자기가 방금 겪은 짧은 일들이 모두 현실임을 알고 두 손을 번쩍 들고 방 안을 한 바퀴 뱅그르르 돌았다. 그리고 앉은뱅이책상 위에 풀어놓았던 팔뚝시계를 얼른 집어들고 보았다. 밤 아홉시였다.

아, 밤 아홉시. 이양은 밤 아홉시를 잘 알고 있었다. 이따위 두 메를 제외하면 밤 아홉시는 어디서든지 흥겨운 시간인 것이었다. 밤 아홉시. 열두시까지는 세 시간밖에 남지 않았다. 어디로 갈까? 선택은 자유였다. 이양은 시간 지나는 것이 너무 아까웠다. 가고 싶은 곳은 너무나 많았다. 결국 이양은 오늘 저녁 못 간 곳을 내일 저녁엔 갈 수 있다는 것을 깨달았다. 그러자 이양은 무척 윤리적으로 되었다. 우선 우리집엘 가보자. 모두들 깜짝 놀라며 반가워하겠지. 식구들의 놀라고 기뻐하는 얼굴들이 환히 보이는 듯해서 이양은 방 가운데 선 채 눈을 감고 천천히 말하기 시작했다.

"달빛님, 우리집 마당에 저를 세워주실 수 있겠습니까?"

이양은 감고 있는 눈을 뜨기가 무서웠다. 달빛이 얘기했던 모든 것이 거짓말이라면 또는 자기가 헛소리를 들은 거라면 자기는 P촌 두메산골의 흙냄새 나는 방 가운데서 얼마나 우스꽝스런 짓을 하고 있는 것일까. 문득 이양은 자기를 둘러싸고 있는 공기가 달라진 것을 느꼈다. 그 여자는 눈을 번쩍 떴다. 집이다, 집이다. 이양은 자기 집의 좁은 마당 가운데 서 있었다. 식구들은 모두 방 안에 있는지 조용했다. 다 썩어가는 판잣담을 사이에 둔 옆집의 곰보 아주머니가 자기 자식들에게 신경질을 피우는 높은 음성이 들려오고 있었다. 대문 밖 골목길에 서 있는 전신주에 붙어 있는 보안등을 하루살이떼가 먼지처럼 어지럽게 둘러싸고 있는 게 보였다. 부엌 앞 장독대에선지 김치가 익어가고 있는 시큼한 냄새가 나고 있었다. 토방에 무질서하게 흩어져 있는 신발들이 보였다. 이양의 중학교에 다니는 바로 아랫동생이 영어책 읽는 소리가 방 안에서 들려나오고 있었다. 시장에서 야채장사를 하는 어머니는 아마 돌아오셨을 거다. 자기가 방문을 활짝 열면 열 살짜리 동생이 꾸벅꾸벅 졸면서 어머니의 다리를 주무르고 있다가 놀라서 눈을 반짝 뜨겠지. 아버지는 으레 열두시가 넘어서 술에 취하여 비틀거리며 오셔서 대문을 쿵쿵 두드리시니까 물론 오시지 않았을 거고…… 이양은 방을 향하여 돌진하고 싶었다. 마악 한 발짝 내디디었을 때 이양은 그제야 자기가 어떤 꼴을 하고 있는가를 발견했다. 너무 서두른 나머지, 이양은 맨발에 잠옷 바람이었다. 그리고 손에는 팔목시계를 들고 있는 것이었다. 이양은 웃음이 터지려는 것을 한쪽 손바닥으로 꾸욱 눌러서 참았다. 이런 꼴로 방에 들어가면 식구들은 무어라고 할까. 귀신을 믿는 어머니는 틀림없이 이양이 산골에서 비명(非命)에 죽고 그 귀신이 찾아온 것이라고 생각하다가 기절하겠지. 그렇지 않다고 하더라도 결코 당연한 걸로 보지는 않을 거다. 이런 꼴로 어떻게 저 방엘 들어갈 수 있담. 이양은 슬퍼졌다. 그러나 아무래도 들어가서는 안 된다는 걸 알고 있었다. 그렇지 않으려면 단 한 가지 방법밖에 없었다. 달빛이 자기에게 베풀어준 자비를 얘기하여 식구들을 납득시키는 것이었다. 그렇지만 누가 그걸 믿어줄 것인가. 이양은 결국 오늘은 식구들을 만나서는 안 된다고 생각했다. 이양은 집 안의 어디엔가 숨어 있다가 혹시라도 식구들이 밖으로 나오면 얼굴이라도 보고 가야겠다고 생각했다. 이양은 사람 눈에 띄지 않고 숨을 만한 곳을 알고 있었다. 그것은 장독대 뒤였다. 이양은 발소리를 죽여서 그곳으로 가서 몸을 숨겼다. 옆집 곰보 아주머니의 고함소리만 더 가깝게 들려올 뿐 자기 집 안에서 나는 소리는 아무것도 들을 수 없었다. 이양은 장독대 뒤에 도둑놈처럼 조용히 숨어 있었다. 시큼한 김치 냄새가 더욱 그 여자의 코를 찔렀다. 그것은 코로 맡기에는 항상 고약한 냄새였다. 장독대 뒤 어둠 속에서 발이 저려드는 것을 느끼며 쭈그리고 앉아서 역겨운 김치 냄새를 맡고 있는 동안 이양은 무언가 새삼스럽게 점점 명확해지는 것을 느꼈다. 왜 친구들이 서울에 있는 종합대학교로 진학할 때 자기는 이 소도시의 이 년 제 교육대학엘 가야 했던가, 그리고 친구들이 도시에 있는 일류 국민학교로 발령이 났을 때 자기는 벽촌의 부스럼쟁이들 틈으로 가야만 했던. 이제 얼마 있으면 아무개의 방이나 집이나 토지를 팔아주고 얻은 돈으로 몽땅 술을 마신 주정뱅이 아버지가 신문에 폭풍경보가 날 때마다 한 번씩 쓰러지는 허름한 대문을 쿵

쿵 두드리시겠지, 그럴 때마다 어렸을 때의 나는 얼마나 가슴이 덜컹덜컹 내려앉았던가. 지금 방 안에 있는 동생들이 이젠 나 대신 그 작은 어깨들을 움찔움찔 조일 것이다. 자식들이 번갈아 주무르는 다리를 들어올렸다 내렸다 하며 어머니는 다음날 새벽에 시장에 나갈 때까지 끙끙 앓으며 잠을 주무신다. 그렇다, 이 시큼한 김치 냄새는 오늘밤만 갑자기 역겨운 것은 아니다. 이 냄새는 항상 이 작은 집을 가득 채우고 있었다. 이양은 빨리 두메산골의 자기 방으로 돌아가버리고 싶었다. 방학이 오면 수박이랑 참외랑 사가지고 오는 누나만을 동생들은 기다리고 있을 것이다. 이 잠옷 바람으로 식구들 앞에 나타난다면 그들을 질겁하게 해주는 것밖엔 아무것도 없다. 안 들어가기를 잘했다. 이양은 차가운 장독대에 뺨을 댔다. 눈물이 한 줄기 볼과 매끄러운 장독이 이루는 골짜기를 타고 굴러내렸다.

"내 방으로 보내주세요, 달빛님."

이양은 중얼거렸다. 그러나 이양은 아직도 장독대 뒤에 있는 자세였다. 이양은 시계를 보았다. 아직 열두시가 되지 않았다.

열두시 정각에 이양은 P촌의 자기 방에 쭈그리고 앉아 있는 자기 자신을 보았다. 다리는 저려서 이미 감각이 없었다. 그 여자는 팔목시계를 천천히 방바닥에 내려놓고 나서 손등으로 이젠 말라가고 있는 볼 위의 눈물을 닦았다. 자기에게 주어진 그 마음대로의 시간에 자기 집으로 가는 어리석은 짓을 다신 하지 않겠다고 이양은 결심했다. 방학이 오면 식구들에게 줄 선물을 사들고 버스와 기차를 이용해야 하는 먼 거리를 거쳐서 가야 하겠다고 생각했다.

다음날, 학교에 가서도 이양은 자기도 믿을 수 없을 만큼 신비스러운 능력을 생각하니 가슴이 벅찼다. 엊저녁 집에 다녀온 일은 벌써 과거가 돼버렸다. 따라서 집에 갔을 때의 그 쓸쓸한 느낌도 오늘은 과거가 돼버린 것이었다. 자기 앞에는 자기 마음대로의 미래가 남아 있을 뿐이었다. 이양은 빨리 저녁이 오기만을 기다렸다. 그렇지 않아도 지루한 하루가 더욱 지루하게 느껴졌다. 이양의 머릿속은 하루 종일, 오늘 저녁엔 어디로 갈까 하는 자신을 향한 질문으로 가득 찼다. 그 여자는 직원실의 벽에 걸려 있는 세계지도를 틈이 날 때마다 들여다보았다. "이선생, 신혼여행 갈 곳을 찾고 계시오?" 하고 어떤 남자 선생이 놀릴 만큼 이양은 지도를 들여다보는 데 열심이었다. 그러나 지도 위의 동그란 점만으로써는 뉴욕과 파리의 어느 곳이 먼저 가야 좋을 곳인지 알 수가 없었다. 하나 염려할 건 없어, 하고 이양은 두 손을 양쪽 허리에 대고 가슴을 내밀며 자신만만한 미소를 지었다. 갑자기 심장마비가 되지 않는 한, 한정된 지상의 장소란 장소는 언제든지 갈 수 있는 것이었다. 이양은 자기의 능력을 누구에겐가 과시하고 싶었지만 엊저녁 달빛이 그렇게도 은밀히 자기를 찾아왔던 까닭은, 이아무개양, 너만 알고 있어, 라는 뜻에서가 아니었을까 하는 생각이 들어 자기의 서투른 욕망을 눌러버렸다. 온종일 이양의 머릿속은 자기가 가야 할 어떤 곳을 정하느라고 복잡했다. 일곱시가 가까워왔을 때엔 정말 두통이 나기 시작할 정도였다. 모나코? 제네바? 파리? 뉴욕? 리우데자네이루? 도쿄? 아니 엉뚱하게 모스크바에나 평양엘 가볼까?

이양은 저녁도 지어먹지 않고 방문을 안으로 잠근 좁은 방안을 서성거리며 수첩에 베껴온 수많은 이름들을 소리내어 중얼거렸다. 일곱시가 가까워졌을 때, 이양은 갑자기 엊저녁의 경험이 생각나서 미리 머리도 다시 빗고 자기가 가장 좋아하는 외출복을 갈아입고 이 산골로 온 후엔 전연 신지 않고 선반에 올려두었던 하이힐도 꺼내서 신고 핸드백도 팔에 걸었다. 달빛님 어디어디로 가게 해주십시오, 라는 한마디밖에 준비되지 않은 건 없었다. 그렇게 외출 준비를 하고 나니까 그 여자는 문득 생각나는 게 있었다. 지금 서반구는 밤이 아니라 낮이다, 그런데 달빛이 자기에게 준 약속은 오직 오후 일곱시에서 열두시까지뿐이었다. 따라서 남반구에 위치한 도시엔 갈 수 없다는 게 아닌가. 그러고 생각하니까 그 여자는 뉴욕이 북반구에 있는 건지 아니 자기가 알고 있는 이름의 장소들이 도대체 어느 반구에 속해 있는지 뒤죽박죽되어버리기 시작했다. 결국 그 여자가 선택할 수 있는 가장 확실한 장소는 한국 안에 있을 뿐이었다. 일곱시가 지나고 있었다. 그 여자는 초조했다. 자세한 것은 내일 다시 차근차근 따져보기로 하고 오늘 저녁엔 한국 안에 있는 어느 곳으로 가기로 작정했다. 좋은 생각이 떠올라서 그 여자는 부지런히 편지를 모아두는 상자를 뒤적였다. 교육대학 시절에 가장 친하게 지내던 친구가 서울에 있는 어느 국민학교에 교편을 잡고 있었다. 이양은 그 친구의 편지를 찾아내었다. 봉투 뒷면에 적힌 주소를 눈으로 읽었다. 그리고 소리내어 읽기 전에 자기의 차림새를 다시 한 번 훑어보았다. 드디어 이양은 소리내어 말했다.

"달빛님, 저를 서울특별시 성동구 신당동 삼백사십육번지 집 앞으로 가게 해주실 수 있겠습니까?"

이양은 골목 속에 겨우 자리를 한 군데 차지하고 서 있는 어느 대문 앞에 서게 됐다. 아직도 환한 낮이었다. 골목 속을 걸어가던 몇 사람이 이양을 몇 번이고 되돌아보며 손으로 자기 눈을 비비며 지나갔다. 돌연한 이양의 출현이 아무리 생각해도 이해할 수 없는 모양이었다. 그들은 자기 눈을 의심하기로 생각해버린 모양이었다. 이양은 지붕들이 끝없이 연결되어 있는 골목 안 풍경을 잠깐 넋 잃고 올려다보았다. 자기가 길 잃어버린 아이 같은 착각이 들었다. 서울엔 고등학교 수학여행 때 와본 적이 있었다. 그러니 그 여자의 서울은 창경원이나 덕수궁이나 종로나 서울역이었지 이런 비좁은 골목은 아니었고 낮고 음산한 기와지붕들은 아니었다.

이양은 자기 앞에 웅크리고 있는 대문을 두드렸다.

"누구세요?"

안에서 말끝을 길게 빼는 서울말씨가 들려오자 이양은 자기가 시골뜨기인 게 깨달아져서 부끄러움을 느꼈다.

"누구세요?"

또 한번 말소리가 들리고 볼이 홀쭉한 아주머니가 대문을 열었다.

(1966, 未完)

먼지의 방

　원남동 로터리를 돌아 대학병원 정문이 저 앞에 보이자,

　"아니, 저 정문 앞에 세워주시오."

말하며 영기는 팔목시계를 보았다. 정확하게 열시였다. 영결식은 이제 시작되고 있겠지.

　정문에서 영안실까지는 십 분쯤 걸어야 하는 가깝잖은 거리지만 바싹 그 앞까지 차를 타고 들이닥친다는 것은 고인(故人)에 대한 불경일 것 같았다.

　정문 근처 식품가게에서는 점원 차림의 처녀 둘이서 유리창에 크리스마스 장식을 하고 있었다. 벌써, 하고 생각하고 보니 크리스마스도 일 주일밖에 안 남았다. 알록달록한 장식줄을 유리창에 늘어뜨리며 뭔가 재잘거리며 환히 웃고 있는 처녀들의 앳된 얼굴이 영기에게는 어떤 비현실적인 풍경처럼 기이해 보였다.

　회색 하늘을 배경으로 무질서하게 서 있는 헐벗은 나무, 그 잔

가지들에 차라리 친근감을 느꼈다. 영안실로 뻗은 산책로 같은 길에는 소암(小嵓)선생 영결식에 참석하는 것이 틀림없어 뵈는 사람들이 둘씩 셋씩 짝지어 영기 앞을 가고 있었다. 대부분이 소암선생 연배의 중로(中老)들이었고 대부분이 검정색 두루마기를 입고 있었다.

두루마기 입은 노인들의 구부정한 뒷모습에서 지사(志士)들 특유의 완강한 고집이 묻어나오는 걸 느끼며 영기는 가슴이 답답해졌다.

아마 수년 전 정초, 소암선생 댁에 세배드리러 갔을 때부터였으리라. 역시 두루마기 차림인 노인들 다섯 분이 소암선생과 시국담(時局談)을 하고 있었다. 젊은이들 사이에서 볼 수 있는 들뜬 열기가 없는 대신 결정되면 곧 실행하고 마는 잔혹한 냉기가 노인들한테서 뿜어나오는 것에 영기는 으스스 몸이 떨렸다. 소암선생의 상해 시절부터 맹우(盟友)거나 민주당 시절의 동지라고들 했다.

눈을 지그시 감고 상체를 좌우로 흔들며 얘기하고 있는 그들은 얘기하는 표정에 잠깐의 변화도 없이 한쪽 궁둥이를 슬쩍 들며 요란한 소리로 방귀를 뀌어대곤 했다. 그 방귀 소리에 관심을 나타내는 사람은 아무도 없었다. 한 사람이 뀌고 나면 잠시 후엔 다른 사람이 "으음" 하는 기합 소리를 앞세우고 더 요란한 소리를 폭발시키는 것이었다.

그 장면은 이십대의 아직 수줍음이 남아 있는 나이인 영기에게 강렬한 그러나 착잡한 인상을 주었다.

그것은 젊은 시절부터 생사고락(生死苦樂)을 함께해온 스스럼없는 한 덩어리 친우들끼리의 무관함으로 보이지 않았다. 생리(生理)를 이미 초월해버린 혼(魂)과 관념만 시퍼런 칼날처럼 남은 노년끼리의 생리적인 것에 대한 무관심으로 보이지도 않았다.

오히려 반대로 그것은 많은 사람들 앞에서 낯빛 하나 흐트러지 않고 태연히 방귀를 뀌어낼 수 있는 자신의 기의 확인과 과시 같았다. 방귀를 뀜으로써 그들은 한 덩어리로 어울리는 것이 아니라 오히려 각각의 아집으로 분리되는 것이었다. 방귀 소리까지도 타인을 지배하는 또는 자기를 고집하는 무기로 생각하는 것 같았다.

가령 영국의 늙은 정치가들도 모이면 방귀 시합을 하는 걸까? 이 노인들이 민주주의자들일까? 물론 그들은 항일독립운동가들이었고 해방 이후엔 지금까지 반공 반독재 민주 투쟁의 지도적 인물들이었다. 그러나 그들에게서 예절과 타협의 포근함은 조금치도 느낄 수 없고 밀고 나가다가 차라리 부러지고 싶은 아집만 발견하고 그리고 그 아집을 통하여 그들이 싸워온 대상들의 잔혹함과 싸워온 고통을, 우리나라에서 정치가가 된다는 것의 비상함을 속속들이 깨우친 것 같아 영기는 등골에 찬 소름이 끼쳤었다.

영안실 밖 주차장에 간소하게 꾸며진 영결식장에는 영기가 예상했던 것보다 훨씬 많은 사람들이 모여 있었다. 퍽 쓸쓸하리라

먼지의 방 361

고 생각하고 있었었다. 그가 소암선생 댁을 떠난 이후로는 일 년에 두서너 번 정초 또는 추석 같은 명절날에나 과일 따위를 사들고 찾아가곤 했었는데 하객들로 들끓어야 할 정초에도 그 댁은 거의 항상 여느 날처럼 썰렁했던 것이다.

정치가의 생활이란 이런 것인가? 처지가 달라지면 손바닥을 뒤집듯 돌아서는 인심과 맞닥뜨리면서 그래도 초조해하지 않고 의연히 살아야 하는 것이 정치가의 생활임을 영기는 소암선생 댁에서 알았다. 4·19 이후부터 이듬해 5·16까지의 일 년 동안, 대학교 일학년생이던 영기가 그 댁에 가정교사로 입주해 있던 일 년 동안이 알고 보니 그 댁으로서는 황금시절이었다. 그 이전에도 그리고 그 이후에도 명륜동 골목 속에 있는 작은 한옥인 소암선생 댁은 가난한 집 특유의 쓸쓸함에 젖어 있었다. 영기가 가정교사로 들어 있던 일 년 동안만, 소암선생이 민주당 출신 국회의원을 지냈던 그 일 년 동안만 그 집은 끊임없는 방문객들로써 벅적거렸고 가족들의 얼굴에는 웃음이 있었다.

어린 자식들을 위해 가정교사를 두고 지내는 사치도 이제야 처음 누려보는 집안이었다. 그 댁 형편으로서는 가정교사를 둔다는 것이 한껏 부려보는 사치임을 영기는 알고 자신이 그 역시 그 댁으로서는 처음 누려보는 사치품인 자가용 지프와 같은 귀중한 '물건'이 된 거 같아 그 댁 식구들 속으로 녹아들어가지지 않는 서먹서먹함과 함께 철저히 봉사하고 싶은 그 댁 식구들에 대한 연민을 가지고 지냈었다. 5·16 이후 구(舊)정치인으로서

옥살이를 하고 나온 이후부터 그 댁은 예전의 가난하고 감시받는 생활로 되돌아갔다. 찾아오는 사람들이라곤 얻어맞을수록 기백이 더 살아나는 동지 몇 사람 그리고 '안부 여쭈러 왔다'는 이유로 동태를 살피러 오는 정보계 형사들 정도였다.

그랬기 때문에 영결식이라고 해야 무척 쓸쓸하기만 할 거라고 예상했고, 그러니까 나라도 찾아가봐야지, 의무감 같은 느낌에 싸여 달려온 영기에겐 그토록 많이 모여든 사람들이 놀라웠고, 자기는 알지 못하는 고인의 생전의 덕망과 영향력에 문득 위축되었다.

영기는 숙연히 모여 있는 사람들 뒤쪽에 조심스럽게 다가가 섰다.

영결식은 이제 시작되려 하고 있었다. 식단(式壇)을 장식하고 있는 확대된 사진 속의 고인은 미소를 띠고 모여 있는 사람들을 내려다보고 있다. 허망감을 체념으로 달래는 듯, 그 미소가 영기에게는 그렇게 슬퍼 보였다. 모여 있는 사람들은 거의 모두 고인의 그 미소를 보고 있었다. 사회자가 마이크 앞으로 나서서 식을 시작하려 할 때 건장한 청년 두 명이 뚜벅뚜벅 걸어나와서 식단 옆에 장식된 커다란 조화(弔花) 앞으로 다가갔다. 그리고 그 조화를 번쩍 마주 들더니 치워버리겠다는 태도로 들고 나가려 했다.

그 조화에 매달린, 조화를 보낸 사람을 밝히는 종이에는 고위층 인사의 이름이 먹글씨로 씌어 있었다. 안경을 쓴 중년 사내가 달려나와서 청년들이 하려는 짓을 말렸다. 조화를 붙들고 서서 그들은 잠시 승강이를 벌이고 있었다. 가족석에서 상복을 입은 미망인이 달려나와 청년들을 붙들고 늘어지며 만류하자 청년들은 땅바닥에 무릎을 꿇고 주먹으로 땅을 치며 통곡하기 시작했다. 조화는 있던 자리로 돌아가 세워졌다.

청년들의 등을 토닥거리며 달래고 있는 미망인의 모습에서 영기는 평생을 정치라는 잔인한 괴물에 부대껴온 한 아낙네의 고달픔을 그리고 이제 겨우 그 괴물로부터 해방되어 하루하루의 미천한 삶에나 매달려가려는 의지를 보고 울컥 울음이 치밀었다.

소암선생의 정치적 투쟁대상인 정부의 고위층 인사가 보낸 화환을 사이에 두고 청년들과 미망인 사이에 잠시 벌어진 승강이, 그리고 사진 속의 체념처럼 보이는 고인의 미소 때문에 영기는 문득 두 달 전 고인을 마지막 뵙던 날이 생각났다.

새로운 체제를 위한 비상계엄령 발표가 있던 저녁이었다.

회사에서 퇴근하여 무교동 골목 안에 있는 단골 비어홀을 목표로 슬슬 걷고 있는데 영기의 어깨를 툭 두드리는 손이 있었다.

"이 사람, 어딜 가나?"

돌아보니 택시를 기다리는 행렬 틈에 서 계시던 소암선생이었다.

댁에서만 보아오던 선생을 이렇게 길거리의 많은 행인들 사이에서 만나고 보니 영기는 기묘한 느낌을 받았다. 소암선생이 거리에서 얼마든지 볼 수 있는 초라한 노인에 지나지 않아 보이는 것이었다. 평소의 그분에 대한 두려움이 사라져버리고 불쌍한 아버지를 길에서 만난 듯 측은한 느낌에서 자꾸만 뭔가 먹을 거라도 사드리고 싶은 것이었다.

소암선생의 눈에도 영기가 길에서 만나고 보니, 아주 오래 전 자기 집에서 아이들을 가르치던 우울한 얼굴의 대학생 그리고 일 년에 두서너 번 찾아와 옛 상전댁에 문안 여쭈러 온 머슴 같은 표정으로 어깨를 웅크리고 앉았다가 가곤 하는 기백 없는 젊은이로 보이지가 않고 자기 몫을 제대로 잘하고 있는 어엿한 사회인으로 보이는 모양이었다. 영기가 이끄는 대로 비어홀까지 따라오셨다.

"일곱시에 무슨 중대발표가 있다고 했는데 여기 라디오 있겠지?"

소암선생이 말했고,

"네, 이제 방송이 나올 거예요, 다른 손님들도 기다리고 계세요."

호스티스 아가씨가 대답했다. 그리고 바로 그때 스피커에서 음악소리가 중간에서 그치더니 방송기자의 몇마디 소개말에 이어 고위층 인사의 그 마디마디 끊어지는 독특한 억양의 음성이 홀 안을 울리기 시작했다.

"친애하는 국민 여러분, 나는 우리 조국의 평화와 통일 그리고 번영을 희구하는 국민 모두의 절실한 염원을 받들어 우리 민족사의 진운을 정예롭게 개척해나가기 위한 나의 중대한 결심을 밝히는 바입니다. 지금 우리를 둘러싼 국제정세는 심대한 변화를 일으키고 있습니다. 그렇기 때문에 긴장완화라는 이름 밑에 이른바 열강들이 제3국이나 중소국가들을 희생의 제물로 삼는 일이 충분히 있다는 점을…… 지금 우리 주변에서는 아직도 무질서와 비능률이 활개를 치고 있으며…… 1972년 10월 17일 19시를 기하여 국회를 해산하고 정당 및 정치활동의 중지 등 현행 헌법의 일부 조항 효력을 정지시킨다…… 그리하여 통일조국의 영광 속에서 민주의 번영의 빛을 영원토록 가꿔나갑시다……"

역사의 새로운 장(場)이 시작되려는 것을 영기로서도 온몸으로 감지할 수 있었다. 좋고 나쁘고를 따지기 이전에 새로 시작되려는 역사, 낯선 시대와의 마주침에 대한 본능적인 공포로 영기는 몸이 굳어졌다.

발표가 끝나자 홀 한쪽에서 와아 하는 환호성과 함께 요란한 박수소리가 났다. 돌아보니 잠바 차림의 뚱뚱한 중년 사내 예닐곱이 발표 내용을 환영하는 건배를 하고 있었다.

(검열에서 삭제)

영결식이 진행되는 동안 영기는 유가족석을 유심히 살펴보았으나 미진이는 없었다. 소암선생은 딸 셋과 맨 끝으로 아들 하나를 두고 있었다. 영기가 그 댁의 가정교사로서 돌봐줘야 했던 게 셋째딸 미진과 아들 남준이었다. 미진이가 고등학교 삼학년, 남준이는 중학교 삼학년으로서 각각 대학과 고등학교 수험준비를 하고 있었다. 대학교 신입생이었던 영기는 자기가 수험 공부하던 경험을 살려 열심히 가르쳤다.

그해 일 년 동안 영기의 생활은 거의 모두 그애들에게 바쳐진 것이었다. 4·19 이후여서 대학에서는 강의를 하는 둥 마는 둥이었으므로 영기는 자신의 공부까지도 집어치우다시피 하고 그애들의 수험공부에 매달렸다. 그러나 다음해 둘 다 목표했던 일류대학, 일류 고등학교에 불합격이었다. 워낙 기초실력이 없었던 것이다. 게다가 남준이는 영기의 가르침을 따르려고 애를 쓰는 태도였으나 미진이는 사귀고 있는 남자친구 생각만 하고 있었다. 공부시간에도 틈만 있으면 그 남자친구 얘기를 꺼내려 들었다. 그 남자친구 역시 고등학교 삼학년이었다.

"선생님, 오해 마세요. 우린 정말 친구 사이일 뿐예요. 그애한테 난 배우는 게 많아요. 그앤 책을 많이 읽거든요. 좋은 책을 골라서 나한테 주는 거예요. 이거요. 선생님도 이 책 읽어보셨어요?"

"책도 좋지만 우선 시험공부부터 해. 그런 책은 대학에 들어간 뒤에 읽어도 늦지 않아."

"선생님, 그애가 선생님을 한번 만났으면 해요."

"왜?"

"선생님이 날 좋아하고 있을 거래요. 선생님이 날 좋아해요?"

"쓸데없는 소리 말구 자, 그 문제 빨리 풀어."

"그애 한번 만나주실래요? 만나서 오해 좀 풀어주세요. 공부할 때 나란히 앉아서 하느냐 마주 앉아서 하느냐, 난 무슨 옷을 입구 있느냐, 꼬치꼬치 캐물었어요. 질투하나봐요."

"친구 사이라면서 질투는 왜 해. 질투는 애인끼리 하는 거야. 자, 정신 좀 차리고 공부 좀 하자. 그 친구는 대학 들어간 다음에 실컷 만나구."

"사실 그래요. 그래서 앞으론 일 주일에 토요일날 한 번씩만 만나기로 했어요."

그런 식의 얘기가 영기와 미진이 사이에 오가기 일쑤였다.

두 자식이 지망하던 학교에 들어가지 못했으나 부모들은 영기의 노고를 충분히 알아주고 있었다. 소암선생이 정치적으로 어려워지자 집안 형편이 정신적으로나 경제적으로나 황폐해지고 미진이는 가출해버렸다. 두 언니들과 사모님이 백방으로 미진이를 찾았으나 잡아낼 수 없었다. 이따금 전화로 무사히 있다는 것만 알려올 뿐이었다. 소암선생에게는 미진이의 행방불명이 정치적 기반이 무너진 것만큼이나 큰 슬픔이었다.

영기는 미진이가 살아 있다면 설마 이 영결식장에는 나타나겠지 하고 유심히 살펴보았으나 보이지 않았다. 영기가 미진이를 만난 것은 정치단체의 집회 같은 영결식장 분위기에 대한 소원감을 견딜 수 없어 슬그머니 빠져나와 회사로 돌아가기 위해 대학병원 정문 가까이에 이르렀을 때였다.

세워져 있던 자가용 승용차의 뒷문이 열리고,

"선생님."

부르는 소리에 유심히 보니 상복을 입은 여자는 이제 삼십대 여인이 돼 있는 미진이었다.

십 년 만에 처음 보는 미진이지만 영기는 깜짝 반가워할 수가 없었다.

울고 있었던 듯 얼굴은 눈물범벅이었다. 울고 있는 얼굴에 그래도 십 년 만의 만남을 반가워하려고 지어 보이는 미소에 영기는 가슴이 저렸다. 그가 알기로는 가출한 이래 단 한 번도 가족들 앞에 나타나본 적이 없는 미진이었다. 가끔 걸려오는 전화로 살아 있다는 것을 알고 있지만 한국 땅에 살고 있으면서도 한 번도 얼굴을 나타내지 않는 미진에 대하여 영기는 물론 미진의 가족들까지도 미진이의 생활이 나설 수 있을 만큼 떳떳한 것이 못 되나보다고 짐작하고 있었었다.

어디선가 떳떳하지 못한 생활을 하고 있는 딸이기에 소암선생 내외분이 더욱 가슴 아파하고 있었음을 영기는 알고 있었다. 그런데 지금 그 짐작은 더욱 확실한 현실로 눈앞에 서 있다. 여기서 소복 차림으로 울고 있음은 아버님의 마지막 가시는 모습을 보기 위해서임이 분명한데 왜 사람 눈을 피하듯 구석진 곳에 세워둔 차 속에 숨어 있었단 말인가.

물론 아버지의 임종도 못 보았으리라. 이 세상에서 소암선생의 죽음을 가장 슬퍼하고 있는 사람은 아마 이 딸일 거라고 생각하며 영기는 문상객의 근엄한 표정으로 다가갔다.

"왜 영결식에 참석하지 않구……"

"선생님, 오랜만예요."

"그래, 오랜만이구나."

미진이도 이젠 서른 살이구나. 반말을 하기가 거북스러울 만큼 성숙한 여인의 모습이었으나 영기는 예전 관계대로 말할 수밖에 없다고 생각하며 반말투에 오히려 힘을 주었다.

"선생니임!"

미진이가 들고 있던 손수건으로 얼굴을 감싸며 본격적인 울음을 터뜨렸다. 영정 앞에서 그리고 가족들 앞에서 터뜨리고 싶었던 울음을 대신 영기 앞에서 터뜨리는 모양이었다. 근처를 지나가던 사람들이 호기심 찬 눈길로 힐끔거렸다. 지금 미진이에게는 영기 자기가 그 여자의 모든 가족들의 상징일 거라고 생각하며 금방 쓰러질 것 같은 그 여자의 어깨를 붙들어 부축했다. 잠깐 망설이다가 미진이에게 상당한 권리가 있어 보이는, 좀전에 미진이가 내렸던 코로나 뒷좌석으로 미진을 밀어넣고 자기도 들어가 나란히 앉았다. 히터를 켜놓은 차 안은 훈훈했다. 삼십대의 싱싱해 뵈는 인상인 운전사는 무심히 주간지를 뒤적거리고 있던 자세를 바꾸지 않고 있었다.

"너무 허망해. 그렇게 갑자기…… 미진이는 언제 알았어, 아버님 돌아가신 거?"

"어저께…… 신문에서……"

"알았으면 바로 오지 않구."

그럴 수는 없다는 듯 미진이는 고개를 젓고 있었다.

"협심증으로 고생하구 계시다는 건 알구 있었지만 저렇게 갑자기 돌아가실 줄은 몰랐지."

"신문에 난 그대론가요? 심장마비……"

"그러셨나봐. 어머님 말씀 들어보니까 화장실에 들어가신 분이 아무리 기다려도 나오시지 않아서 문을 열어보니 쓰러지셨더래."

"이 병원에 입원해 계셨나요?"

"그러셨대. 나두 몰랐어, 입원하신 줄도. 나도 어제 신문 보구 집으로 가니까…… 그나저나 이제라두 식구들한테 가보라구. 그럴 수 없는 사정이 있겠지만, 그렇지만 아버님이 미진이 걱정을 얼마나 하셨는데……"

"아녜요. 아버진 나타나지 말라구 하셨어요. 당신이 돌아가시더라두 무덤 앞에두 나타나지 말라구 하셨어요."

"아니, 아버님을 언제 뵀는데?"

딸에게 아버지가, 당신이 돌아가시더라도 무덤 앞에도 나타나지 말라고 했다면 그 딸에게 뭔가 용서할 수 없는 비행(非行)이 있는 것이다. 하기야 열아홉 살 처녀, 가장 귀여워하던 딸이 집에서 뛰쳐나간 사실 자체가 아버지 입장에서는 용서할 수 없는 비행일 수도 있을 것이다.

그러나 영기는 소암선생 내외분이 미진이의 가출 자체를 미워하고 있지 않았다는 것을 알고 있다. 오히려 말할 수 없이 불쌍해하고 있었었다.

집안에 잠시 찾아들었던 영화(榮華)는 마치 불빛과 같아서 꺼진 뒤에 밀려드는 어둠을 더욱 짙게 할 뿐이었고, 가장 민감한 나이인 미진이가 그 어둠—가난과 불안을 견딜 수 없었던 점에 대해서 아버지로서는 그 원인이 자신에게 있기 때문에 딸에 대하여 미안할 뿐이었다. 가출하고 일 년쯤 지나 소암선생이 풀려나온 직후, 아버지가 나오신 걸 신문에서 봤다면서 '잘 있으니 걱정 마시라'는 전화가 미진이한테서 걸려왔을 때, 소암선생 내외분은 '혹시 좋아하는 남자와 동거생활을 하고 혹시 아이까지 가졌다 하더라도 떳떳이 결혼식을 올려줄 테니 제발 집으로 돌아오라'고 빌 만큼 딸의 모든 행위를 포용할 심정이었는 걸 영기는 알고 있었다.

소암선생의 미진에 대한 마음이 그 정도였으므로 '무덤 앞에도 나타나지 말라'고 할 만큼 노기를 나타냈다면 미진이가 저질렀을 비행은 여간 큰 게 아닐 것이다. 그것이 무엇인지 영기는 궁금했다.

아버지를 만난 게 언제였냐는 영기의 물음에 미진이는 잠시 생각해보고 나서,

"오 년? 아니 더 됐나봐요."

"난 미진이가 식구들하구 전연 만나지 않고 지내는 줄로 알고 있었지. 어머니께서 그러시길래……"

"엄마하구는 자주 만나요, 아버지 몰래."

"왜? 아버지 몰래 만나야 할 사정이 궁금하군."

그러나 미진이는 그 얘긴 싫다는 듯 말을 돌렸다.

"나 선생님 몇 번 봤어요. 길에서 지나가는 거."

"그런데 왜 아는 체 안했지?"

그 말에도 대답이 없었다. 영기는 문득, 미진이하고는 무슨 얘기를 하더라도 그 여자가 감추고 싶어하는 부분과 맞닥뜨리게 될 것 같았다. 영안실 쪽을 돌아보니 장의차와 장지까지 따라가는 사람을 태운 버스가 이쪽으로 다가오고 있었다.

"지금 출발하는 모양인데⋯⋯"

미진이도 돌아봤다.

"장지까지 가는 거지?"

"⋯⋯네, 선생님은?"

"난 회사일이 좀 밀려서⋯⋯"

영기는 명함을 꺼내주며

"여기 내 전화번호가 있어. 연락 좀 줘. 언제든지⋯⋯ 미진이한테 연락하려면? 어머니한테 알아보면 되겠군?"

"아녜요, 엄마한테 절 만났다는 얘기 마세요. 제가 전화할게요."

영기는 차에서 내렸다.

장지로 가는 차량의 행렬이 병원 정문을 다 빠져나가는 걸 보고서야 미진의 차가 움직이기 시작했다. 그때까지 차 옆에 서 있던 영기에게, 차 안의 미진은 눈으로 작별인사를 했다.

쫓아오지 말라는데도 꼬리를 흔들며 주인을 뒤따라가는 하얀 복슬강아지를 보듯 차량 행렬의 뒤를 쫓아가고 있는 미진의 차가 가엾어 보였다. 관을 붙들고 통곡하며 장지로 향해도 시원찮을, 그만큼 사랑했던 부녀 사이에 이건 도대체 어찌된 원인의 불행인가.

바라보고 서 있는 영기에게 문득, 바로 저 차다, 는 생각이 깨우침처럼 들었다. 미진이가 타고 있는 저 자가용이 그 불행의 원인을 알 수 있는 열쇠일 것 같았다.

소암선생의 정치자금과 가계(家計)는 탄광을 갖고 있는 동지 한 분이 돌봐주고 있었었다. 그나마도 얼마 전서부터는 소암선생 쪽에서 극구 사양하고 매달 전해오던 돈을 받지 않았다. 그 광업회사에 대한 세무서의 철저한 사찰 때문에 용도가 애매한 지출이 불가능함을 소암선생은 알고 있었던 것이다. "이건 사장인 내 판공비에서 쪼개주는 거야. 받으라구", 동지의 강권에도 "이젠 사위녀석들이 쓰고 남을 만큼 보내주니까", 하며 사양했다.

대학교 교수인 큰사위와 바로 그 동지의 광업회사 직원인 둘째사위가 그들의 수입에서 매달 얼마씩 보내주고 있는 건 사실이었다. 그리고 이젠 두 내외와 군(軍)에 장교로 복무하고 있는 아들 남준이밖에 없는 식구니까 예전처럼 사모님이 이웃집에 푼돈 꾸러 다닐 일은 없었다. 그렇다고 넉넉한 생활일 수는 없었다. 넉넉한 생활을 원할 분도 아니었다. 아니 항일 독립운동가로서의 일본에 대한 원한이 제법 한숨 돌리고 있는 서민의 가계들에 대해서까지도 깊은 적대감 같은 거부감을 지니게 하였다.

당신 스스로 복잡한 현대경제에 대한 전문가다운 지식이 없음으로써 당신이 혹시 차관이라는 말에 대하여 지나친 편견 — 한 말(韓末) 망국의 원인이었던 제국주의자들의 미끼인 차관에 대한 피해망상에 사로잡혀 있는 게 아닌가 하고 자문해보곤 하는 모양이었다. 물론 "개인경제건 국가경제건 내 집안에서 해볼 수 있는 건 다 해보고 정 도움받아야 할 부분만 남의 빚을 얻는 거야. 공일날 유원지에 놀러 가자고 빚내어 자동차 사는 집안은 될 리가 없어" 하는 식의 기본 입장을 꺾지는 않았다. 규모가 커지고 복잡해져버린 현대경제에 대한 열등의식과 당신의 기본 입장이 소암선생으로 하여금 적어도 당신의 가계는 최소한으로 꾸려나가겠다는 모습으로 나타났고 자식들에게도 그러기를 권했다.

그랬기에 미진이 타고 있는 승용차가 영기에게는 부녀 사이의 불화의 원인처럼 보이는 것이었다.

설마 자가용 좀 타고 다니게 됐다고 부녀의 인연을 끊을 그렇게 옹졸한 분은 아니지, 또는 저 차는 부친의 장사(葬事)에 쓰라고 미진의 친구가 하루 빌려준 것일 수도 있다.

어쨌든 눈치를 받으면서도 주인을 쫓아가는 복슬강아지 같은 미진의 차가 멀어지는 것을 보며 영기는 미진을 부축하여 장지까지 동행할걸 생각하며 후회했다. 적어도 오늘 하루만이라도 미진에게는 그 슬픔을 보살펴줄 사람이 필요했을 것 같았다.

회사일이 밀려 있다는 핑계로 미진이를 혼자 보내고 말았지만 사실은 장지까지도 따라갈 시간은 충분히 있었다. 찾아올 사람이 많지 않은 쓸쓸한 장례일 거라 예상하고, 나라도 가봐야지,

회사에서의 오늘 일들은 다른 직원들에게 떠맡길 수 있는 건 맡기고 그럴 수 없는 것들은 다음날로 미루고 왔던 것이다.

그런데 뜻밖에도 많이 몰려와준 사람들 때문에 영기는 미처 영결식이 끝나기도 전에 슬그머니 돌아서던 것이었다. 아니 단순히 많을 뿐만 아니라 영결식장의 분위기로 봐서 그들이 모두 소암선생과 뜻을 같이하는 사람들일 거라는 짐작 때문에, 나 같은 문상객은 고인 입장에서 보아 와도 그만 안 와도 그만일 거라는 자의식 때문에 영기는 물러서던 것이었다. 그리고 이제 또 미진이의 슬픔에서마저 동참해주지 못하고 물러서고 말았다.

영기는 그 낯익은 고통—출구 없는 좁은 방에 갇힌 자가 네 벽을 손톱으로 할퀴며 서성대는 답답함이 또 자기를 찾아오는 것을 느꼈다. 그것은 그들의 일이니까 하고 딱 잡아떼는 것도 아니었다. 상대의 슬픔과 괴로움을 충분히 이해하면서도 상대가 그 슬픔과 괴로움을 단단한 껍질로 싸며 혼자 끌어안으려 할 때 또는 상대의 슬픔과 괴로움을 나눠 덜어주려고 다른 많은 사람들이 상대를 에워쌀 때 영기는 물러서버리는 것이었다. 사소한 교우관계에서부터 국가문제에 대한 사고(思考)까지 그랬다.

그것은 겸손이라기보다 일종의 유아적 수줍음일 거라고 영기 스스로 생각하고 있었다.

그는 가령 스무서너 살 때까지도 번잡한 시간의 대중식당에 가서 음식을 먹지 못했다. 수많은 낯선 사람들 틈에서는 도저히 숟가락질이 안 되었다. 음식을 씹고 삼키고 소화하고 배설해야만 살 수 있는 자기 속의 생물적 조건에 대한 부끄러움일 뿐만 아니라 다른 사람들이 다 음식을 먹는데 구태여 나까지 먹어야 하나 하는 뜻의 기묘한 수줍음이었다. 그는 대중식당에서 식사를 해야 할 경우엔 되도록 혼자서 번잡한 시간을 피하여 구석진 자리에 가서 등을 돌리고 앉아 학대하듯 음식을 입에 처넣곤 했다.

4·19 데모 대열 속에서도 그는 데모의 흥분과 긴장 때문이 아니라 수줍음 때문에 얼굴이 빨개져 있었다. 민주주의는 인간사회 속에 자재(自在)하는 것이고 다만 특수한 목적을 가진 독재의 손길이 그것을 잠시 가지고 있을 뿐인데, 마치 그 시간을 놓치면 굶어죽을 듯이 어느 시간에 대중식당으로 몰려들어 음식을 먹어대고 있는 사람들처럼 민주주의를 말하고 외치고 있는 사람들 틈에 끼어 있으려니 "아니, 저한테는 나중에 줘도 괜찮아요" 하고 싶을 만큼 수줍어지던 영기였다.

음식도 민주주의도 결코 자재하는 것이 아니고 인간의 노력에 의해서 쟁취해야 하는 것이다, 라고 자기 자신에게 타일러봐도 그의 남들 뒤편으로 물러서버리는 수줍음은 없어지지 않고 그의 마음의 벽을 할퀴고 목을 답답하게 죄는 것이었다.

사랑. 영기의 머릿속을 갑자기 사랑이라는 말이 탄환처럼 관통했다. 그것은 어쩌면 겸손이나 수줍음이 아니고 나한테 사랑할 능력이 없기 때문인지 몰라. 영기는 마지막으로 뵙게 되던 날, 시국담 끝에 소암선생이 그에게 하던 말이 생각난 것이었다.

"내 보기엔 자넨 사랑할 줄 모르는 사람 같애. 큰일이야. 사랑을 모르고 사는 사람은 송장이야."

새로운 체제를 위한 비상계엄령 발표가 있던 날 밤, 비어홀에 서였다. 방송이 끝나고 스피커에서 다시 음악이 나오자, 그때까지도 눈을 지그시 감고 아무 말씀 없는 소암선생에게 영기가 조심스럽게 먼저 말을 꺼냈다.

"앞으로 어떻게 되겠습니까?"

"자넨 정치에는 관심이 없나?"

"예, 정치에는 관심을 갖지 않으려고 노력하고 살고 있습니다."

"그런 거 같애. 허지만 어느 나라 사람이건 직업이 무엇이건 그 나라 사람은 그 나라 정치체제의 틀 속에서 살고 있는 거 아니겠나? 그 나라 정치체제란 바로 그 나라 국민의 운명이 아니겠나? 바로 자기의 운명인데 국민이 어찌 자기네 정치에 관심을 안 가질 수 있겠나? 영기군 말마따나, 정치에 관심을 갖지 않으려고 애쓴다는 그 생각도 따지고 보면 정치에 대한 관심의 한 표현이겠지. 자기 운명에 대해서도 관심이 없을 리는 없잖은가?"

"글쎄요, 제 운명에 대해서는 아직까지 큰 불만이 없습니다."

"그렇겠군. 자넨 우리나라 국민 중에선 비교적 선택받은 사람이야. 대학도 나왔구 안정된 직장도 가졌구. 자네가 다니구 있는 회사가……?"

"예, 이거저거 닥치는 대로 일본에 수출하고 있습니다."

"그렇다면 현 정부에서 보호육성하는 사업이겠군. 그래서 정치에 관심을 갖지 않으려고 하나? 정부의 덕을 보구 있는 처지에 정치에 대해서는 왈가왈부하고 싶지 않다는……"

"아닙니다. 그래서보다도…… 뭐랄까요, 저로서는 너무 엄청납니다. 정치에 대해서……"

"판단정지라. 어디서 판단정지를 하구 있나? 정치는 정치가에게 맡기자, 그건가?"

"아닙니다. 정치보다두…… 결국 정치겠지만요…… 어쩌다가 이 땅에 태어나서 산다는 것에 대해서 말입니다. 그 점에 대해서 판단정지를 해버렸다는 얘깁니다."

"알고 싶군. 영기군의 판단정지가……"

"선생님 앞이라서……"

"내 앞이라서……? 말하기 부끄러운 판단정지가?"

"선생님의 평소 지니신 뜻을 제 나름대로는 조금 알고 있기 때문에……"

"내 뜻과 다르다니까 더 듣고 싶은데……"

영기는 머뭇거렸다. 그러나 오히려 소암선생 앞이니까 정직하게 얘기할 수 있다고 생각했다.

"고등학생 시절에 장래 직업에 대해서 이것저것 생각해봤습니다. 그때 정치가가 된다면 하고, 제가 우리나라 정치가가 됐다고 생각하고 해야 할 일을 상상해봤습니다."

"음."

"간단히 말씀드리면 부국강병(富國强兵) 정책을 쓸 수밖에 없겠다는 것이었습니다. 우리 근세사(近世史)를 배우다보면 저절로 그런 생각을 하게 됩니다. 그런데 부국강병 정책을 내가 집권자가 되어 능률적으로 수행한다고 하고, 교육 분야는 이렇게 공업 분야는 이렇게 식으로 상상하다보니 어느새 제가 독재자가되고 전체주의자가 되어 있었습니다. 국가의 이상을 달성하기위해서는 국민 한 사람 한 사람에게 철저히 금욕적이고 자기 전공 분야에서 모두 세계 일인자가 될 것을 요구하게 될 것 같았습니다."

"흠, 그래서?"

"광부는 평생 광부 노릇을 해야 하고 어부는 평생 어부 노릇을해야 합니다. 그 모순을 해소시키는 방법은 산업군을 조직해서윤번제로 투입시키는 것입니다. 철저한 통제가 필요합니다. 생필품은 배급제가 되고…… 전 저 자신이 자유민주주의자라고생각하고 있었습니다. 그러나 저 자신을 집권자로 가정하고 보니 전……"

"그래서?"

"그래서 나 같은 자는 정치가가 돼서는 안 된다고 결정했습니다."

"왜 그런 자기를 부정했나? 그걸 부정할 다른 가치가 있었을텐데?"

"글쎄요, 다른 가치라기보다 우리가 그래도 약소국가라는 한계를 느낍니다. 부국강병이란 상대적인 것입니다. 다른 나라들이 멍청히 있을 리가 없습니다. 똑같은 비율로 부국강병 경쟁을 한다면 국민들은 영원히 다람쥐 쳇바퀴 돌듯 제자리걸음만 하고 있는 셈입니다. 세계는 항상 전쟁 일보 직전의 위기감으로 가득 차 있을 거고 그래서 막상 전쟁이라도 터지면 우리보다 강대한 나라에 우리는 전멸합니다."

"그 때문인가? 그 패배주의 때문에 정치가가 되겠다는 생각을 포기했나? 다른 가치 때문이 아니구?"

"패배주의자를 말씀하시니까 할말 없습니다만. 어떻든 전 그 딜레마를 해결할 수가 없었습니다."

"내 생각으로는 자네 생각에 크게 두 가지 잘못이 있어. 첫째는 정치의 목적은 부국강병이 아니라 도덕성이라는 점이야. 부국강병은 그 도덕적 목적을 달성하기 위한 수단이지. 둘째로 그 도덕성은 인간이 불완전하고 유한하다는 데서 출발해야 해. 독재자는 역사라는 이름 밑에 인간을 착취하는 거지. 물론 우리나라가 야만적인 제국주의자들한테 혹독하게 악용당했던 경험 때문에 우선 부국강병 자체가 목적처럼 보이겠지만 최후의 목적이 도덕성이라는 점을 망각하면 자네 말마따나 결국 지금 소련의 위성국들처럼 국민은 국민대로 역사의 노예가 되고 국가는 국가대로 역부족으로 민족의 자주성을 잃게 돼. 인간이 그 생명이 유한하고 그 생각이나 행동이 늘 불완전하다는 걸 인정한다는 건 참 중요한 일이야. 그걸 인정한다는 일이 정작 살면서 보면 말처럼 그리 쉬운 일이 아니야. 특히 자기 자신이건 남이건 불완전하다는 걸 인정하기는 그리 쉽지가 않아. 자기는 완전한데 남들은 다 불완전해 보이기가 쉽고 또 어떤 사람은 자기만 불완전하고 남들은 모두 완전해 보이는 사람도 있지. 어쨌든 사람이 가지고 있는 모든 욕심이란 건 사람이 유한한 데서 나온다고 봐야 돼. 한번 태어나서 죽지 않고 영원히 산다면야 욕심이란 게 생길 리가 없지. 죽을 목숨이니까 살려고 애쓰고 살더라도 기왕이면 이 세상에서 할 수 있는 건 다 해보고 죽고 싶은 게 사람이야. 나도 그렇고 너도 그래. 나는 그렇지 않은데 너만 그런 것도 아니고 너는 안 그런데 나만 그런 것도 아니야. 물론 이 욕심에서 사람끼리 다툼이 생기는 거지. 다툼이 생기는 원인이니까 이 욕심을 사그리 없애자고 하면, 그게 없애질 수가 있는 게 아니야. 없애려면 사람을 죽여야 돼. 사람이란 건 욕망의 덩어리라고 한마디로 말할 수 있는데, 욕망을 없애려면 사람을 없애는 방법밖에 없어. 그래서는 안 되지. 다툼의 원인이 되는 인간의 욕망을 없앤답시고 사람 자체를 없애려 드는 생각이 있다면 그건 인류를 멸종시키자는 생각밖에 안 돼. 인간 입장에서 죽여야 할 적이 있다면 인류를 멸종시키자고 드는 것일 뿐이야. 병원균이건 천재지변이건 사람의 사상이건 간에 인류를 결국 멸종시키려 드는 것만이 인간의 힘으로 없애버려야 할 것이야. 인간끼리는 너도 욕망덩어리고 나도 욕망덩어리란 걸 일단 서로 인정해야 돼. 인정하고 나서 다툼이 일어나지 않도록 서로 타협을 해야지. 욕망이란 없앨 수는 없지만 참을 수는 있는 거야. 무조건 참으라면 참을 수도 없는 것이지만 네가 참는다면 나도 참을 수 있기도 하고, 넌 이것을 가지고 그 대신 난 이것을 갖는다고 서로 욕심을 바꿔 갖고 참을 수도 있는 게야. 그런 협상이랄까, 타협도 말처럼 그리 쉬운 일은 아니지. 쉽지 않으니까 정치가 어렵다는 거야. 정치란 건 결국 사람들끼리 삶을 조정해주는 거 아닌가? 그 조정하고 타협 볼 때 제일 중요한 것이 사람이란 불완전한 존재라는 걸 인정하는 거야. 나는 완전한데 너만 불완전하다는 생각에서 폭력이 나오는 거구 남들은 완전한데 나만 불완전하다는 생각에서 비굴과 노예가 생기는 거야. 너도 불완전하고 나도 불완전하다는 걸 서로 인정해야만 거기서 관용이 생기고 관용이 있어야만 욕망의 조절이 가능한 거 아니겠나? 내가 반공주의자가 된 것두 그렇구 반독재투쟁을 해온 것두 그렇구, 모두 이 생각 때문이야. 역사라는 이름 밑에, 국가라는 이름 밑에, 인간의 욕망을 조절하려 하지 않고 없애려 들거나 자기는 완전하다고 확신하는 사상을 나는 인류를 멸종시키려는 적이라고 보는 걸세."

소암선생의 정치관은 영기에게는 생소한 것이 아니었다. 그 댁에서 가정교사로 있을 때, 소암선생은 영기를 당신 자식들의 가정교사로서보다도 4·19세대의 한 사람으로 당신 사상의 자식으로 대하려 들었었다. 자연히 영기에게 당신의 의견을 말하는 기회도 이따금 있곤 해서 영기는 소암선생의 뜻을 윤곽이나마는 알고 있었다. 그러나 대한민국에서 정치하는 사람들의 이념이 선생의 뜻과 크게 다를 리 없으리라. 속이야 어떻든 내세우는 정치철학은 소암선생의 것과 크게 다를 게 없다는 걸 영기는 알고

있었다. 문제는 제아무리 옳은 뜻도 그 뜻을 펼 수 있는 수단을
갖고 있어야 할 것이다. 그 수단이 정치가에게는 권력인 것이고
권력이 없으면 뜻이 뜻으로만 끝나버리기 때문에 권력투쟁이 있
는 것이다. 그 문제에 대한 소암선생의 대답도 영기는 예상할 수
있다. 인간사란 그 목적만큼이나 그 수단도 중요하다. 정치 역시
아무리 좋은 목적이라도 그 수단이 나쁘면 나쁜 정치다. 민주주
의란 그 수단이고 수단 중에서도 최선의 수단이다라고.

"선생님의 뜻은 잘 알겠습니다. 그렇지만……"

"그렇지만 뭔가? 말해보게, 어려워하지 말고."

"어쩌면 제가 정치에 대해서 무관심해버릴 작정을 한 건 선생
님 때문인지도 모릅니다."

"나 때문에?…… 참 자네 아직 결혼 안 했지?"

"예."

"아직도 독신주의자인가?"

수년 전, 영기가 사회에 나와서 첫 직장을 갖고 그 댁에 인사
갔을 때 사모님께서 영기의 결혼중매를 자청하신 적이 있었다.
그때 영기는 평생 혼자 살고 싶다고 말했었고 사모님 쪽에서는
영기에게 맘에 있는 여자가 따로 있나보다고 생각하시는 눈치였
었다. 소암선생은 그걸 기억하고 있는 모양이었다.

"뭐 꼭 독신주의라기보다……"

"사랑하는 여자가 없나?"

"예, 아직…… 결혼하고 싶을 만큼 특별히 사랑하는 여자는

아직⋯⋯"

"그거 이상하다고 스스로 생각해본 적이 없나?"

"언젠가 나타나겠지 하고 있습니다."

"내 보기에 자네는 어쩌면 사랑할 줄을 모르는 사람 같애. 큰 일이야. 사랑할 줄 모르는 사람은 송장이야. 싸울 줄 모른다는 것은 사랑하는 것이 없다는 거야. 자넨 패배주의가 우리를 구원 하지 않을까 하지만 패배주의 가지고는 제 몸 하나도 구원할 수 없네. 자넨 무엇보다도 우선 진실로 사랑할 수 있는 여자를 만나 야 할 거 같애. 그리고 사랑하는 자식을 낳고. 그런 다음에 나하 고 얘기하세."

사랑. 무엇보다도 먼저 그것을 알고 난 다음에 당신과 얘기하 자던 소암선생의 말을 회상하며 영기는 대학병원을 나섰다.

장지까지 따라가지 못한 이상, 이젠 한시라도 빨리 택시를 잡 아타고 회사로 돌아가 밀린 일을 해야 한다고 생각하면서도 그 는 길을 건너 창경원 돌담을 끼고 걸었다.

걷고 싶었다. 어디론가 마냥 걷고 싶던 소년시대의 감정이 참 으로 오랜만에 자기를 방문해준 것이 반가웠고 그리고 이 춥고 어둑신한 거리를 걸으면서 소암선생이 그에게 던져준 숙제에 대 하여 생각해보는 것이 마지막 가신 분에 대한 추모일 것 같았다.

사랑. 소암선생의 말대로 영기 자기가 진실로 사랑하는 여자 를 만나게 되고 그 여자와 사랑스런 자식을 낳게 됐다고 하더라 도 그러나 소암선생과 얘기할 수 있는 '그런 다음에' 란 시간은

이 세상에서 영영 떠나고 말았다.

영기는 문득 어느 순간에 툭 끝나고 마는 시간을 보았다. 한 인간과 함께라야만 존재하는 인간의 시간, 그리고 그 시간을 공유하는 다른 인간. 그러므로 한 인간의 죽음은 아직 살아 있는 다른 인간의 부분적인 죽음이었다. 살아 있는 또다른 인간들과 공유하는 시간은 계속되겠지만 어쨌든 한 인간과 함께 죽어버린 시간은 과거 자기 속에서도 떠나버린 것이다.

한 가닥 시간의 죽음이 살아남은 사람에게 어떤 경우엔 해방일 것이고 어떤 경우엔 구속일 것이다. 어쩌면 유언이 되고 만 그 사랑에 대한 숙제 때문에 영기에게는 소암선생과 공유하던 시간의 죽음이 해방이 아니라 구속처럼 느껴진다. 그 숙제만 아니었다면 그 시간의 죽음은 영기에게 해방일 수 있었다.

"선생님 앞이니까 솔직히 말씀드리겠습니다. 전 이 시대를 상당한 부분 긍정하고 있습니다. 시대적 필요성이라는 점에서 전 마치 저 자신이 집권하고 있는 것 같습니다. 다만 제가 아닌 다른 사람이란 것뿐입니다. 그러나 이 시대의 한계가 있다는 것을 알고 있습니다. 그 한계를 뚫고 나갈 이상은 선생님이라는 걸 알고 있습니다. 그러므로 선생님도 계셔주셔야 합니다. 그리고 선생님은 계십니다."

"그럼 자네는 뭔가!"

"전…… 제가 집권자라면 국민에게 요구할 그 역할을 하겠다고 작정했습니다. 제 직업에 충실한 한 개의 나사못……"

"나에 대해서도 긍정한다면 그럼 날 위해서는 뭘 하고 있나? 자네가 말하듯 내가 이상이라면 말일세."

"……결국…… 가령 선생님께서 바라시는 세계 속에서도 전 국민의 역할을 할 뿐입니다."

"아니야, 그건 대답이 안 돼. 내 보기에 자넨 결국 선택하고 있어. 이상의 편은 아니지. 이상은 이상을 가진 몇 사람이 있다는 걸로 의미 있는 게 아니야. 실현돼야만 하고 실현될 수가 있네. 그 이상에 공감하는 사람이 많아진다면 말일세."

소암선생의 그 말이 주던 아픔에서, 소암선생의 죽음은 영기를 해방시켜줄 수도 있는 것이었다.

사랑.

비원 앞에서 택시를 잡아타고 영기는 소공동에 위치한 회사로 돌아왔다. 점심시간이어서 사무실은 한산했다.

사랑. 영기는 때때로 자기가 다른 사람들의 눈에 얼마나 황량한 인간으로 보일까 생각해보곤 했었지만 지금처럼 자신감을 잃어본 적은 없었다. 그의 독신주의는 가난 때문에 생긴 것이었다.

그는 가난한 홀어머니와 동생들을 사랑해야만 했었다. 그들을 부양하는 것이 그의 의무였다. 수년 전 친구의 소개로 한 여자와 데이트란 걸 몇 번 해보았지만 저녁을 사먹고 영화 구경이라도 하고 밤늦게 집으로 들어설 땐, 맞이하는 가난한 가족들을 차마 똑바로 볼 수 없을 만큼 미안하곤 하여 이내 그 여자를 만나지 않고 말았다.

여자를 사랑하는 데 돈이 든다는 걸 예상은 하였지만 정작 확인하고 나니 그 이후로는 점심 사달라고 애교부리듯 말을 걸어오는 회사 안의 여직원들까지 경계되는 것이었다. 이젠 동생들도 제법 자리들을 잡았고 그의 수입 역시 적잖지만 그의 독신주의는 굳어져 있는 채였다.

여자와 결혼하면 아이가 생길 것이고 그 아이들을 동생들 뒤치다꺼리했듯 해야만 할 것이다. 그는 이제 겨우 가족들로부터 해방되어 한숨 돌리고 있는 중이었다. 이 홀몸의 평안함이 다시 박살나는 것은 싫었다.

그의 친구 중에는 결혼을 하고도 아이가 생기지 않도록 여자의 기관을 병원에서 어떻게 처리해버린 친구가 있었다. 그 친구는 사랑하지도 않으면서 다만 육체관계를 했던 책임을 지기 위해서 여자와 결혼을 했고 그 여자와의 사이에 아기가 태어날 것이 끔찍하여 자기 집안에 간질의 유전병이 있다는 거짓 핑계로 아이를 못 낳게 만들어버린 것이었다.

그 친구의 불행을 본 이후로는 영기는 가끔 찾아가던 사창가에 다니는 짓도 그만둬버렸다.

그러한 자기가 남들의 눈에는 황량한 사내로 비칠 거라고 영기는 평소에 생각하고 있었고 그 황량함이 소암선생에 의해 지적당한 거라고 생각되는 것이다. 영기를 갈증 같은 느낌이 휩싸기 시작했다.

(1980, 未完)

388

원초적 그리움의 세계

김영현(소설가)

내가 김승옥이란 이름을 들어본 것은 참 느지막해서였다. 워낙 과문한데다, 문학청년기를 국내 작가의 작품을 통해서라기보다 외국 작가들, 그나마 입시지옥을 통과하느라 편협한 소수의 작가들 작품만을 겨우 감상적으로 읽어온 나의 독서 이력으로는 그와의 만남이 그리 쉽지가 않았던 것이다.

그러니까, 그의 이름 석 자라도 겨우 들어볼 수 있었던 것은 대학에 들어와서인데 나의 고교 일 년 선배인 문학평론가 이동하의 입을 통해서였다. 고교 시절부터 대단한 독서광이었던 이동하는 이미 국내의 작가들은 물론이고 유수한 외국 작가들의 작품까지 두루 섭렵하고 있어 그 해박함에 언제나 찬탄을 금치 못할 정도였다. 법대생인 이동하는 꿈꾸는 듯한 눈과 약간은 시니컬한 어투로 사람의 가슴을 흔들어놓곤 했는데 얼띤 감상주의자이자 철학도였던 나는 그의 말에 조용히 귀를 기울이는 것만으로도 많은 것을 배우곤 하였다.

그러니까 그의 하숙집에서였을 것이다. 겨울이 오고 있는 봉천동 그의 하숙집은 외풍 때문에 썰렁하고 어둠침침하였다. 그리고 일 년 내내 개키지 않을 성싶은 두꺼운 이불이 아무렇게나 깔려 있었고 사방의 벽에 놓인 책장은 물론이고 방바닥에도 책이 어지럽게 흩어져 있었다. 이불 위는 썰렁한 데 반하여, 이불 밑은 엉덩이가 탈 정도로 뜨거웠다. 그리고 무언지 모를 쿰쿰한 곰팡이내 비슷한 것이 나고 있었다. 그런 것에 익숙해져 있는 우리는 그런 방에 들어가면 오히려 편안한 위안을 얻었다.

그날 그 넓고 어두컴컴한 방의 이불 밑에 뒹굴면서 그는 주로 혼자서 문학과 관련된 많은 이야기를 했었는데(그와 나 외에 한두 사람이 더 있었는데 잘 기억이 나지 않는다) 문득 '김승옥'이란 이름이 나오자 갑자기 이동하의 말이 빨라지면서 자기도 모르게 신명스러워하는 것이었다. 그가 김승옥의 이런저런 작품과 그에 얽힌 이런저런 이야기들, 마치 비밀스러운 속살과도 같은 이야기들을 하는 동안 우리는 취한 듯이 듣고만 있었다.

「60년대식」「염소는 힘이 세다」 등 많은 작품들의 이름이 지나갔다. 그리고 그가 연애에 실패하고 자살을 꿈꾸러 어느 시골 바닷가로 갔다가 그 여인숙에서 일본 사무라이 소설 「미야모도 무사시」를 읽고 다시 힘을 얻어 돌아왔다는 이야기도 나왔고, 결혼에 얽힌 이야기도 나왔던 것 같다. 어느 작품에선가 도회지의 불빛을 내려다보며 수음을 하는 장면을 이야기할 때는 무언지 모르게 가렵고 즐겁고 고통스러운, 설명할 수 없는 복잡한 느낌에 빠져들었다.

아마 그때가 75, 6년 무렵이었을 것이다. 나의 가슴속에는 이동하의 크고 썰렁한 겨울 하숙방과 내 멋대로 상상을 덧붙인 김승옥의 이름이 남모르게 깊이 각인이 되었다.

그러나 내가 정작 김승옥의 작품을 읽게 된 것은 70년대가 다 끝나가고 나서, 나 역시 생의 뒤안길을 조금 헤매다 돌아온 이후, 이제 가까스로 문학의 꿈을 가져볼 무렵이었다. 습작기도 없었고, 달리 문학에 대한 배움도 가질 기회가 없었던 나는 뒤늦게 습작의 고통을 앓으며 남들의 작품을 유심히 읽기 시작했는데 그 텍스트의 하나가 문학과지성사에서 나온 김승옥의 『60년대식』이었던 것이다.

그것은 내게 마치 낯익은 옛 노래처럼 들렸다. 그것은 시대에 대한 분노로 벌겋게 달아 있는 내 의식에 마치 물뿌리개를 뿌리는 것처럼 남모를 위안을 주었다. 어떻게 보면 어떤 치기마저 느끼게 해주는 그의 주인공과 이야기는 내게 한없는 문학적 순수성의 향수를 불러일으켰다. 거센 세상의 물결 속에서 나의 이런 은밀한 독서가 내 글쓰기에 어떤 영향을 주었는지는 구체적으로 말할 수는 없을지 모른다. 그러나 분명한 것은 인간의 내부를 섬세하게, 조용하게 파고드는 그의 문체는 숨가쁜 시대에 내게 마치 단전호흡법과 같은 것을 가르쳐주기에 충분하였다.

화제작이었던 「무진기행」에 대해서야 남들이 워낙 많이 이야기해온 터여서 덧붙여 이야기하는 게 오히려 미안스러울 지경이다.

니체는 그의 글 「도덕의 피안」에서 생명에 대한 원초적 그리움을 노래했었다. 그곳은 기독교적 신이 아니라 희랍적 신이 사는 곳이며, 도덕에 의해 억압된 세계가 아니라 생명에 의해 열린 세계이다. 그러나 니체의 일생은 그 도덕의 피안으로부터 도덕의 차안으로 오는 고통스러운 역정이었다. 도스토예프스키는 부도덕하고 사악한 인간의 복잡한 내면을 그리는 데 탁월한 능력을 발휘하였다. 그러나 그의 작품은 인간과 신의 선함에 대한 경건함으로 가득 차 있다.

김승옥의 세계는 어떨까. 나는 우리 가까이 사는 사람 중에 그야말로 그들에 가장 가까운 인간군 하나라고 믿고 있는 바이다.

어느 날 나는 극히 최근의 일이지만, 문득 그를 처음으로 만났다. 문학 속의 그가 아닌 진짜 김승옥을…… 그는 검은 가방을 들고 있었고 짙은 곤색 양복 차림에 넥타이를 매고 있었다. 그의 검은 가죽가방 속에는 성경과 그에 관련된 책이 가득 들어 있다고 한다. 그는 새까맣게 후배인 내가 누군지 알아보지 못했지만 나는 그를 단번에 알아보았다. 그러나 나는 일부러 약간 무심한 표정으로 그를 대했다. 그는 이제 복음을 전하는 일에 모든 힘을 쏟을 것이라고 말했다.

그럴 것이다. 그의 초기 소설에서 지금까지의 이 길이 내겐 조금도 어색하지 않게 하나의 길로 여겨진다. 나는 마치 은밀히 짝

사랑했던 옛 연인을 보듯 속으로만 설레며 겉으론 아무렇지도 않게 그를 대하였지만 그의 변화가 무언지 모를 생에 대한 두려움으로, 그리고 슬픔으로 다가오는 것은 어쩔 수가 없었다. 나는 조금 말투가 빠른 그의 앞에서 혼자 그 옛날 이동하의 봉천동 하숙방과 이동하의 꿈꾸는 듯한 눈빛과 텁수룩한 머리의 내 모습을 겹쳐 떠올렸다.

그러면서 그래도 그는 아수라 같은 이 지옥세상에서 어쩌면 행복한 인간일지도 모른다는 생각이 들었다. 만일 그의 길이 그렇듯 수많은 선지식과 그리고 우리 후학들이 걸어가는 이 힘겨운 구도의 길과 같은 것이라면…… 그리고 그 역시 또하나의 선지식이라면…… 그럴 때 문학이란 그에게 무엇일까?

1941년   12월 23일 일본 오사카(大阪)에서 아버지 김기선과 어머니
         윤계자의 장남으로 태어남. 아명은 학길(鶴吉).

1945년   귀국하여 전남 진도에서 수개월 지내다가 본적지인 전남
         광양에 일시 거주.

1946년   순천으로 이사, 정착함.

1948년   순천 남국민학교 입학. 여순반란사건 발발. 부친 사망.

1949년   여수 종산국민학교(현재 중앙초등학교)로 전학.

1950년   6·25 발발. 경남 남해로 피난. 수복 후, 순천 북국민학교로
         전학.

1952년   월간『소년세계』에 동시를 투고하여 게재된 것이 계기가 되
         어 이후 동시, 콩트 등 창작에 몰두.

1954년   순천중학교 입학.

1957년   순천고등학교 입학.

1960년   서울대 문리대학 불문학과 입학. 문리대 교내신문『새세대』
         기자 활동. 한국일보사 발행『서울경제신문』에 연재만화를
         아르바이트로 그려 학비를 조달함.

1962년   한국일보 신춘문예에 단편소설「생명연습生命演習」당선으

로 문단에 데뷔. 강호무·김성일·김창응·김치수·김현·염무웅·서정인·최하림과 동인지『산문시대』발간. 소설「건乾」「환상수첩幻想手帖」등을『산문시대』에 발표.

1963년 「누이를 이해하기 위하여」「확인해본 열다섯 개의 고정관념」(『산문시대』),「力士」(『문학춘추』) 발표.

1964년 「霧津紀行」(『사상계』),「차나 한잔」(『세대』),「싸게 사들이기」(『문학춘추』) 등 발표.

1965년 서울대 졸업.「서울 1964년 겨울」로 사상계사 제정 제10회 동인문학상 수상.「들놀이」(『청맥』) 발표.

1966년 「다산성多産性」(『창작과비평』),「염소는 힘이 세다」(『자유공론』) 등 발표. 장편「빛의 무덤 속」을『문학』에 연재하다가 중단.「무진기행霧津紀行」의 시나리오 집필을 계기로 영화계와 관계 시작. 단편집『서울 1964년 겨울』이 창문사에서 출간.

1967년 중편「내가 훔친 여름」을 중앙일보에 연재. 김동인의「감자」를 각색, 감독하여 영화로 만듦. 백혜욱과 결혼.

1968년 「60년대식六十年代式」을『선데이서울』에 발표.『신동아』에「동두천」을 연재하다가 2회에 중단. 나중에 이 작품을「재룡이」로 개작. 이어령의「장군의 수염」을 각색하여 대종상 각본상 수상.

1969년 「야행夜行」을『월간중앙』에, 장편「보통 여자普通女子」를『주간여성』에 연재.

1970년	담시 「오적五賊」 사건으로 김지하가 투옥되자 이호철·박태순·이문구 등과 김지하 구명운동 전개.
1971년	월간지 『샘터』 편집.
1974년	시나리오 「어제 내린 비」 「영자의 전성시대」 등 집필. 「겨울 여자」 「여자들만 사는 거리」 「도시로 간 처녀들」 등 영화화.
1976년	창작집 『서울 1964년 겨울』 『60년대식』을 서음출판사에서 출간.
1977년	「서울의 달빛 0章」으로 문학사상사 제정 제1회 이상문학상 수상. 「강변부인」을 일요신문에 연재. 콩트집 『위험한 얼굴』, 수필집 『뜬 세상에 살기에』 출간.
1979년	옴니버스 스타일의 소설 「우리들의 낮은 울타리」를 『문예중앙』에 발표.
1980년	장편 「먼지의 방」을 동아일보에 연재 시작했으나 광주사태로 인한 집필 의욕 상실로 연재 15회 만에 자진 중단.
1981년	4월 종교적 계시를 받는 극적 체험을 한 후, 성경 공부와 수도생활 시작.
1995년	김승옥 소설전집(전5권)이 문학동네에서 출간.
2004년	산문집 『내가 만난 하나님』 출간.

김승옥

1941년 일본 오사카에서 태어나, 전남 순천에서 성장했다. 서울대 불문과를 졸업했다.
1962년 한국일보 신춘문예에 단편 「생명연습生命演習」이 당선되어 작품활동을 시작한 후,
파괴된 우리 역사의 끄트머리를 당대의 시각에서 탁월하게 재구성하는 독특한 작품들을 선
보였다. 1965년 단편 「서울 1964년 겨울」로 동인문학상을, 1977년 단편 「서울의 달빛 0章」으
로 이상문학상을 수상했다.

김승옥 소설전집 2

환상수첩

ⓒ 김승옥 1995

1판	1쇄	1995년 12월 12일
1판	5쇄	2002년 2월 18일
2판	1쇄	2004년 10월 15일
2판	11쇄	2024년 8월 22일

지은이 김승옥

펴낸곳 (주)문학동네

펴낸이 김소영

출판등록 1993년 10월 22일 제2003-000045호

주소 10881 경기도 파주시 회동길 210

전자우편 editor@munhak.com | 대표전화 031)955-8888 | 팩스 031)955-8855

문의전화 031) 955-2696(마케팅) 031) 955-1906(편집)

문학동네카페 http://cafe.naver.com/mhdn

인스타그램 @munhakdongne | 트위터 @munhakdongne

북클럽문학동네 http://bookclubmunhak.com

ISBN 89-8281-868-4 04810
       89-8281-866-9 (세트)

✽ 이 책의 판권은 지은이와 문학동네에 있습니다.
   이 책 내용의 전부 또는 일부를 재사용하려면 반드시 양측의 서면 동의를 받아야 합니다.

잘못된 책은 구입하신 서점에서 교환해드립니다.
기타 교환 문의: 031) 955-2661, 3580

www.munhak.com